환락의 집 1

The House of Mirth

세계문학전집 401

환락의 집 1

The House of Mirth

이디스 워튼

전승희 옮김

민음사

일러두기

1 번역 대본으로는 Edith Wharton, *The House of Mirth* (New York: Charles Scribner's Sons, 1905)를 사용했다.

2 원서에서 이탤릭체로 강조한 부분은 고딕체로 표시했다.

차례

1장

셸든은 흠칫 놀라 멈춰 섰다. 정신없이 북적대는 오후의 그랜드센트럴역 한가운데 서 있는 릴리 바트 양의 신선한 모습이 눈에 띄었기 때문이다.

9월 초 월요일, 그가 서둘러 전원에 다녀오던 길이었다. 자신이야 직장으로 돌아가기 위해 온 것이었지만 이런 계절에 바트 양은 뉴욕에서 뭘 하고 있는 걸까? 만일 그녀가 기차를 타려고 기다리는 것처럼 보였다면 그는 그녀가 뉴포트에서의 시즌이 끝나고 자신을 놓고 다투던 전원 저택들 중 한 곳에서 다른 곳으로 가는 길이었다고 짐작했을 것이다.[1] 하지만 그녀

---

1) 19세기 말, 20세기 초 뉴욕 상류 사회의 많은 이들이 로드아일랜드주 뉴포트에 별장을 소유하고 있었고, 거기서 여름을 보냈다.

의 자태에서 뭔가 쓸쓸하고 황량한 기색이 엿보였고 그 점이 좀 기이하게 느껴졌다. 그녀는 군중과 조금 거리를 둔 채 그들이 자신 곁을 지나쳐 플랫폼을 향하거나 거리로 나가도록 비켜서 있었다. 뭔가 망설이는 기색이 엿보이기는 했지만, 그런 표면 뒤에 아주 단호한 목적이 있을 수도 있다는 느낌이 들었다. 동시에 그녀가 누군가를 기다리고 있는지도 모른다는 느낌도 들었는데 자신에게 그런 생각이 든 이유는 알 수 없었다. 릴리 바트의 모습에 새로운 점이라곤 없었다. 하지만 그녀를 볼 때면 언제나 약간이라도 흥미를 느끼지 않을 수 없었다. 그녀를 보면 항상 뭔가 추측하고 싶은 마음이 들었고, 가장 단순한 동작도 그녀가 하면 멀리 내다보고 하는 행동인 것처럼 보였다. 그게 그녀의 그녀다운 점이었다.

이런 호기심으로 인해 셀든은 곧장 문을 향하던 발길을 충동적으로 되돌려 그녀 곁을 천천히 지나갔다. 만일 그녀가 타인의 눈에 띄기를 원치 않았다면 자신을 피할 방도를 생각해 낼 거라고 생각했다. 그녀의 솜씨를 시험해 보는 것도 재미있는 일이었다.

"셀든 씨, 어머나, 제가 정말 운이 좋군요!"

그녀는 미소를 지으면서 그의 앞으로 나섰다. 그를 붙잡아야겠다고 단단히 결심한 것처럼 보였다. 그들 곁을 지나치던 한두 사람이 무슨 일인가 궁금한 표정으로 멈칫거렸다. 바트 양은 마지막 열차를 타기 위해 서둘러 가던 교외 거주자라도 발걸음을 멈출 만큼 뛰어난 미인이었다.

셀든의 눈에 그녀는 전에 없이 밝아 보였다. 사람들의 무리가 빚어낸 어두운 색을 배경으로 빛나는 그녀의 머리 덕분에 무도회장에서보다도 더욱 돋보였다. 밤늦게까지 파티에 참석하고 쉴 새 없이 춤을 추는 생활을 십일 년 동안이나 한 결과 잃기 시작하던 처녀다운 부드러움과 선명한 빛이 검은색 모자와 베일 아래 되살아나고 있었다. 정말 십일 년이나 된 것일까? 그녀의 경쟁자들이 말하는 것처럼 그녀가 정말 스물아홉 살 생일을 지낸 것일까? 셀든은 궁금했다.

"정말 운이 좋군요!" 그녀가 되풀이했다. "이렇게 저를 구하러 와 주시다니 정말 고맙습니다!"

셀든은 그녀를 구하는 건 물론 자기 인생의 중요한 사명이라고 쾌활하게 대답하며 어떻게 구해 주어야 할지 그녀에게 물었다.

"오, 아무래도 괜찮아요. 그냥 벤치에 함께 앉아서 대화만 나눠 주셔도 돼요. 다른 사람들이 코티용²⁾을 추는 동안 앉아 있기도 하는데 기차가 지나가는 동안 앉아 있지 못할 이유가 어디 있겠어요? 밴 오스버그 부인의 온실보다 조금도 더 덥지 않고 지나가는 몇몇 여자들은 그 방에서보다 더 못생겼달 것도 없지요."

그녀는 웃으며 말을 끊더니 자신이 턱시도에 있다가 벨로몬트에 있는 거스 트레너 부부의 집으로 가는 길에 뉴욕에 들렀는데 라인벡으로 가는 3시 15분 기차를 놓쳤다고 설명했다.

---

2) 18세기 프랑스와 미국에서 유행했던 4인 1조 컨트리댄스. 영국 컨트리댄스가 궁정의 사교춤으로 발전한 것으로 프랑스의 사교춤 카드리유(quadrille)와 미국 컨트리댄스의 원형이다.

"그런데 다음 기차 편은 5시 30분에 있거든요." 그녀는 레이스 장식이 달린 옷 속에 파묻힌, 보석으로 장식된 작은 손목시계를 들여다보았다. "두 시간만 기다리면 되는데 도대체 뭘 하며 그 시간을 때워야 할지 모르겠네요. 하녀는 저를 위한 물건을 사기 위해 오늘 아침에 뉴욕에 왔었고, 예정대로라면 1시 기차로 벨로몬트에 갔을 거예요. 고모 댁은 문을 걸어 잠갔고, 뉴욕 전체에 아는 사람이라고는 하나도 안 남아 있는 거예요." 그녀는 애처로운 표정으로 역 주변을 흘낏 바라보았다. "밴 오스버그 부인 댁보다는 좀 덥군요. 만일 시간을 내 주실 수 있다면 아무 데나 바람을 쐴 수 있는 곳으로 데려다주세요."

셸든은 그녀의 뜻이라면 물론 그렇게 해 주겠다고 분명히 말했다. 그에게는 이 새로운 모험이 흥미로웠다. 릴리 바트를 구경하는 것은 항상 즐거웠다. 그리고 자신의 행동반경과 그녀의 행동반경 사이에는 평소에 워낙 거리가 있었기 때문에 그녀의 제안으로 인해 잠시나마 돌연한 친밀감의 세계로 들어간다는 사실이 흥미로웠다.

"셰리스 식당에 가서 차나 한잔할까요?"

그녀가 동의하듯 미소를 지었으나, 이내 얼굴을 조금 찡그렸다.

"월요일에 뉴욕에 오는 이들이 너무 많아서 틀림없이 지루한 사람들을 많이 만나게 될 거예요. 물론 산처럼 늙어 버린 저야 뭐 상관이 없기도 하지만. 그래도 저는 그런 사람들과 어울릴 만큼 충분히 늙었다 해도 당신은 아니잖아요." 그녀가 장난기 어린 어조로 이의를 표했다. "당장 차를 마시고 싶어

10

죽을 지경인 건 사실이지만, 그래도 어디 더 조용한 데가 없을까요?"

그녀가 자신을 향해 밝은 미소를 보내는 것을 보고 셀든도 미소로 응대했다. 그녀의 신중함은 그녀의 경솔함과 맞먹을 만큼 흥미로웠다. 그는 그 둘 다 그녀의 아주 신중한 계획의 일부라고 확신했다. 그는 바트 양을 판단할 때 항상 '목적론적 증명'을 활용했다.

"뉴욕의 자원이 다소 한정되어 있어서요." 그가 말했다. "하지만 마차를 먼저 부릅시다. 그런 다음 뭔가 생각해 내기로 해요." 그는 주말을 교외에서 보내고 돌아오는 사람들, 우스꽝스럽도록 커다란 모자를 쓰고 있는, 혈색이 나쁜 얼굴을 한 지친 여자들, 종이 꾸러미와 야자 잎 부채를 들고 낑낑대는 가슴이 납작한 여인네들의 무리를 뚫고 앞장섰다. 그녀가 그 사람들과 같은 인종에 속한다는 게 가능한 일일까? 평범한 여자들의 지저분하고 거친 모습과 대조되어 릴리의 세련됨은 더욱 뚜렷하게 부각되었다.

소나기가 한차례 지나가서 공기가 다소 식어 있었고, 축축한 도로 위로 구름이 시원하게 드리워져 있었다.

"참 상쾌하군요! 조금만 더 걸어요." 역을 나서며 그녀가 말했다.

그들은 매디슨가로 접어들어 천천히 북쪽을 향해 걸었다. 가볍고 시원시원하게 걷는 그녀와 나란히 걷는 동안 셀든은 자신이 그녀 곁에 있음으로써 사치스러운 쾌감을 누리고 있다는 사실을 의식할 수 있었다. 잘 꾸민 그녀의 자그마한 귀,

위를 향해 둥글려진 머리 — 아주 약간 색깔을 넣어 강조한 걸까? — 와 짙고 곧게 뻗은 검은색 속눈썹. 그녀의 모습은 어디를 봐도 생기 있고 우아했으며 강하면서도 섬세했다. 그는 그녀라는 존재를 창출하기 위해 아주 많은 희생이 따랐을 거라는, 아주 많은 별 볼 일 없고 못생긴 사람들이 뭔가 알 수 없는 방법으로 희생해 왔을 거라는 막연한 느낌이 들었다. 그는 그녀와 그녀도 그 일부인 여성이라는 집단을 구분하는 자질이 주로 외적인 것이라는 사실을 알고 있었다. 마치 투박한 진흙 위에 미와 까다로움이라는 섬세한 유약이 덧칠해진 것과도 같았다. 하지만 그런 비유가 완전히 만족스럽지는 않았다. 거친 재료에는 섬세한 유약을 아무리 발라 보았자 소용이 없을 수도 있으니까 말이다. 하지만 섬세한 재료가 환경으로 인해 무화되는 경우도 있는 것일지?

그가 이런 생각을 하고 있을 때 구름 사이로 해가 나오면서 그녀가 양산을 들었고, 그로 인해 그의 즐거움이 중단되었다. 그녀는 잠시 후 한숨을 내쉬며 걸음을 멈췄다.

"맙소사, 정말 덥고 목이 마르군요. 그리고 뉴욕은 정말 얼마나 흉측한 곳인지요!" 그녀는 절망적인 표정으로 황량한 대로의 위아래를 바라보았다. "다른 도시들은 여름이면 제일 좋은 옷을 꺼내 입는데, 뉴욕은 내복 바람으로 앉아 있는 것 같아요." 그녀의 눈은 옆 골목 중 하나를 따라 내려갔다. "누군가 저기 나무 몇 그루를 심는 인간성을 발휘했군요. 저 그늘로 가죠."

"제 거리가 아가씨의 승인을 받아서 다행입니다." 모서리를 돌며 셀든이 말했다.

"당신의 거리라고요? 여기 사세요?"

그녀는 벽돌과 석회석으로 새로 단장한 집들의 정면을 흥미롭게 바라보았다. 그것들은 독자적인 것을 좋아하는 미국 사람들의 취향에 따라 모두 제각기 다른 모양을 하고 있었는데, 차양과 긴 화분 따위가 신선한 느낌을 주었고 환영의 분위기를 자아내고 있었다.

"아, 예, 맞군요. 베네딕 빌딩. 정말 멋진 빌딩이군요! 전 처음 보는 것 같아요." 그녀는 길 건너 대리석 포치가 있고 유사 조지 왕조 풍인 한 빌라를 바라보았다. "저 유리창들 중 어느 게 당신 댁의 유리창인가요? 차양이 내려진 저것?"

"맨 꼭대기 층, 맞아요."

"저 귀여운 발코니가 당신 댁에 달린 거예요? 정말 시원해 보이네요!"

그는 잠시 사이를 뒀다가 "올라오셔서 보세요."라고 제안했다. "당장 차를 대접해 드릴 수도 있고, 지루한 사람들을 안 만나실 수도 있으니까."

그녀의 얼굴이 발그스레해졌다. 그녀는 아직도 정확히 어느 순간에 얼굴을 붉혀야 하는지 알고 있는 기술자였다. 하지만 그가 가볍게 제안한 것만큼이나 그녀도 가벼운 어조로 그 제안을 받아들였다.

"안 그럴 이유도 없죠? 너무나 매혹적인 제안이니 모험해 볼게요." 그녀가 똑똑히 말했다.

"오, 전 위험한 사람 아니에요." 그가 같은 어조로 말했다.

실은 그 순간만큼 그녀가 마음에 든 적은 없었다. 그는 자신의 제안을 받아들인 그녀의 행위가 아무런 계산도 해 보지 않고 이루어진 것이라는 사실을 알 수 있었다. 자신은 그녀가 굳이 계산을 할 만큼 중요한 사람이 아니었다. 그녀가 그렇게 즉흥적으로 동의했다는 사실이 경이로웠다. 그 경이로움이 거의 신선할 정도였다.

문턱에서 그는 현관 열쇠를 더듬으며 잠시 멈췄다.

"안에 아무도 없어요. 하지만 아침마다 하인이 한 명 오게 되어 있어요. 하인이 와서 다기들과 케이크를 준비해 놨을 겁니다."

그는 오래된 판화들이 걸려 있는 조그만 복도로 그녀를 안내하며 들어갔다. 그녀는 그의 인도로 장갑과 단장 등이 널려 있고, 그 가운데 편지며 메모지 따위가 섞여 있는 탁자를 지나 작은 서재로 들어갔다. 서재는 어두웠지만 사방의 벽이 책으로 가득 차 있었고 기분 좋게 색이 바랜 터키산 양탄자가 깔려 있었으며 잡동사니가 놓인 책상과 그가 예견한 대로 차반이 놓인 창가의 낮은 탁자 등으로 인해 유쾌한 분위기를 느낄 수 있었다. 바람이 살짝 불어 들어오면서 모슬린 커튼이 안으로 부풀려졌고, 발코니의 긴 화분에 심겨 있던 미뇨네트와 피튜니아의 신선한 향기가 코를 스쳤다.

릴리는 낡은 가죽 의자 중 하나에 한숨을 쉬며 털썩 앉았다.

"이런 곳을 혼자 차지하고 계시니 얼마나 좋으세요! 여자란 참 비참한 존재예요." 그녀는 불행이라는 사치스러운 기분을 누리며 의자에 깊이 기대앉았다.

셸든은 케이크를 찾기 위해 찬장을 뒤지고 있었다.

"여성분들도 아파트라는 특권을 누린 예가 있는 것으로 아는데요."

"오, 가정 교사들이나 과부들 말이죠. 하지만 처녀들은 아니에요. 불쌍하고 비참한, 결혼이 가능한 처녀들은 안 그렇죠!"

"전 아파트에 사는 처녀도 한 명 알고 있는걸요."

그녀는 놀라서 몸을 곧추세우며 말했다. "그래요?"

"그럼요." 그가 마침내 케이크를 찾아 찬장에서 멀어지며 말했다.

"오, 알겠어요. 거티 패리시 말씀이군요." 그녀가 다소 심술궂은 미소를 지었다. "하지만, 제가 '결혼이 가능한'이라고 했잖아요. 게다가 거티는 끔찍하고 비좁은 곳에 하녀도 없이, 그리고 그렇게 이상한 것들을 먹으면서 살고 있잖아요. 요리사가 빨래도 해 주니까, 음식에서 비누 냄새가 나거든요. 아시겠지만, 전 그런 것은 못 견뎌요."

"빨래하는 날은 거티와 식사를 안 하시면 되겠군요." 셸든이 케이크를 자르며 말했다.

두 사람이 동시에 웃었다. 그리고 셸든이 주전자 아래 램프에 불을 붙이기 위해 탁자 곁에 무릎을 꿇었고, 그녀는 초록색 유약을 칠한 조그만 찻잔에 차의 양을 조절해 넣었다. 그는 오래된 상아 조각처럼 윤기가 도는 그녀의 손과 가냘픈 핑크빛 손톱, 그리고 그녀의 손목을 향해 미끄러져 내리는 사파

이어 팔찌를 보면서 자신이 사촌인 거트루드 패리시가 선택한 삶을 그녀에게 제안한 일이 얼마나 우스꽝스러운 것인지 새삼 깨닫지 않을 수 없었다. 그녀는 그녀를 생산한 문명의 희생자인 게 너무나 분명했고, 그녀의 팔찌를 연결해 주고 있는 고리들은 그녀를 그녀의 운명에 얽매고 있는 수갑 같아 보였다.

그녀는 그의 생각을 읽은 듯했다. "거티에 대해서 그런 식으로 말하다니 정말 제가 나빴네요." 그녀의 자기반성도 매력적이었다. "거티가 당신의 사촌이라는 사실을 잊고 있었어요. 하지만 거티와 저는 정말 달라요, 아시겠지만. 거티는 착한 일 하는 것을 좋아하고, 저는 행복한 것을 좋아하니까요. 더구나 거티는 자유로운 존재지만, 저는 아니고요. 제가 만일 자유롭게 살 수 있다면 거티가 사는 아파트에 살더라도 행복할 수 있을 거라고 감히 말할 수 있어요. 가구를 제가 원하는 대로 배치하고 청소부에게 마구 화를 낼 수 있는 자유는 순수한 지고지선의 행복일 거예요. 만일 제가 고모님의 응접실을 제 뜻대로 새로 장식할 수 있다면 전 더 선한 여자가 될 수 있었을 거예요."

"그렇게 안 좋은가요?" 그가 공감하듯 물었다.

그녀는 그가 물을 따르도록 그를 향해 찻잔을 내밀며 미소를 지었다.

"그렇게 물으시는 것만으로도 당신께서 제 고모 댁에 얼마나 안 들르시는지 알 수 있어요. 더 자주 찾아오시지 그러세요?"

"제가 찾아간다면 페니스턴 부인의 가구를 보기 위해서는 아니니까요."

"터무니없는 말씀이에요. 전혀 안 찾아오시잖아요. 그런데
도 우리가 만나면 이렇게 잘 어울리잖아요."

"그게 이유일지도 모르지요." 그가 곧바로 대답했다. "크림
이 없는 것 같군요. 크림 대신 레몬 한 조각은 어떠세요?"

"그게 더 좋아요." 그녀는 그가 레몬을 잘라서 그녀의 찻잔
에 그 얇은 조각을 떨어뜨릴 때까지 기다렸다. "하지만 그게
이유는 아니지요." 그녀가 고집했다.

"무슨 이유 말인가요?"

"당신이 전혀 방문하시지 않는 이유요." 그녀는 매력적인 눈
에 약간 곤혹스러운 표정을 띠며 몸을 앞으로 내밀었다. "알
고 싶어요. 당신이라는 사람을 파악할 수 있으면 좋겠어요. 물
론 저도 저를 좋아하지 않는 남자분들이 있다는 거 알아요.
그냥 한번 보기만 해도 알 수 있지요. 그리고 저를 두려워하
는 분들도 있어요. 제가 자신들과 결혼하고 싶어 한다고 생각
하기 때문이지요." 그녀는 솔직한 표정으로 그를 바라보며 미
소를 지었다. "하지만 당신은 저를 싫어하시는 것 같지는 않아
요. 그리고 제가 당신과 결혼하고 싶어 한다고 생각하실 리도
없고요."

"물론이지요. 그런 건 염려하시지 않아도 됩니다." 그가 동
의했다.

"그렇다면?"

그는 찻잔을 벽난로 쪽으로 들고 가 굴뚝에 기대서서 한가
롭게 즐기는 표정을 하고 그녀를 내려다보았다. 그는 그녀의

눈에 분개의 빛이 보이는 게 더욱 재미있었다. 그는 그녀가 그렇게 시시한 게임에 자신의 에너지를 낭비할 사람은 아니라고 생각했었다. 하지만 그녀가 살짝 한 발 걸치는 것일 수도 있었다. 혹은 그녀 같은 타입의 여자는 개인적인 것 외엔 화제가 없는 것일지도 모른다. 어쨌든 그녀는 놀라울 정도로 예뻤고, 차를 마시자고 청한 건 자신이니까 그도 나름의 의무를 수행해야 했다.

"그렇다면, 바로 그 사실 때문일지도 모르지요." 그가 과감하게 말했다.

"무슨 사실?"

"당신께서 저와 결혼할 의사가 없다는 사실 말입니다. 아마도 그래서 당신을 보러 갈 마음이 강하게 들지 않는 것인지도 모르죠." 그렇게 과감하게 말할 때 그의 등골이 다 서늘해졌다. 하지만 그녀가 웃었고 그 웃음이 그를 안심시켰다.

"친애하는 셀든 씨, 그 말씀은 당신답지 않은데요. 당신이 제게 구애를 하신다면 그건 멍청한 짓이고, 멍청한 것과 당신은 거리가 머니까요." 그녀는 몸을 뒤로 기대면서 차를 한 모금 마셨는데, 그에 대해 판단을 내리는 그 모습이 어찌나 매혹적이던지 그들이 지금 그녀 고모의 응접실에 있었다면 그가 그녀의 추론을 반박하려고 시도했을지도 모를 일이었다.

"모르시겠어요?" 그녀가 말을 이었다. "제게 기분 좋은 말을 해 주는 남자는 충분히 많거든요. 제가 원하는 건 제게 적절한 순간에 기분 나쁜 얘기도 서슴없이 해 줄 수 있는 친구예요. 때때로 당신이 그런 친구가 될 수 있을지도 모른다고 생각했어요. 이유는 알 수 없지만. 아마 당신이 공연히 거만을 떠는 사람도, 그렇다고 벼락부자가 된 천박한 사람도 아니라서 그렇겠죠. 그리고 당신과 함께 있을 때면 제가 저 아닌 다른 사람인 척 가장할 필요도 없고 당신을 경계할 필요도 없으니까요." 그녀의 목소리가 낮아지며 진지한 어조가 되었다. 그리고 혼란에 빠진 어린아이 같은 진지한 자세가 되며 앉은 채로 그를 골똘히 올려다보았다.

"제게 그런 친구가 얼마나 절실히 필요한지 모르실 거예요." 그녀가 말했다. "고모님께서는 평범한 격언은 풍부한 분이지만, 그 격언들은 모두 오십 대 초반의 사람들의 행실에 대한 것들이에요. 전 그 격언에 맞춰 살려면 항상 벙벙한 지고 소매[3]가 달린 제책용 모슬린 옷을 입어야 할 것 같은 느낌이에요. 그리고 다른 여자들 — 제 가장 친한 친구들 — 은 저를 이용하거나 악용할 뿐이지요. 제게 무슨 일이 일어나든 전혀 관심도 없는 거예요. 제가 너무 오랫동안 같은 상태로 지내 와서 그이들도 저한테 싫증을 느끼고 있어요. 저한테 이제 결혼해야 한다고 말하기 시작했거든요."

잠시 동안 침묵이 이어졌고, 그동안 셀든은 상황에 잠시나마 산뜻한 풍미를 더해 줄 한두 가지 대답을 생각해 냈지만, 결국은 접어 두고 단순한 질문을 하기로 했다. "그런데, 왜 결혼 안 하세요?"

---

3) 지고(gigot)란 양의 뒷다리를 뜻하는 프랑스어로 위는 부풀리고 아래는 꽉 끼게 만든 소매를 가리킨다. 1830년대에 크게 유행했고 이후 여러 가지 변형이 나왔다.

그녀는 얼굴을 붉히며 웃었다. "아, 당신이 친구인 게 맞군요. 바로 그 질문이야말로 제가 원했던 기분 나쁜 얘기들 중 하나예요."

"기분 나쁘게 할 의도는 아니었습니다." 그가 다정하게 응대했다. "결혼이야말로 당신의 사명 아닌가요? 모두 그것을 위해 교육을 받는 것 아닌가요?"

그녀는 한숨을 내쉬었다. "그렇다고 봐야죠. 그것 말고 다른 선택이 뭐가 있나요?"

"그러니까 말이에요. 그러니 왜 과감히 뛰어들어서 결판을 내지 않나요?"

그녀는 어깨를 으쓱했다. "제가 어떤 남자든 처음 나타난 남자하고 그냥 결혼해 버려야 한다는 듯 말씀하시는군요."

"당신이 그 정도로 어려운 상황에 처해 있다고 말씀드리려는 뜻은 아니었어요. 하지만 조건이 적당한 누군가가 있을 법한데요."

그녀는 지친 듯한 표정으로 고개를 가로저었다. "사교계에 데뷔했을 즈음에 한두 번 좋은 기회를 놓쳤지요. 여자들이 보통 다 겪는 일이겠지요. 아무튼 당신도 아시지만 전 끔찍하게 가난하면서, 또 돈은 너무 많이 드는 사람이잖아요. 전 돈이 아주 많이 필요한 사람이에요."

셀든은 벽난로 위에 있는 담뱃갑을 향해 몸을 돌렸다.

"딜워스는 어떻게 되었어요?" 그가 물었다.

"오, 그 남자의 어머니가 걱정이 대단했죠. 제가 가보로 전해 오는 보석들을 전부 새로 세팅할까 봐서. 그리고 저더러 웅

접실을 새로 장식하지 않겠다고 약속을 하라고 하시더라고
요."

"바로 그러려고 결혼하시는 건데 말이죠?"

"그러니까 말이에요. 그래 놓고 그냥 그 남자 짐을 싸서 인
도로 보내 버리더라고요."

"운이 나빴군요. 하지만 당신은 딜워스보다 더 나은 사람도
잡을 수 있어요."

그가 담뱃갑을 내밀었고, 그녀는 담배를 서너 개비 꺼내서
하나는 입술 사이에 물고 나머지는 긴 진주 사슬이 달린 자그
마한 금색 케이스에 스르르 집어넣었다.

"시간이 있을까요? 한 모금만 피우기로 하죠." 그녀가 자신
의 담배 끝이 그의 담배에 닿도록 몸을 앞으로 내밀었다. 그
순간 그는 그녀의 부드러운 흰 눈꺼풀 끝에 달린 검은 속눈썹
이 쪽 고르게 난 모습, 그리고 그 바로 아래 보랏빛이 순수한
백색의 뺨으로 녹아드는 모습을 순수하게 객관적으로 즐길
수 있었다.

그녀는 담배를 피우는 사이사이 서가를 유심히 들여다보면
서 방을 오락가락하기 시작했다. 책들 중에는 무르익은 색조
의 잘 다듬어진 모로코가죽 표지가 씌워진 것들이 있었는데,
그녀의 어루만지는 듯한 눈길이 그것들 위에 머물렀다. 전문가
다운 견식이 있어서가 아니라 그녀가 유쾌한 색조와 질감을
즐길 줄 알기 때문이었다. 그런 것들이야말로 그녀의 가장 민
감한 반응을 끌어냈다. 그러다 갑자기 그녀의 표정이 산만한
감상에서 적극적인 추측으로 바뀌었다. 그녀가 셀든을 향해

돌아서더니 물었다.

"책을 수집하시는군요, 맞죠? 초판이니 그런 것들에 대해서 아시죠?"

"돈이 별로 없는 남자가 할 수 있는 범위 안에서 수집하죠. 어쩌다 잡동사니 더미에서 뭔가를 찾아낼 때도 있고, 큰 세일 때 가서 구경을 하기도 하죠."

그녀는 다시 서가를 바라보았는데, 무심한 눈으로 건성건성 훑고 있었다. 그녀가 새로운 생각에 사로잡혀 있다는 것을 알 수 있었다.

"그리고 아메리카나[4]…… 아메리카나도 수집하시나요?"

셸든은 물끄러미 그녀를 바라보다가 웃었다.

"아니요, 그건 제 수준을 넘어서는 거라서요. 전 진짜 수집가는 못 됩니다, 보시다시피. 그냥 제가 좋아하는 책들의 좋은 판본을 갖는 것을 좋아할 뿐이지요."

그녀는 약간 얼굴을 찡그렸다. "그런데 아메리카나는 끔찍하게 지루하지 않나요?"

"그럴 것 같죠? 역사가라면 모를까. 하지만 진짜 수집가들은 그것이 희귀하다는 사실에 가치를 두죠. 아메리카나를 사는 사람들이 밤새도록 그것을 읽는 것은 아닐 거예요. 아메리카나 수집가 제퍼슨 그라이스는 분명히 그러지 않았죠."

그녀는 주의를 집중해서 듣고 있었다. "하지만 그 책들은 엄청나게 비싸죠? 절대 읽지 않을 책, 더구나 흉하고 활자도 형

4) 미 대륙 발견 시기 각종 문헌을 총칭하는 용어.

편없는 책을 사려고 엄청난 돈을 지불하는 게 참 이상해요! 그리고 아메리카나의 소유자들 대부분은 역사가도 아니죠, 아마?"

"아니죠. 역사가들 중에 그것을 살 재력이 있는 사람은 별로 없을걸요. 그분들은 공립 도서관이나 개인 소장가들이 소유한 책을 이용해야 해요. 보통의 수집가들이 매력을 느끼는 건 단순히 그 책들이 희귀하다는 사실뿐인 것 같습니다."

그는 그녀가 서 있던 곳 근처에 놓인 의자의 팔걸이에 걸터앉았다. 그녀는 계속해서 그에게 질문을 던졌다. 어떤 책이 가장 희귀한지, 사람들이 진짜로 제퍼슨 그라이스 장서를 세계에서 가장 좋은 것으로 여기는지, 한 권짜리로 가장 비싸게 팔린 책의 값은 얼마였는지 등등.

셸든은 그 자리에 앉아서 낡은 장정들의 따뜻한 색깔을 배경으로 그녀가 옆으로 몸을 숙인 채 이 책, 저 책을 책꽂이에서 뽑아 들고 손가락 사이로 책장을 넘기고 있는 모습을 올려다보는 것이 참으로 즐거웠다. 그래서 그녀가 왜 갑자기 그렇게 평범한 주제에 관심을 보일까 전혀 의아해하지 않고 계속 대화를 이어 나갔다. 하지만 그녀와의 대화가 길어지면서 그녀가 이런 질문들을 하는 이유를 꼭 알고 싶어졌다. 그는 그녀가 라브뤼예르의 초판본을 책장의 제자리에 꽂고 돌아서는 순간 그녀의 의도가 무엇인가 자문하기 시작했다. 릴리의 다음 질문도 그의 궁금증을 풀어 주지는 못했다. 그녀는 잠깐 사이를 두고 미소를 지었는데, 그 미소를 통해 그를 친구로 대하는 동시에 친구라는 자격에 따른 한계를 상기시키기도 하는 듯했다.

"그런데, 사고 싶으신 책을 모조리 살 수 있는 재력이 안 된다는 사실에 속상했던 적은 없나요?" 그녀가 갑자기 물었다.

그는 그녀의 시선을 따라 자신의 방을, 낡은 가구와 허름한 벽을 둘러보았다.

"그런 적이 없냐고요? 제가 제단 위의 성자라고 생각하세요?"

"그리고 일을 해야 한다는 사실에 대해서도. 그게 싫지는 않으세요?"

"오, 일 자체는 그렇게 나쁘지 않아요. 전 법률을 좋아하는 편이거든요."

"그러실 테지요. 하지만 매여 있다는 사실. 반복적인 일상. 그냥 훌쩍 떠나서 새로운 곳들과 사람들을 찾아가고 싶다는 생각이 드는 적은 없나요?"

"몹시도요. 특히 친구들이 모두 증기선을 타러 몰려가는 걸 볼 때는요."

그녀는 공감을 표시하는 한숨을 쉬었다. "하지만 그런 형편에서 벗어나기 위해 결혼할 그런 정도인가요?"

셀든은 웃음을 터뜨렸다. "맙소사, 그건 아니죠!" 그가 선언하듯 말했다.

그녀는 벽난로에 담배를 던져 넣었다. 그리고 한숨을 내쉬며 일어섰다.

"아, 그 점에 차이가 있어요. 여자는 그렇게 해야 하지만, 남자는 원할 경우에만 그래도 된다는." 그녀는 그를 날카로운 눈으로 훑어보았다. "당신의 코트는 약간 허름하죠. 하지만 무슨 상관이에요. 그렇다고 해서 사람들이 당신을 정찬에 초대하지 않는 건 아니니까요. 제 꼴이 허름하면 아무도 저를 초대하지 않을걸요. 여성에게는 본인만큼이나 그녀가 입고 있는 옷도 중요하니까요. 옷은 배경, 일종의 액자라고 부를 수 있겠죠. 그것만으로는 성공할 수 없지만 그것이 성공을 가능케 하는 일부이기는 한 거예요. 칙칙한 여성을 누가 원하겠어요? 사람들은 우리가 죽을 때까지 예쁘기를, 잘 차려입기를 기대하고 있어요. 그리고 만일 우리가 홀로 그렇게 할 수 없다면 파트너십을 형성해야 하는 거예요."

셀든은 재미있다는 표정으로 그녀를 바라보았다. 그녀의 어여쁜 눈의 호소력에도 불구하고 감상적으로 그녀를 바라보기는 불가능했다.

"아, 그런 투자를 위해 기회를 엿보는 자본은 아주 많을 겁니다. 오늘 밤 트레너가에서 운명과 조우하게 되실지도 모르지요."

그녀는 의아해하는 표정으로 그를 마주 바라보았다.

"오늘 거기 가실지도 모른다고 생각했어요. 오, 물론 꼭 그럴 목적으로 가실 거라고 생각한 것은 아니고요! 하지만 거기 당신과 같은 계층의 사람들이 많이 갈 테니까요. 그웬 밴 오스버그, 웨더럴 부부, 크레시다 레이스 부인, 그리고 조지 도싯 부부."

그녀는 마지막 이름을 듣고 잠깐 멈칫하더니 속눈썹 사이로 의문 섞인 눈길을 던졌다. 하지만 그는 그 눈짓을 알아차린 내색을 하지는 않았다.

"트레너 부인이 저도 초대해 주셨어요. 하지만 저는 주말까지는 뉴욕을 빠져나갈 수가 없답니다. 더욱이 그런 식으로 규모가 큰 파티는 지루해요."

"아, 저도 그런데!" 그녀가 외쳤다.

"그럼, 왜 가세요?"

"그게 제 일의 일부니까요. 잊으셨군요! 더구나 안 가 봤자 제가 할 수 있는 일이라곤 리치필드스프링스에서 고모와 베지크 게임을 하는 것뿐이잖아요."

"그건 거의 딜워스와 결혼하는 것만큼이나 안 좋은 상황이군요." 그가 동의를 표했다. 그리고 그들은 갑자기 서로가 그렇게 가깝게 여겨지는 것에 순수한 즐거움을 느끼며 웃었다.

그녀가 시계를 흘낏 보았다.

"맙소사! 가야겠네요. 벌써 5시가 넘었어요."

그녀는 벽난로 선반 앞에 멈춰 서서 거울 속의 자신을 유심히 바라보며 베일을 가다듬었다. 가냘프고 긴 옆구리 선을 드러낸 자태 덕분에 그녀의 윤곽이 일종의 원시림처럼 우아해 보였다. 마치 사로잡힌 나무의 요정이 응접실의 관습에 억지로 맞추고 있는 듯한 모습이었다. 그리고 셀든은 그녀의 인위적인 아름다움이 그토록 멋지게 보이는 건 바로 그런, 숲의 요정 같은 생래의 자유분방한 기질 때문이라는 사실을 깨달았다.

그가 그녀의 뒤를 따라 방을 가로질러 현관까지 갔을 때 그녀가 문턱에 서서 작별 인사의 표시로 손을 내밀었다.

"아주 즐거웠어요. 이제 제 방문에 대해 답방을 하실 차례 군요."

"하지만 역까지 모셔다 드려야 하지 않겠어요?"

"아니에요, 여기서 작별하기로 해요."

그녀는 그를 향해 사랑스러운 미소를 지으며 그의 손안에 자신의 손을 잠시 놓았다가 거두었다.

"그럼 안녕히 가세요. 그리고 벨로몬트에서 행운이 있기를 빌겠습니다!" 그가 문을 열어 주며 말했다.

층계참에 도달한 그녀는 주변을 둘러보기 위해 잠시 멈춰 섰다. 그녀가 지인을 마주칠 확률은 1000분의 1도 안 되었지만, 알 수 없는 일이었다. 그녀는 자신으로선 드물게 경솔한 행동을 하게 되면 그다음엔 언제나 지나칠 정도로 신중하게 대처하는 것으로 그 잘못을 보상하곤 했다. 하지만 계단을 박박 문질러 닦고 있는 청소부 여자 외에는 아무도 눈에 띄지 않았다. 청소부 여자의 몸피가 크기도 했고, 청소 도구들이 자리를 차지하기도 해서 릴리는 스커트 자락을 그러쥐고 벽에 바짝 붙어 그녀 곁을 지나가야 했다. 그녀가 그렇게 지나가는 동안 청소부 여자는 일을 멈추고 그녀를 신기한 듯 바라보았다. 방금 양동이에서 꺼낸 젖은 천을 붉은 손으로 꽉 그러쥔 채. 그녀는 혈색 나쁜 넓적한 얼굴에 천연두 자국이 약간 있었는데, 지푸라기 색의 가는 머리카락 사이로 머리 가죽이 불쾌한 빛깔로 빛나고 있었다.

"실례합니다." 릴리가 상대방의 불손한 태도를 비판하려는 의도를 담아 공손하게 말했다.

그 여자는 대답을 하지 않고 양동이를 옆으로 민 채 계속해서 비단 속옷 살랑이는 소리와 함께 지나가는 바트 양의 모습만 뚫어져라 바라보았다. 릴리는 그 눈길 아래서 자신의 얼굴이 붉어지는 것을 느꼈다. 저 존재가 무슨 생각을 하고 있는 것일까? 너무나 단순하고 너무나 무해한 일을 한 다음 그것 때문에 가증스러운 추측의 대상이 되지 않을 길은 정녕 없단 말인가? 아래 층계참을 반쯤 내려왔을 때 릴리는 자신이 겨우 청소부 여자의 눈길 때문에 그렇게 심리적으로 동요했다는 사실에 스스로 고소를 머금었다. 그 불쌍한 여자는 아마도 그처럼 흔치 않은 존재가 환영처럼 출몰한 것에 황홀해하고 있었던 것이리라. 하지만 셀든의 계단에 그런 환영이 흔치 않았던 것일까? 바트 양은 독신 남자가 사는 아파트의 도덕률에 대해 잘 알지 못했고, 그 여자의 끈질긴 눈길이 과거의 연상을 더듬는 것을 의미할 수도 있다는 생각에 다시 얼굴을 붉혔다. 하지만 그녀는 자신의 공포에 미소를 지으며 그 생각의 가닥을 접었고, 5번가에 도착하기 전에 마차를 잡아타야 할지 말지 생각해 보았다.

그녀는 조지 왕조 풍의 포치 아래 멈춰 서서 이륜마차를 잡으려고 거리를 살폈다. 이륜마차는 눈에 띄지 않았고, 보도에 이르자 자그마한 체구에 치자꽃을 코트 주머니에 꽂은 번지르르한 차림의 남자와 정면으로 맞닥뜨렸다. 그는 모자를 치켜들며 놀라서 큰 목소리로 말했다.

"바트 양? 세상에…… 하고많은 사람들 중에 당신을 만나다니! 참 운이 좋군요!" 그가 주저 없이 말했다. 그의 찡그린 눈꺼풀 사이로 흥미진진한 호기심이 반짝이는 모양이 역력했다.

"오, 로즈데일 씨! 안녕하세요?" 릴리는 자신이 무의식중에 짓고 있던 짜증스러운 표정에 로즈데일이 갑작스러운 친밀함을 표시하는 미소로 화답하고 있다는 걸 알 수 있었다.

로즈데일 씨는 그녀를 흥미와 승인을 담은 표정으로 훑어보았다. 그는 금발의 유대인이라는 유형에 들어가는 통통한 분홍빛 살결의 남자로, 가구에 덧씌워진 천처럼 잘 맞춰진 세련된 런던제 양복을 입고 있었으며, 작고 옆으로 찢어진 눈은 마치 사람이 골동품이라도 되는 양 완상하는 듯 보였다. 그가 베네딕의 포치를 질문하는 듯한 눈길로 올려다보았다.

"뉴욕에 쇼핑차 오셨나 보군요?" 아주 살짝 도를 넘은 친밀감을 담은 목소리로 그가 말했다.

바트 양은 그런 친밀감의 표시에 약간 움찔했으나 이내 자신이 그곳에 온 목적을 설명하는 대답으로 맞섰다.

"맞아요. 재단사를 만나러 왔어요. 트레너가에 가기 위해 기차를 타러 가는 길이지요."

"아, 재단사로군요, 그렇군요." 그가 매끄럽게 말했다. "베네딕에 재단사가 살고 있는 줄 몰랐습니다."

"베네딕이라고요?" 그녀는 궁금해하는 부드러운 목소리로 말했다. "이 건물 이름인가요?"

"그렇습니다. 그게 이 건물 이름이지요. 독신자라는 뜻의 옛날 단어 아니던가요? 제가 이 건물의 소유주거든요. 그래서 알고 있지요." 그는 더욱 은근한 미소를 띠며 확신에 찬 목소리로 덧붙였다. "하지만 제가 역까지 모셔다 드리겠습니다. 트레너 부부는 벨로몬트에 계시지요, 물론? 5시 40분 기차를 타시려면 시간이 빠듯하군요. 재단사가 오래 기다리시게 한 모양입니다."

릴리는 그 야유조의 말에 몸이 굳었다.

"오, 고마워요." 그녀가 더듬거렸다. 그리고 바로 그 순간 눈에 띈 매디슨가를 지나가는 이륜마차를 필사적으로 잡았다.

"참, 친절하시군요. 하지만 폐를 끼치고 싶지는 않아요." 그녀가 로즈데일 씨에게 손을 내밀며 말했다. 그리고 그의 항의에 주의를 기울이지 않고 때마침 자신을 구원해 주러 온 마차에 성큼 올라타서 숨찬 목소리로 마부에게 자신의 행선지를 말해 주었다.

2장

이륜마차 안에서 릴리는 한숨을 내쉬며 뒤로 기댔다. 처녀가 아주 사소하게 상궤를 벗어난 행위를 한 데 대한 대가가 어째서 이렇게 크단 말인가? 왜 자연스러운 일을 할 때 책략이라는 구조 뒤로 그것을 가려야만 한단 말인가? 그녀가 로런스 셀든의 방을 방문한 것은 순간적인 충동에 따른 일이었는데, 릴리가 충동이라는 사치를 스스로에게 허용하는 일은 사실 거의 없는 편이었다. 어쨌든, 이번 일탈로 그녀는 자신의 깜냥을 넘어서는 대가를 치르게 되었다. 그녀는 그렇게 여러 해 동안 조심을 하면서 지내 왔음에도 불구하고 자신이 방금 오 분 동안 두 번이나 실수를 했다는 사실에 짜증이 났다. 재단사를 만나러 왔다는 서투른 구실도 정말 좋지 않았다. 그냥 셀든과 차를 마셨다고 간단히 얘기했으면 되었을 텐데! 솔직하게 말했으면 그런 솔직함이 그 행위의 순진성을 증명했을 것이다. 하지만 거짓말을 해 놓고 스스로 놀라서 자신의 불편한 심정을 목격한 사람을 냉대한 것은 거짓말을 한 것보다 두 배나 더 멍청한 짓이었다. 만일 그녀가 침착하게 로즈데일의 마차를 얻어 타고 역으로 갔다면 그런 양보가 그의 침묵을 샀을 수도 있었으리라. 그는 모든 것의 값어치를 알아보는 유대인 특유의 정확성을 소유한 사람이었고, 자신이 릴리 바트 양과 사람이 붐비는 오후 시간에 역을 걸어가는 모습을 과시하는 것은 그가 할 만한 표현을 빌리자면, 주머니 속의 돈이나 다름없었을 것이다. 그는 물론 벨로몬트의 저택에서 큰 파티가 열린다는 것을 알고 있었고 자신이 트레너 부인의 손님 중 하나라고 여겨질 수 있다는 것도 그의 계산에 포함되었을 게 틀림없었다. 로즈데일 씨는 사교계의 계단을 타고 올라가는 일에서 아직까지 그런 인상을 주는 것이 중요한 그런 단계에 있었기 때문이다.

정말로 화가 나는 것은 릴리가 이 모든 사실을 알고 있었다는 것, 그 자리에서 그를 침묵시키는 것이 얼마나 쉬웠을지도, 나중에 그렇게 하기가 얼마나 어려울지도 알고 있었다는 사실이었다. 사이먼 로즈데일 씨는 모든 사람들에 관해 모든 일을 아는 것을 자기 일로 삼는 사람, 그에게 사교계에서 편하게 지내는 방식이란 자신이 가깝게 지내고 싶어 하는 사람들의 습관에 대해 자신이 불편한 진실을 알고 있음을 넌지시 암시하는 것인 그런 사람이었다. 릴리는 로즈데일 씨의 지인들 사이에 자신이 베네딕 건물로 재단사를 찾아갔다는 소문이 스물

네 시간 안에 싹 돌 거라고 확신했다. 이 상황이 최악인 것은 그녀가 항상 그를 무시하고 냉대해 왔기 때문이었다. 그녀의 신중하지 못한 사촌 잭 스테프니가 (추측하기 너무 쉬운 로즈데일의 호의에 대한 보답으로) 밴 오스버그가의 손님이 많은 '잔치들' 중 하나에 그의 자리를 확보해 주었을 때, 유대인 특유의 상업적 통찰력과 예술적 감각이 뒤섞인 감식안의 소유자 로즈데일은 바트 양에게 즉각적인 호감을 느꼈다. 그녀는 그의 동기를 이해했다. 그녀 자신도 그와 같은 탁월한 계산에 입각해 행동하고 있었으니까. 그녀는 훈련과 경험을 통해 신참들을 환대해야 한다는 사실을 알고 있었다. 가장 장래성이 없어 보이는 사람이 나중에 도움이 될 수도 있고, 그들이 별 도움이 안 된다면 그들을 삼켜 버릴 지하 감옥도 많았으니 말이다. 하지만 그녀는 다년간에 걸친 사교계에서의 훈련에도 불구하고 본능적인 혐오감에 따라 로즈데일 씨에게 재판을 거칠 기회도 주지 않고 곧장 그를 지하 감옥에 처넣어 버렸다. 그가 남긴 파장이란 그녀가 그를 신속히 처리한 일이 그녀의 친구들 사이에서 유쾌하게 받아들여졌다는 사실뿐이었다. 그리고 (비유를 조금 바꾸자면) 그가 다시 하류에서 나타났을 때는 가끔씩 그의 머리만 불쑥불쑥 솟아났을 뿐 그 사이의 대부분은 물에 잠긴 상태였다.

릴리는 여태까지 아무런 주저 없이 그렇게 해 왔다. 그녀의 작은 그룹에서 로즈데일 씨는 '말도 안 되는' 사람으로 선고되었고, 잭 스테프니는 정찬 초대장으로 빚을 갚으려고 했다 해서 냉대를 받았다. 다양한 것을 좋아해서 더러 무모한 실험을 하기도 하는 트레너 부인조차 로즈데일 씨를 신기한 존재로 포장해서 어물쩍 넘기려는 잭의 시도에 저항했으며, 그가 자신의 기억으로도 열두 번쯤 사교계 인사의 명단에 올랐다가 거부된 바 있는 그 작은 유대인일 뿐이라고 선언했다. 그리고 주디 트레너가 고집을 부리는 한 로즈데일 씨가 밴 오스버그의 요란스러운 파티라는 변방에서 벗어나 사교계를 뚫고 들어올 길은 없었다. 잭은 '두고 보라지.'라는 식으로 웃어넘기면서 그 싸움을 포기했지만 남아답게 자신의 입장을 고수하며 고급 식당에 사교계에서는 별로 중요한 존재가 아니지만 인물이 출중한 여성들을 대동하고 로즈데일과 함께 다니곤 했다. 그런 목적에 쓸 여자들은 얼마든지 있었으니 말이다. 하지만 그런 시도도 여태까지는 별무효과였고, 그때마다 식사비를 지불한 것은 로즈데일이 틀림없었으니 그의 채무자만 재미를 보아 왔다고 할 수 있다.

로즈데일 씨는 여태까지는 그다지 걱정할 존재는 아닌 것으로 보였다. 그의 영향력 안에 자신을 종속시키지 않는 한에서는. 그런데 바로 그것이 방금 바트 양이 한 일이었다. 그녀가 서투른 거짓말을 했기 때문에 로즈데일은 그녀한테 뭔가 감출 일이 있구나 하고 짐작할 수 있었던 것이다. 그리고 릴리는 그가 자신에 대해 앙심을 품고 있다고 확신하고 있었다. 그의 미소에 깃든 어떤 표정이 그가 그녀의 냉대를 잊지 않고 있다는 사실을 알려 주었다. 그녀는 오싹한 느낌이 들면서 그 생각을 떨쳐 버리려고 했다. 하지만 그 생각은 역까지 가는 내내 그녀의 머리를 떠나지 않았고 로즈데일 씨 특유의 끈기로 짓

굳게 플랫폼까지 그녀를 쫓아왔다.

그녀가 자리에 앉자마자 기차가 출발했다. 하지만 어김없이 본능적인 손길로 매무새를 가다듬은 그녀는 트레너 집안의 파티에 가는 다른 손님을 마주치기를 바라는 마음으로 주위를 둘러보았다. 그녀는 자신으로부터 벗어나고 싶었는데, 그녀가 아는 유일한 자아 탈출 방법은 대화였기 때문이다.

주위를 둘러보던 그녀의 시선이 약간 붉은 기가 도는 턱수염이 난 금발의 젊은이에게 가서 꽂혔다. 그는 같은 칸의 반대편 끝에 앉아 신문을 펼쳐 들고 읽는 체하고 있었다. 릴리의 눈이 반짝였고 희미한 미소에 입술연지의 선이 조금 누그러졌다. 그녀는 퍼시 그라이스 씨가 벨로몬트에 간다는 사실을 알고는 있었지만 기차에서 그를 독점하는 행운이 찾아오리라고는 기대하지 않았다. 이 행운으로 인해 로즈데일 씨에 대한 모든 혼란스러운 생각이 사라져 버렸다. 결국 시작은 별로였지만 끝은 좋은 날이 될지도 모르겠다는 생각이 들었다.

그녀는 종이칼로 소설책의 종잇장을 자르면서[5] 내리깐 눈썹 사이로 어떤 방식으로 자신의 사냥감을 공략하는 것이 좋을지 궁리하며 그를 찬찬히 살펴보았다. 의식적으로 몰두해 있는 듯한 그의 모습에서 어딘지 모르게 그가 그녀의 존재를 의식하고 있다는 사실이 드러났다. 석간신문에 그처럼 몰두할 이유는 없었다! 그녀가 보기에 그가 자신에게 다가오지 못하

---

5) 19세기 말 미국에서는 책, 특히 소설책을 커다란 종이에 인쇄한 뒤 접어서 제본하여 팔았기 때문에 독자들은 칼로 책장을 잘라 가며 읽었다.

는 이유는 너무 수줍어서였다. 따라서 릴리는 지나치게 나서는 것처럼 보이지 않으면서 그에게 다가갈 방법을 생각해 내야 했다. 퍼시 그라이스 씨같이 부자인 남자가 그렇게 수줍어한다는 사실이 흥미로웠다. 하지만 그녀는 그런 괴벽을 관용적으로 대할 줄 아는 탁월한 자질을 타고났고, 더욱이 그녀의 목적에는 그의 소심성이 지나치게 자신만만한 태도보다 더 잘 부합될 가능성이 많았다. 릴리는 당황해 하는 사람에게 자신감을 불어넣어 주는 재능은 있었지만 자신만만한 사람을 당황시키는 재주는 그만큼 뛰어나지 않았으니 말이다.

그녀는 기차가 터널을 빠져나가서 뉴욕 북부 교외의 거친 외곽을 달릴 때까지 기다렸다. 그러다가 용커스 근방을 지나며 속도를 줄였을 때 자리에서 일어나 천천히 객실을 걸어 내려갔다. 그녀가 그라이스 씨 곁을 지날 때 갑자기 기차가 요동을 쳤고, 그라이스 씨는 가냘픈 손이 자신이 앉은 의자의 등받이를 잡는 것을 의식했다. 그가 놀라서 일어섰는데, 그의 순진한 얼굴은 자줏빛 물감 속에 들어갔다 나온 것 같은 색깔이 되어 있었다. 그의 턱수염에 도는 붉은 기마저 더욱 짙어진 듯했다. 기차가 다시 요동을 치면서 바트 양을 그의 팔을 향해 내동댕이치다시피 했다.

그녀는 웃으며 자세를 가다듬었고 몸을 뒤로 빼냈다. 하지만 그는 그녀의 드레스에서 풍기던 향내에 감싸여 있었고, 그의 어깨에는 그녀의 몸이 살짝 닿았던 감각이 기억으로 남아 있었다.

"어머, 그라이스 씨, 맞지요? 정말 죄송해요. 직원을 찾아서 차를 좀 주문하려고 가던 길이었어요."

그녀는 기차가 다시 순탄하게 달리기 시작했을 때 손을 내밀었고, 그들은 복도에 서서 몇 마디 말을 교환했다. 맞았다. 그는 벨로몬트로 가는 길이었다. 그도 그녀가 파티에 참석한다는 얘기를 들었더랬다. 그렇게 말하면서 그는 다시 한번 얼굴을 붉혔다. 그런데 그라이스 씨도 일주일 내내 거기 계실 계획이신지? 어머나, 잘되었군요!

하지만 이 시점에 바로 이전 역에서 뒤늦게 기차에 오른 승객 한두 명이 객실에 들어섰고, 릴리는 자신의 자리로 되돌아가야 했다.

"제 옆자리가 비어 있어요. 그리로 와서 앉으세요." 그녀가 어깨 너머로 말했다. 그라이스 씨는 무척 당황한 표정으로, 그러나 성공적으로 자리를 바꿨으니 가방을 들고 그녀 옆자리로 옮겨 왔다.

"아, 직원이 나타났군요. 차를 좀 마시는 게 어때요?"

그녀는 직원에게 손짓을 했고, 곧 그녀의 모든 소망의 실현에 따르는 듯한 자연스러운 모습으로 작은 탁자가 좌석들 사이에 놓였고, 그녀는 그라이스가 장애물 노릇을 하던 자신의 짐을 탁자 아래 놓는 것을 도왔다.

차가 나왔을 때 그는 그녀의 손이 쟁반 위로 가볍게 움직이는 것을 반한 눈으로 조용히 바라보고 있었다. 가냘프고 우아한 그녀의 손은 거친 찻잔과 빵 덩어리와 좋은 대조를 이루었다. 요동치는 기차간의 남들이 다 바라보는 곳에 앉아서 차를 타는 어려운 과제를 그렇게 손쉽게 해낼 수 있다는 것이 신기했다. 그라면 다른 승객의 주의를 끌까 봐 결코 감히 자기 자신을 위해 차를 주문하지는 않았을 것이다. 하지만 그는 눈에 확 띄는 그녀의 그늘에서 편안히, 감미롭게 들뜬 기분 속에서 그 잉크빛 액체를 홀짝홀짝 마셨다.

릴리는 셀든의 캐러밴 차 맛이 아직 입술에 남아 있었고, 기차에서 탄 차 맛으로 그 맛을 없애 버리고 싶은 생각은 없었지만, 그녀의 동승자에겐 그 차가 꿀맛인 듯 보였다. 그러나 차의 매력 중 하나가 그것을 함께 마신다는 사실임을 정확히 판단한 릴리는 찻잔을 손에 들고 그라이스 씨를 향해 미소를 지음으로써 그의 즐거움에 마지막 손길을 더해 주었다.

"괜찮으신가요? 제가 너무 진하게 탄 것은 아닌지 모르겠네요?" 그녀는 호소하듯이 물었고, 그는 그보다 더 맛있는 차는 마셔 본 적이 없다고 자신 있게 대답했다.

"그 말씀이 맞는 것 같군요." 그녀가 맞장구쳤다. 그리고 이 정도가 그한테는 가장 복잡한 자기 방종이라는 뜻인 것 같아서 그라이스 씨가 아마도 정말로 어여쁜 여성과 혼자 여행하는 것은 이번이 처음일지도 모르겠다고 생각하며 상상력을 비약시켰다.

그녀는 자신이 그의 성인식의 안내자가 될 수도 있다는 사실이 마치 섭리라도 되는 것 같았다. 그를 어떻게 다뤄야 할지 모르는 여자들도 많을 것이다. 그런 여자들이라면 그로 하여금 분별없는 장난의 흥취를 느끼게 해 주려고 모험의 신기함을 과장할 수도 있었다. 하지만 릴리의 방법은 훨씬 더 섬세했다. 그녀는 그녀의 사촌 잭 스테프니가 언젠가 그라이스 씨를 비가 오면 항상 덧신을 신고 외출하겠다고 어머니께 약속을 한 젊은이라고 정의했던 일이 기억났다. 그리고 거기서 암시를 받아 자신의 동승자 스스로가 뭔가 무모하거나 별스러운 일을 하고 있는 것으로 느끼지 않고 단지 기차에서 차를 타 줄 동반자가 늘 곁에 있다면 얼마나 좋을지 생각해 보도록 인도해야겠다고 작정하며 그 장면에 온유하게 가정적인 분위기를 불어넣어야겠다고 결심했다.

하지만 그녀의 노력에도 불구하고 쟁반이 치워지고 나자 그들 사이의 대화가 지지부진해졌다. 그 때문에 릴리는 그라이스 씨의 한계에 대해서 새로 측정해 보지 않을 수 없었다. 결국 그의 결점은 기회의 부족이 아니라 상상력의 부족이었다. 그는 기차에서 나오는 차와 과즙을 구별하는 것을 결코 배울 수 없는 지적 입맛을 가진 사람이었다. 하지만 그녀가 의존할 수 있는 주제, 그녀가 한번 튕겨 주기만 해도 그라는 단순한 기계가 저절로 작동할 그런 주제가 하나 있기는 했다. 그녀가 아직 그 주제를 건드리지 않고 있었던 이유는 그것이 마지막 보루였기 때문이었다. 그의 다른 감각들을 자극해 보기 위해 다른 수단에 의존해 봤지만 그의 솔직한 얼굴에 지루해하는 표정이 역력해졌다. 따라서 극약 처방이 불가피하다는 판단이 내려졌다.

"그런데," 그녀가 앞으로 몸을 내밀며 말했다, "아메리카나 수집은 어떻게 돼 가고 있어요?"

그의 눈에서 불투명한 막이 한 겹 벗겨져 나갔다. 마치 막 생성되기 시작한 막이 제거된 듯했고, 그녀는 자신의 훌륭한 솜씨에 자부심을 느꼈다.

"새것을 몇 점 더 추가했지요." 그가 기쁨에 찬 목소리로 말했다. 하지만 그는 다른 승객들이 자신의 즐거움을 빼앗아 가려고 짜고 있을지도 몰라 두려워하는 사람처럼 목소리를 낮췄다.

그녀는 공감 어린 목소리로 계속 질문을 이어 나갔고, 그는 자신이 최근에 구입한 것들에 대해 점차 시시콜콜 다 이야기하기 시작했다. 그것은 그가 자신을 잊을 수 있는, 아니 아무런 제약도 없이 자신을 기억할 수 있는 단 한 가지 주제였다. 그 주제에 대해서만큼은 편안했고, 또 아무도 반박할 수 없을 만큼 잘 알았기 때문이었다. 그의 지인들 중에는 아메리카나에 관심을 가진 사람도, 그것에 대해 조금이라도 아는 사람도 거의 없었다. 그리고 그가 타인들의 그런 무지를 의식하고 있었기 때문에 그라이스는 무척 유쾌하게 자신의 지식을 활용하며 스스로를 돋보이게 할 수 있었다. 그의 유일한 어려움은 그 주제에 대해 이야기를 꺼내는 것, 그리고 그것을 내세우는 일이었다. 대부분의 사람들은 그 주제에 대한 자신들의 무지를 개선하려는 욕망을 전혀 보이지 않았고, 따라서 그라이스 씨는 팔릴 가망이 없는 물건이 창고에 가득 차 있는 상인과 마찬가지였던 것이다.

하지만 바트 양은 아메리카나에 대해 정말로 알고 싶어 하는 것처럼 보였다. 더욱이 이미 아메리카나에 대한 상당한 지식이 있어서 거기 지식을 더 보태 주는 과제는 충분히 즐거웠다. 그녀는 똑똑한 질문을 던졌고, 그의 대답에 유순하게 귀

를 기울였다. 더욱이 그는 그녀의 얼굴에서 자신의 말을 듣는
사람들의 얼굴에 으레 번지는 지루해하는 표정을 볼 것이라
고 각오하고 있었는데, 그녀의 태도는 전혀 그렇지 않았다. 그
의 말을 경청하는 그녀의 태도가 워낙 진지해서 그의 말은 오
히려 더 유창해졌다. 그녀가 바로 이런 경우에 대비해서 셀든
과의 대화에서 주워듣고 기억한 '요점들'이 지금 아주 좋은 목
적에 훌륭하게 쓰이고 있었다. 그 결과 릴리는 그날 자신이 셀
든을 방문한 일이 그날 자신에게 일어났던 일 중에서 가장 운
좋은 일이었다고까지 생각하기에 이르렀다. 그녀는 다시 한번
예상 밖의 일을 이롭게 활용하는 자신의 재능을 발휘하고 있
었던 것이다. 그리고 심지어는 그녀가 동승자에게 지속적으로
보여 주고 있는 미소 띤 주의 깊은 얼굴의 표면 아래서 충동
에 따른 행동도 가끔은 권할 만하다는 위험스러운 이론까지
싹트고 있던 참이었다.

그라이스 씨의 느낌도 그녀만큼 명확하지는 않을지라도 똑
같이 유쾌한 것이었다. 그는 낮은 단계의 유기체들이 자신들
의 욕구를 만족시키는 데 따르는 혼동스럽고 간지러운 느낌
을 받았다. 그의 모든 감각이 막연한 행복감 속에 헤엄치고
있었으며, 그 가운데 바트 양이라는 인물이 희미하지만 유쾌
하게 감지되고 있었다.

아메리카나에 대한 그라이스 씨의 흥미는 자생적인 것은
아니었다. 그가 스스로의 취미를 발전시킨다는 것은 상상이
불가능한 일이었다. 그의 삼촌 하나가 도서 수집가들 사이에
이미 잘 알려져 있던 장서 일습을 그에게 물려주었는데, 그 장

서들이야말로 그라이스라는 이름에 영예를 가져다준 유일한 존재였다. 그리고 조카는 그 유산이 자기 자신이 이룩한 것이기나 한 듯 자부심을 느꼈다. 실제로도 그는 점차 그 장서들을 자신의 산물로 여기게 되었고, 우연이라도 그라이스 아메리카나에 대한 언급이 이뤄지면 개인적인 만족감을 느끼게 되었다. 그는 개인적으로 눈에 띄는 것을 피하려고 애를 쓰는 사람이면서도, 자신의 이름이 인쇄된 것을 보면 절묘하고 극단적인 쾌감을 느꼈다. 그것이 자신이 공적으로 이름 내는 일을 피하는 데 대한 보상인 듯 여겨졌던 것이다.

그 같은 쾌감을 가능한 한 자주 즐기기 위해 그라이스 씨는 일반적인 도서 수집에 대한, 그리고 특히 미국 역사에 대한 리뷰 저널이란 저널은 모두 구독했다. 그가 읽는 유일한 독서물인 그 저널에 그의 장서에 대한 언급이 넘쳐 났으므로 그는 자신이 대중의 주목을 받는 인물이라고 여기게 되었다. 만일 거리에서, 혹은 여행 중에 만나게 될 사람들이 갑자기 자신이 그라이스 아메리카나의 소유자라는 말을 들으면 흥미로워할 것이라고 생각하면 기분이 좋았다.

대부분의 소심함에는 그런 은밀한 보상이 따르는 법이니, 바트 양에게는 내적인 허영심이 흔히 외적인 자조에 비례한다는 사실을 알 만한 혜안이 있었다. 그녀가 그라이스 씨보다 더 자신감 있는 사람과 대화를 나눴다면 그렇게 오랜 시간을 한 가지 주제를 논하는 데 소모하지는 않았을 것이며, 그 주제에 대해서 그렇게 과장된 관심을 보이지도 않았을 것이다. 하지만 그녀는 그라이스 씨의 이기주의란 바깥으로부터 끊임

없이 가꿔지기를 요구하는 목마른 토양임을 정확히 알아보았다. 바트 양은 겉으로는 대화의 표면을 매끄럽게 항해하고 있는 것처럼 보이는 동안에도 물밑에서 별도의 사고를 진행시킬 수 있는 재능의 소유자였다. 그리고 지금 그녀의 지적 산책은 퍼시 그라이스 씨의 미래와 자신의 미래를 결합할 가능성에 대해 재빨리 계측한다는 형태를 띠었다. 그라이스가는 올버니 출신으로 뉴욕의 사교계에는 최근에야 진입했다. 제퍼슨 그라이스 씨가 죽고 나서 모자가 매디슨가에 있는 고인의 집에 와서 살고 있었다. 그 집은 겉은 온통 적갈색 사암[6]으로 되어 있고 안은 검은색 호두나무 목재로 꾸며져 있으며, 웅장한 무덤처럼 보이는 방화 벽돌로 지은 부속 건물에 그라이스 서재가 자리한 흉측한 건물이었다. 하지만 릴리는 그런 사실들에 대해 모두 잘 알고 있었다. 젊은 그라이스 씨의 등장에 뉴욕 어머니들의 가슴이 두근거렸다. 그리고 자신을 위해 가슴 두근거릴 어머니가 없는 젊은 여성은 스스로 안테나를 세우고 있어야 하는 법이다. 따라서 릴리도 그 젊은 남성을 만날 기회를 스스로 만들었을 뿐 아니라 그라이스 부인과도 인사를 나누었다. 그라이스 부인은 체구가 크고 설교단의 웅변가처럼 웅장한 목소리를 가진 여성으로 하녀들이 못된 짓을 하는 것에 온 신경을 쓰는 그런 유의 사람이었다. 그녀는 때때로 페니스턴 부인을 방문해 머리를 맞대고 앉아 그녀로부터 어떻게 하면 식당에서 일하는 하녀들이 식재료를 밖으로 빼돌리

---

6) 적갈색 사암은 당시 부유층의 집을 지을 때 사용한 건축 재료다.

지 못하게 할 수 있는지를 배웠다. 그라이스 부인은 일종의 냉담한 자선심의 소유자였다. 개인적인 가난에 대해서는 의심의 눈초리로 바라보았지만 어떤 기관의 연례 보고서에 눈에 띄는 흑자가 기록될 경우 그 기관에 기부했다. 집 안에서 그녀가 하는 일은 무척 다양했다. 하녀들의 침실을 몰래 수색하는 것에서부터 지하 창고에 예고 없이 나타나는 것까지. 하지만 그녀는 스스로에게 많은 즐거움을 허락하지 않는 사람이었다. 한번은 '새럼 규칙'[7]의 특별판을 붉은색으로 인쇄해서 교구의 모든 성직자들에게 배포하기도 했다. 그 성직자들이 보낸 감사의 편지를 모아 놓은 금박 앨범이 그녀의 응접실 탁자에 놓인 주요 장식물이었다.

퍼시는 그렇게 뛰어난 여성이 당연히 주입한 모든 원칙들을 배우며 자랐다. 타고나길 주저함이 많고 조심스러운 성격인데 거기에 가능한 모든 형태의 신중함과 의심이 접목된 결과 그라이스 부인이 덧신에 대한 약속을 굳이 그에게서 받아 낼 필요도 거의 없을 사람처럼 보였다. 여행 중에 빗속을 걷는 정도의 위험도 감수할 사람이 아니었기 때문이다. 성인이 되어 부친인 그라이스 씨가 호텔에서 신선한 공기를 차단하는 장치에 대한 특허를 내 모은 재산을 소유하게 된 뒤에도 그 젊은이는 어머니와 함께 계속 올버니에서 살았다. 하지만 제퍼슨 그라이스가 사망하고, 또 한 덩어리의 큰 재산이 아들의 무릎에

---

7) '새럼 규칙'이란 종교 개혁 이전 영국에서 사용되었던 고전적인 라틴어 기독교 전례 형식이며 현대 영국 성공회 전례의 근거로 남아 있다.

떨어지게 되자 그라이스 부인은 그녀가 아들의 '흥미'라고 명명한 것을 위해 그가 뉴욕에서 지낼 필요가 있다고 생각했다. 따라서 그라이스 부인이 매디슨가의 집에 정착해 들어앉았고, 어머니 못지않게 의무감이 강한 퍼시는 브로드 거리의 훌륭한 사무실에서 주중의 시간을 모조리 보냈다. 그 사무실에서는 창백한 일군의 남자들이 쥐꼬리만 한 월급을 받으면서 그라이스 재산을 관리하는 동안 머리가 세어 버렸다. 퍼시는 축적 기술의 모든 세부 사항을 경배하는 일을 그 사무실에서 배웠다.

릴리가 아는 한 이것이 그라이스 씨의 유일한 직업이었다. 그러니 그녀가 그렇게 조악한 음식을 먹으며 지내 온 젊은이의 흥미를 끄는 일이 그다지 어려운 과제가 아니라고 생각한 것은 이해할 만한 일이다. 어찌 됐든 릴리는 자신이 상황을 더할 나위 없이 완벽하게 장악했다고 느끼며 완벽히 안심하게 되었다. 더불어 로즈데일 씨에 대한 두려움이나 그 두려움과 연관된 곤란에 대한 두려움 따위는 완전히 그녀 생각의 범위 밖으로 사라져 버렸다.

하지만 개리슨스에서 기차가 멈췄을 때 동승자의 눈에 갑자기 난감한 표정이 떠오르는 것을 목격했고, 따라서 계속 그런 생각을 하고 있을 수는 없었다. 그의 좌석이 문 쪽을 향하고 있었으므로 릴리는 그가 자신이 아는 누군가가 다가오는 것을 보고 당황한 것이라고 짐작했다. 사람들이 고개를 일제히 돌리고 그녀 자신이 객차에 탔을 때 나올 만한 동요를 보이는 것이 그 사실을 확인시켜 주었다.

그 사실에 대한 그녀의 지각은 즉각적이었고, 따라서 릴리는 어여쁜 여자가 큰 소리로 자신의 이름을 부르며 인사를 할 때 놀라지 않았다. 그녀는 하녀 하나와 불테리어, 그리고 많은 가방과 화장 도구 가방 등을 들고 비틀거리는 시종 하나를 대동하고 기차에 막 올라탄 귀부인이었다.

"오, 릴리, 벨로몬트에 가? 그럼 내가 자기 좌석에 앉을 수는 없겠네? 하지만 난 꼭 이 칸에 앉아야겠어! 어이, 당장 자리를 찾아 줘. 누가 다른 자리로 옮길 수 없나? 난 친구들과 함께 앉고 싶단 말이야. 오, 그라이스 씨, 안녕하세요? 제가 여기 당신과 릴리와 함께 앉아야 한다는 걸 저분에게 이해시켜 주세요."

조지 도싯의 부인은 여행용 손가방을 든 다른 여행자가 좌석에서 일어나 그녀에게 자리를 양보하려는 친절과 성의를 보이고 있음에도 불구하고 복도 한가운데 서서 어여쁜 여자가 여행할 때 자주 조성되는 일반적인 분개의 분위기를 확산시키고 있었다.

그녀는 릴리 바트보다 키가 작고 말랐으며, 유연하면서도 다소 불안한 모습, 그녀가 애용하는 주름진 드레스처럼 구깃구깃해져서 고리를 통과해 나온 듯한 모습이었다. 그녀의 작고 창백한 얼굴은 과장된 듯 커다란 한 쌍의 검은 눈을 위한 배경에 불과한 것처럼 보였다. 그 눈의 공상적인 시선은 자신감에 넘치는 몸짓이나 말투와 기묘한 대조를 이루고 있었다. 그녀의 친구 하나가 말했듯이 그녀는 자리를 상당히 넓게 차지하는, 육체를 떠난 정신과도 같았다.

마침내 자신이 바트 양 옆 좌석에 앉아도 된다는 사실을 알게 된 도싯 부인은 자리를 차지하면서 분위기를 확 바꾸었다. 자리에 앉는 동안에도 계속해서 자신이 그날 아침에 키스코산(山)에서 자동차로 왔으며 배려심 없는 남편이 그날 아침 자신의 담뱃갑 채우는 걸 잊어버려서 개리슨스에서 담배 한 대 못 피우고 한 시간 동안이나 발뒤축만 찼다고 장황하게 떠들어 댔다.

"이런 시간에 담배 한 대 남아 있진 않겠지, 릴리?" 그녀는 애처롭게 결론을 내렸다.

바트 양은 퍼시 그라이스 씨의 놀란 눈초리를 즉시 알아차릴 수 있었다. 담배로 입술을 더렵혀 본 적이 전혀 없는 사람이었으니까.

"무슨 터무니없는 질문이야, 버사!" 그녀가 로런스 셀든의 집에서 꺼냈던 담배를 생각하며 얼굴을 붉히면서 외쳤다.

"어머나, 담배 안 피워? 언제부터 끊었는데? 아니, 한 번도…… 그리고 그라이스 씨, 당신도? 아, 그렇죠. 아유, 내가 정말 멍청해. 이제 알겠어요."

그렇게 말한 뒤 도싯 부인은 자신의 여행용 쿠션에 기대며 의미심장한 미소를 지었는데, 릴리는 그 미소를 보고 자신의 옆자리가 비어 있지 않았더라면 얼마나 좋았을까 생각했다.

3장

벨로몬트의 브리지 게임은 새벽까지 이어지는 게 보통이었다. 그날 밤 릴리가 자러 갔을 때는 너무 오래 브리지 게임을 하고 돈을 많이 잃은 뒤였다.

그녀는 방으로 돌아간 뒤 자신을 기다리고 있을 자성의 시간을 대면하고 싶지 않아서 넓은 층계참에서 한참을 서성대며 응접실을 내려다보고 있었다. 응접실에는 끝까지 남아 카드놀이를 하던 무리가 키 큰 유리잔들과 가장자리를 은장식으로 두른 유리 용기들을 얹은 쟁반 주위에 무리를 지어 서 있었다. 그 쟁반은 집사가 조금 전 벽난로 곁 낮은 탁자 위에 올려놓은 것이었다.

응접실은 아치를 이루었고, 그 아래 미색 대리석 원주가 받치고 있는 주랑이 있었다. 키가 큰 꽃나무들이 벽의 모서리에 놓인 짙은 색 나뭇잎을 배경으로 무리를 이루고 있었다. 심홍색 카펫 위에서는 디어하운드 한 마리와 스패니얼 몇 마리가 벽난로 앞에서 호사스럽게 졸고 있었으며, 머리 위 거대한 중앙등의 불빛은 여성들의 머리를 밝게 비춰 주며 그들이 움직일 때마다 그들이 걸고 있는 보석으로부터 빛을 반사시키고 있었다.

그런 장면들을 보고 릴리가 즐거워하던 순간들이 있었다. 그것들이 그녀의 미감과 삶의 외적인 마무리에 대한 그녀의 갈증을 만족시키던 그런 순간들. 그것들로 인해서 자신에게 주어진 기회의 초라함을 날카롭게 의식하던 순간들도 있었다. 지금은 그런 대조에 대한 느낌이 가장 예리한 순간들 중 하나였다. 릴리가 참을 수 없는 기분이 되어 몸을 돌이키는데 뱀 모양의 금속 장식을 번득이던 조지 도싯의 부인이 퍼시 그라이스를 주랑 아래 은밀한 구석으로 인도해 가는 모습이 눈에 떠올랐다.

자신이 그라이스 씨에 대해 새롭게 얻게 된 영향력을 잃을까 봐 두렵지는 않았다. 도싯 부인이 그를 놀라게 하거나 현혹할 수는 있었다. 하지만 그녀에게는 그라이스 같은 남자를 사로잡을 만한 기술도 참을성도 없었다. 그녀는 자기 자신에게만 지나치게 몰두해 있어서 그라이스의 수줍은 표면을 뚫고 깊이 들어갈 수 없었고, 더욱이 그녀가 그런 수고를 무엇 때문에 하려고 하겠는가? 기껏해야 하루 저녁 그의 단순성을 가지고 노는 것을 즐길 수 있을 거고 그런 후에 그는 그녀에게 짐만 될 터였다. 도싯 부인은 그런 사실을 알고 있었고 따라서 굳이 그의 관심을 끌려고 노력하기엔 너무 경험이 많은 여자였다. 하지만 릴리는 어떤 여자는 남자를 데리고 놀다가 마음껏 자신의 계획에 아무런 영향도 미칠 수 없는 존재로 내쳐 버릴 수 있다는 생각만으로도 그녀가 부러웠다. 릴리는 오후 내내 퍼시 그라이스를 상대하느라 지루한 것을 꾹 참아야 했다. 생각만으로도 그의 웅웅거리는 목소리의 반향이 되살아나는 듯했다. 하지만 다음 날도 그를 무시하면 안 되었다. 그녀는 자신의 성공을 잘 챙겨야 했고, 지루함에 더 순종해야 했으며 새로운 온순함과 적응력으로 거기 대비해야 했다. 더욱이 이 모든 것은 그가 궁극적으로 그녀를 평생 지루하게 할 영광을 베풀어 주기로 결정할 수도 있다는 미미한 가능성을 위해서였다.

그건 정말 가증스러운 운명이었다. 하지만 그걸 피할 방도가 어디에 있단 말인가? 그녀가 할 수 있는 선택이란 어떤 것인가? 자신처럼 살든가, 아니면 거티 패리시가 되든가. 침실로 들어가는 릴리 앞에는 갓 아래 불빛이 은은하게 비치고 있었으며 비단 침대보 위에 자신의 레이스 실내복이 펼쳐져 있고 벽난로 앞에 수놓인 자그마한 슬리퍼가 있는 것이 보였다. 카네이션이 꽂힌 화병에서 풍기는 향내가 공기를 채우고 있었으며, 독서용 램프 곁 탁자에 최신 소설과 잡지가 아직 페이지가 잘리지 않은 채 놓여 있었다. 릴리는 그 광경을 보면서 패리시 양의 아파트, 설비는 싸구려고 흉측한 벽지가 발린 그 비좁은 아파트를 떠올렸다. 아니었다, 그녀는 천성적으로 비참하고 초라한 환경, 가난과 누추하게 타협하는 일에 맞지 않는 사람이었다. 그녀의 전 존재는 사치의 분위기 속에서만 기를 폈다. 사치는 그녀에게 필요한 배경, 그녀가 숨을 쉴 수 있는 유일한 환경이었다. 하지만 그녀가 원하는 것은 다른 사람들의 사치를 곁에서 누리는 것은 아니었다. 몇 년 전만 해도 그것으로 충분했다. 그녀는 누가 제공하느냐에 개의하지 않고 매일매일의 쾌락을 즐겼다. 그러나 지금의 그녀는 그런 환경이 자신에게 가하는 의무에 짜증이 나기 시작했다. 자신이 한때 자신의 것으로 여겼던 화려함에 단지 기생하는 존재에 지나지 않는다는 느낌이 들기 시작했다. 심지어 통행료를 물지 않으면 그런 것들을 즐길 수 없다는 사실을 의식하는 순간들도 있었다.

그녀는 오랫동안 브리지 게임에 참여하기를 거부해 왔다. 자신에게 그럴 재력이 없다는 걸 알고 있었고 그렇게 비싼 취미를 갖게 될까 봐 두려웠다. 그녀는 함께 어울리던 사람들 중에서 여러 명 그런 위험에 빠진 예를 보아 왔다. 예를 들어 그녀의 '사건'을 다룬 신문이나 잡지의 커다란 표제 글만큼 강렬한 눈에 인상적인 드레스를 입은 이혼녀 피셔 부인의 팔꿈치 곁에 멍한 황홀경에 빠져 앉아 있는 금발의 매력적인 청년 네드 실버튼 같은 경우가 그렇다. 릴리는 실버튼이 대학 문예지에 매력적인 소네트를 발표한, 길 잃은 목가적 이상향의 주민 같은 분위기를 풍기며 그들의 서클에 우연히 나타났던 때를 기억하고 있었다. 그 이후 그는 피셔 부인과 브리지에 대한 취미를 발전시키게 되었는데, 그중 브리지로 진 빚 때문에 노처녀인 누이들을 괴롭히고 그들의 구제를 받아야 했던 적이 한두 번이 아니었다. 그녀들은 그의 소네트를 소중히 여기며 그들의 사랑스러운 동생이 그럭저럭 체면 유지라도 할 수 있도록 차에다 설탕을 넣지 않고 마시며 지내고 있었다. 네드의 경우는 릴리가 잘 알 수 있었다. 그녀는 그가 끔찍한 우연의 신의 주술에 걸려 지내는 동안 그의 매력적인 눈, 그가 발표한 소네트보다 훨씬 더 많은 시를 담고 있던 그 눈들이 놀라움에서 유쾌함으로, 유쾌함에서 초조함으로 변해 가는 것을 목격했다. 그리고 그녀는 자신도 똑같은 증상을 얻게 될까 봐 두려웠다.

릴리가 자신을 초대한 사람들이 자신도 카드 테이블의 한 자리를 차지하길 기대한다는 사실을 발견한 것은 작년이었다. 그것은 그들의 지속적인 환대, 가끔씩 그녀의 불충분한 옷장을 채워 주는 드레스나 장신구 들에 대해 그녀가 지불해야 하는 세금의 하나였다. 그녀는 최근 한두 번 큰돈을 딴 적도 있긴 했는데, 그때 장차 있을 손실을 위해 그 돈을 저축해 두는 대신 드레스와 장신구에 써 버렸다. 그리고 그녀는 이런 경솔한 행동을 보상해 보고자, 그리고 그 게임에 점점 더 맛을 들이기도 해서, 게임을 할 때마다 점점 더 많은 판돈을 걸게 되었다. 그녀는 트레너가에 모여드는 사람들 사이에서 브리지 게임을 하게 되면 판돈을 크게 걸든가, 아니면 지나치게 꼼꼼하거나 인색한 사람으로 낙인이 찍히든가 둘 중 하나를 선택할 수밖에 없다는 논리로 자기변명을 시도했다. 하지만 그녀는 자신이 도박에 빠져 있다는 사실을, 현재의 환경에선 자신이 그 열정에 저항할 가능성이 거의 없다는 사실을 알고 있었다.

그녀는 오늘 저녁에 지속적으로 운이 없었고, 게임을 마치고 자신의 방으로 돌아갔을 때 그녀의 작은 장신구들 사이에 걸려 있던 조그만 금색 지갑은 거의 비어 있었다. 그녀는 옷장으로 가서 보석 상자를 꺼내 칸막이 아래 놓인, 저녁을 먹으러 내려가기 전에 지갑을 채우기 위해 꺼냈던 지폐 뭉치를 찾아보았다. 20달러밖에 남아 있지 않았다. 그 사실을 깨닫고 너무나 놀라 그녀는 잠시 동안 도둑을 맞은 게 아닌가 생각했다. 그런 뒤 종이와 연필을 꺼내 책상 앞에 앉아서 그날 자신이 쓴 돈을 계산해 보았다. 피곤으로 머리가 지끈거렸고 숫자를 자꾸 다시 계산해 보아야 했다. 하지만 마침내 자신이 그날 카드놀이에서 300달러를 잃었다는 명백한 사실을 확인하게 되었다. 그녀는 수표책을 꺼내 혹시 잔액이 자신이 기억하는 것보다 더 많지 않은지 살펴보았지만, 실제는 그 반대라는 것을 깨달았다. 그런 뒤 다시 숫자 계산으로 돌아갔지만, 계산을 하고 또 해 보아도 사라진 300달러를 요술처럼 불러낼 재간은 없었다. 그 돈은 재단사를 무마하기 위해 따로 챙겨 놓았던 것이었다. 그리고 보석상을 달래기 위해 써야 할 수도 있었다. 어쨌든 그 돈을 쓸 데가 너무나 많았고, 자신이 가진 돈의 액수가 용도를 다 충족시킬 수 없었기 때문에 판돈을 더 많이 걸어서 자신의 돈을 두 배로 늘리길 바랐던 것이었다. 하지만 물론 그녀는 그 돈을 모두 잃었다. 남편이 돈을 퍼부어 주는 버사 도싯은 500달러는 벌었을 것이고, 하루 저녁에 1000달러를 잃어도 별 표가 나지 않을 주디 트레너는 탁자에 산처럼 쌓인 돈더미를 챙기느라 밤 인사를 하는 다른 손님들과 악수도 나누지 못했는데, 일전 한 푼이 아쉬운 그녀는 돈을 잃은 것이었다.

릴리 바트는 그런 일이 가능한 세상은 비참한 곳이라는 생각이 들었다. 하지만 그녀는 자신을 그렇게 쉽사리 계산에 넣어 주지 않는 우주의 법칙을 이해해 본 적은 한 번도 없었다.

그녀는 자라고 들여보낸 하녀를 부르지 않고 혼자 옷을 벗기 시작했다. 그녀 자신 다른 사람들의 쾌락을 위한 노예 노릇을 오래 해 왔던 탓에 자신에게 의존하고 있는 사람들에 대한 배려심이 깊은 편이었다. 그리고 기분이 저조할 때는 때때로 자신이나 하녀의 처지가 대동소이한 것처럼 느껴졌다. 차이라면 하녀의 경우는 자신보다 더 규칙적으로 임금을 받는다는 것이었다.

릴리가 거울 앞에 앉아 머리를 빗고 있을 때 그녀의 얼굴은 핼쑥하고 창백해 보였다. 그녀는 입가에 진 두 개의 잔주름을 보고 바짝 겁에 질렸다. 그녀 볼의 부드러운 곡선에 희미한 흠이 나 있었던 것이다.

"오, 걱정을 그만 해야 해!" 그녀가 혼잣말로 외쳤다. "전깃불만 아니라면……."이라고 생각하며 자리에서 벌떡 일어나 화장대 위의 촛불을 켰다.

그녀는 벽의 전등을 끄고 두 개의 촛불 사이로 자신을 바라보았다. 그녀의 하얗고 갸름한 얼굴이 그림자를 배경으로 헤엄치듯 하늘하늘 드러났다. 그녀의 얼굴은 흔들거리는 불빛으로 인해 안개처럼 흐릿해 보였다. 하지만 양 입가의 선은 그대로였다.

릴리는 자리에서 일어나 서둘러 옷을 벗었다.

"지금 피곤하고 그렇게 끔찍스러운 것들을 생각해야만 해서 그럴 뿐이야." 그녀는 이렇게 되풀이하며 스스로를 달랬다. 그리고 잔걱정들로 인해 그 걱정들에 대한 자신의 유일한 방어책인 미모에 흔적이 남는 일은 더욱더 부당하다고 생각했다.

하지만 그 끔찍스러운 것들은 여전히 그대로, 그녀와 함께 있었다. 그녀는 완전히 지쳐서 다시 퍼시 그라이스에 대해 생각했다. 잠시 무거운 짐을 내려놓고 쉬었다가 다시 그 짐을 집어 들고 무거운 발길을 옮기는 나그네처럼. 그녀는 자신이 그를 거의 '잡았다.'고 확신했다. 며칠만 더 열심히 일하면 보상이 올 터였다. 하지만 그 보상 자체가 전혀 매력적인 일이 아니라는 느낌을 어쩔 수 없었다. 승리를 생각해도 산뜻한 자극을 받을 수 없었다. 그것은 걱정으로부터의 자유를 의미할 뿐이었다. 그리고 몇 년 전만 해도 그런 승리가 자신의 눈에 얼마나 보잘것없는 것으로 보였을지! 그녀의 야심은 실패를 거듭하며 활력을 잃고 점차 축소되어 왔다. 하지만 그녀는 왜 실패했던 것인지? 그게 자신의 잘못이었는지, 아니면 운명의 잘못이었는지?

그녀는 어머니가 파산 후 일종의 앙심을 품은 목소리로 다음과 같이 사납게 말하곤 했던 것을 기억했다. "하지만 네가 그걸 다 되찾을 거야. 다 되찾을 거라고. 네 얼굴 덕분에 말이야." …… 그 기억으로 인해 연상에 연상이 꼬리를 물었다. 그녀는 어둠 속에 누워 현재의 자신을 가져온 과거를 재구성하고 있었다.

'손님' 없이는 저녁 식사를 한 적이 없는 집, 끊임없이 울리던 초인종, 급히 뜯어 본 사각봉투가 산더미처럼 쌓여 있고 놋쇠 단지 속에서 먼지를 뒤집어쓰도록 방치된 직사각형 봉투[8]가 있던 현관 앞의 테이블, 황급히 뒤진 옷장과 벽장의 난장판 한가운데 있는데 다가와서 그만두겠다는 통고를 하던 프랑스, 영국 출신 하녀들, 그녀들과 마찬가지로 자주 바뀌던 유모들과 시종들, 식료품 저장실과 부엌과 응접실에서의 언쟁들, 서둘러 떠났던 유럽 여행과 빵빵한 짐 가방을 들고 집에 돌아온 일, 그리고 몇 날 며칠 끝없이 이어지던 짐 풀기, 반년에 한 번씩 하던, 여름을 어디서 보내면 좋을지에 대한 논의들, 절약을 하며 지내던 잿빛 막간과 반동으로 이루어진 화려한 소비 —— 그런 것들이 릴리 바트가 기억하는 어린 시절의 추억이었다.

　집이라고 불렸던 소란스러운 공간을 지배했던 것은 아직도 무도회용 드레스가 누더기가 될 때까지 춤을 출 수 있을 만큼 활력 넘치고 과단성 있는 존재였던 젊은 어머니였다. 그러는 동안 중립적인 색조의 흐릿한 윤곽의 아버지가 시종과 시계를 감으러 온 남자 사이의 공간을 채우고 있었다. 아직 어린 릴리의 눈에도 허드슨 바트 부인은 젊어 보였다. 하지만 릴리가 기억하는 한 아버지는 언제나 머리가 벗어지고 몸이 살짝 굽었으며 머리에는 잿빛 가닥이 섞인 채 지친 듯 걷는 사람이었다.

---

8) 당시 사각봉투는 초대장이나 개인적인 카드, 인사장을 넣는 데 썼으며, 직사각형 봉투에는 보통 고지서가 들어 있었다.

좀 자란 뒤 아버지가 어머니보다 겨우 두 살 더 많다는 사실을 알고 무척 놀랐다.

릴리가 낮 동안 아버지를 보는 일은 드물었다. 낮에는 내내 '시내'에 가 계셨다. 그리고 겨울에는 밤이 내리고도 한참 후에야 아버지가 지친 발걸음으로 계단을 터벅터벅 걸어 올라와 학습실 문을 두드리는 소리를 들을 수 있었다. 그는 말없이 릴리에게 키스를 하고 유모나 가정 교사에게 한두 가지 질문을 했다. 그런 뒤 바트 부인의 하녀가 나타나서 그날 저녁 밖에서 약속이 있다는 사실을 알리면, 릴리에게 고개를 끄덕 한 후 서둘러 나가곤 했다. 여름에 뉴포트나 사우샘프턴에 있는 가족과 합류할 경우에도 그는 겨울보다도 더 자신의 존재를 드러내지 않았고 말이 없는 편이었다. 쉬는 것조차 피곤한 듯했고 아내라는 존재가 몇십 센티미터 떨어진 곳에서 내는 달그락 소리를 무심히 들으며 베란다 한구석에 조용히 앉아 몇 시간이고 수평선을 바라보곤 했다. 하지만 보통은 바트 여사와 릴리는 유럽에 가서 여름을 보냈고, 증기선이 바다를 반도 건너기 전에 바트 씨는 수평선 아래로 사라져 버렸다. 때때로 그의 딸은 바트 부인이 송금을 게을리했다는 이유로 그를 매도하는 말을 듣기도 했다. 하지만 대부분의 경우에는 그의 참을성 많은 구부정한 모습이 그의 아내의 커다란 여행 가방과 미국 세관의 규제 사이의 완충 장치 노릇을 하기 위해 뉴욕 부두에 나타날 때까지 그는 언급되는 적도, 기억되는 적도 없었다.

릴리의 삶은 이처럼 산만하되 흥미진진한 모습으로 릴리

가 십 대를 보낼 때까지 계속되었다. 가족이라는 배가 쾌락의 급류를 타고 활강하되 항구적인 더 많은 돈의 필요라는 저류에 의해 당겨지기도 하고 부서지기도 하며 지그재그의 경로를 그렸다. 릴리가 기억하는 한 돈이 충분했던 때는 없었다. 돈이 부족하다고 해서 아버지가 항상 다소 모호한 비난의 대상이 되는 듯했다. 돈의 부족이 친구들 사이에서 "훌륭한 관리자"라고 불리던 바트 부인의 잘못일 수는 분명히 없었기 때문이다. 바트 부인은 제한된 자원으로 무제한적인 효과를 낼 수 있는 능력으로 유명한 사람이었다. 그리고 그녀와 그녀의 지인들 사이에서는 통장에 적힌 것보다 훨씬 더 부유한 것처럼 보이면서 사는 일에는 뭔가 영웅적인 면이 있었다.

릴리는 어머니의 그런 솜씨에 대해 당연한 듯 자랑스럽게 생각하며 자랐다. 그녀는 비용과 무관하게 훌륭한 요리사를 고용해야 하고, 바트 부인이 "품위 있게 입기"라고 부른 옷차림을 해야 한다는 믿음 속에서 자랐다. 바트 부인이 남편에게 하는 최악의 비난의 말은 자기가 "돼지처럼 살기를" 바라느냐고 묻는 것이었다. 그가 그렇지 않다고 대답하면 그 대답은 항상 드레스를 한두 벌 더 파리로 주문하고, 그날 아침 바트 부인이 보았던 터키옥 팔찌를 결국 집으로 보내 달라고 전화하는 일을 정당화하는 데 활용되었다.

릴리는 '돼지처럼 사는' 사람들을 알고 있었고, 그들의 겉모습과 환경으로 미루어 어머니가 그런 형태의 삶에 대해 혐오감을 갖는 것이 당연하다고 생각했다. 그 돼지처럼 사는 사람들은 대개 사촌들이었는데, 응접실 벽에 콜의 삶의 항로 판화[9]를 건 음침한 집에서 정신이 제대로 박힌 사람들이라면 실제로는 아니더라도 관습상 외출했을 시간에 찾아온 손님들에게 "가서 볼게요."라고 말하는 칠칠치 못한 하녀들을 거느리고 살았다. 역겨운 점은 그런 사촌들 중 많은 이들이 부자라는 사실이었다. 그래서 릴리는 돼지처럼 사는 사람들은 선택에 의해 그렇게 사는 것이라고, 즉 그들이 적절한 처신의 기준이 부족해서 그런 삶을 선택한 것이라고 생각하게 되었다. 이런 생각은 릴리에게 근거 있는 우월감을 주었고, 그녀는 친척들 중 지저분한 여자들과 인색한 사람들에 대한 바트 부인의 평이 아니었더라도 찬란한 것에 대한 생래적으로 발랄한 취향을 기를 수밖에 없도록 되어 있었다.

우주에 대한 릴리의 견해를 수정하게 만든 사태가 발생한 것은 그녀가 열아홉 살 때였다.

그 전해에 그녀는 엄청난 고지서라는 먹구름을 동반한 채 눈부시게 사교계에 데뷔했다. 데뷔의 찬란한 빛이 아직 지평선 위에 머물고 있었지만 먹구름은 점점 더 짙어졌고, 어느 날 갑자기 부서져 버렸다. 그 갑작스러움으로 인해 사태의 끔찍함이 더 가중되었다. 릴리는 아직도 그 타격이 가해지던 날 체험한 모든 세부 사항을 고통스러울 정도로 생생히 다시 체험할 때가 있었다. 그녀와 어머니가 점심 식탁에 앉아 쇼프

---

9) 반쯤 신비주의적인 풍경화를 그린 미국 허드슨강파의 창시자인 토머스 콜(Thomas Cole, 1801~1848)이 제작한 「유년기」, 「청년기」, 「성년기」 판화 세트를 가리킨다. 19세기 말에 엄청난 인기를 누렸고, 미국 중산층 문화의 대명사가 되었다.

루아[10]와 함께 전날 저녁에 먹고 남은 차가운 연어를 먹고 있을 때였다. 자신이 베푼 성대한 잔치에 쓰고 남은 비싼 음식을 식구끼리 먹는 일은 바트 부인의 몇 안 되는 절약법 중 하나였다. 릴리는 새벽이 올 때까지 춤을 춘 젊은이에게 주어지는 벌인 유쾌한 나른함을 느끼고 있었다. 하지만 어머니는 입가와 이마 위 노란 웨이브 아래 보이는 몇 개의 주름에도 불구하고 편한 잠에서 깨어난 사람처럼 정신이 맑고 단호했으며 얼굴에 화색이 돌았다.

식탁의 중앙엔 녹고 있던 마롱글라세[11]와 설탕을 입힌 버찌 사이에 진홍색 대륜 장미의 피라미드가 활기찬 줄기를 들어 올리며 놓여 있었다. 그들은 바트 부인만큼이나 높이 머리를 치켜들고 있었지만 그들의 장밋빛은 흐트러져서 자줏빛으로 변해 있었다. 릴리는 그 꽃들이 점심 식탁에 다시 놓인 것이 적절하지 않다고 생각했다.

"제 생각엔요, 어머니," 그녀가 비난조로 말했다. "점심에 싱싱한 꽃 몇 송이 살 정도의 능력은 우리에게 있지 않나요. 노랑수선화나 은방울꽃 몇 송이라도……."

바트 부인이 멍하니 그녀를 바라보았다. 그녀의 까다로움은 세상을 향해 눈을 고정하고 있었기 때문에, 가족 외에 다른 사람이 함께하지 않는 점심 식탁에 무슨 꽃이 놓이느냐는 그녀의 관심사 밖이었다. 그러나 그녀는 딸의 순진함에 미소를

---

10) 차가운 고기와 함께 먹기 위해 젤리, 마요네즈에 젤라틴을 섞어 만든 소스.
11) 통밤을 설탕으로 졸이고 뿌연 설탕 글레이즈로 코팅해서 만든 간식.

지었다.

"은방울꽃은," 그녀가 침착하게 말했다. "지금 계절엔 한 다스에 이 달러란다."

그 말도 릴리한테는 아무런 의미가 없었다. 그녀에게는 돈의 가치에 대한 관념이 거의 없었기 때문이다.

"저 수반을 채우는 데 여섯 다스 이상은 필요하지 않을 거예요." 그녀가 따졌다.

"여섯 다스, 뭘?" 아버지의 목소리가 문 쪽에서 들려왔다.

두 여자는 놀라서 고개를 들었다. 토요일이긴 했지만 점심때 바트 씨가 나타나는 일은 일찍이 없었다. 하지만 그의 아내도 딸도 그가 무슨 말을 하는 것인지 물어볼 만큼도 그의 말에 관심이 없었다.

바트 씨는 의자에 털썩 주저앉았다. 그리고 시종이 그의 앞에 가져다 놓은 젤리를 바른 연어 조각을 멍하니 바라보고 있었다.

"그냥," 릴리가 말을 시작했다. "점심때 시든 꽃을 보는 게 싫다고 말하고 있었어요. 어머니 말씀으로는 은방울꽃 다발 사는 데 십이 달러 이상은 안 든다고 하시는데요. 제가 꽃집에다 매일 몇 다발씩 보내라고 말해도 되죠?"

릴리는 당연히 들어줄 거라는 믿음으로 부탁을 하며 아버지 쪽으로 몸을 향했다. 아버지는 그녀가 원하는 것을 거절하는 일이 거의 없었다. 그리고 바트 부인은 자신이 청해서 안 되는 일이 있으면 딸이 아버지를 설득하도록 가르쳐 왔다.

바트 씨는 여전히 연어에 눈길을 고정하고 아래턱을 헤벌린 채 미동도 하지 않고 있었다. 그는 평소보다 더 창백해 보였으며 숱 적은 그의 머리가 이마 위로 제멋대로 헝클어져 있었다. 그가 갑자기 딸을 바라보더니 웃었다. 그 웃음이 너무나 기묘해서 릴리는 얼굴을 붉혔다. 그녀는 자신이 조롱의 대상이 되는 것을 좋아하지 않았는데, 아버지가 그녀의 간청에 대해 뭔가 우습다고 생각하는 듯해서였다. 그녀는 아마도 아버지가 그런 사소한 문제까지 당신에게 얘기하다니 어리석은 짓이라고 생각하시나 보다 하고 짐작했다.

"십이 달러, 하루에 꽃 값으로 십이 달러를 쓴다? 오, 그럼, 내 사랑스러운 딸, 꽃집 주인에게 1200달러어치를 주문하지 그러느냐." 그가 계속해서 웃었다.

바트 부인이 그를 흘깃 바라보았다.

"폴워스, 기다릴 필요 없다. 내가 나중에 벨을 누를 테니." 그녀가 시종에게 말했다.

시종이 남은 쇼프루아를 식기대 위에 놔두고 말은 하지 않았지만 불만이 역력한 표정으로 자리를 떴다.

"무슨 일이에요, 허드슨? 어디 편찮으세요?" 바트 부인이 엄한 목소리로 말했다.

그녀는 스스로 소란을 피우기는 하지만 남이 소란을 피우는 것은 전혀 참지 못하는 사람이었다. 남편이 하인들 앞에서 그렇게 꼴사납게 구는 걸 도저히 참을 수가 없었다.

"어디 편찮으세요?" 그녀가 다시 물었다.

"편찮으냐고……? 아니, 파산했소." 그가 말했다.

겁에 질린 릴리가 비명을 질렀고, 바트 부인이 자리에서 일어섰다.

"파산했다고요……?" 그녀가 외쳤다. 하지만 즉시 자제력을 발휘해 침착한 얼굴로 릴리를 향해 돌아섰다.

"식료품 저장실 문을 닫거라." 그녀가 말했다.

릴리는 그 말에 복종했다. 그녀가 다시 방을 향해 몸을 돌렸을 때는 아버지가 연어 접시 좌우로 팔꿈치를 붙이고 손으로 감싼 머리를 숙이고 있었다.

바트 부인은 그녀의 머리를 부자연스럽게 노란색으로 보이게 만드는 하얗게 질린 얼굴로 그를 내려다보며 서 있었다. 릴리가 다가오는 모습을 바라보는 그녀의 표정은 끔찍했지만, 목소리는 섬뜩할 정도의 유쾌한 어조였다.

"아버지가 몸이 편찮으시구나. 당신 스스로 무슨 말을 하는지 모르고 계신다. 아무 일도 아니다. 넌 위층에 올라가 있는 게 좋겠다. 하인들에게 아무 말도 하지 말아라." 그녀가 덧붙였다.

릴리는 잠자코 그 말을 따랐다. 어머니가 그런 목소리로 말할 때는 언제나 그렇게 복종하는 게 습관이 되어 있었다. 릴리는 바트 부인의 말에 속지는 않았다. 즉시 가족이 파산했다는 사실을 알아차렸다. 이어진 어두운 시간 동안 그 끔찍한 사실이 아버지의 느릿느릿하고 고통스러운 죽음보다도 더 엄청난 위력을 발휘했다. 그는 그의 아내에게 더 이상 중요한 존재가 아니었다. 자신에게 지워진 임무의 완수를 그친 순간 그는 소멸해 버린 거나 마찬가지였다. 그녀는 출발이 지연된 열차가 곧 떠나기를 기대하는 여행자같이 임시로 뭔가를 기다리는 듯한 자세로 그의 곁에 앉아 있었다. 릴리의 감정은 어머니의 감정보다는 부드러웠다. 릴리는 아버지에게 동정심을 느꼈지만, 겁에 질린 나머지 제대로 표현을 하지 못하고 있었다. 하지만 아버지가 대체로 의식 불명의 상태에 있었고 그녀가 슬그머니 그의 방으로 들어가도 그가 주의를 곧 다른 데로 돌렸기 때문에 그는 어두워진 뒤에도 집에 들어오지 않았던 어린 시절보다도 더 낯선 사람으로 느껴졌다. 그녀가 본 아버지는 항상 희미한 존재였다. 처음에는 졸린 상태에서 보았고, 나중에는 먼 거리에서 별 관심 없이 보았으며, 이제는 깊은 안개 속에 모습이 잘 드러나지 않고 있었다. 만일 그녀가 그를 위해서 조금이라도 할 일이 있었다면, 혹은 폭넓게 읽은 소설책을 바탕으로 그런 경우에 조금이나마 감동적인 대화를 나눌 수 있었다면, 그녀 내부에서 자식다운 효심이 일깨워질 수도 있었을 것이다. 하지만 능동적인 표현을 찾지 못한 그녀의 동정심은 방관자의 그것에 머물렀고 어머니의 냉혹하고 지칠 줄 모르는 원망에 밀려났다. 바트 부인의 눈짓과 행동 하나하나가 다 "지금은 네가 아버지를 동정하겠지만, 아버지가 우리에게 무슨 짓을 했는지 알게 되면 너도 달리 생각할 거다."라고 말하는 듯했다.

아버지가 사망했을 때 릴리가 느낀 것은 안도감이었다.

그런 뒤 긴긴 겨울이 찾아왔다. 돈이 약간 남아 있긴 했는데 바트 부인에게는 그 상태가 돈이 한 푼도 없는 상태보다 더 나쁜 듯했다. 그것은 자신에게 마땅히 주어져야 할 대접에 비하면 단순한 조롱에 지나지 않는 것이었으니까. 돼지처럼 살아야 한다면 무엇 때문에 산단 말인가? 바트 부인은 일종의 광포한 무감각 상태, 운명에 대한 무기력한 분노의 상태에 빠졌다. 그녀의 '관리' 능력은 그녀를 저버렸다. 아니, 그녀는 더 이상 그 능력을 활용할 만큼 그 능력에 대한 자부심을 느끼지 않았다. '관리'를 함으로써 마차를 유지할 수 있다면 관리를 할 가치가 있었다. 하지만 어떤 수를 써도 자신이 걸어가야만 한다는 사실을 감출 수 없다면, 그런 노력은 더 이상 기울일 가치가 없다는 것이 그녀의 태도였다.

릴리와 어머니는 여러 곳을 떠돌아다녔다. 친척들을 오래 방문하기도 하고 유럽의 싸구려 숙소에서 하릴없이 지내기도 하면서. 친척들의 집에 머물 때면 바트 부인은 그들이 살림을 하는 방식을 비판했고, 그들은 그녀가 아무 전망도 없는 딸에게 침대에서 아침상을 받게 한다고 한심해했다. 유럽의 싸구려 숙소에서 지낼 때는 바트 부인은 자신과 마찬가지로 불운한 사람들이 절약해 차린 단탁으로부터 치열하게 거리를 두었다. 옛날 친구들과 과거 성공의 장소들도 특별히 신경을 써서 피해 다녔다. 그녀에게 가난하다는 것은 너무나 명백하게 실패를 자인하는 것이라서 창피한 일이었다. 그리고 사람들이 명백히 우호적으로 접근하는 경우에도 그녀는 그들의 태도에서 생색내는 기미를 찾아내곤 했다.

그녀를 위로해 준 것은 단 한 가지 생각뿐이었다. 그건 릴리의 미모를 음미하는 것이었다. 그녀는 열정적이라 할 만한 태도로 그걸 연구의 대상으로 삼았다. 마치 그것이 그녀가 복수를 위해 서서히 벼릴 무기라도 되는 것처럼. 릴리의 미모야말로 그들의 재산 중 마지막 남은 자산이었다. 자신들의 삶은 릴리의 미모를 중심으로 새로 구축되어야 했다. 그녀는 마치 릴리의 미모가 자신의 재산이며 릴리는 단지 그 관리자에 지나지 않는 것처럼 열성적으로 그것을 지켰다. 그리고 릴리에게 그런 재산의 관리자로서의 의무감을 주지시키려 했다. 그녀는 상상으로 다른 미인들의 삶의 경로를 추적하며 딸에게 그런 재능을 통해 무엇을 성취할 수 있는지 알려 주고 그런 미모에도 불구하고 원하는 것을 얻는 데 실패한 예를 들며 그런 사례가 담고 있는 경고의 메시지를 재삼재사 다짐해서 알려 주곤 했다. 바트 부인은 자신이 든 사례들 중 일부에서 보이는 통탄할 대단원은 오로지 당자들의 우둔함 탓이라고 설명했다. 그럼에도 불구하고 바트 부인은 자신의 불운에 대해서는 자신보다는 자신의 운명 탓으로 돌렸다. 그런 자가당착을 초월한 사람은 못 되었으니까. 하지만 연애결혼에 대한 그녀의 비난의 강도가 워낙 통렬해서 만일 바트 부인이 그다지도 자주 자신도 중매결혼을 하도록 "설득되었다."라고 릴리에게 강조하지 않았더라면 릴리는 아마 어머니가 연애결혼을 했었나 보다라고 생각했을 것이다. 어머니를 설득한 사람이 누구였는지는 한 번도 분명히 밝힌 적이 없지만 말이다.

릴리는 자신에게 큰 기회가 주어졌다는 사실을 잘 이해하고 있었다. 현재의 삶이 구질구질했기 때문에 자신에게 당연히 주어져야 할 삶이 더 매력적으로 여겨졌다. 미모를 갖추었더라도 릴리만큼 똑똑하지 못한 처녀에게는 바트 부인의 충고가 위험한 것일 수도 있었다. 하지만 릴리는 미모란 정복을 위한 재료에 불과하다는 사실을, 그리고 미모를 성공으로 전환하려면 다른 기술들이 추가로 필요하다는 사실을 이해하고 있었다. 그녀는 어떤 종류의 우월감을 과시하는 것은 어머니가 비난하는 우둔함의 섬세한 형태라는 사실을 알고 있었고, 그녀가 미인은 평범한 이목구비를 가진 사람보다 더 솜씨를 필요로 한다는 사실을 알게 되는 데는 오랜 시간이 걸리지 않았다.

릴리의 야심은 바트 부인의 야심만큼 조야한 것은 아니었다. 결혼 초기, 바트 씨가 너무 지쳐서 집에 돌아오기 전, 바트 부인의 가장 큰 불평거리 중 하나는 그녀가 막연하게 "시를 읽는다."라고 묘사했던 일에 남편이 저녁 시간을 낭비했던 것이었다. 그의 사망 후 경매에 부치기 위해서 꾸려 보낸 그의 소지품 중에는 그의 탈의실 선반에서 생존을 위해 신발들과 약병들 사이에서 투쟁해야 했던 몇십 권의 낡은 책들이 있었다. 아마도 이 원천에서 물려받은 정서가 있기 때문이었는지 릴리에게는 자신의 산문적이기 짝이 없는 목적에 이상을 부여하는 경향이 있었다. 그녀는 자신의 미모를 선한 목적을 위해 쓸 수 있는 힘으로, 세련됨과 훌륭한 취향을 막연하게나마 전파하는 일에서 영향력을 발휘할 수 있는 지위를 획득할 기회를 주는 자원으로 생각하고 싶어 했다. 그녀는 그림과 꽃과 감성적인 소설을 좋아했고, 자신이 그런 취향을 소유하고 있기 때문에 세속적인 이득을 위한 자신의 욕망조차 고상한 것이 된다고 생각하지 않을 도리는 없었다. 그녀는 실로 단순히 부자이기만 한 남자와의 결혼을 추구하지 않을 작정이었다.

그녀는 돈에 대한 어머니의 조야한 열정을 남몰래 창피하게 여기고 있었다. 릴리는 정치적인 야심과 막대한 재산을 소유한 영국의 귀족이 더 바람직하다고 생각했다. 차선은 아펜니노산맥에 성을 소유하고 있으며 바티칸에 대대로 물려받은 직위를 가진 이탈리아 공작이었다. 그녀는 패배자들에게서 매력을 느꼈고, 자신이 퀴리날레[12]의 속된 분주함과 거리를 둔 채 개인적인 쾌락을 영원한 전통의 요구에 희생시키고 있는 모습을 상상하는 것이 좋았다…….

그 모든 것이 얼마나 오래전 일이고 얼마나 먼 과거로 느껴지는지! 그런 야심들은 진짜 머리카락과 관절이 있는 프랑스제 인형을 갖고 싶어 하던 어린 시절의 야심들만큼이나 헛되고 어리석은 것이었다. 영국의 백작과 이탈리아의 공작 사이에서 누구를 선택할까 상상하던 때로부터 십 년밖에 흐르지 않았단 말인가? 그녀의 생각은 그 사이의 음울한 시간을 가차 없이 되짚어 올라갔다…….

바트 부인은 이 년 동안을 게걸스럽게 방황하다가 죽었다. 깊은 혐오감 때문에 죽은 것이었다. 구질구질한 걸 끔찍이 싫어하는 그녀가 구질구질하게 살아야 할 운명이었던 것이다. 릴리의 화려한 결혼에 대한 희망은 일 년 사이에 희미해졌다.

"사람들이 너와 결혼하려면 너를 만나야 하는데 우리가 이런 구석에 처박혀 있으니 어떻게 너를 만날 수 있겠니?" 그게

---

12) 르네상스 시대에 교황을 위해 로마에 지어진 여름 궁전. 1870년 이후 세속 정부 청사가 되었으며, 현재 이탈리아 대통령의 관저로 사용되고 있다.

그녀의 애처로운 불평의 내용이었고, 그녀가 딸에게 남긴 마지막 말은 가능하다면 구질구질한 삶을 벗어나라는 권고였다.

"너도 모르는 사이에 구질구질한 삶에 끌려다니지 말고 무슨 수를 써서라도 거기서 벗어나도록 노력해라. 아직 젊으니까 할 수 있을 거다." 그녀가 강조했다.

그녀는 그들이 잠시 뉴욕을 방문한 사이에 죽었고, 그리하여 릴리는 즉각적으로 어머니가 돼지같이 산다고 경멸하도록 가르쳐 준 바로 그 부자 친척들로 이뤄진 가족회의의 중심 주제가 되었다. 그녀가 배운 정서를 눈치챘던 것인지 그들 중 어느 누구도 그녀를 맡겠다고 나서지 않았다. 그 문제가 해결될 기미가 전혀 없자 페니스턴 부인이 한숨을 내쉬며 선언했다. "내가 한 일 년 데리고 있어 보지요."

모두 놀랐지만 아무도 놀란 내색을 하지 않았다. 페니스턴 부인이 그런 반응에 놀라 자신이 내린 결정을 재고할까 봐서였다.

페니스턴 부인은 바트 씨의 누이로 과부였다. 그리고 그녀가 친척들 중 가장 부자는 아니었지만, 그럼에도 불구하고 다른 친척들은 그녀가 릴리를 맡는 것이 명백히 섭리에 따른 것이라고 여길 만한 이유를 풍부히 생각해 내고도 남았다. 무엇보다도 그녀는 혼자 살았고, 그녀가 젊은 식구를 데리고 사는 것은 매력적인 일일 터였다. 그리고 가끔 여행을 할 때는 더 보수적인 친척들은 한심해했던, 외국의 풍습에 대한 지식 덕분에 릴리가 못 해도 안내원 노릇은 웬만큼 할 수 있을 터였다. 하지만 사실인즉 페니스턴 부인은 그런저런 고려 때문에 릴리를 맡은 것은 아니었다. 그녀는 단지 다른 사람들이 릴리를 맡겠다고 나서지 않았기 때문에, 그리고 개인적으로 이기적인 행동을 하는 데는 주저하지 않았어도 남들 앞에서 이기적으로 구는 것은 견딜 수 없어 하는 일종의 가식적인 도덕적 겸양의 소유자였기 때문에 나섰던 것이다. 페니스턴 부인은 사막에서 영웅적 행위를 할 사람은 아니었지만, 그녀 주변 작은 세계의 눈들이 지켜보고 있을 때는 영웅적 행위를 함으로써 일정한 쾌감을 맛보는 사람이었다.

그녀는 자신의 사심 없는 행위에 대해 보상을 받았으니, 조카딸이 함께 지내기에 괜찮은 상대임을 발견했던 것이다. 릴리가 고집이 세고 비판적이며 '외국 물이 들었을' 것이라고 기대했으나 — 페니스턴 부인도 가끔 외국에 가기는 했지만 이국적인 것에 대한 가족적 공포에서는 예외가 아니었으니까 — 릴리는 온순했다. 물론 그녀보다 더 통찰력이 있는 사람의 눈으로 보면 그것은 젊은 아이의 노골적인 이기심보다 더 우려스러운 특성일 수도 있었지만. 릴리는 불운으로 인해 고집이 세지기보다는 온순해졌고, 나긋나긋한 것은 뻣뻣한 것보다 꺾기 어려운 법이다.

하지만 페니스턴 부인은 릴리의 적응력 때문에 괴로움을 겪지는 않았다. 릴리는 고모의 친절을 악용할 생각은 없었다. 실상 고모가 자신에게 은신처를 제공해 주어서 감사한 마음이었다. 페니스턴 부인의 호화로운 실내는 적어도 표면적으로 구질구질하지는 않았다. 하지만 구질구질함은 온갖 방식으로 위장되는 법이다. 그리고 릴리는 곧 구질구질함이 유럽 대륙의 고급 민박에서 대충 사는 일에 못지않게 고모 삶의 값비싼 일상에도 숨어 있다는 것을 알게 되었다.

페니스턴 부인은 삶의 내용을 채워 주는 에피소드와 같은 사람들 중 하나였다. 그녀 자신 어떤 활동의 중심이 되어 본 적이 있었다고 믿는 것은 불가능했다. 그녀에 관한 가장 두드러진 사실은 그녀의 조모가 밴 얼스타인 가문 사람이었다는 점이었다. 초기 뉴욕의 유복하고 부지런한 조상을 두었다는 사실은 페니스턴 부인의 응접실이 얼음처럼 단정하고 그녀의 음식이 탁월하다는 점에서 드러났다. 그녀는 언제나 잘살고 비싼 옷을 입는 것 외에 다른 일은 거의 하지 않던 오래된 뉴욕인 계층에 속했다. 페니스턴 부인은 자신이 물려받은 그 같은 의무에 충실했다. 그녀는 항상 인생을 관조하는 사람이었고, 그녀의 정신은 자신의 네덜란드계 조상들이 철통같은 집 안에 깊이 들어앉아서도 거리에서 일어나는 일들을 관찰할 수 있도록 자신들의 집 위쪽 창문에 붙이곤 하던 작은 거울들을 닮은 것이었다.

페니스턴 부인은 뉴저지에 전원주택을 소유하고 있었지만, 남편을 여읜 뒤로는 한 번도 그곳에서 산 적이 없었다. 그녀 남편의 죽음은 아주 오래전에 일어났던 사건으로 주로 그녀의 주요 화제인 사적 추억담들의 분리선으로서만 그녀의 기억에 남아 있는 듯했다. 그녀는 모든 일이 있었던 날을 아주 중요하게 기억하는 여자로서 그녀의 기억력은 자신이 응접실 커튼을 페니스턴 씨의 마지막 와병 전에 갈았는지 후에 갈았는지를 즉석에서 말해 줄 수 있을 만큼 정확했다.

페니스턴 부인은 전원은 고적하고 나무들이 축축하다고 생각했으며, 전원에서 지내면 황소를 만날지도 모른다는 막연한 공포심을 가지고 있었다. 그런 일이 우연히라도 일어나는 것을 방지하기 위해서 그녀는 자주 전원보다는 사람들이 더 많이 모여드는 해변으로 가서 집을 세낸 뒤 그 집에 무감각하게 자리를 잡고 들어앉아 베란다에 있는 매트로 짠 발을 통해 삶을 관망했다. 그런 후견인의 보살핌을 받으면서 릴리는 곧 자신이 그 가정에서 누릴 수 있는 이득이란 좋은 음식과 값비싼 옷뿐이라는 사실을 깨달았다. 그리고 릴리는 그런 것들을 별것 아니라고 무시하기는커녕 바트 부인이 자신에게 기회라고 가르친 것과 기꺼이 그것을 바꾸고 싶다는 생각이 들었다. 그녀는 페니스턴 부인의 물질적 자원과 어머니의 사나운 열정이 결합되었다면 가능했을 수도 있던 결과를 생각하고 한숨을 지었다. 릴리도 어머니처럼 열정은 많았지만 고모의 습관에 적응해야 했기 때문에 그것을 제한할 수밖에 없었다. 그녀는 어머니의 표현 방식을 빌려 말한다면 혼자 자립할 수 있을 때까지는 무슨 수를 써서라도 페니스턴 부인에게 잘 보여야 한다는 사실을 알았다. 릴리는 이 집 저 집을 전전하는 가난한 친척으로 살고 싶은 생각이 없었으니, 페니스턴 여사에게 적응하기 위해서는 그녀 스스로도 어느 정도는 고모의 수동적인 태도를 배워야 했다. 처음에는 릴리도 고모를 자신의 활발한 생활 방식으로 이끌 수 있을지도 모른다고 생각했다. 하지만 페니스턴 부인이 소유한 정적인 힘이 워낙 강력해서 그녀의 조카딸이 그것과 싸우는 것은 허사임이 금세 드러났다.

페니스턴 부인이 삶과 능동적인 관계를 맺도록 인도하는 일은 마룻바닥에 나사로 고정된 가구를 움직이려고 잡아당기는 것과 같은 일이었다. 사실은 그녀도 릴리가 자신만큼 정적이기를 기대하는 것은 아니었다. 그녀는 젊음의 휘발성에 대해 미국인 후견인 특유의 너그러운 태도를 지니고 있었다.

그리고 조카딸의 다른 습관들 몇 가지에 대해서도 너그러웠다. 릴리가 자신 소유의 돈을 모조리 드레스를 사는 데 쓰는 걸 자연스러운 일로 생각했고, 동일한 목적에 쓰라고 가끔씩 '상당한 선물'을 해서 릴리의 보잘것없는 수입을 보충해 주기도 했다. 상당히 현실적인 면이 있던 릴리는 규칙적인 용돈을 받는 쪽을 더 선호했지만, 페니스턴 부인은 의외의 수표를 정기적으로 반복해서 줌으로써 감사의 표시를 받는 쪽을 선호했다. 그리고 그녀는 그런 방식으로 돈을 주어야 조카딸이 자신이 고모에게 의존하고 있다는 건전한 감각을 계속 유지할 수 있다는 사실을 계산에 넣을 만큼 영악한 사람이었다.

페니스턴 부인은 조카딸을 자신이 맡아 주었으면 되었지 그 외 다른 일을 더 해 주어야 한다고 생각하지는 않았다. 그녀는 단순히 비켜서서 릴리 스스로 알아서 자기 일을 처리하도록 내버려 두고 있었다. 릴리는 처음에는 자신감 있게 나섰고, 점차 자신에 대한 사교계의 수요가 축소되는 것을 느끼게 되었으며, 지금은 한때 원하기만 하면 자신의 것이 될 것 같았던 넓은 공간에서 발붙일 자리라도 얻어 보려고 발버둥 치게 되었다. 어쩌다 사태가 이 지경에 이르렀는지는 아직 이해하지 못하고 있었다. 그녀는 가끔 페니스턴 부인이 너무 수동적

이라서 그렇게 된 것은 아닌가 하는 생각이 들었고, 그런 뒤엔
또 자신이 너무 수동적이지 않아서 그런 게 아닐까 하는 의문
이 들었다. 자신이 지나치게 승리에 대한 집착을 보였던 것일
까? 자신에게 참을성과 유연성과 겸손함이 부족했던 것일까?
그녀가 이런 잘못을 범했다고 자신을 나무라건, 그렇지 않다
고 방면해 주건 그녀가 실패했다는 결론에는 변화가 없었다.
자신보다 젊고 더 평범한 처녀들은 무더기로 짝이 지어지고
있었는데, 자신은 스물아홉의 나이에 여전히 바트 양으로 남
아 있었던 것이다.

　그녀는 때때로 운명에 대해 화가 났고 반항심이 들기 시작
했다. 경주를 중단하고 자립적으로 살 수 있기를 간절히 원하
던 순간들이 있었다. 하지만 그게 어떤 모습의 삶일지? 그녀
는 재단사의 청구서와 노름빚을 갚기에도 빠듯한 돈밖에 가지
고 있지 않았다. 그녀가 취향이라는 이름으로 그럴듯하게 부
른 산만한 관심사들 중에 그녀가 자족하며 평범한 삶을 살
수 있게 해 줄 만한 것은 없었다. 아, 아니었다. 그녀는 스스로
에게 정직하지 않을 만큼 우둔하지는 않았다. 그녀는 자신이
어머니만큼이나 구질구질한 삶을 싫어한다는 사실을, 마지막
숨을 쉴 때까지 그것에 대항해 싸우리라는 것을, 무슨 수를
써서라도 구질구질함의 홍수 위로 자신을 끌어 올려 마침내
너무 미끌미끌해서 손아귀에 잡히지 않는 성공의 밝은 정상
을 얻을 때까지 노력하리라는 것을 알고 있었다.

4장

다음 날 아침 바트 양의 조반이 놓인 쟁반 위에서는 안주인의 쪽지가 함께 발견되었다.

"다정한 릴리." 쪽지는 이렇게 시작했다. "10시까지 아래층으로 내려오는 게 너무 지루한 일이 아니라면 거실로 와서 내가 좀 피곤한 일을 하는 걸 도와주지 않겠어?"

릴리는 쪽지를 옆으로 던져 놓고 한숨을 푹 쉬며 베개로 가라앉았다. 10시 — 벨로몬트에서 막연하게 동트는 시간과 동의어로 쓰이는 시간이다 — 까지 아래층으로 내려가는 건 물론 지루한 일이었다.

그리고 그녀는 문제의 피곤한 일이 무엇인지도 너무 잘 알았다. 주디의 비서인 프래그 양이 특별한 사정 때문에 불려 갔는데, 쪽지며 식탁 카드며 써서 준비해야 할 것들이 있었고,

잃어버린 주소도 찾아야 했고, 사교와 관련된 다른 지루한 일들의 수행이라는 과제가 있었다. 그런 응급 상황에 나설 사람이 바트 양이라는 건 불문율이었고, 그녀 자신 보통은 그런 의무를 아무런 불평도 하지 않고 수행해 왔다.

하지만 오늘은 그 호출로 인해 전날 밤 자신의 수표책을 살펴본 뒤 느꼈던, 자신이 노예나 다름없는 존재라는 느낌이 되살아났다. 주변에선 모든 일들이 매끄럽고 편리한 느낌을 주도록 굴러가고 있었다. 열린 창문을 통해 9월 아침의 반짝이는 상쾌함이 느껴졌고, 노란색 가지들 사이로 산울타리와 잘 손질된 화단이 보였으며, 그것이 서서히 자연에 합류하면서 넓은 정원의 자유로운 파동으로 변하고 있었다. 하녀가 벽난로에 불을 살짝 지펴 놓았고, 그 불빛이 이끼 같은 초록색 카펫 위로 비치면서 상감 세공을 한 골동품 책상의 둥그런 옆면을 어루만지는 햇빛과 유쾌한 힘겨루기를 하고 있었다. 침대 가까이 탁자 위에는 잘 조화를 이룬 자기 그릇과 은수저 등과, 바이올렛이 꽂힌 날씬한 유리 화병, 그리고 편지들 아래 접힌 아침 신문이 조반과 함께 담긴 쟁반이 놓여 있었다. 릴리는 공들여 이뤄진 이런 사치에 익숙해 있었다. 하지만 릴리는 환경의 일부를 이루고 있는 그것들을 볼 때마다 언제나 새롭게 그것들의 매력을 느꼈다. 부의 단순한 과시를 볼 때는 일종의 우월감을 느꼈다. 하지만 섬세하게 표현된 부에 대해선 친화력을 느꼈다.

그러나 트레너 부인의 소환으로 인해 릴리는 갑자기 자신의 의존성을 생각하게 되었다. 그녀는 신중한 성격의 소유자로서 평소에는 잘 억제하던 짜증이 울컥 치미는 것을 느끼며 자리에서 일어나 옷을 갈아입었다. 그녀는 그 같은 감정이 마음뿐 아니라 얼굴에도 주름을 남긴다는 사실을 알고 있었기 때문에 자신이 한밤중에 검사했던 잔주름의 경고를 심각하게 받아들이기로 했다.

릴리를 맞이하는 트레너 부인의 어조는 사무적이었고, 그 때문에 릴리의 짜증은 더욱 심해졌다. 자신이 그렇게 이른 아침에 억지로 침대에서 빠져나와 노트를 쓰는 따위의 단조로운 일을 하러 상쾌하고 밝은 얼굴로 내려왔다면 트레너 부인이 자신의 그런 희생에 대해 뭔가 특별한 감사를 보여야 마땅하다고 생각했다. 하지만 트레너 부인의 어조에서는 그런 기색이 전혀 느껴지지 않았다.

"오, 고마워, 릴리." 가냘프고 우아한 그녀의 책상 위엔 그에 전혀 어울리지 않게 상업적인 느낌을 주는 편지와 고지서와 다른 집안일에 관련된 서류들이 마구 쌓여 있었는데, 그녀는 그 산더미 같은 서류 너머로 한숨을 한 번 내쉬었을 뿐이다.

"오늘 아침에 해야 할 끔찍한 일들이 너무 많아서 말이야." 그녀가 혼란스러운 서류 더미를 가장자리로 치워 중간에 공간을 만들면서 바트 양에게 자리를 내주고 일어섰다.

트레너 부인은 키가 큰 금발의 여성이었다. 큰 키만이 그녀를 다른 사람과 구별해 주는 특징이었다. 그녀의 금발과 장밋빛 피부는 약 사십 년의 보람 없는 활동을 이겨 내 그녀의 외모에서는 이목구비가 조금 작아진 것 외에는 별다른 혹사의 흔적이 보이지 않았다. 그녀의 존재는 파티의 여주인으로만

규정되는 것 같다고 말하는 것 외에 달리 그녀를 정의하기는 힘들었다. 그녀가 파티의 여주인 노릇을 하는 것은 그녀가 남달리 사람들을 좋아해서가 아니라 여러 사람들 속에 있지 않으면 자신의 삶을 지속시킬 수 없었기 때문이었다. 그녀의 관심사가 집단적인 것인 까닭에 그녀는 자신이 속한 성의 평범한 적수 관계를 벗어나 있었으며, 그녀가 아는 사적인 감정이란 감히 자신보다 더 큰 디너파티를 베풀거나 더 재미있는 하우스 파티를 여는 여자들에 대한 증오심뿐이었다. 그러나 그녀는 트레너 씨의 은행 구좌가 뒷받침해 주는 자신의 사교적 수완 덕분에 그런 경쟁에서 언제나 궁극적인 승리를 거두었다. 그리고 그런 성공 덕분에 그녀는 다른 여성들을 향해서도 사심 없는 선의를 발전시킬 수 있었다. 바트 양의 공리주의적 친구 분류법에 따르자면 트레너 부인은 자신을 '배신'할 가능성이 가장 적은 친구였다.

"지금 이 시점에서 그렇게 가 버리다니, 프래그도 정말 인정머리 없는 아이야." 릴리가 책상 앞에 앉는 동안 트레너 부인이 잘라 말했다. "자기 언니가 애를 낳는다는 거야. 그게 우리 하우스 파티와 도대체 무슨 상관이야! 내가 이 일을 하면 틀림없이 끔찍하게 혼동을 할 거야. 완전히 망쳐 버리는 열도 나올 거라고. 턱시도에 갔을 때 꽤 많은 사람들한테 다음 주에 놀러 오라고 초대를 했어. 그런데 그 리스트를 어디다 놔뒀는지 모르겠어. 누가 오기로 했는지 생각이 잘 안 나. 그러니 이번 주도 끔찍하게 실패하게 될 거야. 그러면 그웰 밴 오스버그가 돌아가서 제 어머니한테 모두 얼마나 지루해했는지 일러

바칠 거라고. 웨더럴 부부는 부를 작정이 아니었는데, 거스가 실수를 했어. 너도 알다시피 그 사람들이 캐리 피셔를 못 받아들이잖아. 내게 캐리 피셔를 부르지 않을 선택권이 있는 것처럼 말이야! 두 번씩이나 이혼을 하다니 참 멍청해. 캐리는 무슨 일을 하든 항상 지나치단 말이야. 하지만 피셔한테서 한 푼이라도 받아 내려면 이혼을 하고 위자료를 내게 하는 방법밖에 없다 그러더라고. 그런데 불쌍한 캐리는 한 푼 두 푼이 아쉽잖아. 요새 사교계 돌아가는 걸 보면 앨리스 웨더럴이 캐리와 한자리에 못 있겠다고 그렇게 난리를 피우는 건 정말 말도 안 돼. 엊그제 누가 그러더라고. 우리가 아는 가족 중에 이혼한 사람이 하나도 없고 맹장염 수술을 한 사람이 하나도 없는 경우는 없다고. 게다가 캐리야말로 지루한 사람들과 함께 있을 때 거스의 기분을 맞춰 줄 수 있는 유일한 사람이거든. 남편들이란 남편들은 다 캐리를 좋아하는 거 알지? 캐리 자신의 남편만 빼고 말이야. 지루한 사람들한테 잘해 주는 걸 특기로 삼다니 영리한 여자야. 그 분야가 아주 넓은데, 그게 다 캐리 차지라고 봐야 하니까. 물론 캐리한테 보상이 따르지. 거스한테서 돈을 빌린다는 것 나도 알고 있어. 하지만 거스의 기분을 맞춰 준다면 나라도 캐리에게 돈을 줄 의사가 있거든. 그러니 결국 난 불평할 이유가 없어."

트레너 부인은 말을 멈추고 바트 양이 뒤죽박죽 섞인 자신의 서신들을 정리하려고 애쓰는 광경을 감상했다.

"하지만 웨더럴 부부와 캐리만 문제가 아냐." 그녀가 다시 한탄조로 말을 이었다. "사실은 레이디 크레시다 레이스에 대해서 아주 크게 실망했어."

"실망이라니? 전에 알던 사이야?"

"맙소사, 아니. 어제 처음 만났지. 레이디 스키도가 밴 오스버그 부부에게 편지를 써서 보냈거든. 그리고 마리아 밴 오스버그가 그녀를 만나기 위해 이번 주에 성대한 파티를 준비한다고 들었거든. 그래서 내가 그녀를 빼돌린다면 참 재미있겠다 생각했지. 인도에서 그녀와 알고 지냈던 잭 스테프니가 중간에서 잘 주선해 줬거든. 그런데 무척 화가 난 마리아가 뻔뻔스럽게도 그웬을 통해서 자신도 우리 집에 초대되도록 했어. 자신들이 완전히 배제되지는 않도록 말이야. 레이디 크레시다가 어떤 사람인지 미리 알았더라면 밴 오스버그 부부가 그녀를 차지하도록 가만 놔뒀을 텐데! 하지만 스키도 부부의 친구라면 재미있을 거라고 생각했지. 레이디 스키도가 얼마나 재미있는 사람인지 기억하지? 아이들을 무조건 방 밖으로 내보내야 하는 순간들도 있었잖아. 게다가 레이디 크레시다는 벨트셔 공작 부인의 여동생이거든. 그래서 난 그녀도 벨트셔 공작 부인과 비슷한 사람일 거라고 생각한 거지. 하지만 영국의 가족들은 전혀 예측 불능이야. 워낙 대가족이라서 그 안에 온갖 종류의 사람들이 다 있는 거야. 그런데 레이디 크레시다는 도덕적인 사람이더라고. 남편은 목사고 런던 이스트 엔드[13]에서 선교 활동을 하고 있대. 인도 보석을 걸치고 식물을 연구하는 여자, 목사의 아내를 초대하기 위해서 그렇게 요란

---

13) 악명 높은 슬럼을 포함하는 런던의 지구 이름.

을 떨었다니! 그녀가 하도 졸라서 어제 거스가 온실을 한 바퀴 싹 돌며 다 구경시켜 줘야 했다니까. 그리고 식물들의 이름을 물어봐서 죽을 뻔했다고 하더라고. 거스를 정원사로 취급했다니, 기가 막히지!"

트레너 부인이 점점 더 강한 어조로 분개심을 표현하더니 마침내 그렇게 결론 내렸다.

"글쎄, 레이디 크레시다 덕분에 웨더럴 부부가 캐리 피셔를 만나는 일이 중화될지도 모르지." 바트 양이 달래듯 말했다.

"그랬으면 정말 좋겠어! 하지만 그 여자 때문에 남자들이 모두 끔찍하게 지루해하고 있어. 그리고 만일 내가 들은 것처럼 그녀가 진짜로 논문을 사람들한테 나눠 주기까지 한다면 정말 너무 우울할 거야. 가장 나쁜 점은 다른 때였으면 그녀가 아주 유용했을 수도 있다는 거야. 일 년에 한 번 주교님을 모셔야 하잖아. 그때라면 분위기를 아주 적절하게 조성해 줬을 거야. 주교님이 방문하실 때마다 무척 운이 나빴었거든." 트레너 부인이 덧붙였다. 현재의 비참한 기분이 신속하게 밀려오는 회상의 파고에 뒤덮이며 더욱 깊어지고 있었다. "작년에 주교님을 초대했을 땐 거스가 그 사실을 까맣게 잊고 네드 윈턴 부부와 팔리 부부를 데리고 온 거야. 그 사람들을 다 합치면 이혼이 다섯 번, 자식들은 여섯 무리가 되잖아!"

"레이디 크레시다는 언제까지 있는데?" 릴리가 물었다.

트레너 부인은 절망적인 표정으로 천장을 올려다보았다. "그거라도 알면 얼마나 좋겠어! 마리아한테서 그녀를 빼앗아 오려고 서두르다가 날짜를 지정하는 걸 깜박했어. 거스 말로는 그 여자가 겨울을 여기서 보낼 작정이라고 했다더라고."

"여기? 당신 집에서?"

"말도 안 되는 소리. 미국에서 말이야. 하지만 다른 사람이 그 여자를 초대해 주지 않으면……. 너도 알잖아, 그 사람들 호텔로는 절대 안 가는 거."

"거스가 그냥 당신 겁주려고 그렇게 말한 거 아냐?"

"아니야. 그 여자가 자기 남편이 엥가딘[14]에서 치료를 받는 여섯 달 동안을 때워야 한다고 버사 도싯한테 말하는 걸 나도 들었거든. 버사가 멍한 표정을 짓는 걸 당신이 봤어야 하는데! 하지만 정말 농담이 아니야. 만일 그 여자가 여기서 가을을 보낸다면 모든 게 엉망이 될 거야. 그리고 마리아 밴 오스버그는 너무너무 신나 하겠지."

트레너 부인이 이 끔찍한 상상을 하는 동안 그녀의 목소리가 자기 연민으로 떨렸다.

"오, 주디. 사람들이 벨로몬트에서 심심해하는 일은 없잖아!" 바트 양이 재치 있게 항의했다. "밴 오스버그 부인이 괜찮은 사람을 몽땅 차지하고 당신한테 지루한 사람들만 모조리 손님으로 안겨 줘도 당신은 괜찮은 파티를 만들 능력이 있고, 그녀는 못 그런다는 거 당신도 너무 잘 알고 있잖아."

그런 위로의 말은 트레너 부인의 자기 만족감을 되살려 주는 게 보통이었지만, 지금은 그 말도 그녀의 이마에 낀 구름을 몰아내지는 못했다.

---

14) 스위스 인강 상류의 계곡으로 아름다운 휴양지로도 유명하다.

"레이디 크레시다만 문제가 아니거든." 그녀가 계속 한탄했다. "이번 주엔 일이란 일은 다 꼬였단 말이야. 버사 도싯이 나한테 무척 화가 난 게 보이더라고."

"당신한테 무척 화가 났다고? 왜?"

"내가 버사한테 로런스 셀든이 올 거라고 했는데, 결국은 못 오게 되었거든. 버사는 터무니없이 그게 내 잘못이라고 생각한다고."

바트 양은 펜을 내려놓고 자기가 적던 노트를 멍하니 바라보았다.

"그거 다 끝난 줄 알았는데." 그녀가 말했다.

"그렇지. 그의 편에선. 그리고 버사도 그 뒤로 한가하게 지내진 않았고. 하지만 지금 이 순간엔 별 소일거리가 없나 보더라고. 누군가 내가 로런스를 부르는 게 좋을 거라고 귀띔해 줬어. 그래서 내가 로런스를 불렀던 거지. 하지만 억지로 그가 오게 만들 수는 없잖아. 그런데 이제 버사는 다른 사람들한테 아주 고약하게 구는 것으로 나한테 화풀이할 거란 말이야."

"오, 반대로 다른 남자에게 아주 상냥하게 구는 것으로 그에게 화풀이를 할 수도 있잖아."

트레너 부인은 침울한 표정으로 고개를 설레설레 흔들었다. "버사는 로런스가 신경 안 쓴다는 거 알고 있거든. 그리고 로런스 말고 누가 있어? 앨리스 웨더럴은 루셔스를 한시도 눈밖에 안 내놓을 거야. 네드 실버튼은 캐리 피셔에게서 눈을 못 뗄 거고…… 불쌍한 녀석! 거스는 버사라면 지루해해. 잭 스테프니는 그녀를 너무 잘 알고 있고. 그러니, 아, 물론 퍼시 그라이스가 있긴 하지!"

그녀는 그 생각에 미소를 지으며 똑바로 앉았다.

바트 양은 그 미소에 조응하는 표정을 짓지 않았다.

"오, 그녀와 그라이스 씨 사이에 뭔 일이 생길 것 같진 않은데."

"그러니까 그라이스 씨는 그녀에게서 충격을 받을 거고, 그녀는 그를 지루한 사람이라고 생각할 거라 이거야? 시작은 그렇게 해도 경과가 나쁘지 않을 수는 있지, 당신도 알다시피. 하지만 그녀가 그라이스 씨한테 애교를 떨 작정은 안 해 줬으면 좋겠어. 당신을 위해서 부른 거니까."

릴리는 웃었다. "메르시 뒤 콩플리망!¹⁵⁾ 내가 감히 버사의 상대가 되겠어?"

"그 말이 칭찬이 아니라고 생각해? 하지만 당신도 알잖아, 내가 그런 뜻으로 말한 게 아니라는 거. 당신이 버사보다 천배는 더 예쁘고 똑똑하다는 건 모두 다 알고 있지. 하지만 당신은 성격이 못된 사람은 아니거든. 원하는 걸 궁극적으로 손아귀에 넣는다는 점에선 성격이 못된 사람이 더 낫거든."

바트 양은 비난을 가장하며 그녀를 바라보았다. "버사를 아주 좋아하는 줄 알았는데."

"오, 좋아해. 위험한 사람은 좋아하는 게 훨씬 안전하니까. 하지만 버사는 위험한 여자야. 그리고 그녀가 뭔가 심술궂은 일을 한다면 때는 바로 지금이라고. 불쌍한 조지의 태도를 보

---

15) '칭찬해 줘서 고마워.'라는 뜻의 프랑스어. 여기서는 반어적으로 쓰였다.

면 알 수 있어. 그 남자는 완벽한 바로미터야. 그는 항상 안다고, 버사가……."

"전락할 걸?" 바트 양이 제안했다.

"말도 안 되는 소리 하지도 마! 그가 아직도 그녀를 믿고 있다는 거 알잖아. 그리고 나도 물론 버사가 무슨 진짜 해가 될 일을 한다고 말하는 건 아냐. 그냥 사람들을 비참하게 만드는 일을 즐긴다는 거지, 특히 불쌍한 조지를 말이야."

"글쎄, 그 남자 자기 역할에 아주 적격인 것 같던데. 그녀가 조지보다 더 유쾌한 파트너를 좋아한대도 놀랄 일은 아니지."

"오, 조지도 생각만큼 그렇게 딱한 사람은 아냐. 버사 때문에 그렇게 노심초사만 안 해도 완전히 딴사람일 거야. 아니면, 버사가 그가 원하는 대로 살도록 가만히만 놔둬도. 하지만 버사는 돈 때문에 남편을 그냥 놔둘 여유가 없지. 그러니 남편이 질투를 안 하면 자기가 질투하는 척해야 하는 거야."

바트 양은 아무 말 없이 노트를 써 내려갔고, 안주인은 인상을 찌푸려 가며 생각의 줄기를 쫓아가고 있었다.

"알아?" 그녀가 한참 만에 외쳤다. "로런스한테 전화해서 꼭 와야 한다고 말해야겠어."

"오, 그러지 마." 릴리가 말했다. 그리고 그녀의 얼굴이 재빨리 발갛게 물들었다. 릴리는 자신이 볼을 붉혔다는 사실에 안주인 못지 않게 스스로도 놀랐다. 안주인은 평소에 다른 사람의 표정 변화에 주의를 기울이는 사람은 아니었지만, 궁금하다는 표정으로 릴리를 바라보았다.

"맙소사, 릴리, 지금 당신의 모습이 얼마나 예쁜지! 왜? 그 사람이 그렇게 싫어?"

"그런 게 아니고, 그 사람 괜찮아. 하지만 나를 버사한테서 보호하겠다는 너그러운 의도로 그러는 거면 당신의 보호가 없어도 괜찮을 것 같아서."

트레너 부인은 똑바로 고쳐 앉으며 외쳤다. "릴리! ……퍼시? 그가 이미 실제로 당신 것이 되었다는 뜻이야?"

바트 양이 미소를 지었다. "그라이스 씨와 내가 아주 좋은 친구 사이가 되었다는 것뿐이야."

"흠, 알겠어." 트레너 부인이 그녀에게 너무나 행복해하는 시선을 고정했다. "사람들이 그러는데 그가 소유한 재산이 팔십 만 달러라고 하더라고. 그런데 그걸 전혀 안 쓴대. 쓰레기 같은 고서들을 조금 사는 데 외에는 말이야. 그리고 심장병이 있는 그의 어머니가 장차 그가 지금 소유하고 있는 재산보다도 훨씬 더 많이 그에게 물려줄 거라고 하더라고. 오, 릴리, 천천히 진행해." 그녀의 친구가 간청했다.

바트 양은 짜증 내는 기색 없이 계속 미소를 띠고 있었다. "그러니까 내가 서둘러서," 그녀가 말했다. "그가 쓰레기 같은 고서들을 많이 가지고 있다고 말하면 안 된다 이거지."

"안 되지. 물론, 안 되고말고. 당신이 사람들에게 그들의 관심사를 말하게 하는 뛰어난 재주가 있다는 거 나도 알고 있어. 하지만 그 남자 그렇게 끔찍하게 수줍음을 타고, 또 충격도 아주 잘 받고, 그리고…… 그리고……."

"왜 말 안 해, 주디? 내가 돈 많은 남편을 구하려고 나섰다는 명성이 있다는 거?"

"오, 그런 말 하려는 게 아니었어. 그 남자 당신에 대해 그런 생각은 안 할 거야, 적어도 처음엔." 주디가 솔직하게 자기 계산을 내보이며 말했다. "하지만 당신도 알다시피 우리 집에선 때때로 분위기가 다소 발랄하게 돌아가잖아. 잭과 거스한테 암시를 해 줘야겠네. 그가 만일 당신이 자기 어머니가 방종하다고 부르는 그런 여자인 걸 안다면……. 참, 나, 내가 무슨 말 하는지 알지. 정찬 때 진홍색 실크 크레이프 입지 마, 그리고 참을 수 있으면 담배도 피우지 말고, 알았지, 릴리!"

릴리는 건조한 미소와 함께 자신이 마친 일거리를 옆으로 밀어 놓았다. "정말 친절하게 마음을 써 주네, 주디. 담뱃갑을 잠가 놓고 오늘 아침 당신이 내게 보내 준 작년 드레스를 입을게. 내 장래에 대해 진짜 염려한다면 오늘 저녁에는 브리지 게임을 함께 하자고 청하지 않는 친절을 베풀어 줄 테지?"

"브리지? 그 사람 브리지도 싫대? 오, 릴리, 그 생활이 얼마나 끔찍할까! 하지만, 물론 안 권할게. 어젯밤에 암시를 좀 해주지 그랬어? 당신, 내 불쌍한 귀염둥이가 행복해지는 걸 보려면 내가 못 할 일이 뭐가 있겠어!"

그런 뒤 트레너 부인은 진정한 사랑의 길을 순탄하게 해 주고 싶은 여성다운 열성으로 빛나며 릴리를 오래 껴안아 주었다.

"정말 괜찮아?" 그녀는 릴리가 몸을 떼어 낼 때 진지하게 다시 물었다. "로런스 셀든한테 전화 안 해도 되겠어?"

"그럼." 릴리가 말했다.

다음 사흘간은 바트 양이 아무런 외부의 도움 없이도 자신의 일을 독립적으로 처리하는 능력에 대해 자족할 만큼 그 능력을 잘 보여 주며 지나갔다.

그녀는 토요일 오후 벨로몬트의 테라스에 앉아서 자신이 일을 너무 빨리 진행시키지나 않을까 하던 트레너 부인의 우려에 대해 미소를 지었다. 한때 그녀에게도 그런 경고가 필요했다 하더라도 그녀는 여러 해를 보내며 그사이에 유익한 교훈을 배웠고 이제는 목표물에 속도를 맞출 줄 아는 능력이 생겼다고 자부했다. 그라이스 씨의 경우에는 자신이 손 닿지 않는 거리로 사라졌다가 간간이 무의식적인 친밀함을 보이며 유혹하면서 앞장서서 팔랑팔랑 나아가는 것이 효과적이라는 사실을 알 수 있었다. 현재의 주변 환경도 이런 구애의 책략에 도움이 되었다. 트레너 부인은 약속한 대로 브리지 테이블에서 릴리를 기대하고 있다는 기색을 보이지 않았다. 심지어 다른 사람들에게 릴리가 갑자기 빠진 데 대해 놀라는 기색을 보이지 말라고 암시까지 해 주었다. 이런 암시의 결과 릴리는 자신이 짝짓기 철의 젊은 여성을 둘러싸게 되는 여성다운 갈망의 중심에 서 있게 되었음을 알 수 있었다. 벨로몬트에서 복작대는 사람들 사이에서 암암리에 그녀를 위한 격리의 공간이 형성되었고, 그녀의 구애가 로맨스의 모든 특성으로 장식되어 있다 한들 그녀의 친구들이 지금보다 더 자신들의 존재를 감추어 줄 수는 없었을 것이다. 릴리가 사귀는 사람들 사이에서는 이런 처신을 한다는 것이 그들이 그녀의 동기에 대해 공감과 이해를 보내고 있다는 것을 의미했고, 그녀는 사람들이 그라이스 씨에 대해 고려하는 모습을 보면서 그를 한결 더 높이 평가하게 되었다.

　9월의 오후 벨로몬트의 테라스는 감상적인 명상에 좋은 장소였고, 다탁 주변을 둘러싸고 있던 활기 찬 무리에서 좀 떨어져 나와 푹 꺼진 정원 위 난간에 기대서 있던 바트 양은 형언할 수 없는 행복감의 미로 속에 잠겨 있었을 수도 있었다. 사실인즉, 그녀는 자신을 위해 기다리고 있을 축복을 평화롭게 하나하나 짚어 보고 있었다. 릴리는 자신이 선 자리에서 그 축복들이 그라이스 씨라는 형태 속에 구현된 모습을 볼 수 있었다. 그라이스 씨는 가벼운 코트와 스카프를 두르고 의자 끄트머리에 다소 소심하게 앉아 있었고, 캐리 피셔는 자연과 인공이 그녀에게 부여한 모든 눈짓과 몸짓의 에너지를 동원해 도시의 개혁이라는 임무에 가담해야 할 그의 의무에 대해 역설하고 있었다.

　도시의 개혁은 피셔 부인의 최근 취미였다. 그 바로 전에는 지금과 꼭 같은 열정으로 사회주의를 지지했고, 그 전에는 크리스천 사이언스[16]를 열렬하게 주창했었다. 피셔 부인은 체구가 작고 열정적이며 극적인 사람이었다. 그녀의 손과 눈은 그녀가 어쩌다 주창하게 된 대의명분에 봉사하는 감탄스러운 도구였다. 그러나 그녀는 자신의 말을 듣는 사람의 반응이 미온적인 걸 무시하는, 열렬한 주창자들 공통의 약점을 소유하고 있기도 했다. 릴리는 그라이스 씨의 자세가 그가 그녀의 말

---

16) 1879년 메리 베이커 에디에 의해 미국 매사추세츠주 보스턴에 설립된 기독교 계통의 신흥 종교.

에 저항하고 있음을 모든 각도에서 보여 주고 있음에도 그녀가 그 사실을 전혀 의식하지 못하는 모습이 재미있었다. 릴리의 눈에는 그라이스 씨가 그런 시간에 바깥에 너무 오래 있으면 감기에 걸릴까 봐 두려워하는 마음과 만일 실내로 들어가면 피셔 부인이 뒤따라와 종이에 서명을 하라고 할까 봐 두려워하는 마음 사이에서 갈피를 못 잡고 있는 게 뻔히 들여다보였다. 그라이스 씨는 그가 '투신'이라고 부르는 행위를 천성적으로 싫어했고, 비록 자신의 건강이 애틋하게 중요하기는 했지만 피셔 부인의 노역으로부터 우연히 벗어날 때까지 펜과 잉크가 미치지 않는 곳에 있는 것이 안전하다는 쪽으로 결론을 내린 것이 분명했다. 그러는 동안 그는 괴로움에 찬 시선을 바트 양 쪽으로 보냈고, 그녀가 보인 유일한 반응은 더욱 우아한 방심의 상태로 깊이 빠져드는 것이었다. 그녀는 대조를 활용하는 것이 자신의 매력을 부각시키는 데 도움이 된다는 것을 알았고, 자신이 제공하는 휴식이 피셔 부인의 장광설 다음에 더욱 돋보일 것이라는 점을 충분히 의식하고 있었다.

릴리의 명상은 사촌인 잭 스테프니가 다가옴으로써 깨졌다. 그는 그웬 밴 오스버그와 함께 테니스 코트를 떠나 정원을 가로질러 오고 있었다.

문제의 한 쌍도 릴리와 동일한 종류의 로맨스에 빠져 있었고, 릴리는 자신의 상황에 대한 캐리커처처럼 보이는 그 로맨스를 보면서 좀 짜증스러운 기분이 들었다. 밴 오스버그 양은 펑퍼짐하고 예쁜 데라곤 전혀 없는 체구가 큰 처녀였다. 잭 스테프니는 그녀가 로스트 양고기만큼 확실하다고 말하기도 했었다. 잭의 취향에는 그보다 덜 단단하고 더 세련된 양념을 쓴 음식이 좋았다. 하지만 배고픈 사람은 찬밥 더운밥을 가릴 여유가 없는 법이니, 스테프니 씨는 빵 껍질밖에 먹을 게 없던 시절을 겪은 사람이었다.

릴리는 그들의 얼굴 표정을 흥미롭게 살펴보았다. 처녀의 얼굴은 채워지도록 들어 올려진 접시처럼 남자 쪽을 향해 있던 반면, 그녀 곁에서 어른거리고 있던 남자의 얼굴에서는 지루함이 그가 짓고 있는 미소의 엷은 표면을 언제라도 찢고 나올 듯 번져 있었다.

'남자들은 얼마나 참을성이 없는 존재들인지!' 릴리는 생각했다. '잭이 자신이 원하는 것을 모조리 얻기 위해 해야 할 일이라곤 조용히 있다가 저 여자가 자신과 결혼하는 데 동의하도록 하는 것뿐이야. 하지만 나는 계산을 하고 계책을 꾸미고, 마치 발을 한 발짝만 잘못 디뎌도 다시는 박자를 맞출 길이 없는 절묘한 춤이라도 추는 것처럼 후퇴했다 전진했다 해야 해.'

그들이 가까이 옮에 따라 그녀는 느닷없이 밴 오스버그 양과 퍼시 그라이스 사이에 일종의 혈연적 유사함이 있다는 느낌이 들었다. 얼굴 생김새가 비슷한 것은 아니었다. 그라이스는 설교자적인 느낌이 드는 잘생긴 인물이었다. 영리한 학생이 석고상을 보고 그린 것 같은 모습이었다. 반면 그웬의 이목구비는 장난감 풍선에 그려진 얼굴 이상으로 다듬어져 있지 않았다. 하지만 더 깊은 유사성이 존재하고 있다는 사실에는 의심할 여지가 없었다. 그 두 사람은 똑같은 편견과 이상의 소유자, 다른 기준을 무시함으로써 그것들의 존재를 무화한다는 똑같은 특징의 소유자였다. 이런 성격은 릴리가 사귀는 사람들 대부분에게 공통된 것이었다. 그들에게는 자신들의 지각 범위 너머에 있는 모든 것을 제거해 버리는 부정의 힘이 있었다. 요컨대 그라이스와 밴 오스버그 양은 도덕적, 물리적 합치의 모든 법칙에 따라 서로에게 절묘하게 잘 맞는 짝이었다. '하지만 그들은 서로를 바라보지 않아.' 릴리가 생각했다. '결코 그러는 법이 없지. 둘 다 종이 다른 존재, 잭의 종, 그리고 나의 종에 속하는 존재를 원해. 자신들은 추측도 하지 못하는 직관과 감각과 지각을 가진 우리의 종을. 그리고 항상 자신들이 원하는 것을 손에 넣지.'

그녀는 자리에서 일어나 사촌인 잭과 밴 오스버그 양과 이야기를 나눴는데, 밴 오스버그 양의 이마에 구름이 약간 끼는 것을 보면서 사촌끼리의 예의 바른 행동조차도 의심의 대상이 된다는 사실을 깨달았다. 그 순간 릴리는 자기 작업의 이 중대한 고비에 타인의 악의를 초래해서는 안 된다는 사실을 기억하며 그 행복한 한 쌍이 다탁 쪽으로 갈 수 있게 옆으로 물러섰다.

테라스의 위쪽 계단에 앉아 있던 릴리는 난간을 감아 올라가던 인동 덩굴에 머리를 기댔다. 막 피어난 꽃들에서 풍겨 나오는 향내가 평화스러운 장면, 우아한 전원의 모습을 최대한 과시하도록 잘 손질된 풍경의 현현인 것처럼 느껴졌다. 앞쪽에서는 따스한 색조의 정원이 빛나고 있었다. 피라미드 형태의 연한 황금빛 단풍나무와 벨벳 같은 전나무가 심어진 잔디밭 너머로는 경사진 목초지에서 소들이 군데군데 풀을 뜯고 있었다. 그리고 강물이 숲속의 긴 빈터를 지나 9월의 은빛 태양 아래 호수처럼 넓어졌다. 릴리는 다탁 주변에 서 있는 무리에 합류하고 싶지 않았다. 그들은 그녀가 선택한 미래를 대표하고 있었으며, 그녀는 그 미래에 만족했지만 거기서 오는 즐거움을 서둘러 만끽하고 싶은 생각은 없었다. 원하면 바로 퍼시 그라이스와 결혼할 수 있다는 확신을 하게 되면서 마음속 무거운 짐이 확연히 덜어졌고, 최근에 돈 때문에 노심초사하던 터라 그 문제가 사라진 것만으로도 안도의 한숨을 내쉬지 않을 수 없었다. 분별력이 덜한 사람은 그것을 행복이라고 오해할 수도 있을 정도였다. 이제 속된 걱정은 끝났다. 원하는 대로 자신의 삶을 주장하고 빚쟁이들이 닿을 수 없는 최고의 안전지대로 훌쩍 날아갈 수 있게 된 것이다. 주디 트레너보다 더 멋있는 드레스를 입을 수 있고, 버사 도싯보다 더 많은 보석을 지닐 수 있게 되었다. 상대적으로 가난한 사람의 임시방편, 변통, 굴욕으로부터 영원히 자유로워질 터였다. 남한테 과찬을 하는 대신 그것을 받는 대상이 될 것이고, 감사를 표하기보다 감사를 받게 될 터였다. 그녀가 갚아야 할 오래된 빚도 있었고 돌려줘야 할 혜택들도 있었다. 그녀는 자신의 능력에 대해 추호도 의심하지 않고 있었다. 그녀는 그라이스 씨가 충동이나 감정과는 가장 거리가 먼 소심한 성격의 남자라는 것을 알고 있었다. 그는 신중함이 악덕이며 좋은 충고가 가장 위험한 자양분인 그런 성격의 소유자였다. 하지만 릴리는 그런 유의 사람을 잘 알고 있었다. 경계심이 그렇게 많은 성격의 사람은 자신의 이기심을 발휘할 수 있는 큰 분출구를 찾을 수밖에 없다는 사실을 알고 있었던 것이다. 따라서 자신이 아메리카나가 그동안 그라이스 씨를 위해 해 왔던 역할을 대신 하기로 결심했다. 즉 자신이 그가 자부심을 가지고 돈을 쏟아부을 그의 소유물이 되는 것이다. 릴리는 그라이스 씨의 그 같은 너그러운 자기애가 일종의 속 좁음임을 알아보았고, 자신을 남편의 허영심과 일치시켜서 그에게는 그녀가 원하는 것을 들어주는 일이 가장 멋진 형태의 자기 방종이 되도록 인도하기로 결심했다. 그런 체제를 수립하려면 처음에는 자신이 벗어나고자 하는 바로 그 임시방편과 수단에 일부 의존할 필요가 있을지도 몰랐다. 하지만 머지않아 자신이 원하는 방식대로 상황을 이끌어 갈 수 있을 것이라고 확신했다. 그녀가 자신의 힘을 어떻게 불신할 수 있었겠는가? 무경험자에게는 단순한 일시적 소유물이었을지 모르지만 그녀의 미모는 그렇지 않았다. 자신의 미모를 부각시키는 그녀의 솜씨, 그것을 돌보는 데 기울이는 그녀의 주의, 그것을 활용하는 그녀의 방식 등이 모두 그녀의 미모에 일종의 영속성을 부여하는 듯했다. 그녀는 자신이 자신의 미모 덕으로 목적지까지 무사히 갈 수 있다고, 자신의 미모를 신뢰해도 좋다고 느꼈다.

그리고 그 목적지에 도달하는 것은 크게 보아 그럴 만한 가치가 있는 일이었다. 그녀는 더 이상 사흘 전처럼 인생의 조롱의 대상이 아니었다. 결국 이 복잡한 이기적 쾌락의 세상, 얼마 전까지도 가난한 자신은 배제된 것 같던 그 세상에는 그녀의 자리도 있었다. 그녀가 조롱하면서도 부러워하던 그 사람들은 그녀가 욕망하는 것을 모두 지니고 있던 마력의 그룹에 기꺼이 그녀를 위한 자리를 내주고 있는 것이었다. 그들은 그녀가 생각했던 것만큼 잔인하게 자기 생각만 하는 사람들은 아니었다. 아니, 이제 더 이상 그들에게 아첨하고 그들 비위를 맞춰야 할 필요가 없게 되니 그들의 그런 면은 눈에 덜 띄었다. 사교계는 각자의 하늘에서 자신이 차지하고 있는 자리에 따라 판단되는 회전하는 천체였다. 그리고 지금 이 순간 그것은 릴리를 향해 그 빛나는 얼굴을 돌리고 있었다.

그것이 방산하고 있는 장밋빛 속에서 그녀의 주변 인물들은 사랑스러운 점들로 가득 찬 사람들로 느껴졌다. 그녀는 그들의 우아함, 그들의 경쾌함, 그들의 진지하지 않음이 좋았다. 심지어 평소에 가끔 우둔함으로 느껴지던 그들의 자신감마저도 지금은 사회적 상승의 자연스러운 징표인 것처럼 느껴졌다. 그들은 그녀가 좋아하는 유일한 세상의 주인들이었고, 그들은 그녀를 기꺼이 자신들 안으로 받아들이고 그녀도 자기들과 함께 주인 노릇을 하도록 해 줄 작정이었다. 그녀는 이미 자신의 내부에서 그들의 기준을 은근히 받아들이고 그들의 한계를 용인하며, 그들이 믿지 않는 것은 믿지 않으며, 그들처럼 살지 않는 사람들에 대해서는 경멸적인 동정을 보내려 하는 자신을 느끼고 있었다.

이른 석양빛이 정원을 가로지르며 떨어지고 있었다. 정원 너머 긴 가로수 길의 나뭇가지들 사이로 바퀴가 번쩍거리는 것이 보였고, 손님이 더 오고 있다는 사실을 알 수 있었다. 그녀의 뒤에서 사람들이 움직이고 있었다. 발자국들과 목소리들이 흩어지고 있었다. 다탁 주변의 무리가 흩어지는 것이 분명했다. 이윽고 그녀는 테라스 위 자신의 바로 뒤에서 발소리를 들었다. 그녀는 마침내 그라이스 씨가 곤경에서 빠져나올 방법을 찾았구나 하며 그가 벽난로 곁으로 당장 가지 않고 대신 자신을 찾아왔다는 사실이 의미하는 바를 생각하고 미소를 지었다.

릴리는 그런 용감한 행동에 걸맞은 환영을 해 주기 위해 돌아섰다. 하지만 그녀의 인사는 머뭇거림으로 변했고, 그녀는 놀라서 얼굴을 붉혔다. 그녀를 향해 다가온 남자는 로런스 셀든이었다.

"결국 저도 왔습니다." 그가 말했다. 하지만 그녀가 대답할 틈도 없이 도싯 부인이 주인과 재미없는 이야기를 하다가 중단하고 일종의 소유권을 주장하며 그들 사이로 끼어들었다.

5장

벨로몬트에서 주일을 지키는 방법은 주로 그 집에 머물던 사람들을 정문 근처 작은 교회로 실어 가기 위해 맵시 있는 버스가 정해진 시간에 나타나는 것으로 표현된다. 누가 그 버스를 타느냐 안 타느냐는 부차적인 문제였다. 그 버스가 거기서 있음으로써 그 가족의 교조적인 의도가 입증되었을 뿐 아니라 트레너 부인은 마침내 그 버스가 출발하는 소리를 들으며 자신이 어떤 식으로든 그것을 대리로 사용했다고 느낄 수 있었다.

트레너 부인의 추론에 따르면 그녀의 딸들은 일요일마다 실제로 교회에 갔다. 하지만 그녀들의 프랑스인 가정 교사는 다른 신전으로 갔고, 어머니는 주중의 피로로 인해 점심때까지 침실에 머물러 있었으므로 그것의 사실 여부를 확인할 사람은 없는 거나 마찬가지였다. 가끔 거스 트레너가 갑작스레 선한 마음이 동해서 — 그 전날 밤 파티가 너무 요란했을 때 — 자신의 넉넉한 몸집을 꼭 끼는 프록코트 속에 억지로 끼워 넣은 뒤 자는 딸들을 깨워 데리고 가는 게 고작이었다. 하지만 평소에는 릴리가 그라이스 씨에게 설명했듯이 그 아이들의 부모는 정원을 가로지르는 교회 종소리가 상서롭지 못한 기운을 쫓아낼 때까지 이런 의무를 잊고 있는 편이었다.

릴리는 그라이스 씨에게 그렇게 종교적인 규율을 안 지키는 일이 자신이 받은 가정 교육에는 어긋나는 것처럼 암시를 했고, 자신이 벨로몬트에 머무는 동안에는 직접 뮤리얼과 힐다를 정기적으로 교회에 데려간다는 뜻의 말을 했다. 한 번도 브리지 게임을 해 본 적이 없었던 자신이 벨로몬트에 도착하던 날 엉겁결에 "끌려들어 가서" 게임에 대해서도, 내기 규칙에 대해서도 몰랐기 때문에 끔찍한 액수의 돈을 잃었다는 말 끝에 그런 암시를 한 것이었다. 그라이스 씨는 벨로몬트에서 보내는 시간은 분명히 즐겁다고 했다. 쾌적하고 화려한 삶도 좋았고, 이처럼 부자이며 잘나가는 사람들의 무리와 어울림으로써 자신에게도 광채가 주어지는 것이 좋았다. 하지만 그는 거기 모인 사람들이 무척 물질주의적이라는 느낌이 든다고 했다. 신사들의 화제나 숙녀들의 표정을 보고 겁이 나기도 했고, 바트 양이 그렇게 무난하고 침착하게 행동하면서도 그렇게 모호한 분위기 속에서 마음이 편치 않다니 다행이라고 했다. 그런 이유로 그는 그녀가 일요일 아침 평소처럼 트레너가의 자제들을 교회에 데려가려 한다는 사실을 알고 특히 더 기뻤다.

그리하여 그는 팔에다 가벼운 코트를 걸고 주의 깊게 장갑을 낀 손으로 기도서를 든 채 문 앞의 휘어진 자갈길을 오락가락 할 때 그토록 종교적 원칙에 어긋나는 환경에서 그녀가 어렸을 때부터 받은 교육을 고수하게 해 주는 그녀의 강력한 인격을 생각하며 흐뭇한 기분이었다.

그라이스 씨는 버스와 함께 오랫동안 자갈길을 독차지하고 있었다. 하지만 그는 다른 손님들이 이처럼 의무를 게을리한다는 사실에 유감을 느끼기는커녕 바트 양이 혼자만 왔으면 좋겠다는 희망을 키우고 있었다. 그러나 소중한 일 분 일 분이 쏜살같이 지나가고 있었다. 커다란 구렁말들이 땅바닥을 긁었고, 참을성 없는 옆구리 쪽으로 거품을 내뿜고 있었다. 마부가 그의 자리에서 서서히 굳어지고, 말구종도 문가에서 굳어지는 듯 보였다. 바트 양은 나타나지 않았다. 하지만 갑자기 현관에서 목소리와 치맛자락 살랑거리는 소리가 들려왔다. 그라이스 씨는 깜짝 놀라 회중시계를 주머니에 허겁지겁 집어넣으며 돌아섰다. 그러나 그를 기다리고 있던 임무는 단지 웨더럴 부인을 마차로 안내하는 일뿐이었다.

웨더럴 부부는 항상 교회에 갔다. 그들은 자신들 주변의 다른 꼭두각시들의 모든 행위를 하나도 빠뜨리지 않고 따라 하며 삶을 영위하는 수많은 자동인형 같은 인간들 중 하나였다. 벨로몬트의 꼭두각시들이 교회에 가지 않는 것은 사실이었다. 하지만 그들만큼 중요한 사람들 중에 교회에 가는 사람들도 있었으며, 웨더럴 부부의 사교 범위는 신을 포함할 만큼 넓었다. 따라서 그들은 지루한 '가정 초대회'에 가는 사람들 같은 태도로 체념한 표정을 하고 정시에 나타난 것이었다. 그들을 뒤따라 힐다와 뮤리얼이 머리가 헝클어진 채 하품을 하면서, 그리고 서로의 베일과 리본을 꽂아 주며 나타났다. 그들은 릴리와 함께 교회에 가겠다고 약속을 했다고 큰 소리로 말했다. 그리고 도대체 왜 릴리가 그런 생각을 하게 되었는지 모르겠다고, 릴리가 자신도 간다고 하지 않았더라면 잭과 그웬과 풀밭에서 테니스를 치고 싶었지만, 릴리가 너무 다정한 언니라 그녀의 비위를 맞추기 위해서 그냥 가 주기로 했다고 덧붙였다. 트레너의 두 딸들 뒤로 리버티 표 실크 드레스를 입고 토산물 장식을 매단, 햇볕에 피부가 탄 레이디 크레시다 레이스가 나타났다. 그녀는 버스를 보고 정원을 가로질러 걸어가면 될 것을 왜 버스를 타느냐는 듯 놀라워했다. 하지만 웨더럴 부인이 깜짝 놀라며 교회가 1.6킬로미터나 떨어져 있다고 항의하자 레이디 크레시다 레이스는 웨더럴 부인의 신발 굽 높이를 눈으로 확인하고 그렇다면 차를 타고 가야겠다고 동의를 표했다. 그리고 불쌍한 그라이스 씨는 자신이 그들의 영적 행복에 전혀 관심이 없는 네 명의 숙녀 사이에 끼어 버스를 타고 교회로 향하게 되었다.

그라이스 씨가 만일 바트 양이 정말로 교회에 갈 계획이었다는 것을 알았다면 그것이 그에게 조금이나마 위로가 되었을지도 모르겠다. 그녀는 그런 계획을 실행하기 위해 평소보다 더 일찍 일어나기까지 했다. 그녀는 독실한 신앙인이 입을 만한 디자인의 회색 드레스를 입고 저 유명한 속눈썹을 기도서를 향해 내리깐 자신의 모습을 통해 그라이스 씨 정복에 마지막 일격을 가하리라는, 그리고 자기가 오찬 후 그와 함께 할 산책의 일부를 이뤄야 한다고 결심하고 있던 그 특정 사건을 불가피하게 만들어야 한다는 계산까지 해 놓았다. 요컨대 그녀의 의도는 유례없이 확고한 것이었다. 하지만 가엾은 릴리는 겉에 발라진 단단한 광택제에도 불구하고 속은 밀랍처럼 유순한 사람이었다. 다른 사람들의 감정을 사로잡고, 자신을 적응시키는 그녀의 능력은 이런저런 사소하고 우연한 경우에는 잘 발휘되었을지 모르지만 그녀의 인생을 결정짓는 중대한 순간에는 그녀의 방해물이었다. 그녀는 몰려오고 있는 밀물 한가운데 선 수초와도 같았고, 오늘 그녀는 자신의 전 존재를 로런스 셀든을 향해 몰고 가고 있는 기분에 내맡겨져 있었다. 도대체 그가 왜 온 것일까? 자신을 보기 위해서인가, 아니면 버사 도싯을 보기 위해서인가? 그것은 그녀가 그 순간 떠올릴 필요가 전혀 없는 질문이었다. 그가 단지 심기가 좋지 않던 도싯 부인과 자신 사이에 그를 완충제로 끼워 넣으려 조바심을 치던 여주인의 절박한 부름에 응한 것이라고 생각하고 말았으면 가장 좋았을 것이다. 하지만 릴리는 셀든이 스스로의 의지로 왔다는 사실을 트레너 부인을 통해 알게 될 때까지 전혀 마음이 잡히지 않았다.

"나한테 전보를 치지도 않았어. 그냥 역에서 이륜마차를 잡아타고 왔다고 하더라고. 아마 버사하고 완전히 끝난 게 아니었나 봐." 트레너 부인이 생각에 잠긴 표정으로 그렇게 결론을 내리고 정찬을 위해 카드를 새로 준비하려고 자리를 떠났다.

릴리는 아직 안 끝났을지도 모르지라고 생각했다. 하지만 그녀가 민첩한 상황 판단 능력을 잃은 게 아니라면, 곧 끝날 것이 틀림없었다. 셀든이 도싯 부인의 부름을 받고 왔다 하더라도 그가 여기 머무는 건 릴리 때문으로 보였다. 전날 저녁에 감으로 그런 사실을 알 수 있었다. 트레너 부인은 기혼자인 친구들을 행복하게 해 준다는 자신의 단순한 원칙에 충실하게 정찬 때 셀든과 도싯 부인을 나란히 앉혔다. 그리고 중매쟁이의 오랜 전통에 따라 릴리와 그라이스 씨는 떼어 놓았다. 릴리는 조지 도싯 곁에, 그라이스 씨는 그웬 밴 오스버그 옆에 앉힌 것이다.

조지 도싯의 화제는 자기 옆에 앉은 사람의 사고를 불가능하게 하는 내용은 아니었다. 그는 자신의 소화 불량에 대해 투정하면서 모든 음식에 첨가된 해로운 성분을 발견하는 데만 정신이 팔려 있었고 아내의 목소리만이 그를 이런 관심으로부터 딴 데로 돌릴 수 있었다. 하지만 도싯 부인은 그날 저녁 전체의 화제에 참여하지 않았다. 그녀는 셀든과 낮은 목소리로 대화를 나누면서 집주인 쪽으로는 벗은 어깨를 경멸적으로 돌리고 있었다. 집주인은 대화에서 제외된 걸 전혀 개의하지 않고 남의 눈치를 보지 않아도 되는 사람 특유의 편안한 태도로 잘 차려진 음식을 게걸스럽게 먹어 대고 있었다. 하지만 도싯 씨가 아내의 태도에 신경을 곤두세우고 있다는 것은 너무나 명백했다. 그는 생선 요리에서 소스를 긁어 내거나 빵속에서 젖은 부스러기를 퍼낼 때가 아니면 아내를 보기 위해 촛불들 사이로 목을 빼고 있었다.

트레너 부인은 우연히 테이블의 반대편에 그 부부를 앉혔

느데 그랬기 때문에 릴리도 도싯 부인을 관찰할 수 있었고, 시선을 몇십 센티미터 정도 더 멀리 던짐으로써 로런스 셀든과 그라이스 씨도 재빨리 비교할 수 있었다. 그 비교가 그녀를 망하게 한 것이다. 그 때문이 아니라면 그녀가 갑자기 왜 셀든에게 흥미를 느끼게 되었을 것인가? 그녀가 셀든을 알고 지낸 지는 팔 년 정도 되었다. 그녀가 미국으로 돌아온 이래 그는 자신의 주위 배경 중 일부였다. 그녀는 식사 때 항상 그의 곁에 앉는 게 즐거웠고, 대부분의 다른 남자들보다 그가 더 낫다고 생각하며 그가 자신의 관심을 고정시킬 수 있는 다른 자격도 갖추었더라면 하고 막연히 바라는 마음이 든 적도 있었다. 하지만 지금까지는 자신의 일에 너무 바빠서 그가 삶을 장식하는 유쾌한 여러 장식품들 중 하나 이상으로 보이지 않았다. 바트 양은 자신의 마음을 예리하게 읽을 줄 아는 사람이었고, 자신이 갑자기 셀든에게 관심이 가는 것은 그의 존재가 자신의 주변을 새로운 시각으로 바라보게 해 주기 때문이라는 사실을 알 수 있었다. 그건 그가 특별히 뛰어나거나 예외적인 사람이라서는 아니었다. 그는 자신의 전문 분야에서는 여러 차례 식사하는 동안 릴리를 지루하게 했던 다른 여러 남자들만큼 뛰어나지는 않았다. 그에게는 어느 정도 거리를 두는 태도, 조금 떨어져서 쇼의 진행을 객관적으로 바라보는 행복한 사람의 분위기, 군중들이 둘러서서 입을 헤벌리고 바라보는 금으로 된 새장 속에 모여 있는 자신들과는 달리 그 새장 밖에 선을 대고 있는 사람 같은 분위기가 있었다. 그녀 뒤에서 철커덕 소리를 내며 새장 문이 닫힐 때 릴리의 눈에 새장 밖의 세상은 얼마나 매혹적으로 보이던지! 실상은 그녀도 알다시피 그 문은 한 번도 철커덕 닫힌 일이 없었다. 그것은 항상 열려 있었다. 하지만 거기 갇힌 사람들 대부분은 병 속으로 뛰어든 파리와도 같았다. 일단 날아 들어간 이상 결코 다시는 자유를 되찾을 수 없었다. 셀든의 독특한 점은 그가 출구를 잊은 적이 없다는 사실이었다.

그것이 셀든 덕분에 그녀의 시야가 재조정된 비결이었다. 릴리는 그로부터 눈을 돌리는 순간 그의 망막으로부터 자신의 작은 세계를 살펴보고 있다는 사실을 깨달았다. 그건 마치 핑크빛 램프가 꺼지고 뿌연 대낮의 빛이 들어온 것과도 같았다. 그녀는 긴 테이블에 둘러앉은 사람들을 하나하나 훑어 내려갔다. 거스 트레너는 어깨 사이에 무거운 육식성 머리를 깊이 박은 채 젤리를 바른 물새 고기를 게걸스레 먹고 있었고, 난초로 이루어진 기다란 둑을 사이에 두고 맞은편에 앉아 있던 그의 아내는 화려하게 치장된 아름다운 외모가 전깃불이 켜진 보석상 진열창을 연상시키고 있었다. 그리고 그 두 사람 사이에 얼마나 긴 공허한 공간이 펼쳐져 있는 것인지! 얼마나 지루하고 시시한 사람들인지! 릴리는 경멸하는 마음 때문에 견딜 수 없는 심정이 되어 그들을 찬찬히 바라보았다. 캐리 피셔, 그 어깨, 그 눈, 그 이혼, '자극적인 문단'을 한 몸에 담고 있는 그 전체적인 분위기. 실버튼, 교정을 보고 서사시를 쓰며 살고자 했지만 지금은 친구들의 호의에 기대 살며 트뤼프에 대한 까다로운 취향을 계발하게 된 젊은이. 앨리스 웨더럴, 초대장의 글귀와 디너 카드에 새겨진 그림에 대해서 가장 열렬한 신념을 가진 살아 있는 방명록. 웨더럴, 항상 동의하기 위해 조바심을 치는 남자, 사람들이 하는 말이 다 끝나기도 전에 동의부터 하는 남자. 잭 스테프니, 사법 장관과 상속녀 사이에 앉아서 자신에 찬 미소를 띠고 있지만 눈에서 초조한 기색이 드러나는 젊은이. 그웬 밴 오스버그, 항상 이 세상에서 자신의 아버지가 가장 부자라는 얘기를 듣고 자란 처녀답게 순진한 자신감에 차 있는 여자.

릴리는 그런 식으로 친구들을 분류하며 미소를 지었다. 몇 시간 전만 해도 자신이 느끼던 그들은 얼마나 다른 사람들이었던가! 그때는 그들이 자신이 얻고 싶은 것을 상징했는데, 지금은 자신이 포기하고 싶은 것을 대표하고 있었다. 오후에만 해도 그들은 훌륭한 자질로 충만한 존재인 듯했는데 지금은 요란하기만 하고 지루한 존재로 보였다. 그들에게 주어진 기회의 반짝임 아래서 그들 업적의 빈약함이 보였다. 그들이 더 사심 없는 사람들이기를 바라는 것은 아니었다. 다만 그림처럼 더 생생했으면 좋겠다고 생각했다. 그리고 자신이 불과 몇 시간 전에 그들의 기준에 빨려 들어갔다는 사실을 기억하며 수치스러운 기분이 들었다. 릴리는 잠시 눈을 감았다. 그러자 자신이 선택한 삶의 공허한 일상이 평탄하고 곧바른, 길고 하얀 길처럼 눈앞에 펼쳐졌다. 그 길 위를 터벅터벅 걸어가는 것은 아니고 마차를 타고 굴러갈 것이긴 했지만, 가끔은 보행자만이 마차를 탄 사람은 갈 수 없는 지름길로 가는 기분 전환을 누릴 수 있는 법이다.

릴리는 도싯 씨가 그의 가는 목구멍 깊은 곳에서 밀어 내는 듯한 낄낄 소리를 듣고 정신을 차렸다.

"어, 저것 좀 보세요." 그가 애처롭도록 유쾌한 표정을 하고 바트 양을 향해 고개를 돌리며 말했다. "집사람이 저기 저 불쌍한 친구를 바보로 만들고 있는 것 좀 보십시오! 남들이 보면 저 사람이 저 친구한테 아주 푹 빠져 있다고 하겠습니다. 실은 그 반대인데 말입니다."

그런 호소를 들은 릴리는 도싯 씨에게 그렇게 타당한 기쁨을 주고 있는 광경 쪽으로 눈길을 돌렸다. 그가 말한 것처럼 그 장면에 더 적극적으로 참여하고 있는 사람은 도싯 부인인 것처럼 보였다. 그녀 옆자리에 앉은 남자는 그녀가 그러거나 말거나 아랑곳하지 않은 채 식사를 계속하며 그녀의 접근에 온화한 흥취로 대하고 있는 것처럼 보였다. 그 광경을 목격한 덕분에 릴리의 기분이 나아졌고, 도싯 씨의 웃음이 그가 남편으로서 느끼는 두려움을 독특하게 위장한 것임을 알고 짐짓 유쾌하게 물었다. "너무 질투 나지 않으세요?"

도싯은 그녀의 반격을 유쾌한 태도로 받았다. "오, 질투가 끔찍하게 납니다. 정곡을 찌르셨군요. 밤잠을 못 잔다고요. 의사들이 내 소화 불량의 원인이 그것 때문이라고 합디다. 질투심 때문에 지옥을 살고 있어서 그렇다는 겁니다. 아시다시피 이런 것 한 입도 못 먹습니다." 얼굴이 갑자기 어두워지며 그가 접시를 밀어 냈다. 릴리는 그녀 특유의 탁월한 적응력을 발휘해 그가 다른 사람들이 고용한 요리사를 한없이 욕하고, 그에 곁들여 녹은 버터의 독성에 대해 장광설을 쏟아 내는 것을 환한 표정으로 들어 주었다.

그는 그렇게 선뜻 자신의 말에 귀 기울여 주는 사람을 자주 만나지 못했다. 소화 불량을 겪고 있을지언정 그도 남자였기 때문에 자기가 실컷 쏟아 내는 불평을 들어 주는 귀가 장밋빛이라는 사실에 무심할 수는 없었을 것이다. 어찌 됐든 그가 릴리를 붙잡고 얘기를 오래 늘어놨기 때문에 릴리가 그의 반대편에 앉은 옆 사람 말을 얼핏 듣게 된 것은 후식이 나올 때쯤이었다. 일행 중 우스갯소리가 장기인 코비 양이 곧 있을 잭 스테프니의 약혼에 대해 농담을 하고 있었다. 코비 양의 역할은 익살꾼이었다. 항상 재주넘기를 하며 대화에 끼어들었다.

"그리고 물론 심 로즈데일이 그 결혼식에서 신랑 측 들러리를 서겠죠!" 코비 양이 예언의 절정이라도 되는 양 그 말을 던지는 것이 릴리의 귀를 스쳤다. 스테프니는 마치 한 대 맞은 사람처럼 반응했다, "맙소사, 그것도 괜찮겠습니다. 그한테서 아주 대단한 선물을 받게 될 테니까요!"

심 로즈데일! 애칭으로 들으니 더욱 가증스러운 그 이름이 추파라도 되는 양 릴리의 생각을 침범했다. 그것은 삶의 언저리에서 서성대고 있는 많은 가증스러운 가능성들 중 하나를 대표했다. 만일 그녀가 퍼시 그라이스와 결혼하지 않는다면 로즈데일 같은 남자에게 공손하게 굴어야 할 날이 올 수도 있었다. 만일 그와 결혼하지 않는다면이라니? 하지만 그녀는 그와 결혼할 작정이었다. 그녀는 자신에 대해서도, 그에 대해서도 확신하고 있었다. 그녀는 잠시 자신의 생각이 향했던 유쾌한 길에서 몸서리를 치며 돌아 나왔고 길고 하얀 길의 한가운데로 다시 한번 발을 디뎠다……. 그날 밤 릴리가 위층 방으로 올라

갔을 때 그녀를 기다리고 있던 것은 오후 우편으로 도착한 새로운 청구서 한 뭉치였다. 양심적인 여성인 페니스턴 부인이 그것들을 모조리 벨로몬트로 보낸 것이었다.

따라서 다음 날 아침 자리에서 일어난 바트 양은 그날 교회에 가는 일이야말로 자신의 의무라고 의심의 여지 없이 진지하게 확신하고 있었다. 그녀는 조반을 담은 쟁반을 앞에 놓고 한없이 뭉그적거리고 싶은 걸 꾹 참고 시간에 맞춰 몸을 일으키고 벨을 눌러 회색 드레스를 준비시켰으며 하녀를 보내 트레너 부인에게서 기도서를 빌렸다.

하지만 그녀의 행동은 너무나 순수하게 이성적인 것이었기 때문에 그 안에 반역의 싹이 내포되어 있는 것은 당연했다. 준비가 완료되자마자 억눌렀던 반항심이 고개를 들었다. 릴리의 상상력이라면 작은 불씨 하나에도 불이 붙을 수 있었을 텐데, 눈앞에 놓인 회색빛 드레스와 빌린 기도서를 보니 앞으로 펼쳐질 오랜 세월이 눈앞에 훤히 보였다. 그녀는 퍼시 그라이스와 매주 함께 교회에 가야 할 것이다. 뉴욕에서 가장 호화스러운 교회의 가족 지정석 맨 앞에 앉을 것이며, 그의 이름이 교구 자선 행위 리스트에 멋지게 적힐 것이다. 몇 년 후면 그라이스 씨는 뚱뚱해지고 교회 감독관에 임명될 것이다. 겨울이면 한 차례 교구 목사를 초대해 식사를 하게 될 것이고, 그녀의 남편은 그녀에게 손님 명단에 참회를 하기 위해 큰 부자와 재혼한 이혼녀 외의 다른 이혼녀가 포함되지 않도록 제발 잘 살펴봐 달라고 당부할 것이다. 그런 종류의 종교적 의무를 수행하는 데 큰 노력이 드는 것은 아니었다. 그러나 그것은 그녀의 앞길에 떡하니 자리 잡고 가로누워 있는 저 엄청난 권태의 일부를 대변하고 있었다. 그리고 도대체 어떤 사람이 그날처럼 아름다운 아침에 앞으로 권태로운 생활을 받아들이겠다는 약속을 할 수 있단 말인가? 릴리는 잠을 잘 잤고 목욕을 해서 기분 좋게 상기되어 있었으며, 그것이 그녀 뺨의 선명한 곡선에 잘 어울리게 반영되어 있었다. 그날 아침에는 주름도 전혀 보이지 않았다. 아니면 거울이 더 행복한 각도를 취하고 있었던 것인지도 모른다.

그날의 날씨는 그녀 기분의 공범자였다. 그날은 충동과 무단결석의 날이었다. 가벼운 공기는 금가루로 가득 찬 듯했다. 잔디밭 가의 이슬 맺힌 꽃들 아래로 삼림지가 벌겋게 이글거리고 있었고, 강 건너 언덕들이 온통 푸른 물속에서 헤엄치고 있었다. 릴리의 혈관을 흐르는 핏방울 하나하나가 그녀를 행복으로 초대하고 있었다.

이런 상념에 잠겨 있는데 바퀴 소리가 들려왔다. 정신을 차리고 셔터 뒤에 몸을 기댄 채 내려다보니 버스에 짐을 싣고 있는 모습이 보였다. 지금 쫓아가기에는 이미 너무 늦은 터였다. 그러나 그 사실 때문에 놀라지는 않았다. 그라이스 씨의 실망한 얼굴이 얼핏 보였는데 그 표정을 보고는 심지어 함께 가지 않기를 잘했다는 생각까지 들었다. 그가 그렇게 솔직하게 드러내고 있는 실망감으로 인해 오후의 산책이 오히려 더 절실해질 것이기 때문이었다. 그 산책만큼은 놓치지 않을 작정이었다. 책상에 놓인 청구서들을 흘낏 내려다본다면 그 필요성을 새삼 상기할 필요도 없었다. 하지만 릴리는 오전을 통째로 차지하게 되었다는 것을 깨닫고 어떻게 그 시간을 보내면 좋을까 생각하다 기분이 좋아졌다. 그녀는 벨로몬트의 습관에 익숙했고, 따라서 점심때까지는 들판이 온통 자신의 차지가 될 가능성이 많다는 사실을 알았다. 자신도 보았다시피 웨더럴 부부와 트레너의 딸들, 그리고 레이디 크레시다는 안전하게 버스에 실려 갔다. 주디 트레너는 하녀의 손을 빌려 머리를 감고 있을 것이 틀림없었다. 캐리 피셔는 트레너 씨와 드라이브를 갔을 것이 분명했다. 네드 실버튼은 침실에서 젊은이다운 절망감을 느끼며 담배를 피우고 있을 가능성이 많았다. 그리고 케이트 코비는 잭 스테프니와 밴 오스버그 양과 테니스를 치고 있을 것이 분명했다. 숙녀들 중에서는 도싯 부인만 남은 셈인데, 도싯 부인은 점심때까지 침실에서 내려온 일이 단 한 번도 없는 사람이었다. 주치의들이 그녀더러 아침의 거친 공기에 자신을 노출시키지 말라고 금했다는 게 이유였다.

나머지 손님들에 대해서는 별로 생각할 필요가 없었다. 그 사람들이 어디에 있든 그녀의 계획에 방해가 되지는 않을 것이었기 때문이다. 그녀의 계획은 우선 원래 골랐던 것보다 더 전원풍이고 여름 분위기가 나는 드레스를 골라 입고 산보하러 나선 숙녀의 한가로운 태도로 양산을 손에 들고 치맛자락을 사각사각 끌며 아래층으로 내려가는 것으로 나타났다. 거대한 홀은 벽난로 가의 개들을 제외하면 텅 비어 있었다. 개들은 바트 양의 야외용 옷차림을 단숨에 알아차리고 즉시 열렬한 동행의 의지를 표시하며 달려들었다. 그녀는 개들이 그런 의도로 치켜든 앞발을 옆으로 밀치되 곧 이 유쾌한 자원자들을 데리고 갈지도 모른다는 듯 그들을 안심시키며 텅 빈 응접실을 경쾌한 걸음걸이로 지나 집의 맨 끝 쪽에 있던 서재로 들어섰다. 그 서재는 아마도 벨로몬트에서 그 저택의 고풍스러운 원래 구조를 간직하고 있는 유일한 방일 것이다. 길고 널찍한 방에 고전적인 양식의 문틀이 둘러진 문들, 벽난로의 네덜란드제 타일, 그리고 반짝이는 놋쇠 주전자를 얹은 요리판이 달린 세련된 격자 벽난로 가리개가 모국의 전통을 드러내 주고 있었다. 턱이 홀쭉하고 길며 후두부의 머리를 리본으로 묶은 가발을 쓴 신사들과 커다란 머리 장식물을 쓰고 몸매가 자그마한 숙녀들 등 가족 초상화가 몇 점 보기 좋게 낡은 책들이 꽂힌 선반들 사이에 걸려 있었다. 그 책들은 대부분 초상화의 주인공들과 동시대의 것들이었고, 후대의 트레너 집안 식구들이 그 서가에 보탠 것은 표가 나지 않을 정도로 미미했다. 벨로몬트의 서재는 실제로 독서를 위해서 쓰인 적은 한 번도 없었다. 담배를 피우거나 남녀가 단둘이 시시덕거리는 장소로는 꽤 인기가 있었지만. 그러나 릴리에게 그 방이 벨로몬트의 손님들 중 가장 예외적인 사람의 차지가 되었을 수도 있다는 생각이 들었다. 그녀는 안락의자가 군데군데 놓인 촘촘히 짜인 고풍스러운 양탄자 위를 조용히 걸어갔고, 방의 중앙에 이르기 전에 자신의 추측이 틀리지 않았다는 것을 알 수 있었다. 로런스 셀든이 진짜로 그 방의 가장 구석진 곳에 앉아 있었다. 하지만 그의 무릎에 책이 놓여 있긴 해도 그의 주의를 끌고 있는 것은 책이 아니라 한 숙녀였다. 레이스가 달린 옷을 입은 그 숙녀가 곁의 의자에 뒤로 기대앉아 있었는데 거무스레한 가죽을 씌운 의자를 배경으로 보이는 그녀의 몸매는 날씬함이 돋보였다.

릴리는 그 두 사람을 본 즉시 멈춰 섰다. 잠시 동안은 자리를 뜨려는 듯한 동작을 했지만 생각이 바뀌었는지 스커트 자락을 살짝 흔듦으로써 자신이 그들 쪽으로 다가가고 있다는 사실을 알렸다. 릴리의 치맛자락에서 나는 소리에 두 사람이 고개를 들었는데, 도싯 부인의 얼굴에는 싫은 기색이 역력했고, 셀든은 평소와 다름없이 미소를 짓고 있었다. 그가 침착한 것을 보고 기분이 좀 언짢았지만, 릴리는 더욱 멋진 침착함을 보이는 것으로 그에 맞섰다.

"어머나, 제가 늦었어요?" 그녀는 자신을 맞으려고 다가온 그의 손을 마주 잡으며 말했다.

"늦다니, 어디에?" 도싯 부인이 퉁명스럽게 물었다. "점심 식사에 늦은 건 전혀 아닐 테고. 그렇담 점심 전에 약속이 되어 있었나?"

"맞아." 릴리가 솔직한 태도로 말했다.

"그래? 그럼 내가 방해가 되었나 보네? 하지만 셀든 씨는 전적으로 당신 차지야." 도싯 부인은 화를 참느라고 얼굴이 창백해졌고, 그녀의 적수는 그녀의 비참함을 연장시키는 데서 일종의 쾌감을 느끼고 있었다.

"오, 아니, 아니야. 그냥 있어요." 릴리가 너그럽게 말했다. "당신을 쫓아내고 싶은 생각은 전혀 없어."

"정말 마음씨가 좋네, 당신, 하지만 난 셀든 씨의 일은 절대

방해 안 해."

이 말을 하는 그녀의 어조에서 그녀가 그에 대해 자신의 소유권을 주장하고 있음이 엿보였는데, 그 함축된 뜻을 알아차린 소유권의 대상은 짜증으로 인해 다소 붉어진 얼굴을 릴리가 다가올 때 자신이 떨어뜨렸던 책을 줍기 위해 몸을 숙이는 것으로 감추었다. 릴리의 눈이 매력적으로 커진 것과 동시에 그녀가 가볍게 웃음을 터뜨렸다.

"하지만 내 약속은 셀든 씨하고 한 것이 아니야! 내 약속은 교회에 가는 거였어. 그런데 나를 안 태우고 버스가 떠나 버린 것 같아. 그랬나요? 아세요?"

그녀는 셀든을 향해 돌아섰고, 셀든은 조금 전에 버스가 떠나는 소리를 들었다고 대답했다.

"아, 그렇다면 걸어가야겠군요. 힐다와 뮤리얼에게 교회에 함께 가 주겠다고 약속했거든요. 걸어가기엔 너무 늦었다고요? 어쨌든 노력이라도 했다는 걸 알아주겠죠. 그리고 예배 보는 시간을 조금 피했다는 이점도 있고. 결국 제 관점에서 보자면 그렇게 속상할 것도 없겠네요!"

그리고 자신이 방해를 했던 한 쌍에게 밝은 표정으로 고개를 숙이고 유리문을 통해 천천히 밖으로 나가 우아한 드레스로 사각사각 소리를 내며 긴 정원 길 쪽으로 갔다.

그녀는 교회 방향으로 걸어갔는데, 걸음이 그다지 빠르지는 않았다. 궁금하기도 하고 유쾌하기도 한 표정으로 현관에서 그녀를 바라보던 두 사람 중 하나가 그 점을 눈여겨보았다. 사실인즉 릴리는 자신이 실망했고, 그로 인해 다소 충격을 받았다는 사실을 의식하고 있었다. 그녀의 그날에 대한 모든 계획이 셀든이 자신을 만나기 위해 벨로몬트에 왔다는 가정하에 세워져 있었다. 아래층으로 내려오는 동안에도 셀든이 자신을 만나기 위해 주의를 기울이고 있을 거라는 기대를 했다. 그런데 그녀가 실제로 마주친 것은 그가 다른 숙녀를 만나기 위해 주의를 기울이고 있었다는 것을 의미하는 정황이었다. 그렇다면 결국 그가 벨로몬트에 온 이유는 버사 도싯을 만나기 위해서였단 말인가? 버사가 그런 가정하에 행동했기에 보통 남들에게 한 번도 자태를 드러낸 적이 없는 시간에 아래층으로 내려오기까지 한 것이었다. 그리고 지금으로서는 릴리에게 버사의 가정이 틀렸다고 할 이유가 없었다. 셀든이 단지 일요일을 교외에서 보내고 싶다는 욕망에 의해서만 움직였다는 생각은 릴리의 사고 영역 밖이었다. 여자들은 남자들을 판단할 때 감상적인 동기를 제거할 필요가 있다는 사실을 배운 적이 없는 것이다. 하지만 릴리는 쉽게 당황하지는 않았다. 경쟁이라는 상황 덕분에 분발한 그녀는 만일 셀든이 자신이 여전히 도싯 여사의 영향력 아래 있다는 사실을 보여 주기 위해 온 것이 아니라면 그가 왔다는 사실은 오히려 그가 도싯 부인 곁에 있는 걸 두려워하지 않을 만큼 완벽하게 그녀로부터 자유로워졌다는 것을 뜻한다는 사실을 깨달았다.

릴리는 이런 생각에 몰두하느라 설교가 시작되기 전에 교회에 도착하는 것이 불가능할 만큼 천천히 걸었다. 그리고 마침내 정원을 통과해 그 너머 숲속 길에 도달했을 때는 원래 의도를 까맣게 잊고 오솔길 굽이에 놓인 소박한 의자에 앉았

다. 그 자리는 매력적이었고, 릴리는 자신이 그 매력을 더욱 돋
보이게 한다는 사실에도 무심하지 않았다. 하지만 그녀는 동
행 없이 호젓하게 있는 것을 즐기는 데는 익숙하지 않았다. 아
름다운 여성과 낭만적인 풍경의 결합은 그냥 낭비되기에는 너
무 아깝다는 생각이 들었다. 그러나 아무도 그런 멋진 기회를
활용하러 나타나지 않았다. 그리하여 삼십 분 동안이나 아무
소득도 없이 기다리다가 결국 자리에서 일어나 계속 한가로이
걸어갔다. 그러는 동안 피로가 조금씩 자신의 몸에 스며드는
느낌이 들었다. 그녀로부터 광채가 죽어 갔고 삶의 맛도 자신
의 입술 위에서 김이 빠져 버린 느낌이었다. 릴리는 자신이 추
구하고 있던 것이 무엇이었는지, 왜 자신이 그것을 찾지 못하
고 실패했다고 해서 그녀의 하늘로부터 빛이 사라져 버렸는지
잘 이해하지 못했다. 실패했다는 희미한 느낌만 들었으며 주변
의 적막보다 더 깊은 내적 고독을 의식하고 있었다.

발걸음에 힘이 빠진 릴리는 힘없이 서서 앞을 바라보며 들
고 있던 양산 끝으로 길가에 난 양치식물 언저리를 찍었다. 그
녀가 그렇게 서 있을 때 뒤에서 발소리가 들리더니 셀든이 옆
으로 다가왔다.

"참 걸음이 빠르기도 하군요!" 셀든이 말했다. "못 따라잡는
줄 알았어요."

그녀는 유쾌하게 대답했다. "숨이 턱에 찬 게 틀림없군요!
한 시간 동안이나 나무 아래 앉아 있었는데."

"절 기다리고 계셨던 거죠?" 그가 대꾸했다. 그녀는 막연한
미소를 지으며 말했다.

"글쎄요. 당신이 오나 안 오나 기다려 봤죠."

"그 차이를 이해합니다. 하지만 괜찮습니다. 그게 절 기다린 걸 포함하니까요. 그렇지만 제가 오리라고 확신하시지 않았나요?"

"당신이 오실 때까지 기다린다면 당연히 오실 거라고 생각했죠. 하지만 전 제 실험에 제한된 시간밖에 안 주었거든요."

"왜 제한된 시간이죠? 점심시간까지인가요?"

"아니요. 다른 일이 또 있거든요."

"뮤리얼과 힐다와 교회에 함께 가기로 한 약속 말씀이신가요?"

"아니요. 교회에서 다른 분과 함께 돌아오는 일이에요."

"아, 알겠어요. 당신한테 대안이 충분히 많다는 것 정도는 당연히 제가 알았어야겠지요. 그런데 그 다른 분이 이 길로 귀가하십니까?"

릴리는 다시 웃었다. "그건 제가 모르는 일이지요. 그걸 알아내기 위해 예배가 끝나기 전까지 교회에 가는 게 제 임무예요."

"그렇군요. 그렇다면 제 임무는 당신이 그렇게 하시는 걸 막는 겁니다. 그러면 그 다른 분이 당신이 안 오신 것에 화가 나서 버스를 타고 돌아가기로 절망적인 결심을 할 겁니다."

릴리는 그 말이 새삼 반가웠다. 그의 터무니없는 소리가 그녀 기분의 거품과도 같았다. "그런 비상시에 당신이라면 그렇게 행동하실 건가요?" 그녀가 물었다.

셀든은 엄숙한 표정으로 그녀를 바라보았다. 그리고 "제가 여기 온 이유가 바로 당신께 비상시의 제 능력을 보여 드리기 위해서입니다!"라고 외쳤다.

"1.6킬로미터를 한 시간에 걷는 능력 말이군요. 그것보다는 버스가 빠르다는 것을 인정하실 수밖에 없을 텐데요!"

"아, 하지만 그 사람이 궁극적으로 당신을 찾게 될까요? 그 것만이 성공 여부를 측정하는 유일한 척도지요."

그들은 그의 다탁 앞에서 자신들이 터무니없는 소리를 주고받았을 때 느꼈던 것과 같은 사치스러운 쾌감을 느끼며 상대방을 바라보았다. 하지만 갑자기 릴리의 안색이 변했다. 그녀가 말했다. "글쎄요, 만일 그렇다면 그가 성공했군요."

셀든은 그녀의 눈길을 좇다가 그 길의 반대쪽 굽이로부터 그들을 향해 일행이 다가오고 있다는 사실을 알아챘다. 레이디 크레시다가 걸어가자고 고집을 부린 게 틀림없었다. 그리고 동행자들은 그녀와 함께 가 주는 게 자신들의 의무라고 생각했던 것이리라. 릴리의 곁에 있던 셀든은 그 일행에 섞인 두 남자 중 한 명에게서 다른 한 명에게로 재빨리 눈길을 옮겼다. 웨더럴은 레이디 크레시다 곁에 공손하게 서서 걸으며 조바심 섞인 곁눈질을 하고 있었다. 그리고 퍼시 그라이스는 웨더럴 여사와 트레너의 딸들과 함께 뒤에서 걸어오고 있었다.

"아, 이제 당신이 왜 아메리카나에 대해 연구하셨는지 알겠군요!" 셀든이 아주 쾌활하게 감탄하는 목소리로 외쳤다. 하지만 그 반격을 받아들이는 쪽에서 얼굴을 붉혔기 때문에 원래 의도보다는 목소리가 덜 크게 나왔다.

셀든에게 릴리 바트가 그녀의 구애자들이나 그들을 유인하

는 그녀의 수단에 대한 가벼운 농담에 거부감을 느낀다는 것
은 너무나 새로운 경험이어서 그는 잠시 놀라지 않을 수 없었
다. 그리고 그 놀라움으로 인해 그는 몇 가지 가능성을 생각
해 볼 수 있었다. 하지만 그녀는 자신을 당황시킨 대상이 다가
옴에 따라 방어적으로 결연히 일어서며 말했다. "그래서 당신
을 기다렸던 거예요. 그렇게 도움을 많이 주셔서 고맙다고 하
려고요."

　"아, 그렇게 짧은 시간에 그 주제에 대해서 제대로 다 얘기
해 드릴 순 없었지요." 셀든이 이렇게 말할 때 트레너가의 딸
들이 바트 양의 모습을 알아보았다. 그녀가 그들의 요란한 인
사에 대응하는 몸짓을 보이는 동안 셀든이 재빨리 덧붙였다.
"그 주제에 오후 시간을 다 쓰시지 않겠어요? 내일 아침에는
제가 떠나야 하는 거 아시지요? 함께 산책을 합시다. 감사는
나중에 한가할 때 하시면 돼요."

6장

    그날 오후는 완벽했다. 그윽한 고요가 공기 중에 흘렀고 미대륙 가을 특유의 광휘가 안개 속에서 부드럽게 반짝였다.

    정원의 숲속 빈터에서 흐르는 공기는 이미 다소 차가워져 있었다. 하지만 고도가 높아짐에 따라 공기가 가벼워졌고, 릴리와 그녀의 동행자는 주도로 너머 긴 비탈길을 올라 여름이 여전히 머뭇거리고 있던 지대에 도달했다. 오솔길은 나무가 드문드문 서 있던 목초지를 가로질러 휘돌다가 과꽃과 자줏빛 딸기가 점점이 퍼져 있는 나무딸기로 가장자리를 두른 오솔길로 이어져 내려갔고, 거기서 서양물푸레나무 잎이 가볍게 떨리는 길을 통해 들판으로 멀리 퍼져 나갔다.

    더 높이 올라가니 오솔길에 양치식물이 군데군데 모여 있었고, 그늘진 비탈을 따라 윤기 나는 덩굴을 뻗은 신록이 짙고 무성하게 무리를 이루고 있었다. 그리고 그 위를 나무들이 가리면서 그늘이 더욱 짙어져 작은 너도밤나무 숲에 어른어른 어둠을 드리우고 있었다. 나무들이 성글게 서 있었는데, 그 아래로는 깃털처럼 가볍고 작은 관목들뿐이었다. 오솔길은 숲의 가장자리를 따라 휘돌아 갔고, 가끔 햇빛이 비치는 목초지나 과일이 번쩍거리는 과수원이 내려다보였다.

릴리는 자연과 근원적으로 친밀하지는 않았지만 때와 장소에 적절한 행동을 할 줄 아는 열정이 있었고 자신의 감각에 알맞은 배경으로서의 광경에 예민했다. 그녀의 발아래 펼쳐진 풍경은 자신의 현재 기분의 연장선상에 있는 것처럼 느껴졌고, 그 광경에 깃든 고요와 넓게 탁 트인 공간에서 그녀는 자신의 일면을 발견했다. 가까운 비탈에서는 사탕단풍이 빛으로 장작더미를 쌓은 듯 흔들렸고, 더 아래에서는 잿빛 과수원이 모여 있는 모습이 보였고, 이곳저곳에서 초록빛 떡갈나무 동산이 어른거리고 있었다. 사과나무 아래로 두세 채의 빨간색 농가가 낮잠을 자고 있었고, 언덕의 어깨 너머로 동네 교회의 나무로 된 흰색 첨탑이 보였다. 그리고 먼발치에서 주도로가 먼지의 안개를 뚫고 들판 사이를 지나가고 있었다.

"여기 앉지요." 그들이 선반 모양의 바위에 도달했을 때 셀든이 제안했다. 바위 위로는 이끼 낀 큰 바위들 사이로 너도 밤나무가 가파르게 뻗어 올라가고 있었다.

릴리가 바위 위에 털썩 주저앉았다. 긴 시간 산을 오른 탓에 얼굴이 상기되어 있었다. 산을 오르는 데 힘이 들어 입술도 반쯤 열려 있었다. 그리고 릴리는 눈으로는 토막 난 산맥들로 이루어진 풍경을 평화롭게 살피며 아무 말 없이 앉았다. 셀든은 비스듬히 비치던 햇빛을 피하기 위해 모자를 푹 덮어쓰고 바위의 옆면에 기댄 머리 뒤로 손을 깍지 낀 채 그녀의 발치 풀밭으로 몸을 눕혔다. 그는 그녀에게 말을 시키고 싶지 않았다. 그녀가 말없이 가쁜 숨을 쉬고 있는 모습이 주변 사물이 이루고 있는 고요와 조화의 일부처럼 느껴졌다. 그는 오로지 나른한 쾌감만을 느끼고 있었다. 그들 발치의 광경이 9월의 안개에 감싸여 있는 것처럼 그의 날카로운 감각도 나른한 쾌감에 한 겹 무뎌진 듯했다. 그러나 릴리는 겉모습으로는 그와 마찬가지로 침착해 보였지만 실제로는 마음속에서 여러 생각이 밀려와 고동치고 있었다. 그 순간 그녀의 마음속에서는 두 존재가 갈등하고 있었으니, 하나는 자유와 희열을 만끽하며 깊은 한숨을 들이쉬고 있었고, 다른 하나는 무시무시하고 어둡고 좁은 감옥 속에서 숨이 막혀 헉헉대고 있었다. 하지만 죄수의 가쁜 숨이 점차 약해졌다. 아니 죄수 아닌 다른 존재가 죄수에 대해 주의를 덜 기울이게 되었다. 지평이 열리고 공기가 강해졌으며 자유로운 정신이 비상을 앞둔 채 떨고 있었다.

그녀는 발치에 보이는, 햇빛으로 충만한 세상 위로 자신을 들어 올려 흔들어 주는 듯한 부유감을 스스로 설명할 수 없었다. 그건 사랑인가, 아니면 행복한 생각과 감각의 우연한 결합일 뿐인가? 그 부유감 중 얼마만큼이 완벽한 오후가 거는 주문, 희미해지고 있는 숲의 향기, 그리고 단조로움에서 탈출해 나온 일에서 비롯된 것인가? 릴리는 자신이 지금 느끼고 있는 감정의 성격을 판단하는 일을 가능케 해 줄 분명한 경험이 없었다. 그녀는 재산이나 경력과 사랑에 빠진 적은 몇 차례 있었지만 남자와 사랑에 빠진 적은 단 한 번밖에 없었다. 그건 오래전, 그녀가 처음 사교계에 나왔을 때의 일이었다. 푸른 눈과 부드러운 곱슬머리의 허버트 멜슨이라는 젊은 신사에 대해 낭만적인 정열에 사로잡혔다. 멜슨 씨는 거래에 유리한 다른 담보물을 소유하지 못했던 터라 서둘러 자신의 용모라는 담보물을 밴 오스버그 집안의 장녀를 잡는 데 이용했다. 그 후로 살이 쪄서 숨차하는 남자, 아이들 얘기 하기를 좋아하는 사람이 되었다. 만일 지금 릴리가 어린 시절 그 남자를 좋아했던 경험을 기억한다면 그건 그때의 감정을 지금 자신을 사로잡고 있는 감정과 비교하기 위해서는 아니었다. 비교할 수 있는 유일한 점은 뭔가 가벼운 느낌, 해방된 것 같은 느낌뿐이었다. 그녀는 황홀하게 왈츠를 추는 동안이나 어린 시절의 짧은 로맨스 기간 동안 한적한 온실에서 그 같은 느낌을 경험했던 걸 기억하고 있었다. 그 이후로 오늘까지 그런 가벼움, 그 해방의 빛을 한 번도 느껴 본 적이 없었다. 하지만 지금 그녀가 느끼는 감정은 맹목적으로 피 끓는 것 이상이었다. 그녀가 셀든에 대해 느끼는 감정의 특별한 매력은 그녀 스스로 그것을 이해하고 있다는 사실이었다. 그녀는 그와 자신 사이를 가깝게 연결해 주는 고리 하나하나를 다 지적할 수 있었다. 친구들 사이에서 그의 인기는 요란한 것은 아니어서 그들이 그에 대한 호감을 적극적으로 표현한다기보다는 그저 느끼는 것이었다. 그러나 그녀는 그가 두드러지게 눈에 띄지 않는 것이 그의 존재가 미미하기 때문이라고 오해한 적은 없었다. 그의 교양이 높다는 사실이 널리 알려져 있고, 보통은 그 것이 편한 대화에 약간의 장애가 된다고 여겨지기도 했다. 하 지만 문학 작품을 많이 읽고 즐기며 여행 가방에 항상 오마 르 하이얌의 시집을 챙겨 넣는 일에 자부심을 느끼는 릴리에 게는 바로 그 점, 그녀가 보기에 자기 또래보다 더 나이 지긋 한 사람들의 사교계에서 그를 두드러지게 해 줬을 바로 그 점 이 매력이었다. 더욱이 그의 외모도 그의 역할에 알맞았다. 그 는 많은 사람이 모여 있더라도 눈에 띌 정도로 키가 컸고, 강 렬한, 잘생긴 이목구비로 인해 대충 그럭저럭 생긴 사람들로 이뤄진 나라에서 남다른 인종에 속한 사람이라는 느낌, 뭔가 집중된 과거를 물려받고 있는 사람이라는 인상을 주었다. 활 달한 사람들은 그가 좀 건조한 편이라고 생각했고, 젊은 여자 들은 그가 냉소적인 사람이라고 생각했다. 하지만 개인적 이 해득실을 챙기는 것과 가장 거리가 먼, 이런 친근하면서도 거 리를 두는 태도야말로 릴리에게는 무척 자극적으로 흥미로운 점이었다. 그의 모든 특성이 릴리의 까다로운 취향과 맞아떨어 졌다. 그녀가 가장 신성하게 여기는 것들을 그가 가벼운 아이 러니의 태도로 바라보는 것까지도. 아마도 릴리가 일찍이 만 난 가장 부유한 남자만큼이나 그가 분명한 우월감을 표시했 기 때문에 그를 감탄의 염으로 바라봤는지도 모르겠다.

릴리는 한참 동안 이런 생각에 잠겨 있다가 이윽고 웃으며 말했다. "당신을 위해서 오늘 약속을 둘이나 깨뜨렸어요. 저를 위해서 약속을 몇 가지나 깨뜨리셨나요?"

"하나도 안 깨뜨렸습니다." 셀든이 침착하게 말했다. "제가 벨로몬트에서 지켜야 했던 유일한 약속은 당신과의 약속이었으니까요."

그녀는 희미한 미소를 지으며 흘끗 그를 내려다보았다.

"진짜로 저를 만나기 위해서 벨로몬트에 오신 건가요?"

"물론이지요."

그녀가 더욱 심각해지며 "왜죠?"라고 낮은 목소리로 물었다. 그녀의 질문에서 애교의 기미는 완전히 사라져 있었다.

"당신을 보는 것만도 굉장한 구경이니까요. 당신의 행동을 보는 것은 항상 즐겁습니다."

"여기 계시지도 않았으면서 어떻게 제가 한 행동을 아신다는 거죠?"

셀든은 미소를 지었다. "제가 왔다고 당신의 행동에 손톱 끝만 한 변화도 생겼다고는 믿지 않습니다. 절 그렇게 대단한 사람이라고 생각할 순 없으니까요."

"말도 안 돼요. 만일 당신이 안 오셨더라면 제가 당신과 산책을 할 수는 없었을 테니까요."

"그건 그렇죠. 하지만 저와 산책하는 일은 당신이 당신이라는 재료를 사용하는 여러 방법 중 하나일 뿐이죠. 당신은 예술가이고 저는 당신이 오늘 우연히 사용하게 된 색깔의 일부가 된 거라고나 할까요. 즉흥적으로 행동하더라도 미리 계획한 것 같은 효과를 낼 수 있는 것이 당신 능력의 일부니까요."

릴리도 미소를 지었다. 그의 말이 워낙 예리해서 그녀의 유머 감각에 호소하지 않을 도리가 없었다. 그녀가 우연히 그가 나타난 일을 아주 명백한 효과를 내기 위해 일부 사용하기로 마음먹은 것은 사실이었다. 아니, 적어도 그것이 그녀가 그라이스 씨와 산책하기로 했던 자신과의 약속을 깨뜨리며 은밀히 사용한 구실이긴 했다. 자신은 가끔 너무 열성적으로 덤빈다는 판잔을 받기도 했었다. 주디 트레너조차도 릴리에게 좀 천천히 진행하라고 경고했다. 그러니 이렇게 진행하면 너무 열성적으로 덤빈다고는 할 수 없는 것이다. 지금 그녀는 자신의 구애자에게 더 오래 서스펜스를 맛보게 하는 중이다. 자신이 해야 하는 일일뿐더러 하고 싶은 일인데 그 둘을 분리하는 것은 릴리다운 행동이 아니었다. 그녀는 두통이 있다며 산보를 사양했다. 그리고 아침에도 그 끔찍한 두통 때문에 교회에 갈 수 없었다고 둘러댔다. 오찬 때 보인 그녀의 모습은 그런 구실을 정당화하는 듯했다. 그녀는 지쳐 보였고 아파하는 모습이 아주 귀엽기도 했다. 향수병을 손에 쥔 채 다녔으니까. 그라이스 씨는 그런 모습을 처음 보았는데, 그녀가 너무 몸이 약한 것은 아닐까, 장차 태어날 자식들도 병약하면 어쩌나, 그런 먼 미래까지 걱정이 되었다. 그러나 우선은 동정심이 앞섰고, 그녀에게 바깥 공기를 쐬지 말라고 권했다. 더욱이 그는 언제나 바깥 공기를 쐬는 것은 몸에 좋지 않다고 생각하는 사람이었다.

릴리는 그의 동정을 지친 표정으로, 그러나 감사를 곁들여 받아들였다. 그리고 그에게 자신이 동행한다면 다른 사람들에게 폐만 끼칠 터이니 점심 후 차를 타고 피크스킬의 밴 오스버그가를 방문하는 나머지 사람들과 함께 가 보라고 권했다. 그라이스 씨는 그녀의 사심 없는 마음씨에 감명을 받았으며 그녀의 충고를 받아들여서 곧 맞닥뜨릴 것이 분명한 오후의 공허를 피하기 위해 먼지 방지 모자와 안경을 쓰고 얼굴에 애처로운 표정을 지으며 다른 사람들 일행과 떠났다. 차가 속력을 내며 내리막길로 들어서는 것을 보자마자 그녀는 당황한 딱정벌레를 닮은 그의 모습에 미소를 지었다. 셀든은 그녀가 일을 진행하는 모습을 한가로이 감상하며 즐겼다. 오후를 함께 보내자던 그의 제안에 그녀가 아무런 대답도 주지 않았지만 그녀가 계획을 착착 진행해 나가는 모습을 보며 그녀의 계획 속에 자신도 포함되어 있음을 충분히 확신할 수 있었다. 마침내 계단을 내려오는 그녀의 발소리를 듣고 그가 그녀를 맞이하기 위해 당구실을 천천히 걸어 나왔을 때 트레너 저택엔 그들 외에 아무도 남아 있지 않았다.

그녀는 모자를 썼고 산보하기에 알맞은 드레스 차림이었으며 개들이 그녀를 둘러싸고 있었다.

"아무래도 바깥 공기를 쐬는 편이 낫겠다고 생각했어요." 그녀가 설명했다. 그리고 그는 그렇게 단순한 치료법이라면 한번 시도해 볼 만하다며 그녀의 결정에 동의를 표했다.

밴 오스버그가를 찾아간 사람들이 돌아오려면 적어도 네 시간은 걸릴 터였다. 오후가 모조리 릴리와 셀든의 차지가 되었으니, 릴리는 한가로움과 안전을 의식하면서 더할 나위 없이 경쾌한 기분이 되었다. 이야기를 할 시간이 그렇게 많은 데다 이야기를 통해 특별히 달성해야 할 목적이 있는 것도 아니었으니 릴리로서는 드물게 정신적 탈선을 하는 데서 오는 기쁨을 맛볼 수 있었다.

다른 목적을 신경 쓸 필요가 전혀 없었기 때문에 릴리는 그의 공격에 다소 분개하며 대꾸했다.

"글쎄요," 그녀가 말했다. "왜 당신이 제가 모든 걸 미리 계획해서 실행한다고 생각하시는지 모르겠군요."

"스스로 그렇게 고백하신 것으로 생각했습니다만. 엊그제 당신께서 일정한 노선을 따라야 한다고 말씀하셨을 때 말이죠. 그리고 무슨 일을 하려면 그걸 완벽하게 하는 게 장점이라고도 하셨지요."

"아, 가까이에 챙겨 줄 사람이 없는 여자는 스스로 자신을 챙겨야 한다는 그 말을 두고 하시는 말씀이라면 저도 그렇게 인정할 수밖에 없겠군요. 하지만 제가 충동을 전혀 따르지 않는 사람이라고 생각하신다면 저를 아주 한심한 사람으로 보시는 모양입니다."

"아, 그렇지만 그렇게 생각하는 것은 아닙니다. 제가 당신의 천재성은 충동을 의도로 전환시키는 데 있다고 말씀드리지 않았던가요?"

"제 천재성이라고요?" 갑자기 지친 목소리가 되면서 그녀가 그 말을 되풀이했다. "성공 말고 천재성을 측정할 다른 척도가 있나요? 그리고 전 분명히 아직 성공하지 못했는데요."

셀든은 모자를 뒤로 젖히고 곁눈으로 그녀를 바라보았다. "성공이라⋯⋯ 무엇이 성공인가요? 당신이 어떤 것을 성공이라고 생각하시는지 알고 싶습니다."

"성공요?" 그녀가 망설였다. "글쎄요, 인생에서 최대한 많이 얻어 내는 것 아닐까요? 결국 상대적인 거지요. 당신의 의견은 다른가요?"

"제 의견요? 제 생각은 절대 그렇지 않습니다!" 그는 갑자기 흥분하면서 자리에서 벌떡 일어나 무릎에 팔꿈치를 괴고 완만한 들판을 내려다보며 말했다. "제 생각엔 성공이란 개인적인 자유예요."

"자유? 걱정하지 않을 자유 말씀인가요?"

"그 어떤 것으로부터도 자유로운 걸 말합니다. 돈, 가난, 안락과 걱정, 모든 물질적인 조건들로부터의 자유지요. 일종의 정신의 공화국을 유지하는 것…… 그게 제가 생각하는 성공입니다."

그녀도 마찬가지로 열정적이 되면서 몸을 앞으로 기울이고 말했다. "저도 알아요. 저도. 이상하게도. 하지만 그게 바로 제가 오늘 느끼고 있던 거예요."

그는 은밀하게 다정한 눈으로 그녀의 눈을 바라보았다. "그런 느낌이 당신께 그렇게 드문 일인가요?" 그가 물었다.

그의 눈길을 받은 그녀의 얼굴이 살짝 붉어졌다. "제가 정말 끔찍하게 저열한 인간이라고 생각하시는군요? 하지만 실은 제게 그럴 선택권이 주어진 적이 전혀 없었기 때문 아닐까요. 그러니까 제게 정신의 공화국에 대해 얘기해 주는 사람이 전혀 없었거든요."

"그걸 얘기해 주는 사람이 따로 있는 건 아니지요. 그건 자아를 향한 길을 스스로 발견하는 나라니까요."

"하지만 당신이 이렇게 말해 주지 않았더라면 전 결코 그 길을 발견할 수 없었을 거예요."

"아, 이정표들이 있긴 하죠. 하지만 그걸 읽을 줄은 알아야
해요."

"글쎄요, 저도 알고는 있었지요! 알고 있었다고요!" 그녀가
볼을 붉히며 열정적으로 외쳤다. "당신을 볼 때마다 그 표지
판의 글자를 알아볼 수 있어요. 그리고 어제, 어제 저녁 식사
때 갑자기 당신의 공화국으로 가는 길을 살짝 엿보게 된 거예
요."

그녀를 계속 바라보던 셀든의 눈빛에 약간의 변화가 있었
다. 그때까지 그는 그녀의 모습을 보고 그녀와 대화하며 예쁘
장한 여자와 산만한 대화를 나눌 때 사색을 즐기는 남자가 느
끼는 미학적 재미를 느끼고 있었다. 기본적으로 그녀에 대해
감탄하며 구경하는 사람의 태도였고, 따라서 그녀가 자신의
목적을 달성하는 데 방해가 될 만한 어떤 정서적 약점을 그녀
에게서 발견하는 것조차 안타깝게 느낄 정도였다. 하지만 이
제 바로 그런 약점의 흔적이야말로 그녀를 가장 흥미로운 존
재로 만들어 주는 특징이 되었다. 그는 그날 아침 그녀가 다
소 마음의 동요를 겪고 있던 순간에 그녀를 마주쳤다. 그녀의
얼굴이 창백하니 달라 보였고 미모가 줄어들면서 오히려 애처
로워 보이는 매력이 있었다. 혼자 있을 때 그녀는 저런 모습이구나!
라는 생각이 먼저 들었다. 그리고 다음 순간 자신이 다가가고
있다는 사실이 그녀에게 가져오는 변화를 목격할 수 있었다.
릴리가 본능적으로 자기를 좋아하고 있다는 것을 셀든 스스
로 의심할 수 없다는 사실이 그들의 관계를 위험하게 만드는
점이었다. 지금 그 두 사람이 가까워지고 있는 것을 어떤 각도

에서 바라보더라도 그녀의 계산에 따른 결과라고 볼 수는 없었다. 그녀가 그렇게 정밀하게 계획해 놓은 진로 속에서 셀든 자신이 예측 불가능한 변수가 되는 일은 감상적인 실험을 포기한 남자인 그에게조차도 상당히 흥미를 자극하는 일이었다.

"그래서," 그가 말했다. "그래서 그 공화국 안을 더 들여다보고 싶으신가요? 우리 구성원이 되실 생각이 있습니까?"

그렇게 말하며 그가 주머니에서 담뱃갑을 꺼냈고, 그녀가 손을 내밀었다.

"오, 저도 한 대 주세요. 며칠 동안 한 대도 못 피웠어요!"

"왜 그렇게 부자연스럽게 끊으셨습니까? 벨로몬트에선 모두 다 피우는데."

"맞아요. 하지만 그건 죈 피유 아 마리에[17]에겐 알맞지 않은 행동으로 여겨지니까요. 그런데 저는 지금 죈 피유 아 마리에거든요."

"아, 그렇다면 당신을 그 공화국 안으로 받아들일 수 없을 것 같은데요."

"왜죠? 독신자들의 결사이기 때문인가요?"

"그런 건 결코 아닙니다. 그렇긴 해도 그 안에 기혼자가 많진 않지요. 하지만 당신은 굉장한 부자와 결혼하실 테고, 부자가 천국에 들어가긴 어렵습니다."

"그건 부당해요. 왜냐하면, 제 생각엔 그 공화국의 시민권을 얻기 위한 조건 중 하나가 돈에 대해서 지나치게 신경 쓰

---

17) Jeune Fille A Marier. 결혼 적령기의 젊은 처녀.

지 않는 것인데, 논을 생각하지 않을 수 있는 유일한 방법은 돈을 아주 많이 갖는 것이니까요."

"공기에 대해 생각하지 않을 수 있는 유일한 방법은 숨을 쉬기에 충분할 만큼의 공기 속에 있는 거라고 말할 수도 있겠죠. 그건 어떤 의미에선 맞는 말이에요. 하지만 당신은 공기를 생각하지 않을지라도 당신의 허파는 공기를 생각하고 있는 겁니다. 그건 부자인 당신 친구들도 마찬가지예요. 그 사람들이 돈을 생각하지 않고 있을 수도 있지만, 그렇다 해도 그걸 내내 숨 쉬고 있기는 하거든요. 그 사람들을 공기 밖으로 끄집어낸 다음에 그들이 어떻게 몸부림치고 숨 가빠하는지를 보시라고요!"

릴리는 자신이 피우던 담배 연기가 만들고 있는 푸른색 고리를 멍하니 바라보고 있었다.

"제 생각엔 당신도," 그녀가 마침내 말했다. "당신 자신이 비난하고 있는 바로 그 요소 속에서 무척 많은 시간을 보내고 있는 것 같은데요."

이 공격을 맞는 셀든의 태도에 불편한 기색은 없었다. "맞습니다. 그렇지만 저는 수륙 양생으로 지내 보려고 노력하고 있었습니다. 우리의 허파가 다른 종류의 공기 속에서도 작동을 잘한다면 괜찮으니까요. 진정한 연금술은 금을 다른 것으로 되돌리는 능력도 포함합니다. 그리고 당신 친구들 대부분이 바로 그 비방을 잃어버린 것이지요."

릴리는 생각에 잠겼다. "그런데 말이에요," 그녀가 잠시 후 말했다. "사교계를 비난하는 사람들이 그것을 너무 쉽게 수단이 아닌 목적으로 여기고 있다고 생각하지 않으세요? 돈을 경멸하는 사람들이 돈의 유일한 용도가 그것을 가방에 보관하고 자족의 미소를 짓는 것인 양 얘기하는 것과 마찬가지로 말이에요. 그 두 가지를 다 기회로 보는 게 더 공정한 것 아닌가요? 그것을 사용하는 사람의 능력에 따라 어리석게 사용될 수도 있고 똑똑하게 사용될 수도 있는 기회 말이에요."

"그게 물론 건강한 태도지요. 그렇지만 사교계의 묘한 점은, 그것을 목적으로 생각하는 사람들은 그 안에 있는 사람들도, 울타리 곁에 서서 비판하는 사람들도 아니라는 거예요. 대부분의 구경거리의 경우 사태는 반대지요. 관중은 환상을 갖겠지만 배우들 자신은 진정한 삶은 각광 밖에 있다는 걸 알고 있습니다. 사교계를 일로부터의 도피처라고 생각하는 사람들은 그것을 제대로 사용하고 있는 겁니다. 그러나 사교계를 위해서 일을 해야 한다고 생각하게 되면 그게 그 사람 삶의 모든 관계를 왜곡해 버리죠." 셀든은 팔꿈치로 몸을 일으켰다. "이런!" 그가 계속했다. "저는 인생의 장식적인 면을 과소평가하지는 않습니다. 저는 화려함에 대한 감수성은 그것을 활용해서 생산하는 결과물에 의해 정당화된다고 봅니다. 가장 문제가 되는 것은 그런 결과물의 생산 과정에서 인간성이 너무 많이 소모된다는 거죠. 우리가 만일 우주적 효과를 위한 원료라고 한다면 우리는 아마 모두 자줏빛 외투를 물들이는 생선이 되기보다는 칼을 벼리는 불이 되고 싶어 할 거예요. 그리고 우리의 사교계와 같은 사교계에서는 한 조각 자줏빛을 생산하기 위해 원료가 너무나 많이 낭비되고 있어요! 네드 실버튼 같은 청년을 보세요. 그는 사교계에서 어떤 사람이 처한 초라한 처지를 일신하기 위해 사용되기엔 너무 아까운 재목이지요. 이제 막 우주를 발견하기 위해 나선 젊은이예요. 그의 도정이 피서 여사의 응접실에서 끝난다면 정말 안타까운 일 아녜요?"

"네드는 좋은 청년이에요. 그리고 전 그가 오래 환상을 유지해서 그것으로 좋은 시를 쓰게 되기를 바라요. 하지만 그가 오로지 사교계에 있기 때문에 환상을 잃을 가능성이 많다고 생각하세요?"

셀든은 대답하는 대신 어깨를 으쓱했다. "왜 당신은 우리의 너그러운 생각들을 모두 환상이라고 부르고 저열한 생각들은 진실이라고 부르시지요? 용어를 그렇게 쓰는 게 사교계라면 그것만으로도 사교계를 비난할 근거가 충분히 되지 않을까요? 저도 실버튼만 한 나이 때 용어를 그런 식으로 쓰는 걸 받아들일 뻔했습니다. 이름이 믿음의 색깔을 변화시킬 수 있다는 걸 알고 있습니다."

그녀는 그가 지금처럼 열렬하게 주장을 하는 모습을 본 적이 없었다. 평소 그의 태도는 이쪽저쪽을 다 따지고 비교하는 절충주의자의 태도였다. 그리고 릴리는 자신이 셀든의 신념이 형성된 실험실 안을 이렇게 갑자기 들여다보게 되었다는 사실에 감동을 받았다.

"아, 당신은 다른 종파주의자들만큼이나 나빠요." 그녀가 외쳤다. "왜 당신의 공화국을 공화국이라는 이름으로 부르지요? 그건 폐쇄적인 결사체이고 당신은 타인을 그 안에 받아들이지 않기 위해 자의적인 반대 조건을 만들고 있어요."

"그 공화국은 제 소유물이 아닙니다. 만일 제 소유물이었다면 전 쿠데타를 해서라도 당신을 왕좌에 앉혔을 겁니다."

"하지만 실제로는 제가 절대로 그 문턱에 발도 못 들여놓을 거라고 생각하고 계시죠? 오, 당신이 무슨 뜻으로 말씀하시는지 알겠어요. 당신은 제 야심을 경멸하고 계세요. 당신은 제 야심이 저의 그릇에 못 미친다고 생각하고 계신 거예요!"

셸든은 미소를 지었지만, 조소는 아니었다. "그렇다면 그건 제가 당신을 칭찬하고 있다는 뜻 아닌가요? 저는 그런 야심을 품고 사는 사람들 대부분이 그런 야심에 걸맞은 사람들이라고 생각하고 있거든요."

그녀는 심각한 표정으로 그를 돌아보았다. "그렇지만 제가 그런 사람들이 가진 것 같은 기회를 갖게 된다면 제가 그 사람들보다 그 기회를 더 잘 활용할 수도 있지 않겠어요? 돈은 온갖 것을 대변할 수 있어요. 그것으로 다이아몬드와 자동차만 살 수 있는 것은 아니지요."

"물론이지요. 다이아몬드나 자동차 따위를 즐기는 일을 병원을 설립하는 행동을 통해 보상할 수도 있지요."

"그렇지만 만일 당신이 다이아몬드나 자동차야말로 제가 진정으로 좋아하는 것이라고 생각하신다면 당신은 분명히 제 야심이 저에게 걸맞은 거라고 생각하시는 거지요."

그녀의 이런 호소에 대한 셸든의 반응은 웃음이었다. "아, 바트 양, 제가 당신이 얻으려고 하는 것들을 스스로 즐기실 수 있도록 보장해 주는 신의 섭리는 아니랍니다!"

"그렇다면 당신이 제게 해 주실 수 있는 최선의 말은 제가 얻고자 하는 것을 얻기 위해서 최선의 노력을 다한 뒤에 막상 그걸 얻게 되면 즐기지는 않을 거라는 말씀인가요?" 그녀가 깊이 숨을 들이쉬었다. "당신이 저를 위해 그려 주시는 미래는 정말 비참하네요!"

"글쎄요. 당신 스스로 그렇게 예상하신 적이 전혀 없습니까?"

그녀의 뺨이 서서히 붉게 물들었다. 홍분의 표시가 아니라 깊은 감정의 우물로부터 솟아 나온 것이었다. 그녀가 온 정신을 기울여 노력했기 때문에 얼굴이 붉어진 것 같았다.

"무척 자주 그렇게 예상하고 있지요." 그녀가 말했다. "하지만 당신이 보여 주시니 훨씬 더 어두워 보이는군요!"

그녀의 이런 외침에 대해 그는 아무런 대답도 하지 않았다. 잠시 동안 그들 사이에 침묵이 흘렀다. 그들 사이 넓고 고요한 공간 속에서 무엇인가 박동하고 있었다.

하지만 그러다 갑자기 그녀가 그를 향해 왈칵 돌아섰다. "제게 왜 이러시죠?" 그녀가 외쳤다. "왜 제가 선택한 것들을 스스로 혐오하게 만드시나요, 그 대신 제게 아무것도 안 주실 거면서?"

그 말들로 인해 셸든이 명상으로부터 깨어났다. 그는 왜 자신이 대화를 그런 방향으로 몰고 갔는지 알지 못했다. 자신이 바트 양과 단둘이 호젓하게 오후 시간을 보내면서 그런 대화를 나누게 되리라고 전혀 예상하지 않았다. 그러나 그건 두 사람의 내부에 있는 목소리가 깊이를 알 수 없는 감정 너머로 상대방을 부르는 순간, 둘 중 누구도 의식적으로 말하지 않는 듯한 순간들 중 하나였다.

"그렇죠, 당신께 그 대신 드릴 수 있는 것은 아무것도 가지고 있지 않습니다." 그가 똑바로 일어나 앉은 뒤 그녀 쪽으로 몸을 돌려 그녀를 정면으로 바라보며 말했다. "제가 그것을 가지고 있었다면 당신께 드렸으리라는 것은 알고 계시지요."

이 갑작스러운 선언을 받아들이는 그녀의 태도는 그렇게 말한 사람의 태도보다도 더 어색했다. 그녀는 얼굴을 손바닥에 파묻었고, 그는 그녀가 우는 모습을 잠시 바라보았다.

하지만 그건 잠깐 동안의 일이었다. 그는 곧 그녀 곁으로 다가가서 그녀의 손을 열정적이라기보다는 진지한 태도로 내렸는데, 그를 향해 돌린 그녀의 얼굴은 감정으로 인해 선이 부드러워지긴 했지만 말짱했다. 그걸 보고 그는 그녀의 울음조차도 기교라는 잔인한 생각을 했다.

그런 생각으로 인해 동정심과 아이러니가 섞인 목소리로 그가 다음과 같이 물었을 때 그의 목소리는 침착했다. "제가 저 스스로 당신께 제공할 수 없는 모든 것에 대해 경멸조로 말하는 게 자연스러운 이치 아닐까요?"

이 말에 그녀의 얼굴이 밝아졌다. 하지만 그녀는 그의 손아귀에서 자신의 손을 빼냈는데 애교의 표시라기보다는 자기가 가져서는 안 될 것을 포기하는 듯한 태도였다.

"하지만 당신이 경멸조로 대하는 건 저예요, 그렇지 않나요?" 그녀가 온순하게 대꾸했다. "제가 그런 것들만 좋아한다고 당신이 믿는다면 말이에요."

셀든은 마음속으로 흠칫 놀랐다. 하지만 그 놀람은 그의 이기주의의 마지막 떨림일 뿐이었다. 그렇게 놀란 것과 거의 동시에 그는 아주 간단하게 대답했다. "하지만 그것들을 좋아하시는 것은 맞지 않나요? 그리고 제가 바란다고 해서 그런 사실이 변할 리도 없고요."

그는 이 대화가 어디까지 갈지 아예 고려하지 않고 있었기 때문에 그녀가 그를 향해 조소로 빛나는 얼굴을 하고 돌아섰을 때 분명한 실망을 느꼈다.

"아," 그녀가 외쳤다. "그 모든 훌륭한 언사에도 불구하고 당신도 저만큼이나 비겁한 게 틀림없군요. 제 대답에 대해 확신하시지 않았다면 그런 말씀을 하시지도 않았을 테니까요."

동요하던 셀든의 마음이 그 반박이 가져온 충격으로 인해 다시 굳어졌다.

"당신의 대답에 대해서 그만큼 확신하지는 않습니다." 그가 침착하게 말했다. "그리고 당신도 그렇게 확신하고 계시지는 않다고 봅니다. 당신에 대한 저의 평가는 그만큼 정당합니다."

이번에는 그녀가 놀라서 그를 바라볼 차례였다. 그리고 잠시 후…… "저와 결혼하고 싶으세요?" 하고 그녀가 물었다.

그가 웃음을 터뜨렸다. "아니요, 그런 소망은 없습니다. 하지만 당신이 원하신다면 저도 그럴지 모르죠."

"제가 말씀드린 게 바로 그거예요. 당신은 제가 원하는 것에 대해 너무나 단단히 확신하고 계시기 때문에 즐겁게 실험을 해 보실 수 있는 거예요." 그녀는 그가 다시 잡았던 자신의 손을 빼내고는 슬픈 표정으로 그를 내려다보며 앉았다.

"실험을 하고 있는 것은 아닙니다." 그가 대꾸했다. "아니, 만일 제가 실험을 하고 있는 것이라면, 그것은 당신을 상대로 하는 것이 아니고 저 자신을 상대로 하는 실험입니다. 저는 그 실험의 결과에 대해 미리 알지 못합니다. 하지만 만일 당신과 결혼하는 것이 그 결과의 하나라면, 저는 그 모험을 받아들일 겁니다."

그녀가 희미한 미소를 지었다. "그건 분명히 엄청난 모험이 될 거예요. 당신한테 그게 얼마나 엄청난 모험이 될지 제가 감춘 적은 없어요."

"아, 당신이야말로 비겁한 사람이군요!" 그가 외쳤다.

그녀가 자리에서 일어섰다. 이어서 그가 그녀에게서 눈을 떼지 않은 채 일어서 그녀와 마주 섰다. 저물어 가는 날의 부드러운 고립이 그들을 감쌌다. 그들은 자신들이 평소보다 더 섬세한 공기 속으로 들어 올려진 듯한 느낌을 받았다. 그 시간의 절묘한 모든 영향력이 그들의 혈관 속에서 떨었고 느슨해진 나뭇잎들이 땅바닥으로 이끌리듯이 그들을 서로를 향해 잡아끌었다.

"당신이야말로 비겁한 사람이에요." 그가 그녀의 손을 잡으며 다시 한번 말했다.

그녀는 잠시 동안 그에게 기대섰다. 지친 날개를 접은 듯. 그는 그녀의 심장이 빨리 뛰는 듯한 느낌이 들었는데, 앞으로 날아갈 거리에 대한 흥분 때문이라기보다는 먼 거리를 날아오느라 지쳐서 그런 것 같았다. 곧 그녀가 미소를 지으며 몸을 뒤로 빼내면서 경고했다. "제가 촌스러운 옷차림을 하면 꼴

사납긴 하겠죠. 하지만 제 모자를 스스로 손질할 줄은 알아요." 그녀가 단언했다.

그들은 그런 대화 후 잠시 동안 아무 말 없이 서 있었다. 올라가서는 안 될 높은 곳까지 올라가서 새로운 세상을 발견한 아이들처럼 얼굴에 미소를 띤 채 상대방을 바라보았다. 진짜 세상은 그들 발아래 희미하게 가리어져 있었고, 골짜기를 가로질러 짙은 청색의 맑은 달이 떠올라 있었다.

갑자기 거대한 벌레의 울음소리처럼 웅웅거리는 소리가 멀리서 들려왔고, 주변을 감싸고 있던 석양빛 속에서 더 하얗게 빛나며 휘돌아 가던 큰길을 검은 물체가 그들의 시야를 가로막으며 달려갔다.

릴리는 깜짝 놀라서 좀 전의 몰아 상태에서 깨어났다. 그리고 미소가 사라진 얼굴로 오솔길을 향해 바삐 가기 시작했다.

"이렇게 늦은 줄 몰랐어요! 어두워지기 전까지 돌아가지 못할 거예요." 그녀는 거의 참을성을 잃은 목소리로 말했다.

셀든은 놀란 표정으로 그녀를 바라보았다. 그러나 다음 순간 그녀에 대한 평소의 시각을 회복했다. 그리고 건조한 목소리를 억누르지 못한 채 말했다. "우리 일행의 차가 아니었어요. 반대편으로 가고 있었으니까요."

"알고 있어요. 안다고요." 그녀가 말을 멈췄다. 그러고 나서 그는 그녀가 석양빛 아래 얼굴을 붉히는 모습을 볼 수 있었다. "하지만 몸이 안 좋다고 핑계를 댔거든요. 그래서 못 나간다고. 빨리 내려가요!" 그녀가 낮은 목소리로 말했다.

셀든은 계속해서 그녀를 바라보았다. 그런 뒤 주머니에서 담뱃갑을 꺼내 담배 한 대에 천천히 불을 붙였다. 그로서는 그 순간 자신도 현실로 되돌아왔다는 사실을 공표하기 위해 그런 종류의 어떤 습관적인 행위를 할 필요가 있는 듯했다. 그는 자신들의 비상이 끝났을 때 자신도 대지에 무사히 착륙했다는 사실을 릴리에게 알리고 싶은 거의 어린아이 같은 소망을 느꼈다.

그녀는 그의 둥글려진 손아귀 아래서 불꽃이 깜빡이는 동안 기다리고 있었다. 이어서 그가 그녀를 향해 담배를 내밀었다.

그녀는 떨리는 손으로 한 개비를 받아서 그것을 입술에 대고 그의 담배를 가져다 불을 붙이기 위해 고개를 숙였다. 그 작은 붉은 불꽃이 희미한 어둠 속 그녀 얼굴의 아랫부분을 밝혔고, 그는 그녀의 입술이 떨리다가 미소로 변하는 모습을 볼 수 있었다.

"당신 진심이었어요?" 그녀가 물었다. 미리 준비해 둔 수많은 억양 중 어느 것이 가장 적당한지 생각할 여유 없이 아무거나 골라잡은 듯 기묘하게 흥분되고 들뜬 목소리였다. 셸든의 목소리는 조금 더 절제되어 있었다. "왜 아니겠습니까?" 그가 대꾸했다. "아시다시피 그랬어도 진짜 모험을 한 것은 아니었지요." 그 반박에 그녀의 얼굴이 다소 창백해졌다. 그녀가 그저 가만히 서 있는데 그가 재빨리 덧붙였다. "내려갑시다."

7장

트레너 부인은 하우스 파티가 엉망이 된 것을 안타까워하는 듯한 사사로운 절망의 어조로 바트 양을 나무랐으니, 그 사실이야말로 그녀의 우정이 얼마나 깊은가를 보여 주었다.

"릴리, 정말 이해가 안 된다는 말밖에는 아무 말도 못 하겠어!" 그녀는 한숨을 쉬며 레이스가 달린 모슬린 원단의 편안한 아침 옷 차림을 한 채 몸을 뒤로 뻗었다. 그리고 자신의 책상에 쌓여 있는 자잘한 귀찮은 일들에는 신경을 끈 채, 치료를 포기한 의사의 눈으로 자기 앞에 똑바로 서 있는 환자의 모습을 훑어보았다.

"그 사람을 꼭 잡을 생각이라고 나한테 말을 안 했더라면…… 하지만 처음부터 의사가 아주 분명했잖아! 아니면 왜 브리지 게임에 부르지 말고 캐리와 케이트 코비를 떼어 놓아 달라고 부탁했어? 그 사람과 함께 시간을 보내는 게 재미있어서 그런 거라곤 믿기지 않으니까 말이야. 당신이 그 남자와 결혼할 의도가 있어서 그런 게 아니라면 잠깐이라도 그런 남자를 참아 줄 수 있다고는 아무도 상상할 수 없거든. 그리고 다들 정당하게 행동해 줬다고! 다들 도와주고 싶어 했어. 말이야 바른 말이지, 버사조차도 손을 뗐었다고. 로런스가 온 다음에 당신이 그를 가로채기 전까진. 그런 다음엔 버사가 당신한테 복수를 해도 당신이 할 말이 없게 된 거잖아. 도대체 왜 버사의 일에 훼방을 놓은 거야? 로런스 셀든을 알고 지낸 게 엊그제 일이 아니잖아? 왜 방금 발견한 사람인 것처럼 그런 거야? 버사한테 복수할 일이 있었다면 시기를 아주 멍청하게 잡은 거야. 결혼한 다음에 앙갚음을 했어도 아주 훌륭했을 거라고! 내가 버사는 위험인물이라고 경고했잖아. 여기 도착했을 때 기분이 아주 안 좋더라고, 하지만 로런스가 와서 기분이 좋아졌는데. 만일 당신이 로런스가 자기를 위해서 왔다고 생각하게 그냥 놔뒀더라면 버사가 그런 식으로 골탕을 먹일 생각은 전혀 못 했을 텐데. 오, 릴리, 무슨 일을 하려면 진지하게 접근해야 해. 그러지 않으면 되는 일이 아무것도 없단 말이야!"

바트 양은 정말이지 사심 없이 이 훈계를 받아들였다. 어떻게 화를 낼 수 있었을 것인가? 트레너 부인 특유의 비난조를 통해 자신에게 말하고 있는 목소리는 바로 자기 자신의 것이었다. 하지만 스스로의 양심을 위해서라도 변호 비슷한 것이라도 지어내야 했다. "그냥 딱 하루만 쉬기로 한 것뿐이야. 그 사람이 이번 주 내내 여기 머물 계획인 줄 알았거든. 그리고 셀든은 오늘 아침에 떠날 예정이었잖아."

트레너 부인은 그 변명의 허점을 일언지하에 지적해 냈다.

"머물 계획이었지. 그게 바로 최악이야. 그러니까 당신한테서 도망친 거라고 볼 수밖에 없어. 버사가 독을 철저하게 부어서 성공했다는 거지."

릴리는 부드럽게 웃었다. "도망간다면, 내가 따라잡으면 되지!"

트레너 부인은 릴리를 막으려는 듯 손짓을 하며 말했다, "무슨 짓을 해도 좋은데, 릴리, 절대 그런 짓은 하지 마!"

바트 양은 미소를 띤 채 그 경고를 받아들였다. "정말로 다음 기차를 타고 쫓아가겠다는 뜻은 아니야. 다른 방법들이 있어⋯⋯." 하지만 그녀는 그 방법들이 무엇인지 구체적으로 말하지는 않았다.

트레너 부인은 날카로운 어조로 그 문장의 시제를 정정해 주었다. "다른 방법들이 있었어⋯⋯ 아주 많은 방법들이 말이야! 그 방법들을 일일이 다 지적해 줘야 한다고는 생각하지 않았어. 하지만 착각하지 마. 그 남자가 단단히 겁을 먹은 상태니까. 집으로 곧장 돌아가서 자기 어머니 품에 안길 거야. 그러면 그 어머니가 보호해 주겠지!"

"오, 죽을 때까지 말이지." 릴리가 그 광경을 상상하며 보조개를 지었다.

"어떻게 웃을 수가 있어⋯⋯." 트레너 부인이 그녀를 꾸짖었고, 릴리는 정신을 가다듬어 물었다. "버사가 도대체 뭐라고 말했길래?"

"나한테 물어보지 마. 끔찍한 소리들을 했으니까! 할 수 있는 험담이란 험담은 다 긁어모아 한 것 같으니까. 오, 내 말 무슨 말인지 알겠지. 물론 실제로는 아무 내용도 없었지. 하지만 바릴리아노 공작과 휴버트 경을 끌어들이고, 또 네가 네드 밴얼스타인한테서 돈을 빌렸다는 얘기도 했어. 그런 적 있어?"

"우리 아버지와 사촌 간이야." 바트 양이 대꾸했다.

"어, 물론 그건 말 안 했지. 네드가 캐리 피셔에게 말했고, 캐리는 당연히 버사한테 말한 것 같더라고. 그이들 다 한통속이잖아, 당신도 알다시피. 그이들 몇 년 동안 입 다물고 있어서 걱정하지 않아도 되겠다 생각하고 있을 때도 기회만 생기면 다 기억해 낸다고."

릴리의 얼굴이 창백해졌다. 그녀의 목소리에 화가 조금 실려 있었다. "밴 오스버그네 집에서 브리지 게임을 하다가 돈을 조금 잃어서 그랬던 거야. 물론 다 갚았지."

"아, 하지만 그이들 그 사실은 기억 못 하지. 더구나, 퍼시는 노름을 하다 빚을 지다니 하고 더욱 겁에 질린 거라고. 오, 버사는 자기가 어떤 남자를 상대하고 있는지 아주 정확히 파악했던 거야. 그 남자에게 어떤 말을 해야 하는지 아주 정확히 알고 있었다고!"

트레너 부인은 이런 식으로 거의 한 시간 동안이나 계속해서 릴리를 꾸짖었다. 그 말을 듣는 바트 양의 태도는 경탄스러울 정도로 침착했다. 그녀는 원래 성격이 좋은 편이기도 했으며, 또한 거의 언제나 다른 사람의 에움길에서 자신의 목적을 성취해야 하는 처지였기 때문에 부득불 남의 말을 잘 듣는 일에 길들여져 있었다. 그리고 성격상 불편한 진실들은 그때그때 대면하는 편이라 자신의 우행의 대가로 받아들일 만한 사정에 대해 공정한 진술을 듣는 것을 유감스럽게 생각하지는 않았다. 자신의 생각이 사태의 다른 면도 봐야 한다고 고집을 부리고 있는 상황에선 더욱더 그러했다. 트레너 부인이 활기차게 논평하며 제시한 상황은 확실히 설득력 있는 것이었고, 귀를 기울이고 있는 동안 릴리는 상황에 대한 친구의 견해에 점차 동의하게 되었다. 트레너 부인의 말은 더욱이 그녀의 말에 귀를 기울이고 있는 릴리가 거의 짐작도 못 하고 있을 걱정거리를 안고 있었기 때문에 더욱 강력한 설득력이 있었다. 부유함은 예리한 상상력에 의한 자극 없이는 빈곤의 실제적 곤경에 대해 아주 희미한 관념밖에 형성하지 못한다. 주디는 불쌍한 릴리가 자신의 페티코트에 진짜 레이스를 쓸 수 있을지 없을지 고려해야 하고 자가용 차와 증기 요트를 마음대로 부릴 수 없다는 사실이 '끔찍'하리라는 것은 알고 있었다. 하지만 지불하지 못하고 있는 고지서 때문에 날마다 시달리고 사소하게 매일매일 느끼는 소비의 유혹 때문에 조바심을 치는 일 따위는 청소부 여자의 집안일에 대한 근심만큼이나 그녀의 경험 범위 밖에 있었다. 자신이 처한 상황의 실제적인 스트레스에 대해 트레너 부인이 모르고 있다는 사실을 생각하니 자신의 상황에 대해 더욱더 화가 났다. 그녀가 자신의 적수들을 제압할 기회를 놓쳤다고 친구가 그녀를 나무라고 있는 동안 자신은 또다시 간발의 차이로 청산의 기회를 놓쳐 버린 점점 더 불어나고 있는 빚을 생각하며 괴로웠던 것이다. 어떤 어리석음의 바람이 불어서 자신이 다시 그 어두운 바다로 떠밀려 간 것인지?

그녀의 자기 경멸에 마지막 한 방을 더 먹일 필요가 있었다면 그 한 방은 바로 자신의 평소 삶이 그 궤도에 자신을 다시 받아들이고 있다는 사실에 대한 자각이었다. 어제 그녀의 상상력은 직업의 선택이라는 차원을 초월한 곳에서 깃털을 파닥이고 있었다. 그러나 오늘은 휘황찬란함과 자유처럼 보이는 순간들이 오랜 굴종의 시간들 사이사이에 있는 낯익은 일과의 수준으로 떨어졌다.

그녀는 미안해하는 태도로 친구의 손을 잡았다. "다정한 주디! 그렇게 따분한 짓을 해서 미안해. 언제나 내게 잘해 주고 있다는 거 알아. 하지만 내가 답장 쓸 편지들이 있지 않아? 도움이 되는 일이라도 좀 하게 해 줘."

릴리는 책상 앞에 자리를 잡고 앉아 아침의 과제를 재개했으며 트레너 부인은 한숨을 내쉬며 그 상황을 받아들였다. 그 한숨은 릴리가 결국 그런 일보다 더 고차원의 일에 쓰이지 못하는 사람임을 증명했으니까라고 말하고 있었다.

점심 식탁에 모인 사람들의 숫자는 현저히 줄어 있었다. 잭 스테프니와 도싯을 제외한 모든 남자들이 뉴욕으로 돌아간 것이다.(릴리에겐 셀든과 퍼시 그라이스가 같은 기차를 타고 갔다는 사실이 마지막 아이러니처럼 느껴졌다.) 그리고 레이디 크레시다와 그녀를 수행한 웨더럴 부부는 멀리 떨어진 시골 저택에서의 점심 식사에 참석하기 위해 차로 떠난 후였다. 그렇게 흥밋거리가 줄어들었을 경우 도싯 부인은 오후까지 자기 방에 남아 있는 것이 평소의 습관이었다. 하지만 오늘은 오찬이 반쯤 끝났을 때 멍한 눈에 지친 표정을 하고 식탁에 들렀다. 그녀의 무관심 아래 악의의 칼날이 숨겨져 있었다.

그녀는 눈썹을 치켜세운 채 식탁 주변을 돌아보았다. "어쩜, 몇 사람 안 남았네! 난 조용한 게 참 좋아. 릴리, 그렇지? 남자들이 항상 안 왔으면 좋겠어. 남자들이 없는 편이 훨씬 나아. 오, 조지, 당신은 빼고요. 남편은 대화를 나눠야 하는 상대는 아니니까. 하지만 그라이스 씨는 이번 주 내내 계신다고 한 줄 알았는데?" 그녀는 물어보는 것처럼 덧붙였다. "그럴 작정 아니었어, 주디? 참 좋은 젊은이야. 뭣 때문에 그냥 가 버렸을까? 좀 수줍음을 타는 사람인데, 우리가 너무 충격을 줬나 봐. 그렇게 구식으로 자랐으니 말이야. 릴리, 알아? 당신이 며칠 전 저녁때 카드놀이를 하는 모습을 보기 전까지 한 번도 처녀가 돈내기 카드놀이에 참여하는 걸 본 적이 없다고 하더라고. 그리고 자기는 수입의 이자만 가지고 사는데, 그것도 항상 남아돌아서 재투자를 한다던걸!"

피셔 부인은 열성적인 태도로 몸을 앞으로 기울이며 말했다, "그 젊은이를 교육하는 건 누군가 맡아야 할 의무라고 생각해. 시민으로서 자신의 의무를 깨달을 기회가 없었다는 건 충격적인 일이라고. 부자인 남자는 누구나 조국의 법을 공부해야 해."

도싯 부인은 그녀를 잠자코 바라보았다. "이혼법은 공부한 것 같던데. 이혼에 반대하는 어떤 청원에 서명하기로 주교님과 약속했다고 내게 그러더라고."

피셔 부인이 분칠한 얼굴을 붉혔다. 그리고 스테프니는 웃음 띤 눈길을 바트 양에게 던지며 말했다, "결혼을 생각하고 있는 모양이던데. 그리고 올라타기 전에 낡은 배를 좀 수리하려고 하는 것 같더라고."

그의 약혼녀는 그의 비유에 충격을 받은 표정이었고, 조지 도싯은 비꼬는 듯 으르렁거리는 소리로 외쳤다, "불쌍한 친구! 망하려면 배가 아니라 선원이 문젠데 말야!"

"아니면 무임승차자들이 문제죠." 코비 양이 밝은 목소리로 말했다. "제가 만일 그와 항해를 하게 된다면 선창에 있는 그 친구부터 수리를 시작하겠어요."

밴 오스버그 양은 자신이 느끼고 있는 막연한 불쾌감을 표현할 적절한 말을 찾으려고 애쓰고 있었다. "왜 그분을 비웃으시는지 이해가 안 되네요. 아주 좋은 분이던데." 그녀가 크게 말했다. "더구나, 어찌 됐든 그분과 결혼하는 처녀는 항상 풍족하고 편하게 살 거예요."

그녀는 사람들이 왜 자신의 말에 폭소로 반응하는지 의아한 표정이었지만, 그 말을 듣고 있던 사람들 중 한 사람의 가슴속 깊이 자신의 말이 박혔다는 사실을 알았다면 좀 위안을 받았을지도 모른다.

편하다! 그 단어는 그 순간의 릴리에게 다른 어떤 단어보다도 막강한 힘을 가진 것이었다. 그녀는 그 상속녀가 그처럼 엄청난 재산을 단순한 결핍에 대한 피난처라고 보는 견해에 미소를 지을 만큼의 마음의 여유도 없었다. 그녀의 마음은 그

피난처가 자신에게 의미했을지도 모르는 바에 대한 상상으로
벅찼다. 도싯 부인의 일침은 아프게 느껴지지도 않았다. 자신
의 아이러니가 더 깊이 자신을 찔렀기 때문이다. 그녀가 스스
로를 아프게 하는 것만큼 그녀를 아프게 할 수 있는 사람은
없었다. 어느 누구도, 주디 트레너조차도 그녀의 어리석은 행
동이 얼마나 엄청난 실수인지 몰랐기 때문이다.

　그 같은 소용없는 생각에 잠겨 있던 릴리를 여주인의 속삭
임이 깨웠다. 오찬 식탁을 떠나면서 릴리를 한쪽으로 따로 불
러낸 것이었다.

　"릴리, 저 말이야, 만일 특별한 계획이 없으면 캐리 피셔한
테 당신이 거스를 데리러 역에 나갈 거라고 말해도 될까? 4시
에 돌아올 텐데, 캐리가 그를 맞이하러 나가려는 걸 내가 알
거든. 물론 누군가 그의 기분을 맞춰 준다면 그건 좋은 일이
긴 한데, 그렇지만 캐리가 우리 집에 온 뒤로 거스의 주머니를
엄청나게 쥐어짜 낸 걸 내가 우연히 알게 됐지. 그런데 거스를
마중 가겠다고 아주 벼르고 있는 걸 보니 오늘 아침에 또 고
지서가 꽤 많이 도착한 것 같아. 내가 보기엔 그래." 트레너 부
인이 안타까운 목소리로 말했다. "캐리의 위자료는 대부분 다
른 여자들의 남편들이 내고 있는 것 같아!"

　역을 향해 가는 길에 바트 양은 트레너 부인이 한 말을 생
각해 볼 여유와 그 말이 자신에게도 고스란히 적용된다는 사
실을 생각해 볼 시간이 있었다. 캐리 피셔 같은 여자가 남자
친구들의 선의와 그 아내들의 관용의 혜택으로 아무런 비난
도 받지 않고 생계를 꾸려 갈 수 있다면, 왜 그녀는 손위 친척

으로부터 한 번, 그것도 단 몇 시간 동안 돈 빌린 걸 가지고 그렇게 손해를 봐야 하는가? 그건 모두 기혼녀는 해도 괜찮고 처녀는 하면 안 되는 것 사이의 구별이라는 지긋지긋한 사실로 귀착되었다. 물론 기혼녀가 돈을 빌리는 것도 충격적인 일이었다. 그리고 릴리는 전문가답게 그게 의미하는 바가 무엇인지도 알고 있었다. 하지만 그건 단순히 금지되어 있기 때문에 부당하게 여겨지는 것이지 그 자체로 문제가 될 일은 아니었다. 세상은 그런 행동을 비난하면서도 용인하고 있었다. 그리고 개인적인 복수를 통해 처벌을 받는 경우는 있었지만 사교계가 집단적으로 비난하지는 않았다. 그러나 바트 양에게는 결론적으로 그런 기회는 불가능했다. 물론 여자 친구들로부터 돈을 빌리는 건 용납되었다. 잘해야 이 사람 저 사람한테서 100달러 정도씩. 하지만 여자 친구들은 옷이나 장신구 따위는 기꺼이 내놓았지만, 수표가 더 도움이 된다는 암시를 하면 슬쩍 외면했다. 여자들은 너그러운 채권자가 아니었다. 그리고 주변의 친구들은 그녀와 처지가 같거나, 아니면 그런 처지와는 거리가 너무 멀어서 그녀의 상황이 얼마나 딱한지 이해하지 못했다. 이런 성찰의 결과 도달한 결론은 리치필드에 있는 고모 댁으로 가야 한다는 것이었다. 벨로몬트에 머무는 한 브리지 게임을 안 할 수도 없었고 그 외의 다른 지출도 불가피했다. 평소처럼 계속 가을 방문을 하면 동일한 어려움을 연장시키는 결과밖에 가져올 것이 없었다. 그녀는 갑작스럽게 지출을 절감할 필요가 있는 시점에 도달한 것이었다. 그런데 돈이 들지 않는 유일한 삶은 지루한 삶이었다. 어쨌든 다음 날 아침

리치필드로 떠나기로 결심했다.

역에서 거스 트레너를 만났을 때 릴리는 그가 자신이 마중 나온 것을 보고 놀랐지만 그렇다고 영 마음이 안 놓인 것도 아닌 것 같은 느낌을 받았다. 그녀는 자신이 몰고 간 소형 마차의 고삐를 그에게 내밀었고, 그는 좌석의 3분의 1에 해당하는 좁은 공간으로 그녀를 밀어젖힌 뒤 털썩 주저앉으며 말했다. "안녕하시오! 드문 영광을 베풀어 주셨군. 하실 일이 정말 없었던 모양이오."

그날 오후는 더웠고, 그 곁에 앉은 덕분에 그의 피부가 불그스레하고 그의 체구는 우람하다는 사실을 더 강하게 의식할 수밖에 없었다. 그리고 땀방울들 때문에 그가 그녀를 향해 돌린 널따란 뺨과 목에 불쾌하게 매달린 기차 먼지가 보였다. 하지만 또한 그의 작고 멍청한 눈 속의 표정으로부터 그가 그녀의 신선하고 날씬한 자태에서 시원한 마실 것을 볼 때만큼이나 상쾌한 기분을 느끼고 있음을 알 수 있었다.

그 사실을 느낀 것이 그녀가 명랑하게 대답하는 데 도움이 되었다. "그럴 기회가 제게 자주 안 오니까요. 그런 특권을 누리려고 경쟁하는 귀부인들이 많잖아요."

"나를 차로 마중 나오는 특권? 아, 릴리 양이 경쟁자들을 물리치셔서 다행이오. 하지만 사실은 아내가 당신을 보냈다는 걸 알고 있지. 맞지 않소?"

그는 우둔한 사람이 의외로 가끔씩 보이기도 하는 통찰력을 과시했고, 진실을 말하며 웃음을 터뜨리는 그를 향해 릴리도 마주 웃어 주지 않을 수 없었다.

"그러니까 주디는 당신과 함께 두어도 가장 안전할 사람으로 저를 생각하고 있는 거예요. 그리고 물론 주디가 잘 판단한 거죠." 그녀가 말했다.

"오, 정말 그 판단이 맞소? 그렇다면, 당신이 나 같은 늙고 덩치 큰 남자한테 시간을 낭비하진 않을 테니까 그런 거요. 우리 결혼한 남자들은 우리한테 주어지는 것을 피동적으로 적당히 참아 내지 않으면 안 되오. 상은 모두 자유롭게 남아 있는 영리한 친구들 차지요. 괜찮으면, 시가에 불을 좀 붙이겠소. 오늘 아주 힘들었거든."

그는 마을 길의 그늘진 곳에 마차를 세웠고, 성냥을 그어 시가에 불을 붙이는 동안 고삐를 그녀에게 넘겼다. 그의 손 아래 있던 작은 불꽃으로 인해 시가를 빨아들이는 그의 얼굴이 더욱 붉어 보였다. 릴리는 흠칫 혐오감을 느끼며 눈길을 외면했다. 그런데 이런 남자를 잘생겼다고 하는 여자들도 있단 말이지!

그녀가 고삐를 그에게 다시 넘기면서 공감하는 목소리로 말했다, "지루한 일 처리할 게 그렇게 많았나 봐요?"

"그렇다고 대답할 수밖에 없소!" 아내든 아내의 친구든 타인이 자신의 말에 귀를 기울여 주는 일이 거의 없는 트레너는 드물게 흉금을 털어놓을 기회를 맞아 아예 퍼지고 앉아 맘껏 즐기고 있었다. "이만한 걸 유지하기 위해 흥정할 게 이것저것 많다는 걸 모를 게요." 그는 하늘하늘 그들 앞에 풍성하게 펼쳐져 있는 벨로몬트의 넓은 대지를 가리키며 채찍을 흔들었다. "주디는 자신이 얼마나 쓰는지 전혀 모르고 있소. 내가 이걸 유지하기에 충분한 재산을 소유하지 못한 건 아니지만." 그가 말을 끊었다가 이었다. "하지만 우리 남자들은 눈을 크게 뜨고 정보란 정보는 다 수집해야 하거든. 부모님들은 당신들의 수입에 의지해서 쌈닭처럼 사셨지. 그 수입의 대부분은 저축하셨고. 나한텐 아주 운 좋은 일이었소. 하지만 지금처럼 쓰다가는 내가 가끔씩 투기를 해서 돈을 벌지 않는다면 어떤 꼴일지 모를 지경이오. 여자들은 다들, 아니 주디는 내가 한 달에 한 번 시내로 가서 채권 이자표를 떼어 내는 것 외엔 할 일이 없다고 생각하지만,[18] 사실 이 기구 전체를 굴러가게 하는데 엄청난 노력이 필요하다고. 오늘은 불평할 상황은 아니지만." 그가 잠시 사이를 두었다 말했다. "아주 괜찮은 수입을 얻었으니까. 스테프니의 친구인 로즈데일 덕분에 말이오. 그러나저러나 릴리 양, 주디한테 그 친구 좀 적당히 공손하게 대해 주라고 설득해 줬으면 좋겠소. 그 친구 조만간 우리를 모조리사 버릴 만한 부자가 될 텐데, 만일 주디가 가끔 함께 식사를 하자고 초대하면 내가 그 친구한테서 어떤 정보든 빼낼 수 있을 거란 말이오. 그 친구 자신과 가까이 지내고 싶어 하지 않는 사람들과 가까이 지내고 싶어서 아주 안달이더라고. 그리고 그런 상태에 있는 사내는 최초로 자신을 인정해 주는 여자에게 못 해 줄 게 없거든."

릴리는 잠시 망설였다. 그녀의 대화 상대가 한 말의 첫 부분으로 인해서 흥미로운 생각 한 가닥이 떠올랐는데, 로즈데일 씨의 이름이 나와 덜컥 방해를 받은 것이었다. 그녀는 희미한

---

18) 채권에 딸려 있는 인쇄된 이자표를 떼어서 현금화한다는 뜻.

항의의 말을 시도했다.

"잭이 그분을 소개하려고 데리고 다니긴 했지만 아주 말도 안 되었던 걸 아시잖아요."

"오, 제기! 뚱뚱하고 번쩍거리고, 또 장사치 같다 이거지. 어찌 됐든 내가 할 수 있는 딱 한 가지 말은 지금 영리하게 처신해서 그에게 공손하게 대하는 사람들은 엄청난 덕을 보게 될 거라는 거요. 우리가 원하든 원하지 않든 그 사람은 몇 년 안에 우리 사교계의 일원이 될 거고, 그때가 되면 저녁 한 끼 함께 먹어 준다고 오십만 달러의 가치가 있는 정보를 그냥 주지는 않을 거고."

릴리의 생각은 로즈데일 씨라는 불청객을 떠나 트레너가 처음 꺼냈던 말에 의해 촉발되었던 원래 생각의 가닥으로 되돌아갔다. 광활하고 신비로운 월가의 세계, '정보'와 '거래'의 그 세계…… 그 세계에서 자신이 현재 처한 우울한 곤경에서 빠져나올 수단이 발견될 수도 있지 않을까? 다른 여자들이 친구들을 통해 그렇게 돈을 벌었다는 얘기를 종종 들었다. 그녀는 그 거래의 정확한 성격에 대해 대부분의 다른 여성들 이상으로 이해하지 못했고, 그런 모호함으로 인해 그런 식의 거래가 덜 속되게 느껴졌다. 그녀는 실상 자신의 상황이 아무리 형편없어진다 해도 스스로 로즈데일로부터 '정보'를 구하려고 자신을 낮추는 것까지는 상상할 수 없었다. 하지만 그녀 곁에는 지금 그 소중한 상품을 소유하고 있는 남자가, 더욱이 자신의 소중한 친구의 남편으로서 거의 오라버니나 다름없이 친밀한 관계인 남자가 있었다.

릴리는 마음속 깊은 곳으로부터 자신이 거스 트레너의 오라버니다운 본능에 호소함으로써 그의 마음을 살 건 아니라는 것은 알고 있었다. 하지만 그의 오라버니다운 본능에 호소한다는 식으로 설명하면 자신의 행위가 띠고 있는 조야한 성격을 포장하는 데 도움이 되었다. 그녀는 무슨 일을 하든지 스스로의 행위를 괜찮은 것으로 믿어 버릴 수 있도록 세심히 신경을 쓰는 사람이었으니 말이다. 그녀의 취향의 까다로움은 도덕적인 문제에도 적용되었고, 그녀가 자신의 마음을 살펴볼 경우 스스로 열어 보지 않는 문이 몇 개는 있었던 것이다.

그들이 벨로몬트의 정문에 다다랐을 때 그녀는 미소를 지으며 트레너를 돌아보았다. "오늘 오후 날씨가 정말 완벽하니 조금 더 마차를 타면 어때요? 하루 종일 좀 우울했거든요. 사람들한테서 벗어나 제가 좀 재미없는 상대이더라도 신경 안 쓰실 분과 함께 있으니 정말 쉬는 것 같네요."

이렇게 요청하는 그녀의 태도가 무척이나 애처롭게 사랑스러웠고, 그의 공감과 이해를 무척 신뢰하는 것처럼 보여서 트레너는 아내가 다른 여자들이 자신을 어떻게 대하는지 좀 볼 수 있었으면 좋겠다고 생각했다. 더욱이 피셔 부인처럼 닳고 닳은 막후 조정자가 아니라 처녀, 그녀의 그런 표정을 보기 위해서라면 대부분의 남자들이 장화라도 줘 버렸을 처녀가 말이다.

"우울했다니? 당신 같은 아가씨가 우울할 일이 도대체 뭐가 있소? 최근에 도착한 두세 드레스[19] 상자가 실패작이었소, 아

---

19) 유명한 프랑스의 재단사인 자크 두세가 디자인한 드레스를 말한다.

니면 어젯밤 브리지 게임에서 주디가 트릭을 써서 당신 돈을 다 빼앗아 갔나?"

릴리는 한숨을 쉬며 고개를 흔들었다. "두세 드레스는 포기해야 했어요. 그리고 브리지 게임도. 그럴 여유가 없어서요. 사실 친구들이 즐기는 어떤 것도 저는 할 여유가 없어요. 그리고 제가 카드놀이를 더 이상 못 하기 때문에, 그리고 다른 여자들처럼 멋지게 차려입지 못하기 때문에 주디가 저를 재미없다고 생각하지나 않는지 걱정이에요. 하지만 제가 제 걱정거리에 대해 얘기하면 당신도 제가 재미없다고 생각하시겠지요. 그 말씀을 드리는 유일한 이유는 부탁을 좀, 아주 큰 부탁을 드리고 싶어서예요."

그녀의 눈은 그의 눈을 다시 한번 찾았고, 그의 눈에서 불안의 기미를 읽고 그녀는 속으로 미소를 지었다.

"어, 물론…… 내가 할 수 있는 거라면 뭐든지……." 그는 말을 잇지 못했고, 그녀는 그가 피셔 부인의 수법을 떠올렸기 때문에 제대로 재미를 못 느끼고 있다고 내심 짐작할 수 있었다.

"아주 큰 부탁인데요," 그녀는 부드럽게 말을 이었다. "사실은 주디가 저한테 화가 나 있거든요. 그래서 저를 위해서 주디의 화를 좀 풀어 주셨으면 해요."

"당신한테 화가 나 있다고? 에이, 무슨, 말도 안 되는 소리요……." 그가 안도했다는 사실이 웃음으로 나타났다. "주디가 당신이라면 아주 죽고 못 사는 걸 알잖소."

"저하고 가장 친한 친구지요. 그리고 그래서 더욱 주디를 화나게 한 걸 견딜 수 없어요. 하지만 아마 주디가 저한테 뭘 바라고 있었는지 아실 거예요. 주디는…… 착하고 딱한 주디!
……제가 결혼을, 아주 돈이 많은 사람하고 하길 열망하고 있
거든요."

그녀는 약간 당황한 표정으로 더듬대며 말을 멈췄다. 그러
자 트레너는 갑자기 고개를 돌려 이제야 알겠다는 표정으로
그녀를 뚫어지게 바라보았다.

"아주 돈이 많은 사람? 오, 맙소사, 그라이스를 말하는 건
아니겠지? 뭐라고? 맞다고? 맙소사, 물론 그런 말은 안 할 거
요. 내가 아무 말도 안 할 테니 그런 건 걱정하지 말아요. 하
지만 그라이스라, 맙소사, 그라이스라니! 주디가 정말로 당신이
그 거드름 피우는 꼬맹이 바보 자식과 결혼할 수 있다고 생각
했단 말이오? 하지만 그렇게 할 수 없었다고, 허? 그래서 그
남자를 내쳤고, 그래서 그 친구가 오늘 아침 첫 기차로 떠난
거요?" 그는 자신의 지각력에 대한 자부심으로 더욱 팽창한
듯 더 펑퍼짐하게 좌석에 기대앉았다. "주디가 도대체 어떻게
당신이 그런 일을 할 수 있을 거라고 생각했을까? 당신이 그
런 뱅충이를 도저히 참아 줄 수 없다는 건 나라도 말해 줄 수
있었을 거요!"

릴리는 더욱 깊이 한숨을 내쉬었다. "어떤 때는," 그녀가 낮
은 목소리로 말했다, "남자들이 여자의 사고방식을 다른 여자
들보다 더 잘 이해한다는 생각이 들기도 해요."

"그런 남자들이 분명히 있긴 있지! 나라도 주디한테 알려 줄
수 있었을 거요." 그가 자신이 아내보다 더 우월하다는 생각
에 우쭐해 하며 자신의 말을 되풀이했다.

"당신이라면 이해해 주실 거라고 생각했어요. 그래서 당신께 얘기하고 싶었지요." 바트 양이 그의 말을 받았다. "그런 식의 결혼은 못 하겠어요. 불가능하다고요. 하지만 계속해서 제 친구들처럼 살 수도 없어요. 고모님께 거의 전적으로 기대고 있는데, 고모님이 제게 아주 잘해 주시기는 하지만 정기적으로 용돈을 주시지는 않아요. 그리고 카드놀이를 하다가 최근에 돈을 많이 잃었는데, 고모님께 감히 말씀드릴 엄두도 못 내고 있어요. 물론 카드놀이 때문에 진 빚은 갚았지만, 그러고 나니까 다른 데 쓸 돈이 하나도 안 남아 있는 거예요. 그리고 제가 만일 계속 지금처럼 지낸다면 아주 끔찍하게 곤란해질 거예요. 수입이 아주 약간 있긴 한데 투자를 잘하고 있는 것 같지 않거든요. 해마다 수입이 줄어들고 있는 것 같으니까 말이에요. 그런데 제가 돈에 관한 일을 워낙 몰라서 고모님이 쓰고 계신 대리인, 그 돈을 그 사람이 관리하고 있거든요, 그 대리인이 과연 좋은 조언자인지 잘 모르겠어요." 그녀는 잠시 말을 멈추고, 조금 더 가벼운 어조로 말했다, "이런 얘기를 주저리주저리 늘어놔서 당신을 지루하게 할 생각은 아니었어요. 하지만 당신께서 주디가 지금의 제 상황, 그러니까 제가 당신 같은 분들과 어울리려면 해야 하는 일들을 다 하면서 살 수 있는 상황이 아니라는 걸 이해하게 하는 데 도움을 주셨으면 해요. 전 고모님과 지내러 내일 리치필드로 떠나요. 그리고 가을의 남은 기간 동안 거기서 지내면서 하녀의 손을 빌리지 않고 스스로 제 옷 고치는 법을 배울 거예요."

곤경에 빠진 사랑스러운 여인의 이 모습은 그걸 가벼운 어조로 말하는 태도로 인해 오히려 더 애처롭게 보였으며, 트레너는 그 모습을 보고 낮은 목소리로 분개와 동정을 표시했다. 만일 스물네 시간 전에 그의 아내가 바트 양의 미래라는 주제를 놓고 그와 상의를 했더라면 그는 돈도 없으면서 취향은 사치스러운 여자는 아무 부자나 걸리는 대로 결혼하는 게 좋을 거라고 말했을 것이다. 하지만 문제의 인물이 바로 곁에 앉아 그에게 동정을 구하며 자신이 그녀의 소중한 친구들보다도 그녀를 더 잘 이해한다고 느끼게 해 주고, 가까이 앉은 그녀의 아리따운 자태가 가진 호소력을 통해 그런 느낌을 확인시켜 주고 있을 때는 상황이 달랐다. 그 순간의 그는 그런 결혼은 신성 모독이며, 명예를 아는 남자로서 그녀의 사심 없는 행위가 초래한 결과로부터 그녀를 보호할 수 있는 일이라면 자신의 능력 범위 안에서 무슨 일이든 해야만 한다고 맹세라도 할 준비가 되어 있었다. 그 충동은 만일 그녀가 그라이스와 결혼했더라면 아첨과 승인에 둘러싸여 있었을 것임에 반해 그녀가 편리에 자신을 희생시키기를 거절했기 때문에 그러한 저항의 행위에 따른 모든 희생을 감당할 수밖에 없게 되었다는 사실을 고려하면서 더욱 강화되었다. 제기랄, 만일 자신이 담배나 칵테일 같은 물리적 자극과 마찬가지로 정신적 습관일 뿐인 캐리 피셔같이 직업적으로 빌붙는 여자를 그런 곤경에서 구제해 줄 방안을 찾아 줄 수 있다면, 분명 자신의 가장 고귀한 공감 능력에 호소하며, 어린아이 같은 신뢰심을 가지고 어려운 문제를 그에게 상의해 온 처녀에게 그만큼은 해 줄 수 있으리라.

트레너와 바트 양은 해가 지고 나서도 드라이브를 계속했다. 그리고 드라이브가 끝나기 전에 그는 만일 그녀가 자신을 믿고 맡겨 주기만 하면 자신이 그녀가 가진 적은 돈을 위태롭게 하지 않으면서 큰돈을 벌어 줄 수 있다는 사실을 그녀에게 납득시키려고 애썼고, 어느 정도 성과도 거두었다. 그녀는 주식 시장의 조작에 대해서 아는 것이 진정으로 아무것도 없었기 때문에 그의 기술적 설명을 이해하지도 못했고, 심지어는 그의 설명 중 어떤 부분은 어물쩍 넘어간 것이라는 사실조차도 감지하지 못했다. 그 거래를 둘러싸고 있는 모호함은 그녀의 당황스러운 심정을 가려 주는 베일 역할을 했고, 그녀의 희망은 그런 전반적으로 흐릿한 공기를 통과하면서 안개 속의 등불처럼 희석되었다. 그녀가 이해한 것은 자신의 얼마 안 되는 투자가 자신에게는 아무런 위험 부담 없이 신비한 방법으로 배가될 것이라는 사실뿐이었다. 그리고 이 기적이 단기간에 일어날 것이며, 또한 불안과 반작용의 지루한 기간도 없을 것이라는 다짐이 마침내 그녀의 주저를 잠재웠다.

그녀는 다시 한번 자신의 짐이 가벼워지는 것을 느꼈고, 그 느낌과 동시에 억제되었던 활동력이 되돌아왔다. 당장의 걱정거리를 요술처럼 없애 버리자, 다시는 그런 곤경에 빠지지 않겠다고 쉽게 결심할 수 있었다. 그리고 절약하고 절제할 필요성이 전면으로부터 후퇴하자 인생이 자신에게 요구하는 것은 무엇이든 마주할 채비가 되어 있다고 느꼈다. 심지어 집을 향해 돌아가는 길에 트레너가 자신에게 좀 더 가깝게 기대 오면서 안심을 시키듯 그녀의 손 위에 자신의 손을 얹어 놓은 행

위조차도 순간적으로 불쾌감에 몸을 떠는 선에서 받아들였
다. 그가 그녀의 호소가 계산되지 않은 충동, 그에 대한 호감
의 결과라고 느끼게 하는 것은 게임의 일부였다. 남자를 다루
는 자신의 능력에 대한 자신감을 되찾은 것은 상처받은 허영
심에도 위로가 되었고, 동시에 그의 태도를 통해 그녀에 대한
그의 권리가 암시되고 있다는 사실에 대한 의식을 흐릿하게
하는 데도 도움이 되었다. 그는 거칠고 재미없는 남자로 겉으
로 온갖 권위를 내세우더라도 속으로는 그의 돈이 지불하는
비싼 쇼의 엑스트라에 불과했다. 영리한 처녀라면 분명 쉽게
그의 허영심을 이용해 그를 붙잡아 두고 그에게만 의무를 지
울 수 있을 터였다.

8장

거스 트레너로부터 릴리가 받은 1000달러짜리 수표, 거스 트레너가 휘갈겨 서명하고 잉크가 얼룩진 첫 번째 수표로 릴리의 빚이 사라졌고, 그에 비례해 릴리의 자신감도 강화되었다.

결과는 그 거래를 정당화해 주었다. 릴리는 이제 자신이 어떤 막연하고 원초적인 주저 때문에 빚쟁이들을 달랠 수 있는 이처럼 쉬운 수단을 스스로 박탈했더라면 얼마나 터무니없는 일이었을지 하고 생각하게 되었다. 그녀는 자신의 거래상들에게 뭉텅이 돈을 지불하면서 자신이 정말로 착한 일을 하고 있다고 느꼈다. 그리고 돈을 지불하면서 새로 주문을 했지만, 그것 때문에 걱정이 되지도 않았다. 자신 같은 처지에 있는 얼마나 많은 여성들이 외상을 갚지도 않고 새로 주문을 했을 것인가!

그녀는 트레이너의 기분을 맞춰 주는 일이 너무나 쉬워서 아무런 걱정을 안 해도 된다고 느꼈다. 그의 이야기에 귀를 기울여 주고 그의 속엣말을 들어 주며 그의 농담에 웃어 주는 일이 자기가 해야 하는 일의 전부인 듯했고, 이런 친밀한 관계를 여주인이 만족스러워하고 있다는 사실 덕분에 그 관계엔 어떤 애매함의 여지도 없었다. 트레이너 부인은 남편과 릴리가 점점 더 친해지고 있는 것이 단순히 자신의 친절함에 대한 릴리의 간접적 보상이라고 짐작하는 게 분명했다.

"당신과 거스가 그렇게 좋은 친구 사이가 되어서 정말 기뻐." 그녀의 이 말은 승인을 의미했다. "거스한테 그렇게 잘해 주고 그 모든 지루한 이야기를 참고 들어 주다니 정말 너무 고마워. 거스의 레퍼토리를 내가 다 알고 있거든. 약혼 기간 동안 나도 다 들은 거니까. 지금도 똑같은 얘기를 하고 있을 게 틀림없거든. 그러니 이제 거스의 기분을 맞춰 주려고 항상 캐리 피셔를 부르지 않아도 돼. 알잖아, 캐리 피셔가 등쳐 먹는 데 전문가인 거. 그리고 최소한의 도덕관념도 없는 여자고. 거스한테 항상 자신을 위해 투자해 달라고 부탁하는데, 그렇게 해서 돈을 잃어도 거스한테 그 손실을 갚아 주는 일은 없다는 걸 내가 다 알거든.

바트 양은 캐리 피셔의 그런 행태에 대해 자신과는 전혀 무관하다고 생각하면서 몸서리를 쳤다. 자신의 처지는 확실히 전혀 달랐다. 그녀가 돈을 잃었을 때 그걸 갚지 않는 일은 없을 터였다. 트레이너가 그녀가 돈을 잃는 일은 없을 거라고 장담했으니 말이다. 수표를 보낼 때, 그는 자신이 로즈데일이 준

'정보'를 이용해서 그녀를 위해 5000불을 벌어 주었고, 재차 '큰 상승'이 있을 게 분명하기 때문에 같은 사업에 4000불을 다시 투자했다고 설명했다. 따라서 그녀가 이해하기로 그는 이제 그녀의 돈을 가지고 투기를 하고 있는 것이며, 그러니 그녀가 그에게 그처럼 사소한 서비스에 따른 감사 이상의 빚을 지고 있지는 않은 것이었다. 릴리는 첫 번째 투자 금액을 마련하기 위해 그가 그녀의 증권을 담보로 돈을 빌렸겠거니 하고 막연하게 짐작하고 있었다. 하지만 그런 사정에 대한 호기심이 오래 지속되지는 않았다. 그보다는 다음에 있을 거라는 '큰 상승'이 언제쯤 될지 그 날짜만이 궁금했다.

그녀는 이 큰 상승에 대한 소식을 몇 주 후 잭 스테프니가 밴 오스버그 양과 결혼하는 날 듣게 되었다. 신부는 신랑의 사촌인 바트 양에게 들러리를 서 달라고 부탁했다. 그러나 릴리는 자신이 다른 들러리 처녀들보다 키가 훨씬 크기 때문에 자신이 그 그룹에 끼면 내부의 대칭이 깨질 거라는 구실로 거절했다. 사실인즉 그녀는 이미 너무 많은 신부들의 들러리로 교회의 제단에 나아갔다. 다음에 제단 앞에 서게 된다면 그 예식의 주인공이 되어 설 작정이었다. 그녀는 사람들이 너무 오래 대중들 앞에 노출되어 있는 젊은 처녀들에 대해 농담을 한다는 사실을 알았고, 사람들로 하여금 자신이 실제보다 더 나이를 먹었다고 생각하게 할 수도 있는 그런 짐작을 피하기로 결심했던 것이다.

밴 오스버그가의 결혼식은 허드슨 강가에 자리 잡은 그녀 아버지의 영지 근처 소읍의 교회에서 거행되었다. 그것은 하객들이 특별 열차로 호위되어 온 '소박한 시골 결혼식'이었으며, 경찰이 수많은 불청객들의 접근을 막아야 하는 결혼식이었다. 이 같은 전원의 의식이 최신 유행 옷을 입은 하객들로 가득 차고 사방이 난초로 장식된 교회에서 거행되는 동안 언론사에서 나온 기자들이 손에 노트를 들고 선물들의 미로를 줄지어 누비고 있었으며, 통신사의 직원은 교회 문가에 영사기를 세우고 서 있었다. 릴리는 그런 장면에서 자신이 주인공 노릇을 하는 모습을 종종 상상해 왔고, 이 결혼식에서 자신이 관심을 한 몸에 받고 있는 베일에 싸인 신비의 인물이 아닌 단순히 평범한 하객의 한 사람이라는 사실을 생각하며 이 해가 지나가기 전에 자신이 주인공이 되어야겠다는 결심을 더욱 단단히 했다. 당장의 걱정을 덜었다고 해서 또다시 그런 걱정이 찾아올 가능성에 대해 눈감을 수는 없었기 때문이다. 당장의 부담을 덜어 얻은 효과는 단지 그녀가 자신에 대한 회의를 극복하고 자신의 미모와 능력, 그리고 화려한 운명을 끌어당기기에 적당한 자신의 일반적 자질에 대한 자신감을 되찾게 해 주기에 충분할 만큼 들뜬 기분을 느꼈다는 것이었다. 자신이 소유한 숙련된 기술과 누리는 능력이라는 자질을 스스로 의식하고 있는 사람이 영원히 실패할 운명일 수는 없었다. 그리고 일단 자신감을 회복하고 보니 자신의 실수들은 쉽게 교정될 수 있을 것처럼 여겨졌다.

이런 릴리의 생각에 아주 딱 맞는 대상이 바로 옆자리 가족 지정석에서 발견되었으니, 그것은 퍼시 그라이스 씨의 진지하고 턱수염이 잘 다듬어진 옆모습이었다. 그의 모습에서는 어딘지 거의 신랑을 방불케 하는 면모가 엿보였다. 그가 가슴에 꽂고 있던 커다란 치자꽃에서 상징적인 분위기가 풍겼는데 릴리에겐 상서로운 징조로 느껴졌다. 결국, 자신과 같은 부류 속에 섞여 있는 그의 모습은 우스꽝스럽게 보이지 않았다. 호감을 가지고 그를 품평한다면 그의 비만한 몸매를 듬직한 풍채라고 표현할 수도 있었고, 멍하고 수동적인 자세로 있으면 아주 그럴듯해 보이기도 했다. 그런 자세로 인해 안달하는 사람의 특이한 면이 돋보이니까 말이다. 릴리는 그가 결혼식의 관습적인 이미지를 보고 감상적인 연상을 하는 그런 종류의 사람이라고 느꼈으며, 자신이 밴 오스버그 저택의 온실에 호젓하게, 그렇듯 자신의 손길을 기다리고 있는 그의 감수성을 솜씨 있게 다루는 모습을 상상해 보았다. 사실 주변 다른 여자들의 모습을 보고, 거울에 비쳤던 자신의 모습을 회상해 보았을 때, 자신의 실수를 교정하고 그를 다시 한번 자신의 발 아래로 가져오는 데 특별한 기술이 필요할 것 같지도 않았다.

릴리를 비스듬히 마주 보고 있는 가족석에서 셀든의 검은 머리가 보이기는 했고, 그것 때문에 잠시 그녀가 느끼고 있던 자기만족의 균형이 깨지긴 했다. 그들의 눈이 마주쳤을 때 얼굴을 붉히기는 했지만 그것을 상쇄하는 동작, 즉 손을 흔들어 저항과 취소를 표시하는 동작이 뒤따랐다. 릴리는 다시는 셀든을 보고 싶지 않았다. 자신에 대한 그의 영향력이 두려워서가 아니라, 그와 함께 있으면 언제나 자신의 희망이 싸구려가 되고 자신의 전 세계에서 초점이 상실되기 때문이었다. 더욱이 그는 자신의 이력 중 최악의 실수를 상기시켜 주는 살아 있는 존재였고, 그가 그 실수의 원인 제공자였다는 사실 때문에 그에 대한 그녀의 감정은 부드러울 수 없었다. 그녀는 다른 모든 조건이 갖춰진 뒤에 셀든을 마지막 사치품으로 추가하는 것을 이상적인 상태로 상상할 수는 있었지만, 현재와 같은 세상에서는 그런 특권을 누리려면 그것이 가져다주는 가치 이상의 희생을 초래하기 십상이었다.

"릴리, 아, 이렇게 예쁜 모습은 처음 봤어! 금방 아주 기분 좋은 일이 있었던 사람 같아!"

그녀의 눈부시게 아름다운 친구에 대한 경탄을 그렇게 표시한 젊은 처녀 당사자에게서는 그런 행복한 가능성이 엿보이지 않았다. 거트루드 패리시 양은 실로 평범하고 무력한 것의 전형이라 할 만했다. 휘둥그레 뜬 정직한 눈초리와 신선한 미소로 그런 면을 보상할 수도 있기는 했지만, 그것마저도 오로지 동정심을 가진 관찰자가 그녀의 눈동자가 평범한 회색이고 입술에는 인상 깊은 곡선이 없다는 것을 주목하기 전까지였다. 릴리 본인의 그녀에 대한 견해는 그녀의 한계를 동정하는 마음과 그녀가 자신의 한계를 흔쾌히 받아들이는 걸 참을 수 없는 마음 사이에서 오락가락하는 편이었다. 바트 양도 자신의 어머니처럼 우중충함에 순응하는 것을 우둔함의 증거로 보고 있었다. 그리고 정확히 개별 경우에 알맞은 모습으로 존재하는 자신의 능력을 의식하노라면 다른 처녀들이 일부러 못생기고 못나 보이려고 선택을 하는 것처럼 느껴질 때도 있었다. 거티 패리시처럼 '실용적'인 색깔의 드레스를 입거나 자신을 죽이는 형태의 모자를 써서 자신은 주어진 운명에 순응하는 사람이라고 만천하에 고백할 필요는 확실히 없는 것이었으니 말이다. 옷을 통해 스스로 자신의 추함을 의식하고 있다고 고백하는 것은 옷을 통해 스스로 자신의 아름다움을 의식하고 있다고 선포하는 것에 필적한다 할 만큼 우둔한 짓이었다.

물론 거티가 운명적으로 가난하고 우중충한 사람으로서 자선 활동과 교향악의 연주회를 맡고 나선 것은 현명한 일이었다. 하지만 그녀가 그런 일들보다 더 큰 즐거움을 인생에서 찾을 수 없으며 협소한 아파트에 살면서도 밴 오스버그가의 화려한 저택에서 사는 사람만큼이나 흥미와 기쁨을 얻을 수 있다는 식으로 행동하는 것에는 뭔가 짜증스러운 점이 있었다. 하지만 오늘은 그녀가 새처럼 호들갑을 떨고 열렬하고 쾌활한 태도를 보이는 것도 릴리의 짜증을 돋우지는 않았다. 그런 태도로 인해 단지 릴리 자신의 예외성이 강조되고 인생에 대한 그녀의 계획이 원대하게 보이는 듯했기 때문이다.

"우리 다른 사람들이 모두 식당을 떠나기 전에 선물 있는 데로 가서 어떤 선물들이 들어왔는지 구경해!" 패리시 양은 친구의 팔짱을 끼며 제안했다. 결혼의 구체적인 모든 면에 대해 감상적이고 질투심이 섞이지 않은 관심을 보이는 것은 아주 패리시 양다운 일이었다. 그녀는 결혼식이 진행되는 내내 손수건을 꺼내 들고 결혼식 피로연에서 나눠 주는 케이크 상자를 움켜 쥐고 식장을 떠나는 그런 종류의 사람이었다.

"모든 게 정말 아름답게 잘 꾸며져 있지 않아?" 신부인 밴 오스버그 양의 전리품을 전시해 놓은, 좀 외딴 곳에 있는 응접실로 들어가면서 거티가 이렇게 말했다. "우리 사촌 그레이스처럼 모든 일을 잘 처리하는 사람은 없다고 내가 항상 말하잖아! 샴페인 소스를 곁들인 저 랍스터 무스보다 더 맛있는 음식 먹어 본 적 있어? 몇 주 전에 이 결혼식에는 무슨 일이 있어도 참석해야겠다고 결심했어. 모든 게 얼마나 너무 멋지게 이뤄졌는지 좀 봐. 로런스 셀든한테 내가 오겠다고 했더니 우리 집에 와서 역까지 함께 가 주겠다고 고집을 부리더라고. 오늘 저녁 귀갓길에 셰리스에서 저녁을 함께 먹기로 했어. 정말 내가 결혼하는 것만큼이나 신이 나!"

릴리는 미소를 지었다. 그녀는 셀든이 이 별 볼 일 없는 사촌에게 항상 잘해 주고 있다는 사실을 알고 있었고, 그리고 때로는 그가 왜 그다지 수지가 안 맞는 장사에 그렇게 많은 시간을 낭비할까 하고 궁금해했다. 하지만 지금은 그런 생각을 해도 막연하나마 즐거움이 느껴졌다.

"셀든 자주 만나?" 그녀가 물었다.

"응, 일요일이면 늘 잠깐씩 들러. 그리고 가끔 함께 카드 게임도 하지. 하지만 요새는 자주 보지 못했어. 건강이 안 좋아 보이고 뭔가 초조하고 불안해 보여. 그 착한 친구! 좋은 여자를 만나서 결혼했으면 좋겠어. 오늘 그렇게 말했더니 자기는 진짜 좋은 여자한테는 별로 관심이 가지 않고, 그렇지 않은 다른 여자들은 자기한테 별 관심이 없다고 하더라고. 하지만 물론 농담이었지. 좋지 않은 여자하고는 결코 결혼하지 못할걸. 오, 이것 좀 봐, 이렇게 멋진 진주 한 번이라도 본 적 있어?"

8장

그들은 신부의 보석들이 진열되어 있는 테이블 앞에 멈춰 섰다. 그리고 보석들의 표면으로부터 반사된 빛을 바라보는 릴리의 가슴은 질투로 쿵쾅거렸다. 완벽하게 조화를 이루고 있는 진주의 우윳빛 광택, 대조적인 색깔의 벨벳 위에서 두드러진 루비의 광채, 다이아몬드에 둘러싸여 빛나는 사파이어의 강렬한 푸른빛, 이 모든 귀금속의 색조는 그것들을 둘러싼 다양한 예술적 세팅으로 인해 고조되고 심화되고 있었다. 그 보석들의 빛이 포도주처럼 릴리의 혈관을 덥혔다. 그것들은 부를 표현하는 다른 어떤 것들보다 더욱 완벽하게 그녀가 살고 싶어 하는 삶, 모든 세부가 보석처럼 잘 마무리되어 있고 전체는 릴리 자신의 보석 같은 희귀성과 조화를 이루고 있는 삶, 세심하게 주의를 기울인 세련됨과 초연함의 삶을 상징하고 있었다.

"오, 릴리, 이 다이아몬드 목걸이 좀 봐. 저녁 식사 접시만큼이나 커! 어떤 실력가가 저런 선물을 했을까!" 패리시 양은 목걸이 곁에 놓인 카드에 얼굴에 바짝 가져다 대고 이름을 읽었다. "사이먼 로즈데일 씨. 맙소사, 그 끔찍한 남자? 오, 맞아. 이제 생각났어. 그 사람 잭과 친구 사이야. 그래서 그레이스가 오늘 이 자리에 초대했나 보네. 하지만 그웬이 그 사람한테 그런 선물을 받게 할 수밖에 없어서 기분이 안 좋았겠다."

릴리는 미소를 지었다. 밴 오스버그 양이 그런 선물 받기를 망설일 거라고는 믿기지 않았다. 하지만 릴리는 패리시 양이 자신의 섬세한 감정을 그런 감정 때문에 언짢아할 가능성이 가장 적은 사람들에게 전이하는 습관이 있다는 걸 잘 알았다.

"글쎄, 그웬이 그것을 목에 두른 자신의 모습을 남들에게 보이기 싫다면 다른 물건으로 바꾸면 되겠지." 릴리가 말했다.

"아, 여기 훨씬 더 예쁜 게 있어." 패리시 양이 계속했다. "이 절묘하게 아름다운 하얀 사파이어 좀 봐. 특별히 신경을 써서 고른 게 틀림없어. 선물한 사람이 누구지? 퍼시 그라이스? 아, 그럼 놀랍지 않아!" 그녀는 카드를 내려놓으면서 의미심장한 미소를 지었다. "퍼시 그라이스가 이비 밴 오스버그한테 완전히 빠져 있다는 소문은 물론 들었겠지? 그레이스가 너무 잘된 일이라고 말해 줬어. 아주 낭만적인 얘기래! 조지 도싯의 집에서 겨우 육 주 전에 만났는데, 이비한텐 더할 나위 없이 훌륭한 결혼이야. 오, 돈을 두고 말하는 건 아니야. 돈이야 이비한테도 충분히 있으니까. 하지만 이비가 그렇게 조용히 집에만 있는 성격인데, 퍼시 그라이스도 꼭 같은 성격인 모양이더라고. 그래서 서로 너무 잘 맞는 사이인 거지."

릴리는 벨벳 바닥 위에 놓인 흰 사파이어를 멍하니 바라보며 서 있었다. 이비 밴 오스버그와 퍼시 그라이스? 그 두 이름이 그녀를 조롱하듯 머릿속에서 웅웅거리고 있었다. 이비 밴 오스버그? 밴 오스버그 부인이 낳은 네 명의 못생기고 땅딸막한 딸들 중에서 가장 어리고 가장 못생기고 가장 땅딸보인 그 딸. 밴 오스버그 부인은 그 네 딸들을 타의 추종을 불허하는 기민성을 발휘해서 하나하나 남들의 부러움을 살 만한 위치에 '데려다 놓았다'. 아, 어머니의 사랑이라는 안식처 속에서 자라는 운 좋은 딸들! 굳이 환심 살 일과 교환하지 않고서도 기회를 만들 줄 줄 알고, 가까이 있는 것을 이용하되 습관이 되어 무뎌지지 않을 만큼 관심을 돋우는 능력이 있는 어머니! 아무리 똑똑한 젊은 처녀라도 자신의 이해관계가 달린 일을 스스로 처리하노라면 한순간에 너무 많은 것을 주었다가 다음 순간엔 너무 멀리 후퇴하는 과오를 저지를 수도 있다. 재력을 가진 적당한 상대의 품에 딸을 안착시키는 일에는 어머니의 철저한 감독과 통찰력이 필요한 것이다.

일시적으로 쾌활했던 릴리의 기분은 다시 찾아온 열패감 밑으로 가라앉았다. 인생은 너무 우둔하고 너무 실수가 많은 일이었다! 퍼시 그라이스의 수백만 달러의 재산이 왜 또 다른 재력과 결합되어야 하는가, 왜 이 별 볼 일 없는 처녀에게 스스로 사용할 방법도 전혀 모르는 힘의 소유권이 주어지는가?

그녀는 이런 생각들에 잠겨 있다가 낯익은 손길이 팔을 툭 건드리는 바람에 정신을 차렸다. 돌아서 보니 거스 트레너가 바로 곁에 서 있었다. 그녀는 당황스러운 전율을 느꼈다. 어떻게 그에게 자신을 그렇게 툭 칠 권리가 있단 말인가? 다행히 거티 패리시는 옆 테이블로 옮겨 가 있었고, 릴리가 서 있던 곳에는 그들 둘뿐이었다.

트레너는 프록코트를 입어서인지 평소보다 더 뚱뚱해 보였고 연회장에서 제공된 술을 마셔서 지나치게 얼굴이 시뻘겠다. 그런 얼굴을 하고 노골적으로 그녀의 모습에 흡족해하며 그녀를 바라보고 있었다.

"어이구, 릴리, 정말 너무 멋지군!" 그는 그녀를 성이 아닌 이름으로 부르는 눈치 없는 짓을 했고 릴리는 그걸 고쳐 줄 순간을 포착하지 못했다. 더욱이 그녀가 함께 어울리는 축에서는 모두 이름만으로 서로를 부르는 것이 사실이었다. 단지 그녀를 그렇게 친밀하게 부르는 사람이 트레너라는 점만이 불쾌한 의미를 담고 있었다.

"어," 그는 그녀가 짜증을 느끼고 있다는 사실을 전혀 깨닫지 못하고 쾌활한 태도로 말했다. "이 장신구들 중에서 내일 티파니에서 그대로 복제해 달라고 할 것을 정했소? 내 주머니 속에 지금 당신에게 줄 수표가 있는데, 그렇게 쓰고도 남을 액수거든!"

릴리는 깜짝 놀란 표정을 지었다. 그의 목소리가 평소보다 더 컸고, 그 방에 사람들이 들어차고 있었기 때문이다. 하지만 주위를 둘러보니 아직 그의 목소리가 들릴 만큼 가까이 있는 사람은 없었고, 그 사실을 확인함과 동시에 그녀는 염려에서 기쁨으로 기분이 바뀌었다.

"배당금이 또?" 그녀가 다른 사람들이 엿듣지 못하게 하려고 그에게 바짝 다가가며 미소를 띤 채 물었다.

"어, 그건 아니고. 가격이 오를 때 팔아서 4000달러를 빼냈소. 초보자치고는 그리 나쁘지 않지, 허? 당신 자신이 투기꾼으로 꽤 솜씨가 있다고 생각할 것 같구먼. 그리고 이 불쌍한 늙은이 거스가 남들이 생각하는 것처럼 그렇게 형편없는 놈팡이는 아니라고 생각하겠지?"

"친구들 중 가장 마음이 좋은 분이라고 생각하고 있어요. 하지만 지금 그에 걸맞은 감사를 표시할 순 없겠네요."

그녀는 반짝이는 눈으로 그의 눈을 그윽이 들여다보았다. 단둘이 있다면 그가 요구했을 손을 맞잡는 행위를 대신하기 위한 그런 눈빛이었다. 어쨌든 단둘만 있지 않은 게 얼마나 다행인지! 그가 전해 준 소식으로 인해 그녀는 갑자기 육체적 고통이 멈췄을 때 발생하는 것과 같은 활기로 채워졌다. 결론적으로 세상은 그렇게 우둔하고 실수가 많은 곳만은 아니었다. 가끔 가장 불운한 사람에게도 행운이 찾아와 주니 말이다. 그녀는 이런 생각을 하며 기운을 되찾았다. 아주 사소한 행운이 그녀의 모든 희망에 날개를 달아 주는 것은 릴리의 특징이었다. 즉시 퍼시 그라이스를 아직 회복이 불가능할 만큼 완전히 잃은 것은 아니라는 생각이 들었고, 이비 밴 오스버그로부터 퍼시 그라이스를 빼앗는다면 얼마나 흥미진진할까 생각하며 미소를 지었다. 만일 자신이 노력을 하기로 마음만 먹는다면 어떻게 그렇게 멍청한 여자가 자신의 적수가 될 수 있단 말인가? 그녀는 그라이스가 어디 있는지 보려고 주변을 살펴보았다. 하지만 그녀의 눈에 포착된 것은 그라이스 대신 미끈하게 차린 로즈데일 씨의 모습이었다. 그는 수많은 하객들 사이를 반쯤은 아첨하는 듯한 태도로, 반쯤은 주제넘게 참견하는 듯한 태도로 미끄러지듯 옮겨 다니고 있었다. 마치 자신의 존재가 인식되기만 한다면 바로 그 순간 자신이 방 전체만한 크기로 부풀어 오를 듯한 그런 태도였다.

릴리는 그런 팽창을 초래하는 수단이 되지 않기 위해서 곧 트레너 쪽으로 눈길을 돌렸는데, 트레너는 릴리가 의도했던 만큼 그녀의 감사 표시에 흡족해하지 않는 듯했다.

"감사 표시 따윈 집어치워요. 내가 원하는 건 감사의 말이 아니니까. 하지만 가끔 한두 마디 얘기를 나눌 수 있었으면 좋겠다고." 그가 툴툴거리는 태도로 말했다. "우리 집에서 가을 내내 지낼 줄 알았더니, 지난달에는 얼굴 보기도 어렵더군. 오늘 왜 벨로몬트에 돌아올 수 없는 거요? 손님 하나 없이 우리끼리만 있는데 주디는 작대기 두 개를 교차해 놓은 것처럼 화가 나 있다고. 와서 내 기분을 좀 돋워 줘요. 그러겠다고 말만 하면 내 차로 함께 가고, 전화로 하녀더러 다음 기차로 소지품들을 가지고 오라고 하면 되잖소."

릴리는 어여쁜 자태로 유감을 표시하는 척하면서 고개를 흔들었다. "그럴 수 있으면 좋겠지만 아예 불가능한 일이에요. 고모님이 뉴욕으로 돌아오셨고 앞으로 며칠 동안은 고모님과 함께 있어야 해요."

"흠, 당신이 주디의 친구였을 때보다 우리가 친한 친구 사이가 된 후로 어떻게 당신 보기가 훨씬 더 힘들어졌군." 그는 무의식적인 통찰력을 드러내며 계속했다.

"제가 주디의 친구였을 때라니요? 제가 지금은 주디의 친구가 아닌가요? 너무나 터무니없는 말씀을 하시네요! 제가 항상 벨로몬트에 있으면 주디보다도 당신이 더 빨리 제게 싫증 내실걸요. 하지만 다음에 뉴욕에 오시면 오후에 제 고모 댁에 한번 들르세요. 그럼 호젓하고 다정하게 대화를 나눌 수 있을 거예요. 그리고 제가 재산을 더 잘 투자할 수 있는 방법도 가르쳐 주실 수 있고요."

릴리가 지난 삼사 주 동안 다른 방문을 해야 한다는 구실로 벨로몬트에 가지 않은 것은 사실이었다. 하지만 이제 그런 방식으로 피해 온 사이에 이자가 불어났다는 사실을 깨닫기 시작하고 있었다.

호젓하고 다정하게 대화를 나눌 수 있을 거라는 말은 트레너에게서 그녀가 희망했던 만큼의 반응을 끌어내지 못한 것으로 보였다. 그가 계속 눈살을 찌푸리면서 다음과 같이 말했으니 말이다. "오, 당신한테 매일매일 새로운 정보를 주겠다고 약속할 수 있을지는 모르겠소. 하지만 나를 위해서 해 줄 수 있는 게 한 가지 있긴 하지. 로즈데일에게 조금만 더 공손하게 대해 주시오. 주디는 뉴욕에 올 때 그와 함께 저녁 식사를 하겠다는 약속은 해 줬지만, 벨로몬트에 그를 초대하자고 설득하지는 못했소. 그러니 당신이 내가 그 친구를 지금 이리로 데리고 와도 좋다고 해 준다면 아주 큰 도움이 될 거란 말이지. 아마도 그가 오늘 오후에 말을 붙여 본 여자는 두 명도 안 될 거요. 그리고 내가 장담하는데 로즈데일은 공손하게만 대해 주면 충분한 보상이 돌아오는 친구요."

바트 양은 참지 못하겠다는 몸짓을 했지만 그런 동작과 함께 나오려고 하던 말은 삼켰다. 실상 그건 트레너에게 자신이 진 빚을 갚는 방법으로는 기대 이하로 쉬운 것이었다. 그리고 그녀 나름으로도 로즈데일 씨를 공손하게 대해야 할 이유가 있지 않았던가?

"오, 물론 괜찮아요." 그녀가 미소를 지으며 말했다. "제가 그분한테서 독자적으로 정보를 얻을 수 있을지도 모르죠."

트레너가 갑자기 멈춰 섰다. 그리고 그녀의 눈을 빤히 들여다보았는데, 그런 눈길에 그녀가 얼굴을 붉혔다.

"글쎄, 잘 알겠지만, 그가 벼락부자가 된 상놈이라는 걸 잊지 마시오." 그가 말했다. 이윽고 릴리는 살짝 미소를 지으며 가까운 곳의 열린 창을 향해 돌아섰다.

방에는 사람들이 더 많아졌고, 그녀는 좀 덜 붐비는 곳에서 상쾌한 공기를 마시고 싶었다. 이 두 가지를 다 테라스에서 발견했으니, 그곳에서는 몇몇 남자들만이 담배를 피우고 술을 마시며 어슬렁거리고 있었다. 반면 밖에서는 사람들이 삼삼오오 가을빛이 도는 화단 가를 향해 잔디를 가로질러 한가로이 산보하고 있었다.

그녀가 나타나자 담배를 피우며 모여 있던 남자들 가운데 한 사람이 그녀를 향해 가까이 다가왔다. 그리고 릴리는 정면에 보이는 그가 바로 셀든이라는 사실을 알아차렸다. 그가 가까이 있을 때면 언제나 가슴이 두근거리곤 했는데, 지금은 그녀가 느끼고 있던 다소의 구속감으로 인해 그 두근거림이 더심해졌다. 그 일요일 오후 벨로몬트에서 함께 산책한 이래 오늘 처음으로 다시 만나는 것이었는데, 그녀의 기억 속에 그날의 일이 아직도 너무나 생생해서 그가 그녀보다 덜 기억하고 있으리라고는 믿기 힘들었다. 하지만 그의 인사에서는 미모의여성이라면 누구나 남성의 눈에 반영되어 있으리라고 기대하는 그런 정도의 만족감만이 느껴졌다. 따라서 그 인사가 그녀의 허영심을 만족시켜 주지는 못했지만 그녀의 신경을 안정시켜 주는 데에는 도움이 되었다. 트레너의 손아귀에서 빠져나온 데서 오는 안도감과 로즈데일과 마주칠 것을 생각하며 느끼는 걱정 사이에서 로런스 셀든의 태도에서 항상 느껴지는 완벽한 이해의 느낌에 기대 잠시 휴식을 취하는 것은 좋은 일이었다.

"운이 좋군요." 그가 미소를 지으며 말했다. "특급 열차가 우리를 낚아채 가기 전에 당신과 한마디 나눌 기회가 있을까 궁금했거든요. 거티 패리시와 함께 왔는데, 열차를 놓치지 않게 해 주겠다고 약속을 했거든요. 하지만 거티는 아직도 하객들이 가져온 선물들을 보면서 감상적인 위안을 얻고 있을 게 틀림없습니다. 거티는 그 선물들의 숫자와 가격이 그걸 가져온 사람들의 사심 없는 애정의 증거라고 여기는 것 같더군요."

그는 창턱에 살짝 기대선 채 그녀의 우아한 모습을 솔직하게 감상하면서 말했는데, 그의 목소리에는 당황한 기색이라고는 전혀 없었다. 릴리는 그가 지난번 만났을 때 두 사람 사이에 생겼던 친밀감을 싹 무시하고 아무렇지도 않게 그 이전 상태로 되돌아갔다는 사실을 깨달으며 약간 오싹하면서 섭섭한 기분이 들었다. 상처를 입지 않은 그의 미소 때문에 그녀의 허영심이 상처를 받은 것이었다. 릴리는 자신이 그에게 단순히 감각을 가진 미의 한 조각 이상의 존재, 그의 눈과 두뇌를 스쳐 지나가는 일시적인 오락거리 이상의 존재이기를 간절히 원했다. 그리고 이런 바람이 그녀의 대답에 표현되어 있었다.

"아," 그녀가 말했다. "저는 모든 추하고 산문적인 우리의 일에 낭만의 옷을 입힐 수 있는 거티의 능력이 부러워요. 전 당신이 제 야심이 얼마나 보잘것없고 형편없는 것인가를 보여 주신 이래 아직 자존감을 회복하지 못하고 있어요."

그 말을 하자마자 그녀는 아차 실수했다는 사실을 깨달았다. 셀든에게 최악의 모습을 보이는 게 그녀의 운명인 모양이었다.

"반대로 저는," 그가 가벼운 어조로 대꾸했다. "저야말로 당신의 야심이 이 세상 그 무엇보다도 중요한 것이라는 사실을 증명하는 수단이 되었다고 생각했습니다."

마치 그녀라는 존재의 열성적인 흐름이 장애물에 가로막히며 스스로에게 되돌아온 것 같았다. 그녀는 상처를 받거나 겁에 질린 아이처럼 무기력하게 그를 바라보았다. 그가 그녀 내부 깊은 곳에서 놀라운 솜씨로 끌어내는 그녀의 이 진정한 자아는 혼자 전진하는 데 영 익숙하지 않았다!

그녀의 무기력에는 언제나처럼 그의 내부에 숨겨진 좋아하는 마음을 자극하는 호소력이 있었다. 그가 자신이 가까이에 있으면 그녀가 더욱 찬란해진다는 사실을 발견했다면 그건 그에게 별 의미가 없었을 것이다. 하지만 자신만이 짐작하는 그녀의 우울한 기분을 이처럼 엿보게 되니 그는 다시 한번 그녀와 함께 다른 세상으로 옮겨지는 듯했다.

"적어도 저에 대해 이미 말씀하신 것보다 더 나쁜 점을 생각하실 순 없겠지요!" 그녀는 웃으며 떨리는 목소리로 외쳤다. 하지만 그가 미처 대답을 하기도 전에 거스 트레너가 로즈데일을 이끌고 다시 등장한 탓에 그들 사이에 존재하던 이해의 흐름이 갑작스레 중단되고 말았다.

"맙소사, 릴리, 당신의 허락을 받았다고 생각했는데. 로즈데일과 함께 당신을 찾아 사방을 헤매고 다녔다고!"

그의 목소리에는 마치 결혼한 부부 사이 같은 허물없는 태도가 묻어 있었다. 바트 양에게는 로즈데일이 그것을 알아챈

듯 눈을 반짝이는 모습이 보이는 듯했고, 그런 생각을 하니 그에 대한 싫은 감정이 더욱 강렬한 혐오감으로 바뀌었다.

릴리는 셀든이 자신이 로즈데일과 아는 사이라는 데 놀라는 것을 느끼고, 깊이 고개를 숙인 로즈데일에게 더욱 강한 경멸을 담아 고개를 까딱하는 것으로 답했다. 트레너는 돌아섰고, 로즈데일은 계속 바트 양 곁에 서 있었다. 앞으로 무슨 일이 벌어질지 기대에 찬 표정으로 깊은 주의를 기울이고 있었으며, 그녀가 곧 무슨 말을 하든 미소를 지으며 입술을 벌릴 준비가 되어 있었고, 뒤통수로는 그녀와 나란히 선 모습을 보이는 것에서 오는 특권적 지위를 의식하고 있었다.

그것은 신중한 기교를 요하는 순간이었다. 두 사람 간 거리를 재빨리 이어 줘야 하는 순간 말이다. 하지만 셀든은 여전히 창문에 기대선 채 그 장면과 거리를 둔 제삼의 관찰자의 자세를 취하고 있었고, 릴리에게는 관찰하는 그의 눈이 자신에게 씌운 주문 아래서 평소의 기술을 발휘할 능력이 없었다. 셀든이 그녀가 로즈데일 같은 남자를 달래야 할 필요성이 있다고 의심할지도 모른다는 두려움 때문에 그녀는 가볍게 공손한 태도를 취할 수 없었다. 로즈데일은 여전히 무언가를 기대하는 태도로 그녀 곁에 서 있었고, 그녀는 계속해서 침묵으로 그를 대했다. 그녀의 눈과 그의 반짝거리는 대머리가 같은 높이에 있었다. 그녀의 눈길은 그녀가 침묵을 통해 암묵적으로 주고 있는 메시지에 마지막 손질을 더했다.

그는 천천히 얼굴을 붉히면서 양쪽 발에 번갈아 무게를 실었고, 넥타이에 꽂은 탐스러운 검은 진주를 만지작거리며 콧수염을 불안한 손길로 꼬고 있었다. 그런 뒤 그녀를 아래위로 훑어보면서 한 발짝 물러나 셀든을 곁눈으로 보며 말했다. "아이고, 이렇게 기막힌 드레스는 처음 봅니다. 베네딕에서 방문했던 그 재단사가 새로 지은 옷인가요? 그렇다면 왜 다른 여자분들도 모두 그 재단사한테 가지 않는지 궁금하군요!"

그 말들은 릴리의 침묵과 날카로운 대조를 이루고 있었다. 그리고 그녀는 순간적으로 자신의 행동으로 인해 결과적으로 그 말들이 강조되었다는 사실을 깨달았다. 평범한 대화에서는 아무런 주의도 끌지 않을 수 있는 말이 그녀의 길게 이어진 침묵 뒤에 나옴으로써 오히려 특별한 의미를 띠게 되었던 것이다. 그녀는 셀든 쪽을 바라보지 않고 있었지만, 셀든이 그 말을 즉시 알아들었고, 당연히 로즈데일이 그녀가 셀든의 아파트를 방문한 일에 대해 넌지시 암시하고 있다는 사실을 깨달았다는 것을 알 수 있었다. 그 사실을 의식하게 되면서 로즈데일에게 더욱 짜증이 났고 셀든 앞에서 그를 달래야 한다는 사실이 너무 싫었지만, 그럼에도 불구하고 바로 그 순간이야말로 그를 달래야 할 때라는 사실도 더욱 분명하게 깨닫지 않을 수 없었다.

"다른 여자분들이 그 재단사에게 안 가는지 어떻게 아시죠?" 그녀가 맞받아쳤다. "제게는 친구들에게 그녀의 주소를 안 주려고 꺼릴 이유가 없답니다!"

그녀의 시선과 어조는 너무나 명백하게 그를 그녀 자신의 친구들 무리에 포함시키고 있어서 그의 작은 눈은 감사의 염으로 더 오므라들었고, 의미심장한 미소가 그의 콧수염을 위로 끌어 올렸다.

"맙소사, 꺼리실 이유가 없죠!" 그가 선언하듯 말했다. "당신의 옷을 전부 친구분들께 주시더라도 아무도 당신을 따라갈 수는 없으니까요!"

"아, 친절한 말씀이네요. 저를 어디 조용한 데로 안내해 주시고 다들 기차를 놓치지 않으려고 서둘러 떠나기 전에 레모네이드나 무알코올 음료를 좀 가져다주시면 더욱 감사하겠어요."

그녀는 그렇게 말하면서 몸을 돌렸고, 로즈데일이 자신의 곁을 떠나 으스대는 태도로 테라스에 있던 무리들 사이를 뚫고 걷도록 해 주었다. 그러는 동안 그녀는 자신의 온 신경을 셀든이 그 장면에 대해 어떻게 생각했을까에 집중하고 있었다.

하지만 세상 일이 참 괴팍스럽게도 돌아간다고 억울해하는 중에도, 그리고 표면적으로는 로즈데일과 가벼운 대화를 나누는 동안에도, 제삼의 생각이 끈질기게 그녀의 머리를 떠나지 않고 있었다. 그녀는 결혼식장을 떠나기 전에 퍼시 그라이스에 대한 진실을 확인하려는 시도라도 해 봐야 한다고 생각하고 있었다. 그가 벨로몬트를 갑작스레 떠난 뒤로 우연인지, 아니면 아마도 그가 의도적으로 피했기 때문인지 그들 두 사람이 만날 기회는 없었다. 하지만 바트 양은 가장 의외의 상황도 자신에게 유리하게 바꾸는 데 명수였다. 그리고 방금 있었던 몇 분간의 불쾌한 일들, 그러니까 그녀가 자기 생활 중에서도 그에게 절대 보이지 않고 싶었던 바로 그 부분을 정확히 노출시킨 일은 피신처에 대한 갈망, 바로 그런 굴욕적인 우연으로부터의 도피에 대한 갈망을 더욱 증대시켰다. 확실한 상황에 처해 있다면 그것이 어떤 종류의 것이든 지금처럼 계속해서 우연의 연타를 맞는 것보다는 나을 듯했다. 그런 우연 탓에 치러야 하는 대가 때문에 항상 인생에서 일어날 수 있는 모든 가능성에 대해 불안해하고 경계해야 했으니 말이다.

다시 실내로 들어서니 대체로 파장 분위기였다. 마치 주연 배우들이 무대를 떠난 뒤 퇴장을 하려고 관객들이 무더기로 자리에서 일어서고 있는 듯한 모습이었다. 하지만 남아 있는 무리들 중에서 그라이스도, 밴 오스버그 집안의 막내딸도 찾을 수 없었다. 릴리는 둘 다 안 보인다는 사실이 불길한 조짐처럼 느껴졌다. 그녀는 그 집 저 끝에 있는 온실로 가자고 로즈데일 씨에게 제안했고, 로즈데일 씨는 기분이 최상이었다. 길게 이어지는 방들에는 그들의 이동이 눈에 띄기에 딱 적당할 만큼의 사람들이 남아 있었고, 릴리는 재미있고 궁금하다는 듯한 시선이 자신을 따르고 있다는 사실을 의식했다. 그들은 그녀의 무관심을, 그녀 곁에 있는 사람의 자족감과 마찬가지로 무해하게 바라보았다. 그 순간의 그녀는 로즈데일과 함께 있는 모습을 남들이 보거나 말거나 별로 개의치 않는 심정이었다. 자신이 찾는 목표물에만 신경을 집중하고 있었기 때문이다. 하지만 그녀의 목표물은 온실에서도 눈에 띄지 않았다. 그리하여 불현듯 자신의 실패를 확신하게 되어 우울해진 릴리는 이제 불필요해진 동반자를 없앨 방법을 찾고 있던 차에 밴 오스버그 부인과 정면으로 마주쳤다. 그녀의 얼굴은 피곤으로 상기되어 있었고 지쳐 보였지만, 동시에 임무를 제대로 완수했음을 의식하는 사람 특유의 만족감으로 생기 있게 빛나고 있었다.

그녀는 손님들이 피곤의 만화경 속에서 소용돌이치고 있는 점들에 불과하게 되어 버린 지친 여주인의 너그럽지만 멍한 눈으로 그들을 흘낏 보았다. 그러다 갑자기 정신이 드는 듯하더니 바트 양에게 흉금을 털어놓고 싶은 사람의 몸짓으로 다가왔다. "다정한 릴리, 우리끼리 한마디도 나눌 시간이 없었네. 이제 막 떠나려던 참이겠죠. 이비 만났어요? 당신을 여기저기 찾아다니고 있었는데. 그 애의 작은 비밀을 얘기해 드리려고 말이에요. 하지만 이미 짐작하고 계시겠지요. 다음 주에나 약혼을 공표할 예정이에요. 하지만 그라이스 씨와 그렇게 친한 사이이시니, 두 사람이 모두 그 행복한 소식을 당신에게 가장 먼저 얘기해 드리고 싶어 했거든요."

9장

페니스턴 부인이 젊었을 적에는 패션이 뉴욕으로 돌아오는 때가 10월이었다. 그러므로 그녀는 10월 10일이면 언제나 5번가를 바라보고 있는 창의 블라인드를 모두 걷게 하고 거실 창가를 차지하고 있던 죽어 가는 검투사 동상[20]의 눈이 그 한적했던 거리를 살펴보도록 하는 일을 재개했다.

페니스턴 부인이 뉴욕으로 돌아온 뒤 첫 두 주는 그녀에겐 집에서 피정(避靜)을 하는 시기에 해당했다. 그녀는 침대보며 이불 따위를 참회자가 양심의 가장 깊은 곳까지 구석구석 들여다볼 때와 똑같은 태도로 '살폈다'. 양심의 가책에 시달리는

---

20) 로마의 카피톨리니 박물관에 있는 유명한 동상의 모조품을 가리킨다. 19세기 미국에서 그와 같은 모조품들이 크게 유행했다.

영혼이 숨겨진 결점을 이 잡듯 뒤지는 바로 그 태도로 나방이 숨겨져 있나 살피는 것이다. 벽장이란 벽장의 가장 높은 선반까지도 자신의 비밀을 털어놓도록 했고, 저장실과 석탄 통은 어두워 보이지 않는 구석과 바닥까지 다 더듬었으며, 이 청소 제의의 마지막 단계로서 집 전체를 참회의 흰색 천으로 덮고 속죄의 비누 거품 세례를 베풀었다.

바트 양이 밴 오스버그 집안 결혼식에서 돌아와 집에 들어간 오후 시간이 바로 그 절차의 마지막 단계를 수행하던 때였다. 뉴욕행 귀갓길은 그녀의 신경을 위안할 만한 것은 못 되었다. 이비 밴 오스버그의 약혼은 공식적으로는 아직 비밀이었지만 그 가족과 가깝게 지내는 수많은 친구들은 이미 다 아는 사실이었다. 따라서 기차를 가득 채우고 있던 귀환객들은 암시와 기대의 말들을 속삭이며 주고받고 있었다. 릴리는 이 은근한 암시와 풍자의 드라마 속에서 자신이 하고 있는 역할이 무엇인지 아주 잘 알았다. 그 상황이 사람들에게 주는 즐거움의 성격이 어떤 것인지 정확히 알고 있었던 것이다. 그녀의 친구들이 즐기는 가장 조악한 방식은 사태가 그렇게 꼬인 것, 못된 장난에 내재한 놀라운 운명의 향취에 대해 큰 소리로 재미있어하는 것이었다. 릴리는 곤경에서 어떤 행동을 취해야 하는지 잘 알고 있었다. 따라서 한 치의 오차도 없이 정확히 자신이 승리와 패배의 중간 지점에 서 있음을 보여 주었다. 은근한 암시와 풍자는 그녀의 태도가 보여 주는 자연스럽게 밝은 무관심 앞에서 무력했다. 하지만 그녀는 그런 태도를 취하는 일에서 피곤을 느끼기 시작하고 있었다. 그 같은 반작용은 더 빨랐고, 그녀는 더욱 깊은 자기혐오감에 빠졌다.

항상 그렇듯이 릴리는 그 같은 도덕적 혐오감을 자신의 주변 환경에 대한 신속한 혐오감으로 치환했다. 페니스턴 부인 소유의 검은 호두나무에서 보이는 자기만족적인 추한 몰골, 현관 타일의 윤기, 그리고 문을 열자마자 마주친 새폴리오 비누와 가구 왁스가 섞인 냄새가 와락 싫게 느껴졌다.

계단은 아직 카펫을 다시 깔지 않은 상태였고, 릴리는 방으로 올라가려다 비누 거품이 몰려드는 바람에 층계참에 멈춰 서야 했다. 그녀는 스커트 자락을 그러쥐고 견딜 수 없는 심정을 몸짓으로 표현하며 옆으로 비켜섰다. 그리고 그러는 동안 자신이 다른 환경에서이긴 하지만 똑같은 상황에 처해 본 일이 있다는 기묘한 느낌에 사로잡혔다. 마치 자신이 셀든의 아파트가 있던 건물의 계단을 다시 내려오고 있는 듯한 느낌이었다. 그리고 비누 거품의 홍수를 내보내고 있는 여자에게 항의하려고 굽어보다가 비슷한 상황에서 전에도 한 번 대면한 적이 있던 바로 그 눈초리가 자신을 올려다보고 있다는 사실을 깨달았다. 베네딕에서 마주쳤던 바로 그 청소부 여자였는데, 그녀는 시뻘건 팔꿈치를 괴고 전과 마찬가지로 전혀 기죽지 않은 호기심으로 릴리를 찬찬히 바라보고 있었다. 그것은 전과 꼭 같이 릴리가 지나갈 수 있도록 기꺼이 양보해 주지 않는 태도였다. 하지만 이번에는 무대가 바트 양 자신의 집이었다.

"내가 지나가려고 하는 게 안 보여요? 양동이 좀 치워요." 그녀는 날카로운 어조로 말했다.

처음에는 그 여자가 릴리의 말을 듣지 못한 듯했다. 그랬다

가 그녀는 죄송하다는 말 한마디 없이 양동이를 치우고 층계
참을 가로질러 젖은 걸레를 밀었다. 그리고 릴리가 빠른 걸음
으로 자신 곁을 지나쳐 가는 동안 그녀를 빤히 쳐다보았다. 페
니스턴 부인이 그런 부류의 인간들을 고용하다니 참을 수 없
는 일이었다. 릴리는 그날 저녁 당장 그녀를 해고하자고 말해
야겠다고 결심하며 자신의 방으로 들어갔다.

하지만 페니스턴 부인은 그 순간 릴리의 항의를 들을 수 있
는 장소에 있지 않았다. 하녀와 함께 아침 일찍부터 자신의 모
피 옷들을 살펴보고 있었는데, 이 과정이야말로 집 안 정리라
는 드라마의 가장 중요한 에피소드였다. 저녁때도 릴리는 혼
자였다. 왜냐하면 평소에 밖에서 저녁 식사를 하는 일이 거의
없는 고모가 그날따라 뉴욕을 들러 가던 밴 얼스타인가의 사
촌을 만나러 나갔기 때문이었다. 부자연스러울 정도로 깨끗하
고 잘 정돈된 그 집은 무덤처럼 음울했다. 릴리는 천으로 덮인
찬장들 사이에서 간단한 식사를 한 뒤 새로 광을 내 번쩍거리
는 응접실로 들어갔는데, 그 순간 그녀는 자신이 페니스턴 부
인의 존재가 제공하는 숨 막힐 듯 제약된 공간 속에 생매장당
하는 듯한 느낌이 들었다.

평소에 그녀는 페니스턴 부인이 집을 청소하고 정리하는 기
간 동안 집에 있지 않을 방법을 생각해 내곤 했었다. 하지만
이번 경우엔 다양한 이유들이 교차하면서 그녀가 뉴욕에 있
을 수밖에 없는 상황이 초래되었다. 그런데 그 이유들 중 가장
중요한 것은 그녀가 전보다 가을 초대를 덜 받았다는 사실이
었다. 친구들이 휴가 기간이 끝나 뉴욕으로 돌아올 때까지 한

전원주택에서 다음 전원주택으로 옮겨 다니는 것이 오랜 기간 동안의 습관이 되어 있었던 릴리로서는 지금 자신이 직면하고 있는 상황, 즉 초대로 채워지지 않은 간격들을 보면서 자신의 인기가 떨어지고 있다는 사실을 예민하게 느끼지 않을 수 없었다. 사태는 그녀가 셀든에게 말한 그대로였다. 사람들이 그녀에게 싫증을 느끼고 있는 것이었다. 그들은 그녀가 새로운 인물로 나타난다면 환영했겠지만 바트 양으로서의 그녀는 안 봐도 알 정도였다. 그녀 또한 자신을 너무 잘 알았고, 자신이라는 그 낡은 이야기에 싫증을 느끼고 있었다. 그녀에게도 다른 것, 신기하고 낯설고 한 번도 해 본 적이 없는 것이라면 뭐든 좋다는 식으로 맹목적으로 변화를 갈망한 순간들도 있었다. 하지만 그녀의 상상력은 기껏해야 평소의 삶을 새로운 배경으로 옮긴 상태의 자신을 그려 보는 것 이상으로 나아가지 못했다. 그녀는 자신이 꽃이 향을 풍기듯 우아함을 발산하고 있는 응접실 아닌 다른 곳에 있는 모습을 상상할 수 없었다.

이번에는 10월이 무르익을 무렵 릴리는 트레너가로 돌아가든가 뉴욕에서 고모와 지내든가 둘 중 하나를 선택해야 했다. 10월의 뉴욕이 지닌 황량한 침체감도, 페니스턴 부인의 실내에서 접해야 하는 비누 냄새 나는 불편함도 벨로몬트에서 자신을 기다리고 있는 것보다는 나을 듯했다. 그녀가 영웅적인 헌신의 태도로 겨울 휴가철이 올 때까지 고모와 함께 지내겠다고 공표한 것은 바로 그런 이유에서였다.

이런 종류의 희생에 대한 반응은 종종 그것을 가동시킨 감정이 복잡한 것만큼이나 복합적인 것이기 쉽다. 그래서 페니스턴 부인은 자신이 신임하는 하녀에게 자신으로서는 그 같은 위기 상황에 가족 중 누가 곁에 있어 줘야 한다면(다들 그녀가 지난 사십 년 동안 자신의 커튼을 다는 일을 스스로 유능하게 돌보아 왔다고 생각했지만) 확실히 릴리 양보다는 그레이스 양쪽을 선택할 거라고 말했다. 그레이스 스테프니는 그다지 남들의 주의를 끌지 않는 사촌으로 태도가 고분고분하고 남의 일에 관심이 많으며, 릴리가 밖에서 저녁 식사를 하는 일이 너무 오래 계속될 때되면 페니스턴 부인의 동무가 되어 주기 위해 '대타' 역할을 했다. 베지크 카드놀이를 즐겼으며 편물의 빠진 코를 채웠고, 《타임스》의 부고란을 큰 소리로 읽었으며 보라색 새틴으로 된 응접실 커튼과 창가의 죽어 가는 검투사와 나이아가라 폭포를 그린 가로 18, 세로 13센티미터 그림을 진심으로 훌륭하다고 생각했다. 그 나이아가라 폭포 그림은 페니스턴 씨 삶의 온건한 여정에 유일하게 일어났던 예술적 남용의 예였다.

페니스턴 부인은 이 훌륭한 사촌을 그런 봉사를 받는 사람이 그런 봉사를 하는 사람에 대해 흔히 그렇듯이 따분해 했으며, 믿음직하지는 않아도 화려한 릴리를 훨씬 더 선호했다. 릴리가 크로셰 코 바늘의 어느 쪽이 앞이고 뒤인지는 몰랐어도, 그리고 자주 그녀의 응접실을 "새로 꾸며야 한다"는 제안을 함으로써 페니스턴 부인의 자존심을 예민하게 건드렸음에도 말이다. 하지만 짝이 안 맞는 냅킨을 찾는다든가 뒤쪽 계단의 카펫을 가느냐 마느냐를 결정한다든가 할 때는 확실히 그레이스의 판단력이 릴리의 판단력보다 더 건전하고 유용했다. 더욱이 릴리는 밀랍과 갈색 비누의 냄새를 싫어했고, 마치 집이 외부의 조력 없이도 스스로 깨끗하게 유지되어야 한다는 식으로 행동했다.

응접실 샹들리에의 우울한 빛 아래 앉은 — 페니스턴 부인은 '손님'이 없을 때면 램프에 불을 켜지 않았다 — 릴리는 자신이 그레이스 스테프니같이 중년을 향해 중립적인 색조의 단조로운 광경 속으로 점점 후퇴해 가는 모습을 보고 있는 듯했다. 주디 트레너와 그녀의 친구들을 더 이상 즐겁게 해 줄 능력이 없어지면 할 수 있는 선택은 페니스턴 부인의 비위를 맞추는 일뿐이었다. 어느 쪽을 바라보아도 타인의 변덕에 자신을 맞춰 가며 사는 미래만 보였을 뿐, 자기 자신의 개성을 열렬히 주장할 가능성은 전혀 보이지 않았다.

갑자기 텅 빈 집 안을 강하게 울리는 초인종 소리가 들렸고, 릴리는 소스라치며 정신이 번쩍 들었다. 그리고 자신이 참으로 따분한 상태에 잠겨 있었다는 사실을 새삼 깨달았다. 지난 몇 달간의 모든 따분함이 한없이 계속될 것 같은 그 저녁의 공허함 속에서 절정에 달한 듯했다. 방금 울린 그 초인종 소리가 바깥세상으로부터의 호출을 의미한다면! 다른 사람들이 아직도 그녀를 기억하고 원하고 있다는 증거라면!

약간의 지체 후에 잔심부름을 하는 하녀가 와서 바깥에 어떤 사람이 와서 바트 양을 만나고 싶어 한다고 말했다. 그리고 릴리가 구체적으로 누구인지 말해 보라고 채근하자 그녀가 덧붙였다.

"해픈 부인이에요, 아가씨. 무슨 용건인지는 말을 하지 않네요."

릴리가 그 이름의 주인공이 누구인지 모르는 채로 문을 열었을 때 그녀와 마주하고 선 사람은 너덜너덜한 보닛을 쓰고 있는 여인으로 복도의 불빛 아래서 릴리를 만나지 않고서는 절대 떠나지 않겠다는 단호한 자세를 보이고 있었다. 갓이 없는 가스 불이 번뜩이며 비추고 있는 것은 낯익은 얼굴이었다. 얽은 얼굴과 지푸라기빛의 성긴 머리카락 사이로 붉은 기가 도는 벗어진 머리. 릴리는 깜짝 놀라며 그 청소부 여자를 바라보았다.

"나를 만나고 싶어서 왔다고?" 그녀가 물었다.

"말씀드릴 것이 하나 있습니다, 아가씨." 그녀의 어조는 공격적이지도 회유적이지도 않았다. 그 어조만으로는 무슨 목적으로 얘기를 꺼내는지 알 수 없었다. 그럼에도 불구하고 릴리는 본능적으로 아직 곁에 있던 하녀가 들을 수 없는 곳으로 자리를 옮기는 게 좋겠다는 생각이 들었다.

릴리는 해픈 부인에게 응접실로 따라 들어오라고 손짓했고, 함께 들어선 후 문을 닫았다.

"무슨 일 때문에 왔지?" 그녀가 물었다.

그 청소부 여자는 그런 유의 사람들이 보통 그러듯이 숄에 팔을 끼고 서 있었다. 그녀는 숄을 풀며 더러운 신문지에 싸인 작은 꾸러미를 내놓았다.

"여기 이 물건을 보고 싶어 하실 것 같아서 가져왔어요, 바트 양." 릴리의 이름을 강조하는 그녀의 태도에서 뭔가 불쾌한 뉘앙스가 느껴졌다. 마치 릴리의 이름을 안다는 사실이 그 여자가 찾아온 이유의 일부라도 되는 듯. 뭔가 위협적으로 들리는 말투였다.

"내 물건을 발견했다고?" 릴리가 손을 내밀며 물었다.

해픈 부인은 한 발 물러서며 대답했다. "글쎄요, 그게 누구 것인지를 굳이 따지자면 다른 사람 것이기도 하지만 또 제 것이라고 할 수도 있지요."

릴리는 도대체 무슨 소리를 하나 하는 표정으로 그녀를 바라보았다. 이제는 이 불청객이 일종의 협박을 하러 온 것이 분명해 보였다. 하지만 다른 방면에서는 명수인 릴리도 현재 장면의 정확한 의미를 파악할 수 있게 해 줄 만한 경험은 아직 전혀 없었다. 하지만 이 장면을 가능한 한 빨리 끝내야 한다는 것만은 직감으로 알 수 있었다.

"무슨 말인지 모르겠군. 이게 내 것이 아니라면, 왜 나를 찾아온 거지?"

그 여자는 이 질문에 전혀 당황하지 않았다. 대답이 이미 다 준비되어 있다는 태도였다. 하지만 그녀가 속한 계층의 사람들이 흔히 그렇듯 본론에 들어가기까지는 한참이 걸렸다. 잠시 사이를 두었다가 대답했다. "제 남편은 이달 초까지 베네딕의 수위로 일했는데 그 후론 아무 일도 못 하고 있어요."

릴리는 가만히 듣고 있었고, 그녀가 말을 이었다. "우리의 잘못 때문도 아니에요. 에이전트가 그 자리에 다른 사람을 앉히고 싶었던 거예요. 우리는 그냥 그 사람 변덕 때문에 하루 아침에 짐을 꾸려 거리로 나앉았어요. 저는 지난겨울에 오래 앓았어요. 수술도 했고요. 그래서 그동안 저축해 놓았던 돈이 바닥나 버렸어요. 저와 애들 사는 꼴이 정말 말이 아니에요. 해픈이 그렇게 오랫동안 놀고 있으니까요."

그렇다면 단지 바트 양에게 남편 일자리를 좀 알아봐 달라고 사정하러 온 것일까. 아니 페니스턴 부인에게 잘 말해 달라고 왔을 가능성이 더 크리라. 릴리는 자신이 원하는 것을 항상 얻는 재주가 있어서 중간에서 말을 좀 잘 해 달라는 부탁을 받는 일에 익숙했다. 따라서 릴리가 막연하게 느끼던 두려움이 걷혔고, 그녀는 그런 경우 흔히 하는 말로 응대했다.

"고생을 하고 있다니 안됐네." 그녀가 말했다.

"오, 그래요, 고생을 정말 많이 하고 있어요, 아가씨. 그리고 이건 시작일 뿐이에요. 우리가 다른 자리만 구할 수 있다면 괜찮죠. 하지만 그 에이전트가 우리를 아주 미워해요. 우리 잘못도 아닌데……."

이 시점에서 릴리는 더 이상 참지 못하고 말했다. "내게 할 말이 있다면……."

그렇게 말을 중단시킨 데 대해 분개하는 마음이 그 여자의 꾸물거리는 생각에 박차를 가한 듯했다.

"그래요, 아가씨. 이제 막 그 말씀을 드리려던 참이에요." 그녀가 말했다. 그리고 말을 멈추고 릴리를 뚫어지게 바라보다가 다시 장황하게 말을 이었다. "우리가 베네딕에서 일할 때 제가 신사분들의 방을 몇 개 맡아서 치웠거든요. 적어도 토요일에는 꼭 방을 청소했지요. 신사분들 중에는 편지를 엄청나게 받는 분들도 계셨어요. 그렇게 많은 편지는 본 적이 없을 정도로요. 그분들의 쓰레기통이 꽉꽉 차서 종잇장들이 마룻바닥 여기저기에 마구 떨어져 있었고요. 워낙 많다 보니까 별로 신경을 안 쓰신 거죠. 그분들 중에는 그런 편지들을 아주 아무렇게나 다루는 분들도 있었어요. 셀든 씨, 로런스 셀든 씨, 그분은 언제나 아주 조심스러웠어요. 겨울에는 편지들을 태우셨고, 여름에는 아주 잘게 찢어서 버리셨어요. 하지만 너무 많으니까 어떤 때는 한꺼번에 묶어서 다른 사람들처럼 그냥 한 번만 쭉 찢으셨어요. 이렇게요.”

그녀는 말을 하면서 손으로는 보따리의 끈을 풀었고 편지를 하나 꺼내 바트 양과 자신 사이의 탁자 위에 올려놓았다. 그녀 말대로 편지는 반으로 찢겨 있었다. 하지만 그녀가 재빠르게 찢긴 부분을 서로 맞춰서 편지지를 폈다.

분개의 파도가 릴리를 휩쓸었다. 그녀는 자신 앞에 있는 게 아직은 막연한 추측이지만, 뭔가 혐오스러운 것, 사람들이 속삭이는 목소리로 말하는 그런 유의 것, 그리고 자신의 삶과 무슨 관련이 있을 것이라고 상상도 해 본 적이 없는 그런 것, 뭔가 불결하고 비열한 것이라는 사실을 직감적으로 알 수 있었다. 그녀는 혐오를 드러내는 몸짓으로 물러섰지만, 그러던 도중 갑작스럽게 뭔가 눈에 띄면서 그 자리에서 멈칫했다. 페니스턴 부인의 샹들리에의 불빛 아래 편지를 쓴 사람의 필체가 분명하게 드러났던 것이다. 산만하고 커다란 필체였는데 남성적으로 휘갈겨 쓰긴 했지만 그렇다고 그 악필이 별로 감춰지지는 못했다. 그리고 옅은 빛깔의 메모지에 잉크를 듬뿍 찍어 쓴 그 단어들은 자신이 그것들을 직접 듣고 있기나 한 것처럼 릴리의 귓전을 강타했다.

처음에 그녀는 자신이 지금 대면하고 있는 상황의 의미를 충분히 파악할 수 없었다. 그녀가 이해할 수 있는 것은 단지 지금 그녀 앞에 놓인 편지가 버사 도싯이 쓴 것이며, 짐작건대 그녀가 로런스 셸든에게 보낸 편지라는 사실뿐이었다. 날짜는 보이지 않았지만 잉크 색의 짙은 농도로 미루어 보아 비교적 최근에 쓴 것임을 알 수 있었다. 해픈 부인의 손아귀에 들린 뭉치에 같은 종류의 편지가 여러 장 더 포함되어 있다는 사실에는 의심의 여지가 없었다. 두께로 봐서 한 다스는 될 것 같았다. 릴리의 앞에 놓인 편지는 짧았지만 자신이 무엇을 읽고 있는지도 모르는 사이에 릴리의 두뇌 안으로 뛰어든 몇 안 되는 단어들은 두 사람 사이의 긴 역사를 이야기해 주고 있었다. 그것은 지난 사 년 동안 그 편지 작성자의 친구들이 단지 진부한 코미디에나 걸맞은 수많은 '그렇고 그런 상황'의 하나라고 보면서 미소 짓고 어깨를 으쓱거렸던 역사였다. 이제 그 이면이 릴리 앞에 드러난 것이었다. 그 매끄러운 표면 위로 추측과 풍자적 암시가 가볍게 스쳐 가지만 그 표면에 일단 균열이 생겼다 하면 평소 수군거리던 사람들이 느닷없이 비명을 지르며 폭발하게 된다. 릴리는 사교계가 자신들이 보호해 주었음에도 불구하고 그 보호를 제대로 활용하지 못하는 사람들에 대해서 그 누구보다도 더 분개한다는 사실을 잘 알고 있었다. 사교계가 부도덕한 짓을 하다 들키는 사람을 처벌하는 이유는 단지 그 사람이 그런 행동을 묵인해 준 사교계를 배반했기 때문이다. 그리고 그 경우 문제의 성격에 대해서는 전혀 의문의 여지가 없었다. 릴리의 세계의 규율은 부인의 행동에 대한 판관의 자격은 남편에게만 있다는 것이었다. 남편의 승인이든 묵과든 뭔가가 그녀를 엄호해 주고 있다면 원칙적으로 그녀를 의심할 여지는 없는 것이었다. 하지만 조지 도싯의 성격으로 봐서 묵과란 생각할 수도 없는 일이었다. 도싯 부인의 편지를 소유한 사람은 손짓 하나만으로도 그녀의 전 존재를 이루고 있는 구조를 단박에 전복할 수 있었다. 그런 마당에 버사 도싯의 편지가 하필이면 자신의 손아귀에 들어왔다니! 잠시 동안 그 우연의 일치가 내포한 아이러니로 인해 릴리의 혐오감에 혼동스러운 승리감이 끼어들었다. 하지만 여전히 혐오감이 더 우세했다. 릴리가 타고난 모든 본능적 저항감과 성향, 교육, 대대로 물려받은 염치가 그녀가 느꼈던 승리감에 반기를 들었다. 결국 가장 강하게 든 느낌은 이 모든 것으로 인해 자신이 개인적으로 오염되었다는 느낌이었다.

그녀는 자신의 방문객과 자신 사이에 최대한 거리를 두려는 듯 뒤로 물러섰다. "이 편지들과 난 아무 상관도 없어." 그녀가 말했다. "왜 나한테 가져왔는지 모르겠군."

해픈 부인은 그녀를 찬찬히 쳐다보았다. "왜 가져왔는지 말씀드릴게요, 아가씨. 그 편지들을 사 주십사고 가져온 거예요. 달리 돈을 마련할 다른 방법이 없으니까요. 내일 밤까지 집세를 내지 않으면 온 가족이 거리로 나앉게 돼요. 저도 여태까지 한 번도 이런 짓 해 본 적 없는 사람이라고요. 그리고 만일 아가씨가 셀든 씨나 로즈데일 씨에게 해픈을 베네딕에 다시 고용해 달라고 말씀해 주신다면…… 아가씨가 셀든 씨의 아파트에서 나온 그날 층계에서 로즈데일 씨하고 말씀하시는 걸 제가 봤거든요……."

릴리의 얼굴이 이마까지 빨갛게 달아올랐다. 그녀는 이제 상황이 이해가 되었다. 해폰 부인은 그 편지를 릴리가 썼다고 짐작하고 있었던 것이다. 화가 머리끝까지 치솟으면서 당장 벨을 눌러 그녀를 내보내라고 명령해야겠다는 충동이 솟구쳤다. 하지만 성격이 불분명한 다른 충동 때문에 자제력을 발휘하게 되었다. 셀든의 이름으로 인해 생각이 새로운 갈래로 뻗어 나갔다. 버사 도싯의 편지들은 릴리와는 아무 상관 없는 것이었다. 우연의 조류가 어디로 그것들을 싣고 가든지 자신이 알 바 아니었다! 하지만 셀든이 그 편지들의 운명과 뗄 수 없게 엮여 있었다. 남자들은 그런 종류의 폭로가 일어나더라도 최악의 경우에도 큰 해를 입지는 않았다. 더욱이 이 경우 편지를 부지불식간에 읽은 릴리의 두뇌에 전달된 의미로 미뤄 볼 때 그 편지는 시간이 지남에 따라 느슨해진 것이 분명한 관계를 재개하고 싶다는 반복된, 아마도 응답을 받지 못한 호소를 담은 것이었다. 어쨌든 셀든은 그 편지들이 그 일과 무관한 사람들의 손에 들어가도록 방치한 사실에 대해 유죄 판결을 받을 터였다. 사교계에서 용서할 수 있는 것으로 치는 사안을 그처럼 만천하에 폭로한 죄로 말이다. 게다가 도싯의 화약고 같은 성격을 고려하면 더 큰 위험성도 없지 않았다.

만일 그녀가 이 모든 것을 그 순간 고려했다면, 그건 무의식적인 정신 작용이었다. 그녀가 느끼고 있는 것은 단지 셀든이 그 편지가 다른 사람들의 손에 들어가기를 원하지 않았을 것이라는 점, 그러므로 자신이 지금 그 편지를 손에 넣어야 한다는 사실뿐이었다. 생각이 그 이상으로 더 진전되지는 않았다. 자신이 그 편지를 버사 도싯에게 되돌려 주고, 그럼으로써 자신에게 좋은 기회를 만들 수도 있다는 생각을 잠깐 하긴 했다. 하지만 이내 그런 생각의 저열성으로 인해 자신이 깊은 나락 앞에 있는 듯했고 수치심을 느끼며 재빨리 그 생각을 철회했다.

릴리가 그러고 있는 동안 그녀가 망설이고 있다는 사실을 재빨리 간파한 해픈 부인은 가져온 보따리를 풀어 그 내용물들을 탁자 위에 늘어놓기 시작했다. 편지들은 모두 얇은 종이 띠로 조각조각 붙어 있었다. 잘게 찢어진 것도 있었고, 단순히 두 쪽으로 쭉 찢긴 것도 있었다. 편지가 많지는 않았지만 일단 늘어놓으니 탁자가 거의 다 찼다. 여기저기 쓰인 글자들이 릴리의 눈에 들어왔다. 이윽고 릴리가 낮은 목소리로 물었다. "얼마나 받고 싶은데?"

해픈 부인의 얼굴이 만족감으로 상기되었다. 해픈 부인은 이 아가씨가 아주 겁에 질린 게 틀림없다고 생각하면서 그 사실을 최대한 활용해야겠다고 작정했다. 그리하여 그녀는 예상했던 것보다도 더 쉬운 승리를 기대하며 터무니없는 액수를 제시했다.

하지만 바트 양은 경솔하게 거래를 개시한 사람치고 쉽게 굴복하지 않았다. 일단 해픈 부인이 말한 액수를 거절하고 잠시 망설이다가 그 액수의 절반을 주겠다고 제안했다.

해픈 부인의 표정은 즉시 굳어졌다. 펼쳐진 편지들을 향해 손을 내밀어 그것들을 천천히 집어 접으면서 다시 보따리에 싸려는 듯한 몸짓을 했다.

"이 편지들이 저보다는 아가씨께 더 값나가는 거 아닌가요, 아가씨. 하지만 우리 가난한 사람도 먹고살아야 하는 건 부자와 마찬가지거든요." 그녀는 선언하듯 말했다.

릴리는 공포심으로 인해 가슴이 두근거렸지만, 해픈 부인의 조소적 암시로 인해 저항심이 오히려 더 강화되었다.

"오해를 하고 있군." 그녀는 무관심을 가장하며 말했다. "그 액수 이상을 주면서까지 그 편지를 살 필요는 없어. 하지만 다른 방법으로 그것들을 입수할 수 있을지도 모르지."

해픈 부인은 눈을 들어 의심의 눈초리를 보냈다. 그녀는 지금 자신이 시도하고 있는 거래에 보상만큼 커다란 위험도 따른다는 사실을 모를 만큼 순진하지는 않았다. 따라서 이 위엄 있는 아가씨의 말 한마디가 작동시킬지도 모르는 정교한 복수의 과정이 얼핏 그녀의 마음을 스쳐 갔다.

그녀는 숄의 가장자리를 눈언저리에 가져다 대면서 없는 사람을 홀대해서 잘된 사람 못 보았다고, 이런 짓을 하는 것도 이번이 처음이며, 기독교인으로서 명예에 걸고 말하지만 자기 부부는 다만 그 편지들이 다른 사람들의 수중에 들어가지 않게 해야 한다고 생각했다고 중얼댔다.

릴리는 목소리를 낮춰야 할 필요성 때문에 그 청소부 여자와 아주 거리를 둘 수는 없었지만 최대한 멀리 떨어져 잠자코서 있었다. 그 편지들을 두고 흥정을 한다는 생각은 참을 수 없는 것이긴 했으나, 자신이 조금이라도 약해지는 모습을 보이면 해픈 부인이 그 즉시 앞서 제시했던 액수보다 더 비싼 값을 부르리라는 걸 알고 있었다.

그녀는 나중에 두 사람 사이의 그 결투가 얼마나 오래 지속되었는지, 그리고 시계로는 몇 분이지만, 자신의 맥박 수로 따지자면 몇 시간은 될 만한 시간이 흐른 뒤 마침내 그 편지들을 자신의 손에 넣게 한 결정적인 말이 무엇이었는지 전혀 기억나지 않았다. 그녀가 유일하게 기억하는 것은 드디어 문이 닫히고 자신이 그 꾸러미를 들고 서 있었다는 사실뿐이었다.

그 편지들을 읽을 생각은 전혀 없었다. 해픈 부인이 그것들을 싸는 데 사용한 더러운 신문을 펼치는 것조차 품위가 떨어지는 일인 듯 느껴졌다. 하지만 도대체 그 내용물들을 어떻게 처리할 작정을 했던 것인지? 수신인은 그 편지들을 없애려고 했었다. 그러니 그녀가 할 일은 그의 의도를 실행에 옮겨 주는 것이었다. 그녀에게 그 편지들을 보관하고 있을 권리는 없었다. 그렇게 한다면 그것은 그런 물건을 입수한 행위의 미덕을 삭감시키는 일이었다. 하지만 그 편지들이 그런 사람들의 손에 다시 들어갈 위험성이 전혀 없는 효과적인 제거 방법이 있기나 한지? 페니스턴 부인의 얼음처럼 차디찬 응접실 벽난로 받침쇠는 그 누구의 범접도 허용치 않는 듯 번쩍번쩍 빛나고 있었다. 페니스턴 부인은 벽난로도 램프와 마찬가지로 손님이 있을 때가 아니면 지피지 않았다.

바트 양이 일단 그 편지들을 2층으로 가져가려고 몸을 돌리고 있던 순간 마침 바깥 문이 열리는 소리가 들렸고, 이어서 고모가 응접실로 들어섰다. 페니스턴 부인은 작고 통통한 여자로 잔주름이 진 창백한 피부의 소유자였다. 잿빛 머리는 전혀 흐트러진 구석이 없이 다듬어져 있었고, 지나치게 새 옷처럼 보이지만 약간 구식인 옷을 입고 있었다. 그녀의 옷들은 모조리 꽉 끼는 검은색이었고, 비싼 구슬 장식이 되어 있었다. 그녀는 아침 식사 때부터 칠흑빛 옷을 입는 그런 부류의 인물이었다. 릴리는 윤이 흐르는 검은색 허리 갑옷을 입고 작고 꽉 끼는 부츠를 신지 않은 고모의 모습은 한 번도 본 적이 없었다. 뭔가 당장 활동을 시작할 사람 같은 모습이었는데, 정작 활동을 시작한 일은 한 번도 없었다.

고모는 세심한 눈매로 응접실을 한 바퀴 둘러보았다. "집으로 오는 길에 차에서 보니 한 블라인드 밑으로 불빛이 새 나오더구나. 그 애에게 블라인드를 고르게 내리라고 그렇게 가르쳐도 아무 소용이 없으니 참 신기한 일이다."

바로 그 오류를 직접 교정하고 나서 그녀는 매끄러운 보랏빛 안락의자 하나에 꼿꼿이 앉았다. 의자에 꼿꼿이 앉는 것은 페니스턴 부인의 평소 습관이었다. 절대로 의자 뒤로 깊숙이 자리 잡는 법이 없었다. 그녀는 바트 양을 돌아보았다.

"얘야, 피곤해 보이는구나. 결혼식의 흥분된 분위기 때문에 그렇겠지. 코닐리아 밴 얼스타인은 결혼식 얘기로 아주 정신이 없더구나. 몰리도 왔었고, 거티 패리시도 그 얘기를 해 주려고 잠깐 다녀갔어. 콩소메[21] 전에 멜론을 대접하다니 별

---

21) 브라운 스톡(소나 닭, 양 등의 뼈에 허브 묶음을 넣고 푹 우려낸 국물)에 간 소고기, 머랭(달걀 흰자에 설탕을 넣어 단단해질 때까지 거품을 낸 혼합물), 미르푸아(잘게 썬 채소, 소금, 후추, 향미용 식물, 때로는 고기를 넣어 만든 양념)을 넣고 푹 끓인 국물을 헝겊으로 걸러 내 맑게 간을 한 프랑스식 수프.

난 일이다 싶더라. 결혼식 피로연은 언제나 콩소메로 시작해야 하는 법인데. 몰리는 신부 들러리들이 입은 드레스들이 마음에 안 들더라고 하더라. 셀레스트 가게에서 한 벌에 300달러씩이나 주고 맞춘 거라고 줄리아 멜슨한테서 직접 들었다는데, 그렇지만 그렇게 값나가는 옷으로 보이지 않았다더라. 네가 신부의 들러리를 서지 않기로 한 건 잘한 일이었다. 그런 색조의 연어색 핑크는 너한테 잘 맞지 않았을 테니까."

페니스턴 부인은 자신이 참석하지 않은 행사들의 세부 사항들에 대해 논하는 일을 좋아했다. 밴 오스버그 집안의 결혼식 같은 힘들고 지루한 행사에는 세상없어도 참여하지 않았을 테지만, 그 행사에 대한 관심만큼은 엄청나서 이미 두 사람의 보고를 들었음에도 이제 조카딸한테서 제3의 보고를 들으려는 참이었다. 그러나 릴리는 그 결혼식 피로연에 대해 한심할 만큼 주의를 기울이지 않아서 자세한 것은 아무것도 기억하지 못했다. 밴 오스버그 부인의 드레스 색깔에 대해서도, 밴 오스버그 집안의 가보인 세브르 자기가 신부의 식탁에 사용되었는지 여부에 대해서도 보고할 수 없었다. 요컨대 페니스턴 부인이 발견한 릴리의 효용성은 이야기꾼이 아니라 이야기를 듣는 사람의 역할에 있었다.

"정말로, 릴리, 결혼식에 가 놓고도 거기서 무슨 일이 있었는지 어떤 사람들을 보았는지 전혀 기억하지 못한다면 도대체 거기 가는 수고를 왜 했는지 모르겠구나. 내가 처녀 적에는 내가 참석했던 만찬의 메뉴를 전부 보관했고, 메뉴의 뒷면에 참석자들의 이름을 적어 놨었지. 그리고 네 고모부가 돌아가실 때까지 코티용을 같이 춘 사람들에게 나눠 준 기념품들을 하나도 버리지 않았어. 고모부가 돌아가신 뒤에는 그렇게 많은 화려한 색깔의 물건을 집에 놔두는 게 적당치 않은 것 같아서 치웠지만. 그걸로 벽장 하나를 가득 채웠던 걸로 기억해. 그리고 그것들 하나하나를 어떤 무도회에서 받았는지 지금까지도 기억하고 있지. 몰리 밴 얼스타인이 바로 그 나이 적의 나 같더라. 한 가지도 잊지 않고 다 마음에 새겨 놓는 것이 정말 대단해. 자기 어머니한테 신부의 드레스 모양을 얘기하는데 아주 정확하더구나. 그래서 뒤 주름으로 봐서 파캥에서 맞춘 드레스라는 걸 우리가 단박에 알아맞혔지."

페니스턴 부인은 갑자기 자리에서 일어나더니 벽난로 위 선반에 공작석으로 된 두 개의 화병 사이에 놓인 오르몰루[22] 시계 쪽으로 가서 자신의 레이스 손수건을 그 시계 위에 얹힌 미네르바가 쓰고 있던 헬멧과 챙 사이에 넣어 문질렀다.

"그럴 줄 알았어. 잔심부름 하는 아이가 여기는 먼지를 통 안 떨더라고!" 그녀는 손수건에 묻은 작은 먼지 자국을 의기양양하게 내보이며 외쳤다. 그러고 나서 다시 제자리에 돌아와 앉아서 하던 얘기를 계속했다. "몰리가 그러는데 도싯 부인이 그 결혼식 하객들 중에서 가장 옷을 잘 입었다더라. 틀림없이 그 여자의 드레스가 하객들이 입은 것들 중에 제일 비싼 것이었겠지. 하지만 막상 옷차림 자체는 그다지 마음에 안 들더구나. 흑담비 모피에 밀라노산 레이스를 결합했다니 말이야.

---

22) 18, 19세기에 유행한 벽난로 위에 놓는 금박 장식 시계.

파리에 있는 새 재단사한테 가는 모양인데, 그 재단사는 뇌이에 있는 자기 별장에서 하루를 함께 보내기 전에는 고객의 주문을 안 받는다더군. 자기 고객의 집 안에서의 모습을 잘 연구해야 한다고 그런다는데, 정말 희한해! 하지만 도싯 부인이 직접 몰리에게 한 말이라니까. 그리고 그 별장에 진귀한 것들이 너무 많아서 더 머물고 싶은 생각이 간절했다더구나. 몰리 얘기로는 도싯 부인이 그렇게 예뻐 보였던 적이 없었다더구나. 아주 기분이 좋아 가지고 이비 밴 오스버그와 퍼시 그라이스의 중매를 자기가 섰다고 그랬대. 젊은 사내들한테 아주 좋은 영향을 주는 모양이더라. 지금은 그 싱거운 실버튼 아이한테 관심을 주고 있다던데. 그 아이 캐리 피셔한테 빠져서 도박을 엄청나게 하고 손해를 봤던 모양이더라. 아무튼 내 말대로 이비가 약혼을 한 건 사실인 모양이더라. 도싯 부인이 퍼시 그라이스와 이비를 함께 자기 집에 머물게 해서 그 일을 완전히 성사시킨 모양이야. 그래서 그레이스 밴 오스버그는 제칠천국(第七天國)[23]에 있다더구나. 이비 시집보내는 걸 거의 포기했던 모양이던데."

페니스턴 부인은 다시 한번 말을 끊었다. 하지만 이번에는 가구가 아닌 조카딸을 유심히 바라보았다.

"그 말을 듣고 코닐리아 밴 얼스타인이 아주 크게 놀랐어. 네가 그라이스 집안 아들과 결혼할 거라는 소문을 들었다더라. 웨더럴 부부가 너와 함께 벨로몬트에서 지낸 뒤에 곧바로

---

23) 극도로 행복한 상태를 가리키는 말.

그 사람들을 만났는데, 앨리스 웨더럴은 너희 두 사람이 약혼했다고 믿고 있었대. 어느 날 아침 그라이스 씨가 갑자기 없어져서 다들 그가 반지를 사려고 서둘러 뉴욕으로 갔다고 생각했대."

릴리는 자리에서 일어나 문 쪽으로 움직였다.

"진짜로 너무 피곤하긴 하네요. 자러 가야겠어요." 그녀가 말했다. 이어 페니스턴 부인은 크레용으로 그린 고(故) 페니스턴 씨의 초상화가 놓인 이젤이 바로 앞의 소파와 줄이 맞지 않는 걸 갑자기 발견하고 거기에 신경을 쓰느라 릴리가 자신의 이마에 입술을 대는 것도 모르는 것처럼 보였다.

방으로 돌아간 릴리는 가스버너의 불을 키우고 벽난로 쪽을 바라보았다. 그 벽난로는 아래층에 있는 벽난로만큼이나 번쩍번쩍 윤이 났지만 적어도 자신의 방에서만큼은 종이 몇 장쯤 고모의 불만을 사지 않고 태울 수 있었다. 하지만 당장 편지를 태우지는 않고 의자에 털썩 앉아서 지친 표정으로 주변을 둘러보았다. 그녀의 방은 널찍했고 가구도 편안하게 배치되어 있었다. 그 방은 하숙 생활을 하고 있는 불쌍한 그레이스 스테프니의 선망과 감탄의 대상이었다. 하지만 릴리가 여러 주를 보내는 손님방들의 밝은 색조와 화려한 설비에 비하면 감옥처럼 음침한 곳이라고 할 수 있었다. 검은색 호두나무 목재로 만든 장중한 옷장과 침대는 페니스턴 씨의 침실에서 옮겨 온 것이었고, 60년대 초에 유행했던 패턴의 심홍색 '플록' 벽지[24] 위

---

24) 자잘한 털을 표면에 붙이는 플록 기법으로 만들어진 벽지.

에는 이야기에서 따온 인물을 새긴 커다란 철제 판화가 걸려 있었다. 릴리는 화장대를 레이스로 장식하고 그림이 그려진 작은 탁자 위에 사진을 몇 점 올려놓는 따위 사소한 노력으로 그 멋 없는 배경을 조금이라도 개선해 보려고 노력했다. 하지만 방을 둘러보는 그녀의 눈에 그런 노력이 헛되다는 사실이 너무나도 분명히 보였다. 그녀가 자신을 위해 그려 보곤 했던 세련되고 우아한 배경과 얼마나 대조적인지! 그녀 스스로 친구들에 비해 자신이 우월하다고 느낄 수밖에 없게 해 주는 특유의 예술적 감수성을 온통 발휘해 친구들의 복잡하고 화려한 환경 이상으로 훌륭하게 꾸민 그런 방 말이다. 정신적으로 우울하다 보니 추한 물건에 대한 좀처럼 지울 수 없는 릴리의 예민한 감각이 강화되었다. 흉측하게 생긴 가구들 한 점 한 점이 최대한 공격적인 각도로 그녀를 대하는 것 같았다.

고모의 말에 새로운 것은 없었다. 하지만 그 말들을 들으며 버사 도싯이 미소를 짓고 으쓱대고 우쭐하던 모습, 그녀와 릴리가 속한 소그룹의 구성원들 모두가 알아들을 만한 암시를 주면서 릴리를 조롱하던 모습이 기억에 되살아났다. 그 조롱을 생각할 때 릴리는 다른 어떤 경우보다 더 깊은 상처를 받았다. 릴리는 당하는 사람이 피 한 방울 흘리지 않게 하면서 껍질을 벗겨 버리는 암시적인 은어들을 속속들이 잘 알고 있었다. 그 장면을 회상하는 순간에조차 뺨이 달아올라서 자리에서 벌떡 일어나 그 편지들을 집어 들었다. 더 이상 그 편지들을 태워 버려야겠다는 생각이 들지 않았다. 페니스턴 부인의 말이 가져온 재빠른 부식 작용으로 인해 그녀의 원래 의도가 사그라든 것이다.

릴리는 대신 책상으로 다가가 밀랍을 먹인 양초에 불을 붙인 후 그 편지 뭉치를 먼저 묶고 양초로 그것을 봉했다. 그런 다음 옷장 문을 열고 공문서 송달함을 꺼내 그 속에 넣었다. 그러는 동안 자신이 거스 트레너에게 빚진 돈으로 그 편지들을 샀다는 아이러니가 순간적으로 그녀를 스쳐 지나갔다.

10장

　가을은 단조롭게 이어졌다. 바트 양은 주디 트레너로부터 자신이 벨로몬트에 돌아오지 않는 것을 나무라는 짤막한 편지를 한두 차례 받았다. 하지만 릴리는 고모와 함께 있어 드려야 한다며 대답을 얼버무렸다. 그러나 실은 페니스턴 부인과 단둘이 지내는 생활에 빠른 속도로 지쳐 가고 있었고, 새로 얻게 된 돈을 쓰는 맛만이 그녀의 단조로운 일상에 재미를 주었다.

　릴리는 살아오는 내내 돈이 들어오자마자 그와 똑같은 속도로 빠져나가는 것을 보아 왔다. 그리고 번 돈의 일부를 떼어 저축하는 것이 신중하다는 사실에 대해 나름의 이론을 계발하긴 했어도 불행히도 그 반대 경우의 위험에 대한 비전, 그녀를 구원해 줄 수도 있었을 그 비전이 없었다. 단 몇 달 동안

이기는 했지만 친구들의 너그러움에 기대지 않고서도 살 수 있고, 다른 사람들의 날카로운 눈이 자신의 드레스에서 주디 트레너의 화려한 옷을 재활용한 흔적을 알아볼지도 모른다고 걱정하지 않으면서 거리를 활보할 수 있다는 사실을 자각하는 것은 무척 즐거운 일이었다. 돈의 덕으로 모든 소소한 의무로부터 해방되었다는 사실로 인해 그 사실이 대변하고 있던 더 큰 의무에 대한 감각이 무뎌졌다. 더욱이 그렇게 많은 돈을 굴려 본 적이 없는지라 돈 쓰는 재미에 홀딱 빠져 지냈다.

그러던 어느 날 릴리는 무척 섬세하고 우아한 화장 도구 가방을 한 시간 동안 들여다본 후 한 가게를 나오다 손목시계를 수리하려는 수수한 목적을 가지고 그 가게에 들어서던 패리시 양을 마주쳤다. 릴리는 그 순간 자신이 특별한 선행을 했다고 느끼고 있었다. 그녀는 연극 관람 때 입을 새 외투의 고지서를 받을 때까지 그 화장 도구 가방 구입을 미루기로 결심했는데, 이 결심으로 인해 자신이 그 가게를 들어섰던 순간보다 나가는 순간에 더 부자가 된 듯했던 것이다. 이와 같이 자신의 행위에 대해 흐뭇한 기분일 때는 타인들에 대한 공감도 우러났으니, 릴리는 거티가 우울해하고 있다는 것을 즉시 알아보았다.

알고 보니 패리시 양은 평소 그녀의 관심 대상으로서 현재 경제적인 곤란을 겪고 있는 자선 단체의 위원회 모임에서 방금 나온 길인 듯했다. 그 단체는 뉴욕 시내 사무실의 고용인인 젊은 아가씨들이 실직을 하거나 휴식이 필요할 때 그들의 집이 되어 줄 편안한 숙소, 독서실과 다른 소박한 시설들을 갖춘 장소를 제공하는 것을 목적으로 하고 있었다. 그런데 첫해의 재정 보고에 의하면 수입이 너무나 적어서 그 사업이 시급하다는 것을 확신한 패리시 양은 그 사업에 대한 사람들의 관심이 그렇게 부족하다는 사실 때문에 더욱 실망을 하고 있었던 것이다. 타인을 생각하는 감수성이 함양되어 있지 않았던 릴리에게는 친구가 자신이 관여하고 있는 자선 사업에 대해 이야기하는 것이 종종 지루하게 느껴졌지만, 오늘만큼은 그녀의 기민한 극적 감수성이 자신의 상황과 거티의 '경우들'이 대변하고 있는 상황의 대조를 쉽게 포착했다. 이 경우들은 자신처럼 젊은 여성들이었고, 그중에는 제법 미인들도 있을 것이고, 또 개중에는 자신처럼 섬세한 감수성의 소유자도 몇 명 있을 수 있었다. 그녀는 스스로 그런 생활을 하는 모습을 상상해 보았다. 그런 생활은 거기에 성공한다 해도 실패할 경우와 마찬가지로 끔찍할 것이었다. 그런 상상만으로도 그 여자들에게 동정이 가면서 소름이 끼쳤다. 그 화장 도구 가방 값은 아직 릴리의 주머니에 있었다. 그래서 릴리는 자신의 자그마한 금빛 지갑을 꺼내 그 돈의 상당 부분을 패리시 양의 손에 쥐여 주었다.

이 행동에서 얻어진 만족감은 열렬한 도덕가가 바람직하다고 생각했을 모든 요소들을 포괄했다. 릴리는 부의 소유를 그리도 자주 꿈꾸었지만 그것을 이용해 선행을 한다는 생각은 한 번도 해 본 적이 없었다. 그러나 이제 그녀의 지평은 돈을 뭉텅뭉텅 쓰는 자선의 꿈을 통해 넓어졌다. 더욱이 애매모호한 논리 과정을 거쳐 자신의 일시적 관대함이 이전의 모든 낭비와 사치를 정당화해 주고 앞으로 실컷 낭비를 해도 좋다는 구실도 되어 줄 수 있다고 느꼈다. 패리시 양의 놀라움과 감사는 이런 느낌을 승인해 주는 효과를 냈고, 릴리는 자긍심을 느끼며 그녀와 헤어졌다. 그 자긍심이 이타적 행위의 산물이라고 당연한 착각을 하면서.

이 무렵 그녀는 애디론댁산맥에 있는 캠프에서 추수 감사절 주간을 함께 보내자는 초대를 받아 기분이 더욱 유쾌해졌다. 그 초대는 일 년 전이었다면 아마 지금만큼 흔쾌히 받아들이지는 않았을 것이다. 왜냐하면 그 파티의 조직자가 피셔 부인인 것은 사실이었지만 주최 측은 근본이 불분명하되 사교계에서의 성공에 대한 야심이 대단한 부인으로 그동안 릴리가 피해 왔던 사람이었기 때문이다. 하지만 이제 릴리는 피셔 부인의 견해, 즉 파티를 훌륭하게만 진행시킨다면 그 파티의 주최자가 누구인가는 중요하지 않다는 견해를 받아들일 용의가 있었다. 그런데 (솜씨가 좋은 사람이 지도해 주기만 하면) 행사를 훌륭하게 진행시키는 건 웰링턴 브라이 씨 부인의 강점이었다. 증권가와 스포츠계에 '웰리' 브라이라는 이름으로 알려진 남자의 배우자인 그 부인은 사교계에서 기필코 성공을 이루고야 말겠다고 단단히 작심한 터라, 그 결심의 실현 과정에서 이미 남편 하나와 잡다한 다른 고려 사항들을 희생시킨 바 있는 인물이었다. 그리고 캐리 피셔를 확실히 붙잡은 후 그녀의 지도에 전적으로 자신을 내맡기는 지혜를 발휘할 만큼 나름대로 통찰력도 있는 여자였다. 따라서 모든 일이 매우 훌륭하게 진행되었다. 피셔 부인은 남의 돈을 쓰는 일이라면 전혀 이낌이 없었기 때문이다. 그리고 피셔 부인이 자신의 학생에게 말했듯이 사교계에 발을 들여놓는 데 훌륭한 요리사만큼 좋은 매개체는 사실 없었다. 파티 참석자들이 파티에서 제공된 요리만큼 엄선되지 않았다 해도 웰리 브라이 부부는 적어도 한두 명의 잘 알려진 이름과 함께 최초로 사교계 칼럼에 이름을 냈다는 사실에서 만족감을 얻을 수 있었다. 그 명사들 중 가장 중요한 인물이 바로 바트 양이었다. 바트 양은 자신을 초대한 부부로부터 자신의 지위에 합당한 존중을 받았다. 그리고 누군가 그런 식으로 자신을 주목해 주었다는 사실에 만족한 그녀에게 주목을 보여 준 사람이 누구냐는 중요하지 않았다. 브라이 부인의 경탄은 그걸 보면서 릴리가 윤곽을 상실했던 자아도취를 되찾을 수 있게 해 주는 거울 같은 것이었다. 어떤 곤충도 인간의 허영심의 무게를 지탱해 주는 실만큼 약한 줄에 그 보금자리를 매달지는 않는 법이다. 별 볼일 없는 사람들 사이에서 주인공 대우를 받음으로써 바트 양은 자신의 능력에 스스로 흡족해하며 자신감을 되찾았다. 만일 그 사람들이 자신에게 잘 보이려고 노력하고 있다면, 그 사실은 그들이 들어가고 싶어 하던 사교계에서 자신이 아직도 상당히 중요한 지위를 차지하고 있다는 것을 의미했다. 그리고 릴리는 세련되게 행동함으로 그들의 경탄을 자아내고 자신의 탁월한 점들에 대한 그들의 얼떨떨한 지각을 발달시키는 데서 일종의 즐거움을 느꼈다. 아직 그러지 않을 만큼 완전히 허영심을 떨쳐 버린 사람은 못 되었던 것이다.

하지만 그녀의 즐거움은 아마도 스스로 의식하는 것 이상으로 여행에 따른 육체적 자극, 상쾌하게 차가운 공기와 힘든 운동이 주는 도전, 겨울 숲의 영향력 하에 그녀의 육체가 느끼는 흥분 등에서 기인했을 것이다. 뉴욕으로 돌아간 그녀는 되돌아온 활력으로 자신의 얼굴이 빛나고 뺨이 더 붉어지고 근육에는 새로운 탄력이 붙었다는 사실을 의식했다. 미래는 막연한 약속으로 가득 찬 듯 느껴졌으며, 모든 걱정은 들뜬 기분의 조류 속으로 휩쓸려 사라져 버렸다.

뉴욕으로 돌아간 며칠 후 그녀는 로즈데일 씨의 방문을 받고 놀라기도 했고 불쾌하기도 했다. 친구들이 찾아올지도 몰라 벽난로 가의 다탁을 치우지 않고 있던 느지막한 시간이었는데, 그의 태도는 그 여건이 암시하는 친근감에 적응할 용의가 충분하고도 남는 듯한 것이었다.

릴리는 그가 어떤 불명확한 방식으로 자신의 운 좋은 투자와 연결되어 있다는 사실을 의식하고 있었기 때문에 그를 그가 기대하는 만큼 환대하려고 노력했다. 하지만 그의 친근한 태도에는 뭔지 모르게 릴리의 친근한 태도에 찬물을 끼얹는 면이 있었다. 그리고 릴리는 자신이 그와 만날 때마다 결정적인 실수를 계속 하나씩 추가하고 있다는 사실을 의식했다.

로즈데일 씨는 릴리 곁의 안락의자에 재빨리 앉아 편안한 자세로 차를 홀짝거렸다. 그리고 미식가 특유의 비판적 태도로 "최고급 차를 구하시려면 제가 아는 사람한테 가시는 게 좋겠습니다."라고 말했다. 릴리는 그에 대한 혐오감 때문에 찻주전자 뒤에 계속 꼿꼿한 자세로 앉아 있었는데, 그는 그녀의 그런 혐오감을 전혀 의식하지 않는 것처럼 행동했다. 그렇게 거리를 두는 그녀의 태도야말로 진귀하고 구하기 힘든 것에 대한 그의 수집가다운 정열에 호소하는 요인이었을 것이다. 어쨌든 그는 릴리의 그런 태도에 전혀 분개하는 모습을 보이지 않은 채 그녀의 태도에 결여된 편안함을 모두 자신의 태도로 상쇄할 마음의 준비가 되어 있는 것처럼 행동했다.

그는 오페라 개막 날 저녁 자신의 칸막이 좌석에 그녀를 초대하려는 목적으로 방문한 것이었는데, 그녀가 망설이자 설득조로 말했다. "피셔 부인도 함께 계실 것이고, 또 당신을 엄청나게 존경하고 있는 사람도 한 명 확보했습니다. 만일 당신이 제 초대를 거절하신다면 그가 저를 절대 용서하지 않을 겁니다."

릴리는 침묵으로 일관해서 그의 암시를 그의 손아귀에 남겨 놓았고, 그러자 그가 흉금을 털어놓듯 미소를 지으며 말했다. "거스 트레너가 그날 일부러 뉴욕에 오기로 약속했습니다. 당신을 만나는 즐거움을 위해서라면 그보다 더 먼 데도 갈 것 같던데요."

바트 양은 마음속에서 짜증이 이는 것을 의식했다. 자신의 이름이 트레너의 이름과 함께 언급되는 것도 불쾌했지만, 그런 식의 암시가 로즈데일의 입에서 나오는 것은 특히 더 언짢았다.

"트레너 부부는 저와 가장 친한 친구들이지요. 우리가 서로를 만나기 위해서라면 모두 아주 먼 곳이라도 찾아갈 만한 사이라고 생각하는데요." 그녀가 차를 새로 준비하는 데 신경을 쓰면서 말했다.

손님의 미소는 더욱더 허물이 없어졌다. "트레너 부인을 염두에 두고 드린 말씀은 아니었습니다. 거스도 항상 그러지는 않는다고들 그러던데요, 아시다시피." 그런 뒤 곧 자신의 어조가 경우에 어긋났다는 사실을 어렴풋이 깨닫고 딴에는 분위기를 바꿔 보려고 덧붙였다. "그러나저러나 월가에서 재미 좀 보셨습니까? 거스가 당신을 위해서 지난달에 꽤 괜찮은 벌이를 해 드렸다고 들었는데."

릴리는 왈칵 다기를 내려놓았다. 자신의 두 손이 덜덜 떨리는 것을 알 수 있었고, 그 떨림을 중지시키기 위해서 무릎 위로 손을 맞잡았다. 하지만 입술도 떨렸고, 잠시 동안은 목소리가 떨려 나올까 봐 걱정이 되었다. 하지만 그녀가 입을 열었을 때 그녀의 입에서 나온 말은 완벽히 가벼운 어조였다.

"아, 그래요. 투자할 돈이 조금 있어서 트레너 씨가 도움을 주고 계세요. 제 고모님의 대리인이 충고하는 것처럼 주택 담보 대출에 투자하지 말고 주식에 투자하라고 조언을 해 주셨지요. 그런데 정말 우연히도 무척 운 좋은 '매매'를 했어요. 그런 용어를 쓰시죠, 아마? 당신도 그런 '매매'를 꽤 많이 하시는 걸로 알고 있으니까요."

그녀는 이제 긴장을 다소 풀면서 그를 향해 미소를 지었다. 눈초리와 태도에 거의 눈에 띄지 않을 정도의 변화를 줌으로써 그를 조금 더 친밀한 관계 속에 받아들인 것이다. 릴리는 자신에 대한 보호 본능 덕분에 항상 성공적으로 속마음을 감출 수 있을 만큼 강화된 신경의 소유자였고, 그녀가 자신의 미모를 불편한 주제로부터 관심을 돌리는 데 이용한 것이 이

번이 처음은 아니었다.

　로즈데일 씨는 자신의 초대에 대해 그녀의 수락을 받았을 뿐 아니라 이 방문으로 인해 자신의 목적 달성을 위해 한 걸음 전진했다는 막연한 느낌을 안고 릴리 양과 작별 인사를 했다. 그는 자신이 부담스럽지 않게 처신해서 여자들을 잘 다룬다고 자신해 왔는데, 바트 양이 재빨리 자신과 (그의 표현에 따르면) "줄을 맞추는" 모습을 보며 여자라는 변덕스러운 종을 다루는 자신의 능력을 새삼 확신할 수 있었다. 그는 릴리가 트레너와의 거래에 대해 적당히 얼버무리는 모습을 보며 그런 행동이 자신의 통찰력에 대한 찬사인 동시에 자신의 의심을 확인시켜 주는 것이었다고 생각했다. 그녀가 다소 불편해하는 것이 분명했고, 로즈데일 씨는 다른 방법으로 그녀와 가까워질 수 없다면 그녀의 불편한 심정이라도 이용하는 데 주저할 사람은 아니었다.

　그가 떠난 뒤 릴리는 혐오감과 공포심에 사로잡혔다. 거스 트레너가 로즈데일에게 자신에 대해 직접 이야기했다고는 믿기 어려웠다. 트레너에게 온갖 단점이 있긴 했지만 그는 가문이라는 안전장치가 있는 사람이었고, 그 안전장치가 순수하게 본능적인 것이었기 때문에 그것을 풀 가능성이 더 적은 사람이었다. 하지만 릴리는 아차 하는 심정으로 주디가 자신에게 속엣말을 했던 것을 기억했다. 거스가 술에 취해 "바보 같은 소리를 지껄여 댄" 사례가 여러 차례 있었다는 사실을. 바로 그렇게 술 취한 상태에서 그의 입에서 그 치명적인 이야기가 나왔음에 틀림없었다. 릴리는 로즈데일에 대해 처음에 크게 놀라긴 했지만 그가 어떤 결론을 내렸든 별로 괘념치 않았다. 릴리는 자신의 이해관계에 관한 일들을 보통 상당히 솜씨 있게 다룰 줄 알았지만 사교계의 습관이 몸에 밴 사람들에게 드물지 않은 오류에서 자유롭지는 못했다. 즉 사교계의 습관을 획득하지 못하는 능력이 그 사람이 전체적으로 우둔하다는 것을 뜻한다고 판단하는 실수를 범한 것이다. 관념적인 자연주의자는 금파리가 터무니없이 창틀에 부딪히는 것을 보고 금파리도 그보다 덜 인위적인 환경에서는 자신의 복지에 알맞은 정확성을 가지고 거리를 측정하고 판단하는 능력이 있다는 사실을 잊어버릴 것이다. 마찬가지로 릴리는 로즈데일 씨가 응접실에서 원근을 잘 측정하지 못하는 것을 보고 그가 트레너나 자신이 아는 다른 우둔한 남자들과 한통속이라고 분류해 버렸고, 조금 칭찬을 해 주고 가끔 그의 호의를 받아 주면 그가 충분히 무해한 존재가 될 거라고 지레짐작했다. 하지만 어쨌든 오페라의 초연 날 그의 칸막이 좌석에 자신의 모습을 나타내 주는 게 편리하다는 것에는 의심의 여지가 없었다. 그리고 사실 주디 트레너가 그를 그해 겨울에 초대하기로 이미 약속했다면 자신이 그 방면에서 선수를 치는 수확을 거둔다고 나쁠 것은 없었다.

릴리는 로즈데일의 방문 후 하루 이틀 동안 트레너가 자신에게 하고 있는 애매한 요구에 대한 생각에 시달렸다. 그리고 그가 자신에 대해 영향력을 행사할 수 있게 해 주는 것으로 보이는 그 거래의 정확한 성격에 대해 더 분명히 알았으면 좋겠다는 생각이 들었다. 하지만 그녀는 익숙하지 않은 생각을 하기 싫어했고, 숫자라면 언제나 수수께끼 같기만 했고 그 앞에서 자신이 무력하게 느껴졌다. 더욱이 밴 오스버그 집안의 결혼식 이후로 트레너를 다시 만난 적이 없어서 그가 눈앞에서 오락가락하지 않는 사이에 로즈데일이 한 말의 흔적은 다른 흥밋거리들 사이에 묻혀 버렸다.

오페라의 초연 날 밤 그녀는 자신의 걱정을 완전히 잊어버린 상태여서 로즈데일의 뒤에서 트레너의 불그스레한 얼굴이 눈에 띄었을 때 그저 유쾌하고 안심이 되었다. 릴리는 그렇게 남들의 눈에 띄게 로즈데일의 손님 역할을 해야 하는 상황에 대해 꺼림칙한 기분을 완전히 떨쳐 버리지 못했고, 따라서 자신의 부류 중 한 사람이 지원에 나섰다고 생각하면 도움이 되었다. 피셔 부인도 있기는 했지만 그녀가 워낙 아무하고나 어울리는 행태를 보였기 때문에 그녀가 함께 있다고 해서 바트 양이 거기 있는 것이 정당화될 수는 없었던 것이다.

릴리는 자신의 미모를 대중 앞에 드러낼 생각을 하면 항상 기분이 좋아졌고, 그날 저녁은 자신의 드레스가 장신구 덕분에 더 돋보인다는 사실을 의식하고 있었다. 따라서 트레너의 끈질긴 눈길도 자신에게 쏠리고 있는 일반적인 경탄의 시선의 흐름 속에 합류되었다. 아, 젊다는 것, 빛난다는 것, 자신의 날씬함과 활력과 탄력에 대한 의식, 균형을 이룬 선과 행복한 색조에 대한 의식으로 넘쳐 난다는 것, 신체적인 천재성이라고 볼 수 있는 저 설명할 길 없는 우아함 덕분에 자신이 남다른 경지로 상승됨을 의식하는 것 ── 그 모든 것은 정말 행복한 일이었다!

그런 목적을 달성하기 위해서라면 어떤 수단이라도 정당화될 것 같은 기분이었다. 아니, 이제 바트 양에게 익숙해진 것처럼 시선을 약간 이동시킴으로써 행복하게 정당화되는 듯했다. 원인은 효과의 전반적인 광채 속에서 작은 점 하나로 축소되는 것이다. 하지만 젊음에 빛나는 아가씨들은 자신이 발하는 광채에 눈이 약간 어두워져서 자신들의 빛에 잠겨 버리는 자그마한 위성들도 독자적으로 자전과 공전을 하고 있으며 자기 나름의 열을 발하고 있다는 사실을 잊기 쉽다. 만일 릴리가 거스 트레너가 자신의 드레스와 오페라 관람용 외투의 비용을 간접적으로 지불했다는 천박한 생각 때문에 그 순간 자신이 누리고 있던 시적 만족감에 방해를 받지 않았다면, 거스 트레너는 그런 산문적 사실을 잊어버릴 만큼 시적인 사람은 아니었다. 그가 아는 건 단지 릴리가 그 어느 때보다도 가장 멋있어 보인다는 것, 좋은 옷을 그녀만큼 잘 소화해서 뽐낼 수 있는 여자가 그 장소에 단 한 명도 없다는 사실, 그리고 자신이 릴리에게 그 같은 과시의 기회를 제공해 주었음에도 여태까지 다른 사람들의 수백 쌍의 눈과 함께 그녀를 바라보는 것 이상의 보답을 받은 적이 없다는 사실뿐이었다.

따라서 1막과 2막 사이 릴리와 트레너가 단둘이 칸막이석 뒤쪽에 남아, 트레너가 거두절미하고 권위적이고 퉁명스러운 어조로 다음과 같이 말했을 때 릴리는 기분이 불쾌해지며 놀랐다. "이봐, 릴리, 언제 잠깐이라도 만날 수 있는 거지? 내가 일주일이면 서너 번 뉴욕에 오는데, 클럽에 전화 한 통만 하면 날 만날 수 있다는 걸 알잖아. 그런데 요새는 나한테서 정보를 얻고 싶을 때가 아니면 내 존재도 기억하지 못하는 것 같더군."

그 말이 명백하게 저속했기 때문에 대답하기가 더 쉬워지지 않은 건 분명했다. 릴리는 지금이 평소에 지나치게 허물없이 구는 사람들을 대할 때 하듯이 자신의 날씬한 몸매를 움츠리면서 눈썹을 찌푸려 놀라움을 표시할 순간은 아니라는 사실을 명확하게 인식했다.

"저를 만나고 싶어 하시다니 우쭐한 기분이네요." 그녀가 놀라움을 표시하는 대신 가볍게 그 말을 넘겨 버리려고 노력하며 대답했다. "하지만 제 주소를 잃어버리신 게 아니라면 오후에 고모 댁으로 오셨더라면 항상 저를 만나실 수 있었을 텐데요. 사실 그러실 거라고 기대하고 있었어요."

만일 그녀가 이 마지막 말에 함축된 의미를 통해 그를 달래 보고자 했다면 그 시도는 실패였다. 그가 화가 났을 때 그를 가장 우둔하게 보이게 만드는 자세, 릴리에게도 이미 친숙한, 고개를 낮추는 자세를 하며 다음과 같이 대답했으니 말이다. "고모 댁이라니 웃기지 마시오. 다른 사내들이 주절대는 걸 들으며 오후 시간을 낭비하라고! 내가 사람들 많은 데 앉아서 잡담이나 지껄이는 치가 아니라는 걸 알잖나. 그런 종류의 서커스가 벌어지고 있으면 차라리 자리를 뜨는 게 낫다고. 하지만 왜 우리가 잠깐 어디 함께 가서 재미있게 시간을 보내지 못한단 말이오? 벨로몬트 역으로 나를 마중 나왔던 날 했던 드라이브처럼 호젓하고 재미있는 것 말이오."

그는 이런 제안을 하기 위해서 불쾌할 정도로 가깝게 릴리

쪽으로 고개를 디밀었고, 릴리는 그가 알 만한 냄새를 풍긴다는 것을, 그의 얼굴이 불그스레하고 이마가 젖어서 반짝거리는 원인인 술 냄새가 풍긴다는 사실을 깨달았다.

릴리는 대답을 잘못 했다가 불쾌한 장면이 연출될지도 모르겠다고 생각하며 자신의 혐오감을 신중하게 달랬다. 그리고 웃으며 대답했다. "도시에서 시골길에서처럼 드라이브할 방법이 있는지 모르겠네요. 하지만 제가 항상 저를 흠모하는 사람들에게 둘러싸여 있는 건 아니에요. 그리고 어느 날 오후에 오시는지 알려 주시면 호젓하게 담소를 즐길 수 있도록 조정해 볼게요."

"담소라니 웃기지 마시오! 항상 그런 식으로 말하지." 트레너가 대꾸했다. 그는 욕의 어휘조차도 한정되어 있었다. "밴오스버그 집안의 결혼식에서도 그렇게 말하면서 미뤘지. 하지만 쉬운 영어로 말하면, 이제 나한테서 원하는 걸 얻어 냈으니 다른 남자들과 어울리고 싶다는 거겠지."

마지막 말과 더불어 그의 목소리가 날카롭게 높아졌고, 릴리는 짜증이 나서 얼굴을 붉혔지만 상황을 신중히 조절하며 그의 팔에 설득조로 손을 얹었다.

"바보 같은 소리 하지 마세요, 거스. 이렇게 우스꽝스럽게 제게 말씀하시면 안 되지요. 정말로 저와 만나고 싶으시면 언제 오후 시간을 잡아 센트럴파크에서 산보를 하면 어때요? 저도 도시에서 시골 기분을 맛보는 게 재미있을 거라고 생각해요. 그러니 만일 원하신다면 센트럴파크에서 뵐게요. 가서 다람쥐 먹이도 주고, 증기 곤돌라도 태워 주시고 그러시죠."

그녀는 미소를 지으며 그를 그윽한 눈길로 바라보았는데, 그 눈길로 인해서 그의 희롱에서 날카로움이 사라지고 그가 갑자기 그녀의 의지에 순응하게 되었다.

"좋소, 그럼. 그렇게 합시다. 내일 올 수 있소? 내일 3시 산책 길 끝에서? 정시에 그리로 갈 테니 잊지 말아요. 바람맞히는 일 없겠지, 릴리?"

하지만 다행히도 그 순간 특별석 문이 열리고 조지 도싯이 들어서면서 그녀가 약속을 되풀이할 필요는 없어졌다.

트레너는 뚱한 표정으로 자리를 양보했고, 릴리는 조지 도싯에게 밝은 미소를 지어 보였다. 그녀는 벨로몬트 방문 이후로 도싯과 이야기를 나눈 적이 없었지만, 그의 눈길이나 태도는 자신이 지난번에 그녀와 친해졌다는 사실을 기억하고 있다는 것을 보여 주었다. 그는 감탄을 쉽게 표현하는 사람은 못 되었다. 그의 길고 혈색이 나쁜 얼굴과 의심에 찬 눈초리는 항상 풍부한 감정 표현에 장애가 되는 듯했다. 하지만 릴리는 본능적으로 자신의 영향력을 가늠하는 실처럼 가는 더듬이를 내보냈기 때문에, 좁은 소파에 그가 앉을 자리를 내주는 순간 그가 자신 가까이에 있다는 사실에 조용한 기쁨을 느끼고 있음을 확신할 수 있었다. 도싯의 기분을 맞춰 주려고 노력한 여자들이 없었는데 릴리가 벨로몬트에서 그에게 잘 대해 주었고 지금은 여신처럼 너그러운 태도로 그를 배려하며 미소를 지어 주고 있었던 것이다.

"어, 지금부터 또 반년 동안 새된 소리를 들으러 다녀야겠군요." 그가 불평조로 말했다. "올해와 작년 사이에 전혀 차이가 없군요. 여성분들이 새 옷을 입었고, 가수들은 목소리가 달라지지 않았다는 사실을 제외하면. 집사람이 음악을 좋아해요, 아시다시피. 그래서 겨울마다 항상 이걸 견뎌 내야 하지요. 이탈리아 오페라를 공연하는 날은 그렇게 나쁘지 않은 편이지요. 그런 날엔 집사람이 집에 늦게 오더라도 먹고 소화시킬 시간이 있으니까. 하지만 바그너의 오페라를 공연하는 날엔 저녁을 후닥닥 먹어 치워야 하고 그러면 꼭 대가가 따르게 돼요. 게다가 웃풍은 또 얼마나 센지. 앞자리에 앉으면 질식할 지경이고, 뒷자리에 앉으면 늑막염에 걸린다고요. 저걸 좀 봐요, 트레너가 특별석을 떠나면서 커튼도 치지 않는군! 저런 가죽을 쓰고 있으면 웃풍 때문에 힘들진 않겠죠. 트레너가 음식 먹는 모습 본 적 있어요? 그랬다면 저 친구가 어떻게 살아 있나 궁금할걸요. 몸속도 가죽으로 되어 있나 싶어요. 하지만 제가 여기 온 이유는 집사람이 당신을 다음 일요일에 우리 집으로 초대하고 싶다고 그래서예요. 제발 그러겠다고 말해 줘요. 집사람이 재미없는 사람들을 많이 초대했거든요. 지식인들 말이에요. 요새 그런 유의 사람들한테 관심을 갖게 됐나 봐요. 그런데 그게 음악보다 못하지 않다고 장담 못 하겠어요. 머리를 기른 사람들도 오고, 어떤 사람들은 수프가 나올 때쯤 토론을 시작해서 무슨 음식이 건네지는지도 모르면서 토론만 계속해요. 그러면 음식이 식고, 난 소화 불량에 걸리는 거죠. 그 우스꽝스럽게 잘난 척하는 실버튼이 그런 친구들을 데리고 와요. 그 친구 시를 쓴다죠, 아시다시피. 그리고 버사와 아주 친한 사이가 되고 있어요. 버사가 쓰기로 하면 아마 그 친구들

어느 누구보다도 잘 쓸 텐데. 영리한 치들을 가까이 두고 싶어
하는 거야 이해해요. 내가 원하는 건 그저 '그 사람들 먹는 꼴
만 안 보게 해 달라고!'라고요."

이 기묘한 메시지의 핵심 내용으로 인해 릴리는 아주 분명
한 기쁨을 느꼈다. 보통 때 같으면 버사 도싯이 자신을 초대했
다는 사실이 놀라울 이유는 없었다. 하지만 벨로몬트 에피소
드 이래 공언되지 않은 적대감이 두 사람 사이를 갈라놓고 있
었다. 이제 릴리는 자신의 마음속에서 보복에의 갈증이 사그
라드는 것을 느끼며 놀라고 있었다. 말레이의 격언에 이런 게
있다. 적을 용서하고 싶으면 일단 해를 입혀라. 릴리는 그 경구의 진
실성을 경험하고 있었다. 만일 릴리가 도싯 부인의 편지를 없
애 버렸다면 계속 그녀를 미워했을지도 몰랐다. 하지만 그 편
지들이 자신의 수중에 남아 있다는 사실 때문에 릴리의 앙심
이 충족되었다.

그녀는 미소를 지으며 초대를 수락했고, 자신을 트레너의
끈덕진 청으로부터 도피할 수 있도록 해 주는 다른 관계의 재
개를 기쁘게 맞이했다.

11장

휴가철이 지나가고 새로운 사교의 계절이 시작되었다. 5번
가에서는 밤마다 센트럴파크 주변 유행 선도 구역을 향해 마
차의 행렬이 밀려 올라가고 있었다. 그곳에서는 불 켜진 창들
과 밖으로 향한 차양들이 여느 때와 다름없이 환영의 의사를
알리고 있었다. 다른 지류들도 주류를 가로지르며 극장과 레
스토랑과 오페라로 사람들을 실어 날랐다. 페니스턴 부인은
자신의 집 2층 창가의 호젓한 감시탑에 앉아 밴 오스버그 무
도회를 향해 가는 갑작스러운 사람들의 유입으로 만성적인
소음이 증가하는 것이 언제인지, 혹은 바퀴 소리가 증가하는
이유가 단지 오페라가 끝났기 때문인지, 아니면 셰리스 식당
에서 큰 만찬이 있었기 때문인지 따위를 상세히 꿰고 있었다.

페니스턴 부인이 사교철이 무르익고 절정에 달하는 과정을

세심히 관찰하는 정도는 실제로 거기 참여해서 활발히 즐기는 사람 못지않았다. 그리고 참여자가 아닌 관찰자이기 때문에 그녀는 속담에서 말하듯 참여자라면 미처 생각하지 못할 비교와 일반화의 기회를 가지고 즐겼다. 사교계의 변동에 대해 그녀만큼 정확하게 기록할 수 있는 사람도, 매번 오는 사교철의 특징 — 침체와 화려함과 무도회의 결핍과 과도하게 많은 이혼 — 에 대해 그녀보다 더 정확히 지적할 수 있는 사람도 없었다. 그녀는 새로운 파도가 밀려올 때 표면으로 떠올랐다가 그것이 부서질 때 밑으로 가라앉는 사람들이나, 부서지는 파도 너머로 의기양양하게 안착함으로써 부러움의 대상이 되는 '새로운 사람들'의 변천에 대한 특별한 기억력의 소유자였다. 그리고 그들의 궁극적인 운명에 대한, 자신의 놀라울 정도로 정확한 소급적 통찰력을 과시하기를 즐겼는데, 즉 그들이 자신의 운명을 완수했을 때 그녀는 평소 자신의 예언을 들어 주는 그레이스 스테프니에게 거의 매번 자신이 이 같은 앞날을 정확히 예견했었다는 사실을 상기시킬 수 있었다.

페니스턴 부인은 이번 사교철의 특징이 웰리 브라이 부부와 사이먼 로즈데일 씨를 제외한 모든 사람들이 '가난하다고 느끼는' 것이라고 말했을 것이다. 지난가을에 월가에서의 성과가 별로 좋지 못했다. 특별법이 제정되어, 철도 주식과 면(綿)이 자치가 가져다주는 이익에 잘 훈련된 많은 존경할 만한 시민들보다는 행정력의 발휘에 더 민감하다는 것을 증명하면서 그것들의 가격이 떨어졌기 때문이었다. 시장의 추이와는 독립적이라고 여겨졌던 재산들조차도 실은 그것들이 은밀하게 시장에 의존하고 있었다는 사실을 노출시키거나, 아니면 시장에 대해 동정적인 애정을 느끼는 바람에 피해를 입었다. 사교계의 사람들은 시무룩해져서 전원주택으로 가거나 익명으로 뉴욕에 왔고, 일반적인 오락은 홀대를 당했으며, 격식을 덜 차린 행사와 간단한 정찬이 유행했다.

하지만 한동안 신데렐라 역할을 즐기던 사교계는 곧 벽난로 주변에서 해야 하는 그 역할에 싫증이 났으며 다시 쭈그러진 호박을 황금 마차로 바꿔 줄 실력이 있는 마술사로 어떤 요정 대모가 나타나더라도 환영할 상태가 되었다. 누구든 대부분의 사람들의 투자가 축소되고 있을 때 부자가 되고 있다는 단순한 사실만으로도 선망의 대상이 될 수 있었다. 그리고 월가의 소문에 따르면 웰리 브라이와 로즈데일이 바로 이런 마술을 행하는 비결의 발견자들이었다.

특히 로즈데일은 재산을 두 배로 늘렸다고들 했으며 그가 추락의 희생자들 중 한 사람이 새로 개수해 놓았던 저택을 살 거라는 소문이 돌았다. 그 희생자는 열두 달이라는 짧은 기간 동안 십이만 달러를 벌어서 5번가에 집을 짓고 옛날 거장들의 그림으로 회랑을 장식하고, 거기서 뉴욕의 내로라하는 모든 사람들에게 연회를 베풀었다. 그러다가 그의 채권자들이 그 거장들의 그림에 보호 장치를 설치하는 동안, 그리고 그의 손님들이 서로서로에게 자신들은 단지 그림이 보고 싶어서 그의 집 연회에 참석했었노라고 설명하는 동안 간호사와 의사 사이에 끼어 미국을 빠져나갔다. 로즈데일 씨가 사교계의 경력에 대해 가진 목표는 그보다는 덜 찬란한 것이었다. 그는 사교계에 입문하는 일은 서서히 이루어져야 한다는 사실을 알고 있었으며, 자신 종족 특유의 본능으로 퇴짜나 지체를 참아낼 능력이 있었다. 하지만 그는 이 사교철의 침체로 인해 자신이 빛날 예외적인 기회가 주어졌다는 사실을 재빨리 간파했고, 자신의 영광이 성장하기 위한 배경을 참을성 있고 부지런히 만들어 나가기 시작했다. 이 기간 동안 그에게 아주 큰 도움을 준 사람은 피셔 부인이었다. 그녀는 너무나 많은 신참자들을 사교계의 무대에 등장시키는 역할을 담당했기 때문에 경험 있는 관찰자라면 그녀만 보고도 정확히 무슨 일이 일어날지 알 수 있는, 어떤 정해진 장면을 구성하는 소품 중의 하나와도 같았다. 하지만 로즈데일 씨는 궁극적으로 그보다 더 개인적인 환경을 원했다. 그는 사회적인 층위의 미세한 차이를 알아보는 섬세한 감각의 소유자였다. 그가 그런 감각에 상응하는 섬세한 매너를 보여 주지 않기 때문에 바트 양이 결코 그에게 그런 섬세한 감각이 있으리라고 짐작을 못 할 따름이었다. 그런데, 그에게는 바트 양이야말로 사교계에서 자신의 위치를 상승시켜 주는 데 필요한 바로 그런 보완적인 자질들을 소유한 사람이라는 사실이 더욱더 선명하게 보이기 시작하고 있었다.

그런 세부적인 내용은 페니스턴 부인의 시야에는 들어오지 않았다. 파노라마적으로 큰 그림을 보는 많은 사람들처럼 그녀의 경우도 전경의 세부적인 것들은 간과하는 경향이 있었다. 따라서 그녀는 캐리 피셔가 웰리 브라이 부부의 요리사를 어디서 구해 주었는지는 알아도 자신의 조카딸에게 무슨 일

11장

이 일어나고 있는지는 모를 가능성이 많았다. 하지만 그녀에게 결핍된 것을 기꺼이 보충해 줄 정보의 조달업자가 없는 것은 아니었다. 그레이스 스테프니의 정신은 일종의 도덕적 파리잡이 끈끈이 같아서, 붕붕대는 수다나 험담이 치명적으로 거기 달라붙었고, 엄청난 기억력을 동원한 노력 속에서 끈기 있게 매달려 있었다. 만일 릴리가 스테프니 양의 두뇌 속에 자신에 관한 얼마나 많은 사소한 사실들이 단단히 자리 잡고 있었는지를 알았다면 무척 놀랐을 것이다. 릴리는 자신이 우중충한 사람들의 관심사라는 사실을 잘 알고 있었지만 우중충함에는 단 한 가지 형태만 있다고, 찬란함에 대한 경탄만이 우중충함의 열등함에 대한 자연스러운 표현이라고 가정하고 있었다. 거티 패리시가 자신을 맹목적으로 존경하고 있다는 것을 알고 있었기 때문에, 그레이스 스테프니도 동일한 감정으로 자신을 바라보고 있다고 착각하고 있었다. 그레이스 스테프니는 거티 패리시와 같지만 거티 패리시에게서 젊음과 열정이라는 미덕을 뺀 부류에 속한다고 생각하고 있었으니 말이다.

실제로는 거티 패리시와 그레이스 스테프니는 그들의 관조의 대상과 그들이 다른 것만큼이나 서로 달랐다. 패리시 양의 가슴이 릴리에 대한 다정한 환상의 샘이었다면 스테프니 양의 가슴은 릴리와 자신의 관계에서 드러나는 모든 사실들을 정확히 기록하고 있었다. 그녀는 릴리가 보기에 주근깨가 앉은 코에 발그스레한 눈두덩을 한 사람, 하숙집에 살면서 페니스턴 부인의 응접실을 감탄의 눈으로 바라보는 사람과는 너무 안 어울려서 우스꽝스럽다고 생각했을 그런 섬세한 감수성의 소유자였다. 하지만 불쌍한 그레이스의 한계들은 그녀에게 더욱 집중된 내적인 삶을 가져다주었으니, 그건 토양이 척박한 곳에서 어떤 식물들이 더욱 강렬하게 꽃피는 것과도 같았다. 그녀는 실제로 추상적으로 악의적인 성향의 사람은 아니었다. 그녀는 릴리가 화려하고 뛰어나기 때문이 아니라 릴리가 자신을 싫어한다고 믿었기 때문에 그녀를 싫어했다. 자신이 보잘것없다고 생각하기보다 인기가 없다고 믿는 쪽이 덜 굴욕적인 법이다. 그리고 우리의 허영심은 자신에 대한 무관심 뒤에 자신을 싫어하는 감정이 숨겨져 있다고 가정하는 쪽을 선호하기 마련이다. 릴리가 로즈데일 씨에게 보여 주는 정도의 공손함만 스테프니 양에게 보여 주었더라도 릴리는 스테프니 양의 평생의 친구가 되었을 것이다. 하지만 릴리가 자신에게 그런 친구를 만들어야 될 필요성이 있을 거라고 어떻게 예견할 수 있었겠는가? 더욱이 본인은 한 번도 남에게 무시당해 본 경험이 없는 아가씨가 그런 모욕이 다른 사람에게 가져다주는 고통을 어떻게 측정할 수 있었을 것인가? 그리고, 마지막으로, 초대를 너무 많이 받아서 어디로 가야 좋을지 고르기 힘든 상황에 익숙한 사람인 릴리가 어떻게 페니스턴 부인이 가끔 베푸는 만찬 중 하나에 스테프니 양을 배제한 일 때문에 자신이 그녀의 철천지원수가 되었다는 사실을 짐작이라도 할 수 있었단 말인가?

페니스턴 부인은 만찬을 베푸는 것을 즐기지는 않았지만 가족적인 의무에 대해서는 강한 책임감을 느끼는 사람이었다.

따라서 잭 스테프니가 신혼여행에서 돌아오는 때에 맞춰 응접실에 불을 켜고 대여 금고에서 최상의 은그릇들을 꺼내 오는 것을 자신의 의무라고 느꼈다. 페니스턴 부인이 베푸는 이 드문 연회에 앞서 손님들을 앉힐 위치에서부터 식탁보의 무늬에 이르기까지, 그 연회에 관한 모든 세부 사항을 결정하느라 고통스러운 망설임의 나날이 이어졌다. 그리고 이런 예비 논의를 하던 어느 날 페니스턴 부인은 경솔하게도 그레이스에게 이 행사가 가족 만찬인 만큼 그녀가 포함될지도 모른다는 암시를 주었다. 그 덕분에 스테프니 양의 무채색 존재가 기대에 차서 일주일 동안 밝은 나날을 보냈다. 하지만 그런 일주일을 보낸 뒤 그녀는 자신의 동석은 다음 기회로 미루는 것이 낫겠다는 암시를 받았다. 스테프니 양은 그사이에 정확히 무슨 일이 일어났는지 즉각 알 수 있었다. 가족 모임이라면 너무나 지겨운 릴리가 고모에게 그 신혼의 부부에게 "멋진" 사람들끼리만 함께하는 만찬이 더 나을 거라고 설득했을 터였다. 그리고 사교계의 문제라면 무작정 조카에게 의지하는 페니스턴 부인이 그레이스는 사실 아무 날이라도 올 수 있는데 좀 나중에 초대를 한다고 해서 무슨 문제가 되겠느냐는 릴리의 설득을 받아들여 그레이스의 추방을 선고하게 된 것이 틀림없었다.

이 사건이 그레이스의 지평에 거대하게 떠오른 것은 바로 그렇게 스테프니 양이 아무 날이라도 올 수 있다는 사실, 그리고 자신의 친척들이 자신의 저녁 시간이 한가하다는 비밀을 알고 있다는 사실을 그녀 스스로 의식하기 때문이었다. 그녀는 이 모든 것이 릴리 때문이라는 것을 알 수 있었고, 따라서 릴리에 대한 그녀의 단순한 분개는 그녀에 대한 적극적인 적의로 변했다.

그 만찬 다음 날인가 다다음 날 그레이스가 들렀을 때 페니스턴 부인은 자신이 크로셰로 짠 것들을 앞에 늘어놓고 있다가 5번가를 비스듬히 바라보던 눈을 갑자기 돌렸다.

"거스 트레너? 릴리와 거스 트레너라고?" 이렇게 말하는 그녀의 얼굴이 너무나 갑자기 창백해져서 그녀의 손님이 놀랄 정도였다.

"오, 줄리아…… 물론, 그게 아니라……."

"도대체 무슨 소리를 하는 거냐." 페니스턴 부인의 작고 소심한 목소리가 공포로 떨리고 있었다. "내가 젊었던 시절에는 그런 얘기는 들어 본 적도 없다. 내 조카가! 네가 도대체 무슨 소리를 하는 건지 이해하지 못하겠다. 사람들이 거스 트레너가 릴리한테 반했다고 한다고?"

페니스턴 부인의 경악은 진정한 것이었다. 그녀는 비록 사교계의 온갖 비밀에 대해 탁월한 견문을 자랑하는 인물이기는 하지만 사악한 일들은 '역사'의 일부일 뿐 수업 시간에 듣는 추악한 일들이 옆 거리에서 반복되고 있다고는 상상도 못하는 여학생다운 순진함을 소유한 사람이었다. 페니스턴 부인은 자신의 상상력을 응접실 가구처럼 천으로 덮어 놓고 사는 사람이었다. 물론 그녀는 사교계가 '아주 많이 변했고' 자신의 어머니라면 '특이'하다고 생각했을 많은 여자들이 지금은 자신들의 방명록에 대해 까다롭게 구는 처지라는 사실을 알고 있었다. 그녀는 교구 목사와 이혼의 위험에 대해 논하기도 했고 때로는 릴리가 아직 미혼인 것에 대해 고마운 생각까지 들었다. 하지만 어떤 종류의 추문이 젊은 여자의 이름에 수반된다는 것, 더욱이 유부남의 이름과 아무렇지도 않게 짝이 지어진다는 것은 너무나 낯선 일이었다. 자신이 여름 내내 양탄자를 깔아 놓고 있었다거나 아니면 집안 살림의 다른 주요 법칙을 어겼다고 비난을 받기라도 한 것만큼 기절초풍할 지경이 되었다.

스테프니 양은 처음의 공포심이 가라앉고 나자 페니스턴 부인보다 더 넓은 마음을 가진 사람으로서의 우월감을 느끼기 시작하고 있었다. 페니스턴 부인만큼 세상을 모른다는 것은 정말 딱한 일이었다. 그녀는 페니스턴 부인의 질문에 미소를 지었다. "사람들은 항상 언짢은 얘기들을 하지요. 그리고 그런 얘기가 많기도 하고요. 제 친구 중 하나가 릴리와 거스 트레너를 며칠 전 오후에 센트럴파크에서 만났대요. 꽤 늦은 시간이었는데. 가로등 불이 다 들어오고 난 다음이었다는군요. 릴리가 그렇게 남들 눈에 띄게 행동하는 게 참 안타까워요."

"눈에 띄게 행동한다고!" 페니스턴 부인은 숨이 다 막히는 듯했다. 그녀는 공포심을 죽이기 위해 목소리를 낮추며 앞으로 몸을 숙였다. "사람들이 도대체 뭐라고 하더냐? 거스 트레너가 이혼하고 릴리하고 결혼한다고 하더냐?"

그레이스 스테프니는 큰 소리로 웃었다. "맙소사, 아니요! 그럴 리는 거의 없을걸요. 그냥, 그냥 둘이 연애 놀이를 하는 거예요. 그 이상은 아니죠."

"연애 놀이? 내 조카딸하고 유부남이? 릴리가 그만한 미모와 이점을 가지고 아버지라고 해도 좋을 만큼 나이 들고 뚱뚱하고 멍청한 남자한테 그런 미모와 이점을 낭비하는 것 이상으로 자기 시간을 활용하지 못한다는 거냐, 지금?" 이 논리는 말해 놓고 보니 너무 그럴듯해서 페니스턴 부인은 스스로 안심이 되어 하던 일을 다시 집어 들고 그레이스 스테프니가 정신을 수습하기를 기다릴 여유마저 생겼다.

하지만 스테프니 양은 즉시 오똑 섰다. "그게 정말 가장 나쁜 점이에요. 사람들 얘기가 시간을 낭비하고 있는 게 아니라고 하더라고요! 방금 말씀하신 것처럼 릴리는 거스 트레너 같은 남자한테 신경을 쓰기엔 너무 아름답고, 또 사교적이잖아요. 대가가 있어서 그런다는 거……."

"대가라니?" 페니스턴 부인이 말을 받았다. 그녀의 손님은 다소 초조하게 숨을 골랐다. 페니스턴 부인에게 충격적인 소식을 전하는 건 나름대로 재미있는 일이지만 그 바람에 화까지 나게 해선 안 되었다. 스테프니 양은 고전극에 대한 조예가 깊지 못해서 나쁜 소식의 전달자가 당하는 것으로 알려진 취급을 예견할 능력은 없었다. 하지만 그런 그녀도 얘기가 이 지점에 이르자 자신의 사심 없는 전달자 노릇의 결과 자신이 만찬 초대도 오히려 덜 받고 옷도 덜 물려받을 가능성을 재빨리 떠올릴 수는 있었다. 하지만 그녀가 릴리를 미워하는 마음이 개인적인 손해에 대한 고려를 물리칠 수 있었으니 그런 사심 없음은 여성 전체에게 명예가 될 만한 것이었다. 페니스턴 부인이 때마침 릴리의 매력을 자랑해서 그녀를 더욱 자극한 것이었다.

11장

"대가라면," 그레이스가 저음으로 강조하며 몸을 앞으로 기울인 채 말했다. "거스 트레너를 기분 좋게 해 줘서 물질적인 이득을 본다는 거죠."

그레이스는 자신이 엄청나게 중요한 말을 했다고 느꼈으며, 페니스턴 부인의 가장자리가 트인 까만 비단 드레스가 이번 사교철 끝 무렵에 자신의 것이 되었을지도 모른다는 사실을 갑자기 기억해 냈다.

페니스턴 부인은 다시 코바늘 뜨개질거리를 손에서 내려놓았다. 스테프니의 생각과 동일한 생각이 이번에는 역방향에서 그녀에게 떠올랐다. 즉 그녀는 자신의 낡은 옷을 물려 입는 의존적인 친척의 말에 신경을 쓰고 놀라는 것이 자신의 위엄에 어울리지 않는다고 느꼈다.

"수수께끼 같은 소리로 날 짜증 나게 하는 게 재미있어서 그런 말을 하는 것은 아니겠지?" 그녀가 냉정한 목소리로 말했다. "내가 방금 신경을 써서 큰 만찬을 치르고 이제 막 회복하는 중인 것을 알지 않느냐. 적어도 지금보다는 나은 순간을 택하는 게 좋을 걸 그랬구나."

만찬에 대한 언급으로 인해 스테프니 양의 마지막 거리낌마저 사라졌다. "제가 왜 재미로 릴리에 대해 말씀드린다는 비난을 들어야 하는지 모르겠네요. 이런 말씀 드려서 고맙다는 말 들을 거라고는 저도 기대하지 않았어요." 그녀는 다소 흥분된 목소리로 대꾸했다. "하지만 저는 가족으로서, 릴리에 대해 어른다운 권위를 행사할 수 있는 분이 줄리아뿐이니까 릴리를 두고 사람들이 수군거리는 소리를 아실 필요가 있다고 생각한 것뿐이에요."

"글쎄다." 페니스턴 부인이 말했다. "네가 아직도 사람들이 뭐라고 말하는지 내게 말하지 않았으니 네 말이 내 마음에 들겠느냐."

"그렇게 분명하게 말씀을 드려야 한다고는 생각하지 못했어요. 사람들이 거스 트레너가 릴리의 고지서 비용을 지불하고 있다고들 해요."

"릴리의 고지서, 릴리의 고지서 비용을 지불한다고?" 페니스턴 부인은 웃음을 터뜨렸다. "그런 말도 안 되는 소리를 네가 어디서 들어 왔는지 모르겠구나. 릴리한텐 자기 수입이 따로 있고, 내가 용돈도 충분히 주고 있는데……."

"오, 그건 다들 알고 있어요." 스테프니 양은 담담한 어조로 끼어들었다. "하지만 릴리에게는 멋있는 옷이 아주 많고……."

"걔가 옷을 잘 입는 건 내가 원하는 바야. 당연히 그래야지!"

"물론이죠. 하지만 노름빚도 있으니까요."

스테프니 양은 처음부터 그 이야기까지 할 의도로 말을 시작한 건 아니었다. 하지만 페니스턴 부인의 불신 때문에 그 모든 걸 다 말하지 않을 수 없었다. 페니스턴 부인은 성서에 나오는 비신자들처럼 꼿꼿했다. 신자로 만들기 위해선 말살시키는 것밖엔 방도가 없었던 그 비신자들 말이다.

"노름빚? 릴리가?" 페니스턴 부인의 목소리는 노여움과 혼란으로 흔들렸다. 그녀는 그레이스 스테프니가 미치지 않았나 하는 의심마저 들었다. "릴리가 노름빚이라니 도대체 무슨 소리냐?"

"릴리가 어울리는 사람들이 돈내기 브리지 게임을 하거든
요. 그런 놀이를 하다 보면 큰돈을 잃을 때도 있는 거죠. 릴리
라고 항상 이기기만 하지는 않을 테니까요."

"도대체 누가 내 조카딸이 돈내기 카드놀이를 한다고 하더
냐?"

"맙소사, 줄리아, 저를 그렇게 쳐다보지 마세요! 제가 릴리
험담을 하려고 이런 말씀 드리는 게 아니에요. 릴리가 브리지
게임에 미친 건 만인이 다 아는 사실이라고요. 퍼시 그라이스
가 겁을 낸 게 바로 릴리의 노름이라고 그라이스 부인이 저에
게 직접 말했다고요. 그 사람이 처음에는 정말 릴리에게 반했
던 것 같더라고요. 하지만 물론 릴리가 어울리는 사람들 사이
에선 여자들도 돈내기 카드놀이를 하는 게 보통이거든요. 사
실 그렇기 때문에 사람들이 릴리를 용서……."

"용서라니, 뭘 용서한단 말이냐?"

"돈에 쪼들리고, 그리고 거스 트레너 같은 남자, 조지 도싯
같은 남자의 비위를 맞추는 걸……."

페니스턴 부인은 다시 한번 비명을 질렀다. "조지 도싯? 다
른 남자도 있냐? 가장 나쁜 소식까지 다 말해라."

"그런 식으로 말씀하지 마세요, 줄리아. 릴리는 최근에 도
싯 부부하고 시간을 많이 보냈는데, 조지 도싯이 릴리한테 반
한 것 같더라고요. 하지만 물론 그거야 당연한 거죠. 그리고
저는 사람들이 말하는 끔찍한 소문은 사실이 아니라고 믿어
요. 하지만 릴리가 이번 겨울에 돈을 펑펑 쓴 것만은 사실이에

요. 이비 밴 오스버그가 며칠 전에 혼수 주문을 위해서 셀레스트의 가게에 갔었는데, 맞아요, 그 결혼식은 내달에 있을 예정이에요, 아무튼 셀레스트가 너무나 멋진 보석들을 릴리에게 보낸다면서 보여 주었다는 거예요. 그리고 사람들 얘기가 주디 트레너가 거스 때문에 릴리하고 말다툼을 했다고 하더라고요. 하지만 이런 말씀 드린 거 죄송해요. 좋은 뜻으로 그런 거예요."

페니스턴 부인은 그 말을 전혀 믿을 수 없었기 때문에 스테프니 양을 경멸하는 마음으로 보낼 수 있었다. 그 경멸로 인해서 스테프니 양이 검은색 비단 드레스를 물려받을 전망이 어두워졌다. 하지만 논리로 꿰뚫을 수 없는 마음에도 보통 틈은 있어서 그 사이로 의심이 새어 들어갈 수는 있는 법이다. 스테프니 양의 암시는 페니스턴 부인 스스로 기대한 것만큼 쉽게 자신의 표면을 미끄러져 나가지 않았다. 페니스턴 부인은 소동을 싫어했고, 그것을 피하려는 단호한 결심 때문에 보통은 릴리의 생활에 낱낱이 간섭하지 않았다. 그녀의 젊은 시절에는 처녀들의 생활을 일일이 간섭할 필요는 없다는 것이 상식이었다. 처녀들은 구애와 결혼의 합법적인 업무에 종사하고 있다고 가정되는 것이 보통이었다. 그리고 보호자가 그런 문제에 참견을 하는 일은 관객이 갑자기 게임에 끼어드는 일만큼이나 부당한 것으로 여겨졌다. 물론 페니스턴 부인의 젊은 시절에도 '조숙한' 처녀들이 있기는 했다. 하지만 그녀들의 조숙성이란 최악의 경우에도 발랄한 생기의 과도함쯤으로 이해되었으며, '숙녀답지 못하다.' 이상의 비난을 받을 만한 일은 아니었다. 현대적인 조숙성은 부도덕성과 동의어인 것처럼 보였으니, 페니스턴 부인에게는 부도덕성이라는 관념조차 응접실에서 풍기는 요리의 냄새만큼이나 불쾌한 것이었다. 그것은 그녀의 마음이 받아들이는 일조차 거부하는 그런 유의 개념 중 하나였다.

그녀는 릴리에게 자신이 들은 말을 당장 반복할 의사도, 심지어는 조심스럽게 심문함으로써 그것의 사실 여부를 확인하려고 시도할 의사도 없었다. 그렇게 하는 것은 소동의 가능성을 의미했기 때문이다. 소동이란 그러잖아도 충격을 받은 페니스턴 부인의 신경 상태에선, 즉 만찬 때문에 온 신경의 피로도 채 가시지 않은 데다 새롭게 받은 인상으로 인해 아직도 떨리고 있는 신경 상태에선 자신이 피해야만 할 의무가 있는 위험이었던 것이다. 젊은 처녀가 남들의 입에 오르내리는 것만도 끔찍한 일이었다. 그녀에 대한 험담이 아무리 근거 없는 것이라 해도 그런 소문이 났다는 사실만으로도 비난을 받아 마땅했다. 페니스턴 부인은 집에 전염병이 들어왔는데 자신은 오염된 가구들 사이에 오들오들 떨며 앉아 있어야 할 운명인 것처럼 느껴졌다.

12장

바트 양은 사실상 일탈의 길을 걸어오고 있었으니, 그녀의 험구가들도 포함해서 그녀 자신만큼 그 사실을 심각하게 느끼는 사람은 없었다. 하지만 그녀는 계속 길을 잘못 들면서도 올바른 길로 가기에는 너무 늦어질 때까지 어떤 길이 올바른 것이었는지 깨닫지 못하는 숙명론적인 감각의 소유자였다.

편협한 편견을 초월한 사람으로 자처하는 릴리는 자신이 거스 트레너 덕분에 돈을 약간 번다는 사실로 인해 자족감에 방해를 받게 될 것이라고는 상상도 하지 못했다. 그리고 그녀 생각엔 그 사실 자체는 여전히 무해한 것 같았다. 하지만 그것은 유해한 골칫거리의 풍부한 원천이었다. 그녀가 돈을 쓰는 즐거움을 실컷 누리고 난 뒤에는 그런 골칫거리들이 더욱 급박한 문제가 되었다. 그리고 자신의 불운이 다른 사람들 때문이라고 무척 논리적으로 따지는 성향이 있는 릴리는 자신의 모든 곤란이 버사 도싯의 증오심 때문에 생긴 것이라고 믿음으로써 자신의 행위를 정당화했다. 하지만 그 증오심은 두 여자 간의 우정의 갱신으로 인해 사라진 것이 분명했다. 릴리의 도싯 집안 방문은 양자 간의 상호 유용성의 발견으로 귀결되었다. 더욱이 교양의 본능은 적에게 곤란을 주는 것보다 적을 이용하는 데서 더 섬세한 기쁨을 경험하는 법이다. 사실 도싯 부인은 새로운 감정 실험의 와중에 있었으니, 그 실험의 장밋빛 희생자는 피셔 부인의 이전 소유물이었던 네드 실버튼이었다. 그리고 그렇기 때문에 그녀에게는 주디 트레너가 전에 말한 바 있는, 남편의 주의를 딴 데로 돌릴 특별한 필요가 있었다. 도싯은 야만인만큼이나 비위를 맞추기가 힘든 사람이었다. 하지만 자신에게만 절대적으로 골몰하는 그의 성격조차도 릴리의 재주에 무감각한 것은 아니었다. 아니 릴리의 재주야말로 불안한 이기주의를 어루만져 주는 데 특별히 잘 맞았다. 릴리는 퍼시 그라이스의 비위를 맞춰 본 경험 덕분에 도싯의 비위를 맞춰 주는 일에 대비가 되어 있었다. 퍼시 그라이스 때보다는 상대의 기분을 맞추는 일이 덜 긴급한 상황이었지만 워낙 상황이 어려운 만큼 릴리는 작은 기회라도 잘 활용해야 했다.

도싯 부부와의 친밀한 관계로 인해서 물질적인 어려움이 줄어들 가능성은 별로 없었다. 도싯 부인은 주디 트레너와 같은 사치 충동의 소유자는 전혀 아니었고 도싯의 릴리에 대한 감탄은 재정 문제에 관한 '정보'로 표현될 가능성은 없었다. 릴리가 그 방면의 체험을 재개하려는 의사가 있었다 하더라도 말이다. 릴리가 도싯 부부의 우정으로부터 얻을 수 있는 것은 단순한 사교계의 재가에 불과했다. 그녀는 사람들이 자신에 대해서 수군거리기 시작했다는 사실을 알고 있었다. 하지만 릴리는 그로 인해서 페니스턴 부인만큼 경악하지는 않았다. 그녀의 친구들 사이에서 그런 소문은 그다지 특별한 것은 아니었다. 미모의 여성이 유부남과 연애 놀음을 한다면 다만 그녀에게 다른 기회가 거의 사라져 버렸을 정도로 그녀가 궁지에 몰린 것으로 간주되었다. 그녀에게 가장 겁나는 것은 트레너 당자였다. 공원에서의 산책은 별 성과가 없었다. 트레너는 젊어서 결혼을 했고, 결혼 후 여성들과의 교제가 사소한 감상적인 대화에 머물면서 미로 속의 꾸불꾸불한 길들처럼 제자리걸음을 하는 형태를 취한 적이 한 번도 없었다. 그는 릴리와의 관계에서 자신이 항상 똑같은 최초의 지점으로 되돌아가게 된다는 사실을 깨닫고 처음에는 어리둥절했고, 이내 짜증이 났다. 릴리로서는 상황이 점차 자신의 통제 범위를 벗어나고 있다는 사실을 깨달았다. 트레너는 실상 통제 불능의 상태에 있었다. 그는 로즈데일과의 친밀한 관계에도 불구하고 주식의 폭락으로 조금 심하게 '영향을 받았으며' 집안 살림의 비용 때문에 상당한 심적 부담을 느끼고 있었다. 따라서 자신이 모든 방면에서 여태까지처럼 쉬운 행운을 만나는 대신 퉁명스러운 반대만을 만나고 있는 것 같았다.

트레너 부인은 여전히 벨로몬트에 머물면서 뉴욕의 집도 유지하며 가끔씩 세상의 맛을 보기 위해 거기 내려오곤 했다.

하지만 뉴욕의 침체된 사교철의 제한된 파티보다는 교외에서의 거듭되는 주말 파티의 흥분을 선호했다. 그녀는 휴가철 이후로 릴리를 벨로몬트로 초청하지 않았고, 릴리는 휴가철 이후 처음 뉴욕에서 주디를 만났을 때 주디가 어딘지 약간 냉정한 태도를 보이는 것 같다는 느낌을 받았다. 그것이 바트 양이 오지 않은 데 대한 불쾌감 탓인지, 아니면 문제의 소문이 그녀의 귀에까지 들어간 탓인지? 후자 쪽의 가능성은 없을 것 같다 싶었지만 릴리로서는 불안한 기분이 안 들 수가 없었다. 그녀의 방랑하는 공감이 어딘가 뿌리를 내린 곳이 있다면 그 장소는 바로 주디 트레너와의 우정이었다. 그녀는 주디의 우정이 진정이라고 믿었다. 그것이 자기 이익을 챙기는 쪽으로 나타날 때가 있기도 했지만. 릴리는 또 그 우정을 저버릴 만한 어떤 모험도 감행하고 싶지 않았다. 그 마음만큼은 특별했다. 하지만 그것뿐 아니라, 만일 자신과 주디의 사이가 멀어진다면 그것이 자신에게 가져올 파장에 대해서도 충분히 잘 알고 있었다. 그녀가 때때로 거스 트레너를 혐오하고, 자신이 그에게 빚을 지고 있다는 사실에 분개하는 가장 강한 이유가 바로 그가 주디의 남편이라는 사실이었다. 바트 양은 스스로의 회의를 안정시키기 위해서 새해로 접어든 지 얼마 되지 않았을 때 벨로몬트에서 주말을 보내겠다고 스스로 '제안했다'. 그녀는 그 주말에 손님이 많기 때문에 트레너가 자신에게 지나친 요구를 할 위험이 없다는 사실을 미리 알고 있었다. 그리고 트레너의 아내에게서 "얼마든지 와."라는 전보를 받았기 때문에 틀림없이 평소처럼 환영을 받을 것 같았다.

주디는 다정하게 그녀를 맞았다. 손님이 많을 땐 항상 개인적인 감정을 일단 뒤로 제쳐 놓아야 했고, 릴리는 자신을 맞는 여주인의 태도에서 별다른 변화를 감지하지 못했다. 그럼에도 불구하고 벨로몬트에 오기로 한 자신의 실험이 별 성과를 거두지 못할 운명임을 곧 알게 되었다. 손님들은 트레너 부인이 브리지 게임을 하지 않는다는 이유로 "지루한 사람들"이라고 부르는 사람들로 구성되어 있었다. 그런 재미를 망치는 사람들을 모두 하나로 묶는 게 그녀의 습관이기 때문에 그들의 다른 특징과는 무관하게 그들 모두를 함께 초대한 것이었다. 그 결과는 브리지 게임을 하지 않는다는 것 외에는 어떤 공통점도 없는 사람들의 집합이었다. 그리고 그들을 섞어 줄 단 하나의 공통 취미도 없는 집단 안에 생기기 마련인 적의는 나쁜 날씨와 주인 부부가 감추지 못하고 내보이던 지루함으로 인해 더 심해졌다. 그런 긴급 상황에서 주디는 보통 부조화의 요소들을 혼합하는 일에 릴리를 동원하곤 했기 때문에, 릴리 양은 자신에게 그런 역할이 기대된다고 믿고 평소처럼 열심히 그 작업에 덤벼들었다. 하지만 처음부터 자신의 노력에 대한 미묘한 저항이 느껴졌다. 트레너 부인의 릴리에 대한 태도에 변화가 없었다고 하더라도 다른 부인네들의 태도에서는 분명히 약간의 냉랭함이 느껴졌다. 그들은 가끔씩 "당신 친구인 웰링턴 브라이 부부"라거나 "그라이너의 집을 산 그 작은 유태인이, 누가 그러던데, 바트 양, 당신과 아는 사이라면서요." 따위로 슬쩍 빈정대는 어조의 암시를 했다. 그것으로 미루어 릴리는 사교계의 즐거움에 대한 기여도는 가장 작으면서도 그것이 취해야 하는 형태를 결정할 권리를 가진 사교계의 일부 사람들이 자신을 인정해 주지 않기로 결정했다는 것을 알 수 있었다. 그 결정은 아주 미묘한 것이었고, 일 년 전이라면 릴리는 자신에 대한 어떤 편견도 자신의 매력으로 이겨 낼 수 있을 거라 믿으면서 미소를 지었을 수도 있었다. 하지만 이제는 타인들의 비판에 더 민감해졌고, 비판을 누그러뜨릴 자신의 능력에 대한 자신감도 줄어들었다. 더욱이 그녀는 벨로몬트의 숙녀들이 친구들을 공공연히 비판한다는 것은 그들이 자신에 대한 뒷공론도 두려워하지 않는다는 증거임을 알고 있었다. 그녀는 트레너의 태도에서 조금이라도 자신에 대한 그 숙녀들의 거부를 정당화할 요소가 발견될까 봐 그를 피할 구실을 찾아 전전긍긍했다. 벨로몬트를 떠나는 순간의 그녀는 그곳에 간 목적의 달성에 모든 면에서 실패했음을 의식해야만 했다.

뉴욕에서 그녀를 기다리고 있는 것은 당분간 그녀의 머릿속에서 모든 곤란한 생각을 추방해 줄 행복한 효과를 지닌 것이었다. 웰리 브라이 부부는 많은 토론을 거쳐서, 그리고 새 친구들과 여러 번 노심초사 상의한 끝에 과감하게 일반적인 오락을 제공하는 시도를 하기로 결정했다. 접근의 수단이 제한되어 있는 상태에서 사교계 전체를 공략하는 것은 정찰 병력의 숫자가 모자란 상태로 낯선 지역에 들어가는 것과 같다. 하지만 그와 같은 무모한 전술이 때로는 눈부신 승리를 가져오기도 했기 때문에 브라이 부부는 자신들의 운명을 그 같은 전술에 맡겨 보기로 했다. 그들의 의뢰로 그 과제를 맡은 피셔 부인은 활인화(活人畫)[25]와 고급 음악이 바람직한 희생자들을 유인할 수 있는 두 미끼가 될 것이라고 판단했다. 그리고 시간을 끈 협상과 그녀의 장기로 알려진 막후 책동 등을 통해서 사교계의 숙녀들 열두어 명을 설득해 일련의 활인화에 참여하도록 했다. 또한 그보다 더한 설득의 기적을 통해서 유명한 초상화가인 폴 모페스에게 그 전시회의 조직을 맡기는 데 성공했다.

릴리는 체질적으로 그런 행사들을 즐겼다. 그녀의 생생한 조형 감각은 여태껏 의상 제작이나 실내 소품 따위 이상의 재료를 상대로 성장할 기회가 없었다. 그런 그녀의 감각이 모페스의 인도 하에 마침내 천을 드리우는 일, 자세의 연구, 빛과 그림자의 변화 따위에서 열렬한 표현의 출구를 발견한 것이다. 주제의 선택을 통해 그녀의 극적 본능이 일깨워졌고, 역사적 드레스의 화려한 재생을 통해 시각적 인상으로만 도달할 수 있는 상상력이 불러일으켜졌다. 하지만 가장 신나는 즐거움은 자신의 아름다움을 새로운 측면에서 전시하는 일에서, 즉 자신의 아름다움이 단순히 고정된 성질이 아니라 모든 감정을 새로운 우아함의 형태들로 만드는 조형적 요소임을 보여주는 일에서 왔다.

피셔 부인의 계획은 잘 들어맞았고, 침체기에 기습을 당한 사교계는 브라이 부인의 환대의 유혹에 굴복했다. 일부가 저

---

25) 한 사람이나 여러 사람이 적당한 배경을 꾸미고 분장을 한 채 정지 동작으로 그림을 이루는 놀이.

항하기는 했지만 그들은 항복을 하고 모여든 사람들 속에서 잊혔다. 청중은 전시회만큼이나 화려했다.

　로런스 셀든도 제공된 미끼에 굴복한 사람들 중 하나였다. 만일 그가 자주 남자는 마음대로 가고 싶은 곳에 가도 된다는 사교계의 자명한 용인된 이치에 따라 행동하지 않는다면, 그건 자신은 생각이 비슷한 사람들만의 작은 모임에서 주로 즐거움을 발견한다는 사실을 알게 된 지 오래였기 때문이었다. 하지만 그도 호화스러운 장관을 즐겼고 그것을 생산하는 데 돈이 하는 역할에 대해서도 모르지 않았다. 그가 부자들에게 원한 건 단지 그들이 무대 감독으로서 스스로의 직분에 걸맞도록 직무를 잘 수행하고 돈을 따분한 방식으로 쓰지 않는 것이었다. 브라이 부부는 돈을 따분하게 사용했다는 비난은 물론 면했다. 새로 지어진 그들의 저택은 가족적인 생활의 터전으로서는 부족함이 있을지 몰라도 축제적인 분위기를 전달하는 것을 모아서 전시하는 장소로는 이탈리아의 건축가들이 주인인 공작의 환대를 돋보이게 하기 위해 즉흥적으로 개조한, 저 환상적인 연회장들 중 하나만큼이나 잘 설계되어 있었다. 실제로 즉흥적이라는 느낌도 눈에 띄게 두드러졌다. 무대 장치 전체가 방금 서둘러 만들어진 것이라는 느낌이 워낙 강렬해서 기둥이 판지가 아니라 대리석임을 알기 위해서는 직접 만져 봐야 할 정도였고, 다마스크[26)]와 금으로 장식된 안락의자가 벽화가 아니라는 걸 알기 위해선 직접 그 의자에 앉아

---

26) 실크나 리넨으로 양면에 무늬가 드러나게 짠 두꺼운 직물.

봐야 할 정도였다.

셸든은 그 같은 안락의자 중 하나를 시험해 보며 그곳에 앉아서 즐거운 표정을 숨기지 않은 채 무도회장 전체를 사선으로 조망했다. 모여든 사람들은 훌륭한 환경에는 화려한 옷이 어울린다는 사실을 아는 장식적 본능에 따라 브라이 부인보다는 그녀의 배경을 염두에 둔 성장(盛裝)을 하고 있었다. 그 엄청난 크기의 홀을 마땅히 채우며 자리에 앉은 무리들은 화환을 두르고 금장식을 한 벽과 베네치아식 천장의 다채로운 색의 찬란함과 조화를 이루는 풍부한 얇은 천들과 보석으로 장식된 어깨의 표면을 드러내고 있었다. 방의 반대편 끝에는 앞으로 튀어나온 무대와 오래된 다마스크로 만든 주름진 커튼 너머로 무대가 세워져 있었다. 하지만 커튼이 열리기 전의 짧은 시간 동안에는 그것이 열리면 등장하게 될 것들에 대해서 생각하는 사람은 별로 없었다. 브라이 부인의 초대를 받고 온 여성들은 모두 자신의 친구들 중 몇 명이나 초대를 받아 왔는지에만 관심이 있었기 때문이다.

셸든 옆에 앉은 거티 패리시는 바트 양의 섬세한 감성에는 짜증스러운 무차별적이고 무비판적인 즐거움에 빠져 있었다. 셸든이 곁에 있다는 사실도 그녀의 즐거움에 한몫했을 수 있었다. 하지만 패리시 양은 그런 장면으로부터 자신이 얻는 즐거움에 자신도 한몫하고 있다는 생각이 워낙 낯설었기 때문에 다만 평소보다 더 깊은 만족감만을 느꼈을 뿐이었다.

"릴리가 저도 초대를 해 준 건 정말 다정한 일이지요? 캐리 피셔한테는 물론 저 같은 사람을 손님에 포함시킨다는 생각은 절대로 안 떠올랐을 거예요. 그런데 제가 이걸 모두, 특히 릴리를 볼 기회를 놓쳤더라면 정말 속상했을 거예요. 누가 그러던데 이 천장은 베로네세[27]가 그린 거래요. 물론 로런스, 당신이야말로 그걸 알아볼 사람이죠. 아주 아름다운 그림이라고 해야겠죠? 하지만 그가 그린 여자들은 정말 끔찍하게 뚱뚱하네요. 여신들이라고요? 글쎄요, 만일 저이들이 사람이었고 코르셋을 입어야 했다면 보기가 더 나았을 거라고 장담할 수 있어요. 제 생각엔 인간인 여자들이 훨씬 더 아름다워요. 그리고 이 방 좀 봐요. 얼마나 멋있는지. 여기 있는 사람들 모두가 얼마나 멋진 모습인지! 저런 보석을 본 적 있어요? 조지 도싯의 부인이 차고 있는 진주 장식을 좀 봐요. 그중에 가장 작은 거 하나만 있어도 우리 여성 클럽[28]의 일 년 치 집세를 낼 수 있겠어요. 우리 클럽 재정 상태에 대해 불평하려는 건 물론 아니에요. 모든 분들이 정말 아주 친절하게 도와주고 있어요. 릴리가 우리한테 300달러를 기부했다고 얘기했던가요? 정말 훌륭하죠? 그러고 나서 친구들한테서도 돈을 많이 걷어다 줬어요. 브라이 부인은 500달러를, 로즈데일 씨는 1000달러를 기부했지요. 릴리가 로즈데일 씨한테 그렇게 친절하게 대

---

27) 파올로 칼리아리 베로네세(Paolo Caliari Veronese, 1528~1588). 베네치아 총독의 궁전 천장 벽화로 유명하며, 종교적인 주제도 감각적이고 세속적으로 그렸다는 평가를 받는다.
28) 여성 클럽은 독립적인 젊은 여성 노동자들에게 건전한 오락과 자기 계발의 기회를 제공하기 위한 조직이나 시설로 보통 상류층 여성들의 기부금으로 운영되었다.

해 주지 않았으면 좋겠어요. 하지만 릴리 말로는 그 사람한테 무례하게 대해 봤자 소용없대요. 그래도 차이를 못 느끼는 사람이니까요. 릴리는 정말 다른 사람들의 감정을 상하게 하는 일은 못 하는 사람이에요. 사람들이 릴리가 냉정하고 교만하다고 말하는 걸 들으면 정말 화가 나요! 클럽의 아가씨들은 릴리에 대해서 그렇게 말하지 않아요. 저하고 클럽에 두 번이나 함께 들른 거 알고 있어요? 예, 정말이에요! 그때 거기 있던 아가씨들 눈이 휘둥그레진 모습을 한번 봤어야 하는데! 그 아가씨들 중 하나는 릴리를 보는 게 시골에서 하루를 보내는 것만큼이나 좋다고 했어요. 릴리가 클럽에 와서 그 아이들하고 함께 앉아서 웃고 얘기했는데, 전혀 자신이 커다란 자선을 베푸는 것처럼 으스대지 않았어요. 무슨 말인지 아시죠. 자신도 그 아가씨들만큼 그 모임을 즐기는 모습이었다고요. 그 뒤로 아가씨들이 계속 저한테 릴리가 언제 또 오느냐고 물어봐요. 릴리가 제게 또 가겠다고 약속을 했거든요. 오!"

패리시 양이 이렇게 속엣말을 하던 중 커튼이 열리며 첫 번째 활인화가 나타났다. 꽃잎이 흩뿌려진 풀밭 위로 일단의 요정들이 율동적인 자세로 춤을 추는 모습을 그린 보티첼리의 「봄」이라는 작품의 재현이었다.[29] 활인화의 효과는 조명을 잘 사용하고 얇은 천을 여러 겹 포개서 현혹하는 것뿐 아니라 그 것을 보고 그것에 맞춰 정신이 그리는 이미지를 조정하는 능

─────────────

29) 보티첼리의 「봄」은 그리스 신화에 나오는 아름다움과 기쁨과 우아함의 세 자매 여신을 포함해 가벼운 옷을 입고 춤추는 여자들, 역시 얇은 옷을 입고 꽃잎을 뿌리며 봄의 여신이 나타나는 장면을 그렸다.

력에도 달려 있다. 그런 능력이 없는 사람에게 활인화는 모든 고양된 예술적 효과에도 불구하고 그저 좀 나은 밀랍 인형 정도에 지나지 않았다. 하지만 그것을 감상할 줄 아는 사람에게는 사실과 상상력 사이 경계선상에 있는 세계를 들여다볼 수 있게 해 주는 마술적인 효과를 발휘했다. 셀든은 바로 그런 능력의 소유자였다. 그는 어린아이가 동화의 마력에 완전히 빠지는 것과 마찬가지로 활인화의 상상적 효과에 자신을 전적으로 내맡길 줄 알았다. 브라이 부인의 활인화에는 그와 같은 환상을 창조하는 데 필요한 어떤 요소도 결핍되어 있지 않았으며, 모페스의 조직적인 손길 아래서 그림 하나하나가 찬란한 프리즈30) 조각 장식물의 율동감 있는 행진처럼 진행되었다. 그 그림들 속에서 살아 있는 육체의 일시적인 곡선들과 젊은 눈길의 부지런한 빛이 생명의 매력을 잃지 않고 억제된 채 조형적 조화를 이루고 있었다.

장면들 하나하나는 고전적인 그림에서 따온 것이었고, 참가자들은 자신들의 성격에 맞는 인물의 역할을 하도록 영리하게 배치되어 있었다. 예를 들어서 작고 가무잡잡한 얼굴에 눈이 과장되게 빛나며, 솔직하고 대담하게 미소를 띠고 있는 캐리 피셔만큼 고야의 인물을 전형적으로 표현할 수 있는 사람은 없었을 것이다. 브루클린에 사는, 인물이 환한 스메든 양은 물결치는 듯한 금발 머리와 화려한 비단옷이 조화를 이루는 가운데 그 위로 금빛 쟁반에 담긴 포도를 들어 올리는 티

_____

30) 방이나 건물의 윗부분에 붙인 띠 모양의 장식.

치아노의 딸[31]의 호화스러운 곡선을 완벽하게 보여 주고 있었다. 그리고 더 호리호리한 네덜란드 사람의 모습을 한 젊은 밴 얼스타인 부인은 푸른 정맥이 들여다보이는 넓은 이마에 창백한 눈동자와 눈썹으로 인해 커튼이 쳐진 아치 길을 배경으로 검은 새틴 옷을 입은 모습이 반다이크의 인물을 빼쏜 듯했다. 또한 사랑의 제단을 장식하고 있는 카우프만 그림의 님프들도 있었고, 빛나는 직물과 군데군데 진주가 장식된 머리, 그리고 대리석 건축물로 된 베로네세의 만찬 그림이 있었으며, 햇빛이 내리쬐는 숲속 빈터의 샘물가에서 한가하게 노닐며 류트를 연주하던 바토 그림의 인물들도 있었다.

각각의 그림들은 환영을 창조하는 셀든의 능력에 호소했고, 그는 환상의 세계 속으로 깊이 빠져 들어가서 "오, 룰루 멜슨의 모습이 정말 예뻐요!"라든지 "저건, 저기 오른쪽에 있는, 보라색 옷을 입은 건, 케이트 코비가 틀림없어요."라며 계속 얘기하는 거티 패리시의 말도 그 환상의 주술을 깨지 못했다. 사실, 그 모든 그림들의 경우 배우의 개성이 너무도 솜씨 있게 그들이 그리고 있던 장면 속에 녹아 들어가서 청중들 가운데 가장 상상력이 부족한 사람들조차도 커튼이 갑자기 열리면서 바트 양의 초상임이 너무나 명백한 그림이 나타났을 때 그 대조로부터 강력한 인상을 받지 않을 수 없었을 것이다.

이 그림에 관한 한 배우의 개성이 우세하다는 사실을 간과

---

31) 베네치아 화파의 가장 유명한 화가인 티치아노 베네첼리(1488?~1576)의 유명한 그림으로 그 그림 속의 여성은 한동안 그의 딸로 알려졌으나, 지금은 "과일 쟁반을 든 소녀"라는 제목으로 불린다.

할 수는 없었다. 관중들이 모두 함께 지른 "오!"라는 탄성은 레이놀즈의 「로이드 부인」[32]이라는 작품이 아니라 릴리 바트가 지닌 육체의 아름다움에 대한 찬사였다. 그녀는 자기 자신과 너무나 유사한 인물을 고르는 탁월한 예술적 재능을 보임으로써 자신을 죽이지 않고도 그림 속의 인물을 완벽하게 재현할 수 있었던 것이다. 마치 그녀가 레이놀즈의 화폭에서 나온 것이 아니라 그 안으로 들어가서 그가 그린 죽은 아름다움을 자신의 살아 있는 우아함의 빛으로 대치한 것 같았다. 이것은 자신을 화려한 배경 속에서 과시하고 싶은 충동 — 한동안 티에폴로의 클레오파트라를 재현할까 하고 생각했다 — 을 억제하고 아무런 도움도 없이 자신의 아름다움에만 의지해야겠다는 더욱 진정한 본능에 따른 결과였다. 그녀는 일부러 드레스의 액세서리나 주변 환경의 단순성으로 인해서 주의가 자신에게만 집중될 그림을 고른 것이었다. 그녀가 입고 있던 옅은 색 드레스와 서 있는 그녀의 배경을 이루는 나무의 유일한 역할은 그녀의 균형 잡힌 발로부터 들어 올려진 팔을 향해 올라가는 나무의 요정과도 같은 그녀의 긴 곡선을 돋보이게 하는 것이었다. 그녀의 자태가 보이는 고상한 부력, 그것이 암시하는 상승된 우아함은 그녀 곁에 있을 때 셀든이 항상 느끼곤 하면서도 그녀와 함께 있지 않을 때는 잊히던, 그녀의 아름다움에 묻어 있는 시적 기미를 드러냈다. 지금 이 순간엔

─────────────

32) 18세기 영국에서 가장 영향력 있는 화가였던 조슈아 레이놀즈 (1723~1792)의 그림으로 속이 다 들여다보이는 천 뒤로 육감적인 전신을 과시하는 로이드 부인이 나무에 남편의 이름을 새기고 있는 모습을 그렸다.

그것이 너무도 생생하게 표현되어서 그에게는 처음으로 그녀의 작은 세계를 구성하는 온갖 사소한 것들이 제거되고 그녀의 아름다움이 한 귀퉁이를 담당하는 영원한 조화를 잠시 포착하고 있는 진정한 릴리 바트를 보는 듯한 느낌이 들었다.

"저런 옷차림으로 자신을 드러내다니 정말 대담한걸. 하지만 맙소사, 온몸의 선 중에 꺾인 데가 하나도 없군. 그 점을 과시하는 것이 목적이겠지."

이 말은 경험이 풍부한 감정가인 네드 밴 얼스타인 씨가 한 것으로, 커튼이 열리고 여성의 몸매를 찬찬히 뜯어볼 예외적인 기회가 제시될 때마다 셀든의 어깨에 그의 향내 나는 흰 콧수염이 스치곤 했는데, 그의 이 말이 그 청취자에게 나타낸 효과는 기대 밖의 것이었다. 셀든이 다른 사람들이 릴리의 아름다움을 가볍게 언급하는 것을 들은 일은 이번이 처음은 아니었다. 그리고 그때까지는 그런 품평의 어조가 알게 모르게 그녀에 대한 그의 견해에 영향을 미쳤다. 하지만 지금 이 순간에 그가 느낀 것은 단지 분개와 경멸뿐이었다. 이런 곳이 그녀가 살고 있는 세계이고, 이런 것들이 그녀를 평가할 숙명적 척도라니! 미란다에 대한 평가를 듣기 위해 캘리번한테 간다는 게 말이 되는가?[33]

커튼이 다시 내려질 때까지 짧지만 긴 시간 동안 셀든은 그녀 삶의 비극성을 속속들이 느낄 수 있었다. 그녀의 아름다움

---

33) 셰익스피어의 희곡 「템페스트」의 주인공 미란다는 섬의 지배자인 프로스페로의 아름다운 딸이고, 캘리번은 인간 이하의 짐승 같은 존재다.

이 그것을 싸고 저속하게 만드는 모든 것들을 제거한 상태로 그와 그녀가 잠시 한 번 만났던 세상, 그가 그녀와 다시 가고 싶은 주체하기 힘든 열망을 느끼고 있는 그 세상으로부터 그에게 연약한 손길을 내미는 것처럼 느껴졌다.

그 순간 그는 열렬한 손길이 자신에게 닿는 것을 느끼며 정신을 차렸다. "릴리가 정말 너무 아름답지 않아요, 로런스? 저렇게 단순한 옷을 입은 그녀의 모습이 가장 마음에 들지 않아요? 저런 모습으로 나타나니까 진짜 릴리, 내가 아는 릴리의 모습 같아요."

그는 거티 패리시의 기쁨에 넘치는 눈길을 마주했다. "우리가 아는 릴리죠." 그가 그녀의 말을 수정했다. 그의 사촌은 그 말에 함축된 의미를 이해하고 환히 웃으며 기쁨에 넘쳐 외쳤다. "릴리에게 얘기해 줄 거예요! 릴리는 항상 당신이 자신을 싫어한다고 말하거든요."

공연이 끝났을 때 셀든은 당장 바트 양을 만나야 한다는 충동에 사로잡혔다. 활인화에 이어서 막간의 음악이 연주되는 동안 배우들은 청중들 사이 이곳저곳에 끼어 앉아 그들이 입은 드레스의 다양한 현란함으로 청중들의 관습적인 외모에 변화를 주고 있었다. 하지만 릴리는 그들 사이에서 보이지 않았다. 그녀의 부재로 인해 그녀에게서 셀든이 받은 인상이 연장되었다. 그녀를 그렇게도 다행스럽게 분리해 낸 환경 속에서 너무 일찍 다시 본다면 주문이 풀릴 수도 있었다. 그들은 밴 오스버그 결혼식 이후로 재회하지 못했다. 그가 의도적으로 그녀를 피했던 것이다. 하지만 그는 그날 저녁 자신이 조만간 그녀 곁에 가게 되리라는 것을 알고 있었다. 그리고 당장 그녀를 찾아가려고 노력하지 않고 흩어지는 무리들을 따라 이리저리 휩쓸리고 있기는 했지만 그것은 주저라기보다는 완벽한 굴복을 의미하는 그 순간을 더 한껏 음미하려는 욕망 때문이었다.

릴리는 자신의 등장을 맞이한 수군거림의 의미를 단 한순간도 의심하지 않았다. 다른 활인화 중에서 그런 전적인 긍정의 대응을 받은 것은 하나도 없었다. 그것이 그녀가 연기한 그림이 아닌 그녀에 대한 찬사였다는 것은 명백했다. 그녀는 마지막 순간에, 자신이 화려한 배경의 이점을 생략하기로 결정한 것이 너무 큰 모험을 하는 것은 아닌가 걱정이 되기도 했는데, 이처럼 완벽한 성공을 거두고 보니 자신의 힘을 되찾은 듯 의기양양함에 도취될 정도였다. 자신이 창조한 인상을 감소시키지 않기 위해서 그녀는 청중들이 저녁 식사를 위해 흩어질 때까지 자태를 드러내지 않았다. 그럼으로써 사람들의 무리가 그녀가 서 있던 텅 빈 응접실로 서서히 들어오는 순간 자신의 자태를 드러내 보이는 제2의 기회를 마련한 것이다.

사람들의 순환이 점차 일반적이 됨에 따라 무리가 증가하고 방은 곧 새로운 사람들로 채워졌다. 릴리는 그 무리들의 한가운데 서서 앞서 있었던 집단적 갈채의 즐거운 연장선상에서 자신의 성공에 대해 개개인이 보내는 찬사를 듣게 되었다. 릴리는 그런 순간엔 타고난 까다로움을 약간 상실하면서 찬사의 질보다 양에 더 관심을 가졌다. 개개인의 차이는 칭찬의 열렬한 분위기 속에 합쳐졌고, 그녀의 아름다움은 그 안에서 햇빛 아래 꽃처럼 펼쳐졌다. 만일 셀든이 한두 발짝만 일찍 도착했더라도 그는 그녀가 네드 밴 얼스타인과 조지 도싯을 향해 셀든 자신이 꿈에서라도 원했을 그런 눈길을 주는 모습을 볼 수 있었을 것이다.

하지만 운명의 여신이 조화를 부렸으니, 피셔 부인이 자신의 보좌관 격인 밴 얼스타인을 향해 서둘러 접근하는 바람에 무리가 흩어졌다. 셀든은 그 순간 아직 그 방의 문턱에도 이르지 못한 상태였다. 남자들 한둘이 저녁 식탁으로 아내를 인도하기 위해서 흩어지며 방을 빠져나갔고, 셀든이 다가오는 모습을 본 다른 사람들은 무도회장의 암묵적 우애를 발휘해 그에게 자리를 내주었다. 따라서 그가 릴리 곁에 도착했을 때 릴리는 혼자 서 있었다. 그리고 그녀의 눈에서 자신이 기대했던 표정을 읽은 셀든은 그 눈빛을 가져온 것이 자신이라고 생각하며 만족했다. 실제로 그녀의 눈빛이 그를 보고 더 깊어진 것은 사실이었다. 릴리는 자기만족감에 취한 상태에서도 그가 가까이 오면 항상 느끼고는 하던 더 빠른 생명의 박동을 느꼈기 때문이었다. 그녀 또한 자신의 눈길에 응대하는 그의 눈길로부터 자신의 승리를 확인하며 기분이 우쭐해졌고, 잠시나마 자신이 그를 위해서만 아름다웠으면 하는 소망을 느꼈다.

셀든은 그녀에게 아무 말도 하지 않은 채 팔을 내밀었다. 그녀 또한 말없이 그의 팔짱을 끼었으며 그들은 식당 쪽으로 가지 않고 그리로 가고 있는 사람들의 물결을 거슬러 반대 쪽으로 걸어갔다. 그녀 주변의 얼굴들은 잠 속에서 흘러가는 이미지들처럼 그녀 주위를 흘러갔다. 셀든이 어디를 향해 자신을 데리고 가는지조차 의식하지 못하고 있던 그녀는 일렬로 늘어선 방들 끝 유리문을 통해 갑자기 정원에 들어서면서 향기로운 고요를 마주하고 서게 되었다. 그들의 발아래서 자갈들이 서로 부딪혔고 주위에는 한여름 밤의 투명한 안개가 서려 있었다. 늘어뜨려진 불빛이 나무들이 우거진 곳곳에 에메랄드색의 동굴을 만들었고 분수의 하얀 줄기들이 백합꽃들 사이로 떨어졌다. 이 요술의 세계에는 사람이 아무도 없었다. 백합꽃들 위로 물이 떨어지는 소리와 잠자고 있는 호수를 가로질러 오는 듯한 먼 음악 소리 외에 어떤 소리도 들리지 않았다.

셀든과 릴리에게는 그 장면의 비현실성이 자신들이 느끼는 꿈같은 기분의 일부로 여겨져 잠자코 서 있었다. 여름의 산들바람이 뺨을 스치거나 나뭇가지에 걸린 불빛이 별로 가득 찬 하늘의 아치 속에 반영되는 모습을 보는 것도 아마 놀랍지 않았을 것이다. 그들 주변의 고독은 그 고독 안에 단둘만 있다는 사실에서 오는 달콤함만큼이나 신기했다.

마침내 릴리가 셀든의 팔에서 손을 빼고 한 걸음 물러섰다. 그러자 흰옷 속 그녀의 가냘픈 몸매가 나뭇가지가 만든 어스름을 배경으로 두드러지게 드러났다. 셀든이 그녀 쪽으로 다가갔고, 그들은 여전히 아무 말도 하지 않은 채 분수 곁의 벤치에 함께 앉았다.

갑자기 그녀가 어린아이처럼 진지한 호소를 담은 눈을 들었다. "저에게 한 번도 말을 안 거시더군요. 저에 대해 좋지 않게 생각하고 계시죠." 그녀가 낮은 소리로 말했다.

"내가 당신을 생각하고 있는 건 사실이죠. 좋은 소식이지요?" 그가 말했다.

"그럼 왜 우린 서로 만나지 않는 거죠? 왜 친구가 될 수 없나요? 절 도와주신다고 약속하신 적이 있잖아요." 그녀가 무의식적인 듯 앞과 같은 어조로 계속했다.

"내가 당신을 도와줄 수 있는 유일한 방법은 당신을 사랑하는 것이에요." 셀든이 낮은 목소리로 말했다.

그녀는 아무런 대답도 하지 않았지만, 꽃처럼 부드러운 동작으로 그를 향해 얼굴을 돌렸다. 그의 얼굴이 서서히 그녀의 얼굴을 만났고 그들의 입술이 맞닿았다. 그녀가 몸을 움츠리더니 자리에서 일어섰다. 셀든도 덩달아 일어섰고, 그들은 마주 보며 섰다. 갑자기 그녀가 그의 손을 잡더니 자신의 뺨에 대고 지그시 눌렀다.

"아, 사랑해 주세요, 사랑해 줘요. 하지만 그렇게 말하지는 마세요!" 그녀가 그의 눈 깊은 곳을 들여다보며 한숨을 내쉬었다. 그리고 그가 뭐라고 말하기 전에 몸을 돌려 나무 아치 아래로 미끄러지듯 나가 불이 훤한 방 쪽으로 사라졌다.

셀든은 그녀가 떠난 자리에 그대로 서 있었다. 그는 이처럼 절묘한 순간의 덧없음을 잘 알고 있었기에 그녀를 따라가려 시도하지는 않았다. 하지만 곧 다시 집 안으로 들어가 텅 빈 방들을 지나 문 쪽으로 갔다. 멋진 성장을 한 숙녀들 몇몇이 이미 대리석 현관에 모여 있었고, 외투 보관소에서 밴 얼스타인과 거스 트레너와 마주쳤다.

셸든이 다가가자 문 가까이 있던 은 상자들 중 하나에서 어서 집어 들어 달라는 듯 진열되어 있던 시가 하나를 고르려고 주의 깊게 살펴보고 있던 밴 얼스타인이 고개를 들었다.

"어이, 셸든, 자네도 가나? 자네도 나처럼 쾌락주의자로구먼. 그 여신들이 후미거북 요리를 게걸스레 먹어 대는 모습을 보고 싶지는 않지. 맙소사, 아리따운 여성들의 모습을 얼마나 많이 보았는지. 하지만 그 여인들 중 누구도 내 귀여운 친척에겐 상대가 안 돼. 다들 보석으로 치장들을 하지만 자기 몸매를 과시할 수 있다면 보석이 다 무슨 소용이야? 여자들이 입는 주름 옷들이 그 멋진 몸매를 다 가리는 게 문제라고. 나도 오늘 저녁에야 릴리가 얼마나 멋진 몸매를 가졌는지 알게 되었어."

"모두가 그걸 지금도 모른다면 그녀 탓은 아니지." 트레너가 모피 단을 댄 코트를 입느라 낑낑대면서 으르렁대듯 말했다. "그런 치들은 취향이랄 게 없는 거라고 봐야지. 아니, 난 시가는 일없네. 이런 새 집들에서 피우는 시가의 품질이 어떤지 모른다고. 이런 데선 조리장이 직접 시가를 사지 않을 가능성과 직접 살 가능성이 반반이지. 남아서 저녁 식사를 하라고? 알면 안 그러지! 얘기하고 싶은 사람 근처에도 못 가게 사람들로 미어터지니, 러시아워의 고가 철도에서 저녁을 먹는 게 낫지. 집사람이 여기 안 오길 정말 잘한 거야. 새 사람들과 사귀느라 애를 쓰는 데 시간을 소모하기엔 인생이 너무 짧다 그러더라고."

13장

릴리가 행복한 꿈에서 깨어났을 땐 침대맡에 두 장의 쪽지가 놓여 있었다.

하나는 트레너 부인한테서 온 것이었는데, 그날 오후 잠깐 뉴욕에 다니러 오는데 바트 양이 함께 저녁 식사를 할 수 있는지를 묻는 것이었다. 다른 하나는 셀든한테서 온 것이었다. 중요한 소송 때문에 올버니에 가서 그날 저녁때까지 돌아오지는 못하지만 다음 날 언제 만나 줄 수 있는지를 묻는 내용이었다.

릴리는 베개들 사이에 기대앉아서 생각에 잠긴 채 한가한 태도로 그의 편지를 바라보았다. 브라이 저택의 온실에서 있었던 일이 꿈만 같았다. 깨어난 뒤 그것이 현실이었다는 증거를 발견하리라고는 기대하지 않았다. 그녀에게 처음 든 기분은 짜증이었다. 셸든이 이처럼 의외의 행동을 함으로써 자신의 삶이 더 복잡해지기 때문이었다. 그렇게 비합리적인 충동에 굴복하다니 정말 그답지 못한 일이었다! 정말로 자신에게 청혼할 생각이란 말인지? 이미 한 번 그런 희망은 현실성이 없는 것임을 그에게 알려 준 바 있고, 그 이후 그는 그녀의 허영심에 상처를 약간 입힐 만큼 합리적으로 그 상황을 받아들이고 있음을 증명하는 듯한 행태를 보였다. 그가 그 같은 합리적인 태도를 유지하기 위해서 그녀를 만나지 않는다는 대가를 치러 왔다는 사실을 알게 되어서 기분이 좋기는 했다. 하지만 그가 자신을 좋아하고 있다는 사실을 느끼는 것만큼 달콤한 일은 없다고 할지라도 전날 저녁의 에피소드에 속편을 허락하는 것의 위험성을 모를 수는 없었다. 그와 결혼할 수 없는 바에야 만나자는 그의 요청을 다정하게 회피하는 한 줄의 메모를 써서 그에게 보내는 편이 그에 대한 배려도 되고 자신에게도 더 쉬울 터였다. 그는 그런 암시를 못 알아들을 사람이 아니었으니, 다음에 만나면 평소처럼 친구 사이로 되돌아가 있을 터였다.

릴리는 침대에서 가볍게 튕겨 나와 곧장 책상 앞으로 갔다. 결심이 아직 강력할 때 당장 메모를 쓰는 게 좋겠다 싶었다. 그녀는 잠에서 일찍 깬 데다 전날 저녁에 느꼈던 희열로 인해 여전히 좀 나른한 상태였는데, 셸든의 메모를 보니 자신이 의기양양했던 순간, 그의 눈 속에서 어떤 철학도 자신의 힘 앞에서는 무력하다는 사실을 읽었던 순간이 되살아났다. 그런 감각을 다시 느낄 수 있다면 유쾌할 것 같았……. 셸든 아닌 다른 누구에게서도 그런 충만한 즐거운 느낌을 받을 수는 없었다. 그리고 그녀는 결정적인 거절의 행위를 함으로써 자신의 사치스러운 회상의 분위기를 망친다는 생각도 참을 수 없었다. 그래서 펜을 집어 들고 급히 썼다, "내일 4시에."라고. 그 종이를 봉투에 넣으면서 "내일이 오면 그때 가서 거절해도 늦지 않아."라고 혼잣말을 했다.

주디 트레너의 초대는 정말 반가운 것이었다. 지난번 벨로몬트를 방문한 이래 처음으로 주디가 직접 연락을 해 온 것이었다. 릴리는 아직도 자신이 주디의 기분을 상하게 한 건 아닌가 걱정을 하고 있었다. 하지만 주디 특유의 명령조의 초대 말을 보니 자신들의 이전 관계가 회복된 듯했다. 그래서 릴리는 주디가 브라이가에서의 연회에 대해 듣고자 자신을 부른 것이라고 짐작하며 미소를 지었다. 트레너 부인이 그 파티에 참석하지 않은 것은 아마도 그녀의 남편이 솔직하게 표현한 바와 같이, 그리고 아마도 피셔 부인이 조금 다른 방식으로 말한 것처럼 "자신이 먼저 발견하지 않은 새로운 사람들을 참을 수 없어서"였을 것이었다. 어떤 이유로 벨로몬트에 오만하게 남아 있었든 그녀는 릴리가 짐작하기에 자신이 무엇을 놓쳤는지, 그리고 웰링턴 브라이 부인이 사교계의 인정을 받고자 하는 다른 모든 이전의 경쟁자들을 어떻게 능가했는지 따위를 모조리 정확히 알고 싶어서 안달이 나 있을 것이었다. 릴리는 이 호기심을 만족시켜 줄 준비가 완벽히 되어 있었지만 마침 그날은 저녁 식사 약속이 있었다. 하지만 잠깐이라도 트레너 부인을 만나는 게 좋겠다고 판단하고, 하녀를 불러서 그날 저녁 10시경에 찾아가겠다고 주디에게 전보를 치게 했다.

그녀는 전날 저녁에 참여한 연기자들 중 몇몇을 비공식적인 연회에 초대한 피셔 부인과 함께 저녁 식사를 했다. 저녁 식사 후에는 대농원의 흑인 음악 연주가 있을 예정이었다. 피셔 부인은 사교계에 절망해서 조각에 취미를 붙였고 자신의 비좁은 집에 딸린 넓은 아파트를 지었는데, 그 공간은 평소 영감을 받아 조각을 할 때는 어떻게 사용하는지 모르겠지만 다른 때에는 지칠 줄 모르는 손님 접대를 위해 사용했다. 릴리는 그 저녁 식사가 즐거웠기 때문에 자리를 뜨고 싶지 않았다. 좀 더 머물면서 담배도 몇 대 피우고 노래도 몇 곡 들으면 좋을 것 같았다. 하지만 주디와의 약속을 깨뜨릴 수가 없어서 10시가 조금 지난 후 여주인에게 마차를 불러 달라고 부탁해 5번 가를 따라 트레너가로 향했다.

그녀는 문 앞에서 상당히 오래 기다려야 했는데, 기다리면서 주디가 뉴욕에 와 있다면 왜 더 빨리 자신을 맞아들이지 않는지 이상하다는 생각이 들었다. 그리고 예상과는 달리 시종이 나오지 않고 집의 관리인이 캘리코 천으로 만든 낡은 코트를 서둘러 어깨에 걸치며 가구가 천으로 덮인 현관으로 자신을 맞는 것을 보고 더욱 놀랐다. 그러나 트레너가 즉시 응접실 문턱에 나타나 그녀를 맞으며 그녀의 외투를 받아 들었는데 평소보다 좀 말이 많았다.

"이쪽 사실(私室)로 와요. 이 집에서 편한 방은 그 방 하나뿐이니까. 이 방은 시체라도 들여오기를 기다리고 있는 것처럼 보이지 않소? 주디가 왜 온 집 안을 이 미끌미끌한 끔찍한 하얀 천으로 뒤덮어 놓는지 알 수가 없단 말이오. 추운 날 이 방을 걸어서 통과하기만 해도 폐렴이 걸릴 지경이라고. 그런 데 좀 추워 보이는군. 상당히 추운 날이오. 클럽에서부터 걸어 오는데 꽤 춥더라고. 이리 와요. 브랜디를 살짝 따라 줄 테니 까. 그리고 불을 쬐면 몸이 충분히 덥혀질 거요. 그러면서 내 가 새로 산 이집트산 담배를 조금 피워 보라고. 대사관에 있 는 체구가 작은 터키 친구가 소개해 준 건데 한번 피워 봐요. 괜찮으면 많이 구해 줄 수도 있소. 아직 수입은 안 되어 있지 만 전보를 쳐서 주문하면 되니까."

그가 앞장을 서서 그녀를 보통 트레너 부인이 앉아 있는 뒤 쪽의 커다란 방으로 데려갔는데 그녀는 눈에 안 띄었지만 집 에 있기는 한 것 같았다. 책상은 보통 때처럼 꽃들과 신문, 편 지지와 봉투 따위로 뒤덮여 있었고 램프에는 불이 켜져 있어 서 친근한 느낌이 들면서 주디의 기운 찬 자태가 벽난로 옆에 있는 안락의자에서 벌떡 일어나는 모습이 눈에 안 띄는 것이 오히려 놀라울 정도였다.

문제의 안락의자에 위에 시가 연기가 자욱하고 담배와 술 의 유통을 원활하게 하기 위해 영국 사람들이 독창적으로 고 안해 낸 정교한 디자인의 접이식 탁자가 그 옆에 놓여 있는 것으로 보아 그 안락의자에 앉아 있던 사람은 트레너 자신이 었던 것이 분명했다. 릴리가 어울리는 무리들은 흡연과 음주 를 시간과 장소에 따라 제한하지는 않았기 때문에 응접실에 서 그런 것들을 보는 일이 특별할 것은 없었다. 그래서 우선은 트레너가 추천하는 담배들 중 하나를 받아 들면서 놀란 눈길로 "주디는 어디 있어요?"라고 물음으로써 쉴 새 없이 떠드는 그의 입을 막았다.

평소와 달리 말을 너무 많이 해서, 그리고 아마도 식탁용 술병에서 계속 술을 따라 마셨을 것이기 때문에 얼굴이 약간 달아오른 트레너는 술병을 향해 몸을 숙이고 은빛 상표의 내용을 읽으려 하고 있었다.

"자, 여기, 릴리, 탄산수 조금에다가 코냑을 한 방울 떨어뜨린 거요. 추위 때문에 수척해 보이는군. 코끝이 아주 빨갛소. 혼자 마시기 그럴 테니 나도 한잔하겠소. 주디? 아, 두통이 너무 심하다는군. 그래서 완전히 나가떨어졌소, 쯧쯧. 나한테 잘 말해 달라고 하더라고. 당신 기분 안 상하게. 여기 난롯가로 와요. 아주 지쳐 보이는구먼. 여기 앉으면 편할 거요. 자, 그렇게."

그는 반쯤 장난하듯이 그녀의 손을 잡아 벽난로 가의 낮은 의자로 끌어당겼다. 하지만 그녀는 멈춰 서서 조용히 손을 빼냈다.

"주디가 저를 못 만날 만큼 몸이 안 좋단 말이에요? 제가 2층으로 가서 만나면 될 텐데, 그러지 말라는 건가요?"

트레너는 자신이 마시기 위해 채운 술을 단숨에 꿀꺽 마신 뒤 술잔을 내려놓으면서 말했다.

"아, 안 된다고. 사실은 아무도 만날 수 없는 상태거든. 갑자기 두통이 와서 말이오. 너무 미안하다고 얘기해 달라고 했다고. 어디서 저녁 식사를 하는지 알았다면 그리로 전갈을 보냈을 거라고 말이오."

"제가 저녁을 어디서 먹었는지 알고 있었는데요. 전보에 써
서 보냈으니까요. 하지만 물론 상관없어요. 그렇게 몸이 안 좋
으면 아침에 벨로몬트로 돌아가진 않을 테니까 그때 와서 만
나면 되지요."

"맞소, 맞아. 좋은 생각이오. 내일 아침에 잠깐 들를 거라고
말해 놓겠소. 자, 이제 잠깐만 앉아서, 그렇게, 조용히 대화나
나눕시다. 그냥 분위기상 한잔 안 마시겠소? 그 담배 어떤지
말해 주오. 왜, 별로요? 아니, 왜 그걸 치워 버리나?"

"제가 가야 하니까 내려놓는 거예요. 저를 위해서 마차를
부르는 친절을 베풀어 주시겠지요." 릴리가 미소를 지으며 말
했다.

그녀는 원인이 너무도 분명한, 트레너의 예외적인 흥분 상
태가 거슬렸다. 그리고 주디가 이 커다란 텅 빈 집의 다른 쪽
위층에 있는데 그와 단둘이 있다는 사실 때문에라도 그와 단
둘이 있는 시간을 늘리고 싶은 생각은 전혀 없었다.

하지만 트레너는 눈에 띄게 재빠른 동작으로 그녀와 문 사
이로 가더니 그녀의 앞을 가로막았다.

"왜 가야 하지? 도대체 이유가 뭐야? 만일 주디가 여기 있었
다면 잡담을 하면서 새벽까지라도 있었을 거 아냐. 그런데 나
하고는 오 분도 못 있겠다는 거야? 항상 똑같아. 어제 저녁에
도 당신 근처에도 못 갔어. 그 저속한 파티에 오로지 당신을
보기 위해서 갔었다고. 거기서 다들 당신 얘기를 하면서 나한
테 저렇게 탁월한 미인을 본 일이 있냐고들 하더군. 그런데 내

가 가까이 가서 한마디 하고 싶어도 알은체도 안 하더군. 그
저 잘난 체하면서 나중에 당신을 봤다는 둥 당신하고 얘기를
했다는 둥 으스댈 치들과 계속 웃고 농담이나 하고 있던데."

그는 통렬한 비판을 퍼부으며 열이 올라 말을 멈추고 그녀
를 쏘아보았는데, 거기 담긴 온갖 표정 중 원망은 아무것도 아
닐 정도였다. 하지만 그녀는 정신을 차리고 방 한가운데 침착
하게 서서 트레너와 자신 사이 점점 벌어지고 있는 거리를 얼
굴에 살짝 미소를 떠올림으로써 더욱더 벌리고 있었다.

그 거리 너머로 그녀가 말했다. "말도 안 되는 소리 하지 마
세요, 거스. 11시가 넘었고, 당장 마차를 불러 달라고 부탁드
려야겠어요."

그는 그녀가 더욱더 혐오하게 된 이마를 낮추며 요지부동
이었다.

"그래, 내가 마차를 안 불러 준다면? 그럼 어떻게 할 건데?"

"2층으로 가서 주디를 괴롭힐 수밖에 없겠지요."

트레너는 한 발짝 더 그녀를 향해 다가와 그녀의 팔을 손으
로 잡았다. "이봐, 릴리. 자발적으로 내게 오 분도 내줄 수 없
단 말이야?"

"오늘 밤은 안 돼요, 거스. 당신도……."

"좋소, 그렇다면. 안 준다면 내가 빼앗아야지. 오 분이 아니
라 몇 분이라도." 그는 손을 주머니에 깊이 찌르고 문턱을 가
로막고 섰다. 그는 벽난로 가의 의자를 향해 고갯짓을 했다.

"저리로 가서 앉아. 할 말이 있으니까."

하지만 릴리에게는 공포심보다는 조급함이 앞섰다. 그녀는

딱딱하게 굳은 자세로 문을 향해 다가갔다.

"제게 하실 말씀이 있다면 다른 기회에 하세요. 당장 마차를 불러 주시지 않는다면 주디에게 갈 수밖에 없어요."

그가 웃음을 터뜨렸다. "2층에 가든지 말든지 마음대로 하시오. 주디를 만나지는 못할 테니까. 거기 없거든."

릴리는 놀란 눈길을 그에게 던졌다. "주디가 집에 없단 말이에요? 뉴욕에 없다는 거예요?" 그녀가 외쳤다.

"바로 그렇소." 당당하게 호통치던 그의 태도는 그녀의 눈길 아래 부루퉁한 태도로 바뀌었다.

"말도 안 돼요. 믿을 수 없어요. 2층으로 갈 거예요." 그녀가 황급히 말했다.

그가 갑자기 옆으로 물러나 그녀는 아무런 방해도 받지 않고 문턱에 다다랐다.

"올라가든지 말든지 마음대로 해. 하지만 아내는 벨로몬트에 있어."

하지만 릴리는 한 가지 사실을 떠올리며 마음을 놓을 수 있었다. "뉴욕에 안 왔다면 제게 전갈을 보냈을……."

"그랬지. 오늘 오후에 내게 전화를 해서 당신한테 알려 주라고 했지."

"전갈을 받은 바가 전혀 없는데요."

"내가 안 보냈으니까."

두 사람은 잠시 동안 서로를 노려보았다. 하지만 릴리는 여전히 자신의 적을 경멸이라는 연기 사이로 바라보고 있었고, 따라서 다른 고려는 모두 뒷전이었다.

"그렇게 우둔한 장난을 치다니 도대체 왜 그랬는지 상상도 할 수 없군요. 하지만 당신의 그 독특한 유머 감각을 만족시키셨으니 이제 마차를 불러 주세요."

릴리는 자신의 어조가 지금의 상대에게는 맞지 않는 것임을 말을 하는 동안 깨닫고 있었다. 그가 조소의 내용을 이해하지는 못하더라도 자신이 조소의 대상이 되고 있다는 사실을 깨닫고 상처를 받을 수는 있는 사람이었기 때문이다. 화가 난 트레너의 얼굴에 생긴 붉은 선들은 실제 채찍질 자국이라 할 만큼 생생했다.

"이봐, 릴리. 나한테 그렇게 고상한 척하지 말라고." 그가 다시 문을 향해 움직였고, 릴리는 본능적으로 몸을 움츠리는 바람에 다시 문턱을 그에게 내주었다. "내가 장난을 친 건 사실이야. 인정해. 하지만 그래서 내가 창피해할 거라고 생각하면 그건 오산이야. 내가 그동안 정말 잘 참았다는 건 하느님도 아시지. 그냥 가만히 앉아서 바보짓을 했어. 그러는 내내 당신은 다른 놈팡이들하고 시시덕댔지…… 내 흉도 봤을걸, 틀림없이…… 난 친구들을 잘 구슬려 웃음거리를 만들 만큼 그렇게 똑똑하진 않아, 당신처럼…… 하지만 내가 그런 웃음거리가 되면…… 내가 그런 조롱거리가 됐다는 건 금방 알아차린다고……."

"제가 그 생각을 미처 못 했군요!" 릴리가 날카롭게 대꾸했지만 그녀의 웃음은 그의 눈길 아래서 침묵으로 잦아들었다.

"그래, 그런 생각을 못 했겠지. 하지만 이제는 알겠지. 그러려고 오늘 여기 부른 거니까. 얘기를 하려고 조용한 시간을 기다려 왔는데, 이제 기회가 왔으니 내 말을 들어 줘야겠어."

처음에는 화가 나서 더듬거리며 흥분하던 그의 어조가 이제 차분하고 집중된 것으로 바뀌었고, 릴리는 그 어조에 처음보다 오히려 더 당황했다. 잠시 동안은 침착성을 되찾지 못했을 정도였다. 그녀는 자신의 후퇴를 기지를 발휘한 칼싸움으로 덮어야 하는 상황을 여러 번 만난 적이 있었다. 하지만 그런 식의 재주로는 이 상황을 모면할 수 없다는 것을 깨달으면서 겁에 질려 가슴이 쿵쿵 뛰었다.

그녀는 시간을 벌기 위해서 반복해서 말했다. "도대체 뭘 원하시는지 모르겠군요."

트레너는 그녀와 문 사이에 의자를 밀었다. 그리고 거기 털썩 앉아서 기댄 뒤 그녀를 올려다보았다.

"내가 원하는 게 뭔지 말해 주겠어. 너와 내가 도대체 어떤 사이인지 정확히 알아야겠어. 제기랄, 저녁 값 내는 사람이 식탁에 앉는 게 보통 아닌가."

그녀는 화가 치밀고 모욕감이 들었으며, 맞서서 욕하지 못하고 상대방을 달래야 하는 상황에 처해 있다는 사실에 구역질이 날 지경이었다.

"무슨 말씀인지 모르겠어요. 하지만 거스, 이 시간에 제가 여기서 당신과 얘기하고 있을 수 없다는 건 아시잖아요……."

"하, 백주에 남자들 집에 잘만 다니면서. 남들 눈을 항상 그렇게 지독하게 신경 쓰는 것 같지도 않던데."

릴리는 그 공격의 무자비함 때문에 신체적으로 가격을 당했을 때 느낄 법한 현기증을 느꼈다. 로즈데일이 떠들고 다녔다는 뜻이었다. 남자들이 자신에 대해 이런 식으로 말한다니. 그녀는 갑자기 기운을 잃으면서 방어력을 상실했다. 자기 연민으로 인해서 목이 메었다. 하지만 그러는 가운데서도 내내 또 다른 자아가 부지런하게 자신을 지키려 노력하고 있었다. 그 자아는 말 한마디 동작 하나도 다 계산해야 한다는 것을 겁에 질려 속삭여 주고 있었다.

"여기 저를 데려다 모욕을 주시려는 거라면……." 그녀가 말했다.

트레너가 웃었다. "넌 지금 무대에 서 있는 게 아니야. 내가 모욕을 주려는 건 아니지. 하지만 나도 감정이 있는 사람이거든. 그리고 넌 너무 오랫동안 내 감정을 가지고 놀았어. 이 일은 내가 시작한 게 아니거든. 다른 놈팡이들을 상대하느라 나는 제쳐 놨지. 그러다가 나를 뒤져서 꺼내 조롱거리로 만들었다고. 너한텐 아주 쉬운 일이었지. 그게 문제였어. 너무 쉬워서 날 함부로 대했다고. 날 완전히 탈탈 턴 다음에 빈 지갑처럼 하수구에다 던져 버릴 수 있다고 생각한 거지. 하지만 젠장맞을, 그건 공평하지 못하잖아. 그건 게임의 법칙 위배라고. 물론 이제 난 네가 뭘 원했는지 알아. 넌 내 아름다운 눈을 원한 게 아니야. 내가 말해 주겠어, 릴리 양, 날 그렇게 착각하게 만든 대가를 지불하셔야겠다 이거야……."

그는 어깨를 공격적으로 펴면서 자리에서 일어났고, 눈썹이 벌게져서 릴리를 향해 다가왔다. 하지만 릴리는 다가오는 그에게서 물러나고 싶어 신경이 갈가리 찢어질 지경이면서도 제자리를 지키고 서 있었다.

"대가를 지불하다니요?" 그녀가 불안한 목소리로 말했다. "돈을 갚아라 그런 말씀인가요?"

그는 다시 웃었다. "오, 돈으로 갚으라는 뜻은 아니지. 하지만 게임은 공평해야 하니까 말이야. 그리고 내가 준 돈에 대한 이자라는 것도 있고. 네가 나한테 눈길이라도 주었으면 내가 안 이러지……."

"당신이 준 돈이라니요? 제가 당신 돈하고 무슨 상관이죠? 제 돈을 어떻게 투자하면 되는지 충고를 해 주신 것뿐인데…… 제가 비즈니스에 대해서 모르니까…… 괜찮다고 해 놓고……."

"물론 괜찮았지. 괜찮고말고, 릴리. 다 괜찮아. 그리고 그 열 배라도 괜찮다고. 내가 원하는 건 감사의 표시라고." 그는 그녀에게 더욱 가까이 다가왔고, 그의 손은 점차 더 강력해지고 있었다. 그리고 그녀 안의 겁에 질린 자아는 그의 다른 손을 잡아 내리고 있었다.

"당연히 감사 표시도 했는데요. 제가 감사하게 생각하고 있다는 걸 보여 드렸어요. 친구 사이에 주고받을 수 있는 것 이상 무슨 다른 일을 저를 위해 해 주셨는데요?"

트레너는 코웃음을 쳤다. "전에도 물론 그런 식으로 돈을 받았겠지. 그리고 물론 지금 나를 버리는 것처럼 다른 치들도 버렸겠지. 다른 치들하고 어떻게 거래를 했는지에는 관심 없어. 다른 치들을 가지고 놀았으면 그만큼 더 좋아. 그런 눈으로 나를 노려보지 말라고. 여자한테 이런 식으로 말하면 안 된다는 거 알아. 하지만 그게 싫으면 당장이라도 그만둘 수 있어. 너한테 달린 거야. 내가 너한테 얼마나 미쳐 있는지 알고 있잖아. 돈은 문제가 아냐. 얼마든지 더 있어. 그게 문제라면…… 내가 야만적으로 굴었군, 릴리. 릴리! 그냥 나 좀 보라고……."

그녀의 머리 위로 굴욕의 파도가 밀려와서 부서지고 또 부서지고 있었다. 파도가 오고 또 오는 속도가 너무나 빨라서 정신적인 치욕감과 신체적인 공포가 일치했다. 자존심 때문에라도 자신이 그런 공격에 취약해져서는 안 될 것 같았다. 하지만 그녀는 자신에 대한 치욕 때문에 무시무시한 고립감을 느꼈다.

그의 손길이 준 충격이 너무 강렬해서 그녀는 잃어 가던 정신이 번쩍 들었다. 그녀는 혐오감에 떨며 그의 손길로부터 필사적으로 한 발짝 물러났다.

"무슨 말씀인지 모르겠다고 했잖아요. 만일 돈을 갚아야 한다면 갚겠어요……."

트레너의 얼굴은 분노로 벌게졌다. 릴리가 혐오감을 느끼며 물러서는 동작을 본 그는 원시적인 남성으로 돌아갔다.

"아, 셀든이나 로즈데일한테 빌리겠다 그거군. 그러고 나서 나를 가지고 놀았듯이 그들도 농락해 보겠다 이거지! 다른, 다른 사람들과 계산이 다 끝난 게 아니라면…… 나만 괄시받는 신세군!"

그녀는 제자리에 얼어붙어서 아무 말도 못 하고 서 있었다. 그의 말, 그의 말들은 그의 손길보다 더 나빴다. 그녀의 가슴이 온몸을 쿵쿵 울리고 있었다. 목구멍에서도, 팔다리에서도,

아무 소용도 되지 않는 손에서도. 절망에 차서 방을 훑어보던 그녀의 눈이 벨을 보고 빛났다. 벨만 누르면 도움을 받을 수 있을 것이었다. 그렇긴 하지만 추문도, 끔찍한 뒷소문도 따라올 것이었다. 아니었다. 그녀는 홀로 싸워서 빠져나가야 했다. 하인들이 그녀가 트레너와 단둘이 그 집에 있다는 것을 안다는 사실만으로도 충분히 나쁜 상황이었다. 그녀가 그 집을 떠나는 모습이 그 이상의 추측을 불러일으켜서는 안 되었다.

그녀는 고개를 들었고, 마침내 그를 똑똑히 정면으로 바라보았다.

"지금 내가 여기 당신과 단둘이 있는데," 그녀가 말했다. "더 하실 말씀이 뭐죠?"

놀랍게도 트레너는 아무 말도 못 하고 멍하니 바라보는 것으로 대답을 대신했다. 사나운 말을 마구 퍼붓는 것을 끝으로 그의 열기가 사그라져 버렸고, 그는 춥고 비참한 기분으로 빠져들었다. 마치 차가운 공기가 술로 인한 열기를 쫓아낸 것과도 같았다. 그리고 그에게 떠오른 것은 타고 난 재와도 같이 남겨진 것이 전혀 없는 시커먼 덩어리와도 같은 상황뿐이었다. 잠시 열정 때문에 쳇바퀴에서 벗어났던 당황한 정신이 오랜 습관, 길들여진 자제력, 물려받은 질서의 손길 덕분에 제자리로 되돌아간 것이었다. 트레너의 눈은 정신을 차려 보니 떨어지면 죽을 수도 있는 창턱 위에 자신이 아슬아슬하게 서 있다는 사실을 깨달은 몽유병자의 눈처럼 핼쑥했다.

"가! 가 버리라고!" 그가 더듬댔다. 그리고 그녀에게 등을 돌리고 벽난로를 향해 걸어갔다.

릴리는 순식간에 공포감을 떨치고 즉시 명징한 정신을 되찾았다. 트레너의 의지가 무너지면서 자신이 주도권을 쥐게 된 것이다. 릴리는 자신의 것이지만 자신 밖에서 나는 것 같은 목소리로 그에게 벨을 눌러 하인에게 마차를 불러오라고 하도록 했고, 마차가 도착했을 때 자신을 마차까지 데리고 가도록 했다. 어디서 그런 힘이 났는지 그녀 자신도 알 수 없었다. 하지만 끈질긴 어떤 목소리가 그녀에게 자신이 그 집을 공공연하게 떠나야 한다고 말해 주었고, 현관에서 관리인이 얼쩡거리고 있을 때 트레너와 가벼운 잡담을 나누도록 기운을 북돋워 주었으며 평소와 다름없이 주디에게 전갈을 부탁하도록 했다. 그러는 동안에도 내내 마음속으로 끔찍한 혐오감이 들었지만. 문 앞에서 거리를 마주하고 섰을 때는 미칠 듯한 해방감이 느껴졌다. 감옥을 나와 자유로운 공기를 처음 마시는 죄수처럼 취한 듯한 느낌이었다. 하지만 두뇌만큼은 계속 명징했다. 릴리는 5번가가 조용하다는 것을 알 수 있었고, 시간이 늦어서 그렇다고 생각했으며, 마차를 탈 때 어떤 남자의 모습을 보기도 했다. 그 모습이 반쯤 낯이 익다는 생각이 드는 순간 그 남자는 반대편 거리 모퉁이를 돌아 컴컴한 옆 골목으로 사라졌다.

그러나 마차의 바퀴가 굴러감과 동시에 반작용이 왔고 몸서리가 쳐지며 갑자기 눈앞이 캄캄해졌다. "아무런 생각도 할 수 없어. 아무 생각도 안 나." 그녀는 신음과 함께 덜컹거리는 마차의 벽에 머리를 기대었다. 그녀는 스스로가 타인인 것처럼 느껴졌다. 아니, 자신 안에 두 사람이 있는 것 같았다. 항상 자신이 알아 왔던 자신과 처음으로 자신이 거기 구속되어 있다는 사실을 발견한 새로운 자신, 끔찍하게 혐오스러운 자신. 그녀는 자신이 머물던 집에서 『에우메니데스』번역판을 우연히 읽은 적이 있었는데, 자신을 끈질기게 추적하던 복수의 여신들이 신탁의 동굴에서 잠들어 있는 것을 발견한 오레스테스가 자신도 한 시간 동안 잠시 눈을 붙이는 장면을 읽고 공포심에 사로잡힌 적이 있었다.[34] 그랬다, 복수의 여신들은 가끔 잠을 자기도 했지만 항상 어두운 구석에 숨어 있었다. 그리고 지금은 깨어나 있었고 릴리의 머릿속에서 날개를 퍼덕이며 금속성의 소음을 내고 있었다……. 그녀는 눈을 뜨고 창밖으로 지나가는 거리를 바라보았다. 낯익지만 낯선 그 거리들. 그녀가 바라보는 모든 것들이 똑같으면서도 달랐다. 오늘과 어제 사이에는 엄청난 틈이 벌어져 있었다. 과거에는 모든 것들이 단순하고 자연스러우며 햇빛으로 가득한 것처럼 보였다. 하지만 지금은 어두움과 오염의 장소에 혼자 있었다. 혼자! 그 외로움이야말로 그녀를 공포에 질리게 만드는 것이었다. 그녀의 눈길은 거리 모퉁이에 있던 불 켜진 시계에 가 닿았다. 시곗바늘은 11시 30분을 가리키고 있었다. 겨우 11시 30분이었다. 밤이 지나가려면 아주 많은 시간이 흘러야 했다! 그리고 혼자 침대에 누워 잠 못 이루며 몸서리를 치면서 그 밤을 지

---

34) 『에우메니데스』는 그리스 비극 시인 아이스킬로스(기원전 525~기원전 456)가 쓴 희곡으로 오레스테스 왕자가 죄지은 사람들을 미치게 만들어 버리는 뱀의 머리를 한 신화 속 복수의 여신들에게 쫓기는 이야기를 소재로 하며, 여기서 묘사한 장면으로 시작된다.

새워야 했다. 그녀의 순한 성격은 그 시련 앞에서 움츠러들었다. 당장 싸워야 할 대상이 눈앞에 없었기 때문에 기운이 나지 않았다. 오, 그녀의 머릿속에서 똑딱똑딱 소리를 내며 천천히 흐르는 시간! 검은색 밤나무 침대에 누워 있을 자신의 모습이 떠올랐다. 그 컴컴한 모습 때문에 겁이 났다. 그리고 만일 불을 켜 놓는다면 방의 음울한 세부가 그녀의 두뇌에 영원히 각인될 터였다. 그녀는 항상 페니스턴 부인의 집에 있는 자신의 방, 그 추함, 그 몰개성, 그 안에 있는 어느 것도 자신의 것이 아니라는 사실이 싫었다. 가슴이 찢어질 듯한 상태에 있는 사람에게 가까이 위로해 줄 사람이 없더라도 어떤 방은 인간이기라도 한 것처럼 팔을 벌려 위로해 줄 수 있었다. 하지만 자신의 방에 있는 사방의 벽이 다른 방의 그것들과 다르지 않은 경우엔 그 사람은 자기의 방에서까지도 추방자일 뿐이다.

릴리에게는 기댈 만한 가슴이라곤 없었다. 고모와의 관계는 계단에서 지나치는 하숙생들의 우연한 만남만큼이나 피상적인 것이었다. 하지만 그들이 아주 친한 사이였다 하더라도 페니스턴 부인의 마음이 릴리가 지금 체험하는 것 같은 비참함에 은신처나 이해를 제공하는 것은 불가능했다. 이야기를 할 수 있는 고통은 절반의 고통에 지나지 않듯 질문을 하는 동정심에는 치유력이 있을 수 없다. 릴리가 그 순간 갈망하고 있던 것은 포근하게 감싸는 팔이 가져다주는 어두움, 고독이 아닌 침묵, 즉 숨죽인 공감의 침묵이었다.

그녀는 정신을 차리며 창밖으로 지나가는 거리들을 바라보았다. 거티! 그녀를 태운 마차가 거티의 집 쪽 길로 다가가고 있었다. 자기 가슴속의 이 극심한 고통이 입술을 통해 터져 나오기 전에 거티의 집에 도착할 수만 있다면! 자신을 엄습하고 있는 역병과도 같은 공포 속에서 떠는 자신을 거티의 팔이 껴안고 있다는 사실을 느낄 수만 있다면! 그녀는 지붕 쪽으로 난 문을 밀어 마부에게 거티의 주소를 가르쳐 주었다. 그렇게 늦지는 않았으니 거티가 아직 깨어 있을 수도 있었다. 그리고 만일 그렇지 않더라도 종소리가 그녀의 작은 아파트 구석구석까지 울려서 그녀를 깨워 친구의 부름을 듣게 해 줄 터였다.

14장

웰링턴 브라이 부부의 연회 다음 날 아침 거티 패리시도 릴리처럼 행복한 꿈에서 깨어났다. 만일 그 꿈의 내용이 그녀의 성격과 경험의 옅은 색조를 반영해서 덜 선명하고 조금 더 침착한 것이었다면 바로 그런 이유로 그것은 그녀의 정신적 비전에 더 잘 들어맞았다. 릴리가 경험하는 것과 같은 그렇게 화려한 기쁨은 패리시 양의 눈을 멀게 했을 것이다. 행복에 관한 한 그녀는 다른 사람들의 삶 틈새로 새어 나오는 미약한 빛에 익숙했으니 말이다.

이제 그녀는 자신의 작은 불빛의 중심을 차지하고 있었다. 로런스 셀든이 자신을 점점 더 친절하게 대하고 또 그가 릴리 바트에게도 호감을 가지고 있다는 사실을 알게 되어 미약하지만 확실한 빛의 한가운데 있었던 것이다. 여성의 심리를 연구하는 사람에게 이 두 요소가 양립 불가능하다고 생각된다면 정신적인 문제에 관한 한 거티가 항상 기생의 삶을 살아왔다는 사실, 즉 다른 사람들의 식탁에서 떨어지는 빵 부스러기에 기식해 살아왔다는 사실을, 그리고 친구들을 위해서 펼쳐진 연회장을 창문을 통해서 바라보는 일에 만족하며 살아왔다는 사실을 기억할 필요가 있으리라. 이제 그녀가 자신의 성찬을 조금 즐기고 있는데, 그 상에 친구를 위한 접시를 놓지 않는 것은 그녀에겐 터무니없이 이기적인 일로 느껴질 터였다. 그리고 그녀에겐 바트 양만큼 자신의 즐거움을 나누고 싶은 상대도 없었을 것이다.

거티는 셀든이 자신을 점점 더 다정하게 대하고 있다는 사실에 대해 감히 그 의미를 정의해 보려고 하지 않았다. 그것은 나비의 참색깔을 알아보기 위해 나비 날개의 먼지를 떨려고 하지는 않는 것과 같은 일이었다. 그 경이의 정체를 포착하는 일은 그 아름다움을 제거하는 일이며, 아마도 자신의 손아귀 안에서 그 색이 바래며 뻣뻣해지는 것을 보는 일과 같았을 것이다. 그것이 어디 내려앉을지 숨을 죽이고 지켜보는 동안 자신의 손아귀 밖에서 펄떡이는 아름다움을 느끼는 편이 나았다. 하지만 브라이가에서 셀든의 태도는 날갯짓이 너무나 가까워 그녀의 심장을 두드리는 듯했다. 그녀는 그가 자신의 말에 그렇게 귀를 기울여 주고 즉각적으로 반응하며 주의를 기울이는 모습을 본 적이 없었다. 평소 그의 태도는 친절하기는 하지만 특별히 자신에게 신경을 써 주는 것은 아니었고, 그녀는 그 정도가 자신의 존재가 불러일으킬 수 있는 가장 활발한 반응이라고 받아들이고 감사히 생각하던 차였다. 하지만 이번에는 그가 보인 태도에서 변화가 느껴졌다. 자신이 즐거움을 받을 뿐 아니라 줄 수도 있다는 것을 느낄 수 있었다.

그리고 이런 높은 수준의 공감이 릴리 바트에 대한 두 사람의 관심을 통해서 얻어졌다는 것도 정말 기쁜 일이었다!

릴리에 대한 거티의 애정은 아주 가벼운 식사를 통해서도 생명을 유지하는 것을 배운 감정으로서, 활동적인 호기심 때문에 릴리가 패리시 양의 일의 범위 안으로 들어간 이후 적극적인 애정으로 자라났다. 릴리의 자선 행위는 좋은 일을 하고 싶은 욕구를 일시적으로나마 그녀 안에 일깨웠다. 여성 클럽을 방문함으로써 릴리는 처음으로 인생의 극적 대조를 맛보았다. 그녀는 항상 자신과 같은 존재란 보잘것없는 사람들의 기초 위에 세운 대좌에 앉아 있다는 사실을 철학적인 침착함으로 받아들여 왔다. 우중충하고 침침한 변방은 찬란한 상태에 도달한 인생의 아주 작은 빛나는 원의 주변과 아래에 널려 있었다. 마치 열대의 꽃들이 가득 찬 온실 주변을 겨울밤의 진흙과 진눈깨비가 둘러싸고 있는 것처럼 말이다. 이 모든 것은 자연의 질서에 따른 것이었으니, 인위적인 환경에서 햇볕을 쬐는 난초는 창문에 낀 성에에 상하지 않고 꽃잎의 미묘한 곡선을 유지할 수 있는 것이다.

하지만 가난이라는 추상적 개념과 더불어 편안하게 사는 것과 가난이 실제 사람들의 삶이라는 형태로 나타난 것을 접촉하는 것은 상당히 다른 일이었다. 릴리는 이 같은 운명의 희생자들에 대해서 한 덩어리가 아닌 개인으로 생각해 본 적이 없었다. 그 덩어리가 개개인의 삶들, 헤아릴 수 없는 개별적 감각의 중심들로 이뤄져 있고, 그녀와 마찬가지로 쾌락에의 열망과 고통에의 강렬한 혐오를 느끼는 존재들로 이루어져 있다는 사실, 그리고 이런 감정 덩어리들 중 일부는 자신의 것과도 그리 다르지 않은 몸매에, 반가운 표정에 걸맞은 눈, 사랑받아 마땅한 젊은 입술을 가지고 있다는 사실 — 이러한 사실의 발견으로 인해 릴리는 갑자기 충격을 받았고 강렬한 동정심을 느꼈다. 어떤 사람에게는 인생의 중심을 흔들기도 하는 그런 종류의 동정심 말이다. 그러나 릴리의 성격상 그런 식의 재조정은 불가능했다. 그녀는 자신의 결핍을 통해서만 다른 사람들의 결핍을 느낄 수 있었고, 자신의 신경에 지속적인 압박을 가하지 않는 어떤 고통도 오랫동안 생생하게 느껴지지는 않았다. 하지만 잠깐이긴 해도 그녀는 자신의 것과 너무나 다른 세계와 직접적으로 연결되었고 평소 자신의 세계 바깥으로 인도되었다. 그녀는 기부금을 내고 난 뒤에도 패리시 양이 판단하기에 가장 도움이 필요한 한두 명에게는 개인적인 도움을 주었다. 또한 그녀의 존재가 클럽의 지친 노동자들 사이에 자아내는 경탄과 흥미는 남들의 비위를 맞추려는 그녀의 지칠 줄 모르는 욕망에 새로운 형태로 호소하기도 했다.

거티 패리시는 사람의 성격을 자세히 관찰하는 사람은 아니었기 때문에 릴리의 자선을 구성하고 있는 혼합적인 갈래를 분석하지는 못했다. 그녀는 자신의 아름다운 친구가 자신과 같은 동기, 즉 인간의 모든 고통을 직접적이고 지속적으로 느낌으로써 다른 면을 배경으로 밀어 내는 첨예한 도덕적 비전 때문에 자선을 행한다고 짐작하고 있었다. 거티의 삶은 너무나 단순한 도식에 기초하고 있었기 때문에 그녀는 릴리의 상태가 가난한 사람들을 상대하면서 자신이 흔히 보아 왔던 정서적 '개심'의 상태라고 주저 없이 분류했다. 그리고 보잘것 없는 자신이 그 같은 개심의 도구가 된 것이 기뻤다. 이제 그녀에게는 릴리의 처신에 대한 모든 종류의 비판에 대해 대답할 말이 있었다. 스스로 그렇게 말했듯이, 자신은 "진짜 릴리"를 알고 있다고. 그리고 셀든도 자신과 같은 의견이라는 사실을 알게 된 뒤 삶을 평온한 마음으로 받아들이는 그녀는 그것이 암시하는 현란한 가능성을 생각하게 되었고, 그녀의 이런 기분은 그날 오후 함께 저녁 식사를 할 수 있겠느냐는 셀든의 전보를 받음으로써 더욱 고양되었다.

셀든의 통고로 인해 거티의 작은 집이 행복한 소란 속에 빠져 있을 때 셀든은 릴리 바트를 열심히 생각하느라 거티처럼 행복하게 바쁜 기분이었다. 그를 올버니로 불러낸 사건은 그의 주의를 모두 요구할 만큼 복잡한 것은 아니었다. 그리고 셀든은 자신의 전문적 능력을 모조리 사용할 필요가 없을 때 정신의 일부를 자유롭게 쓰는 능력을 소유한 사람이었다. 그 순간에 정신의 일부가 아니라 전체인 것처럼 여겨질 정도로 위험한 상태에 있던 그 일부는 전날 저녁 그가 느꼈던 감각으로 넘쳐 나고 있었다. 셀든은 그 증상을 이해했다. 자신이 스스로 절제를 해 왔기 때문에 밀린 비용을 모조리 지불하고 있다는 사실을 깨달았다. 밀린 돈을 모조리 갚아야 하는 순간은 항상 닥치기 마련이니 말이다. 그가 영구적인 결합을 피하려고 한 것은 감정의 빈곤 때문이 아니라, 방식은 달랐지만 그 또한 릴리만큼 환경의 희생자였기 때문이었다. 그가 거티 패리시에게 자신은 "착한" 여자와는 결혼하고 싶은 마음이 든 적이 없었다고 선언했을 때 그 말엔 진실의 싹이 있었다. 착하다라는 그 형용사는 그의 어휘에선 매력이라는 사치를 근본적으로 배제하는 어떤 공리성을 의미했다. 셀든에게 운명적으로 주어졌던 것은 매력적인 어머니였다. 캐시미어 옷으로 감싸인 채 활짝 미소를 짓는 그녀의 우아한 초상화에서는 빛이 바랬을망정 여전히 정의할 수 없는 매력의 냄새가 풍겨 나오고 있었다. 그의 아버지는 매력적인 여자를 좋아하는 남자였다. 매력적인 여자의 말을 인용하고, 그녀에게 자극을 주며, 그녀가 영원히 매력을 유지하도록 해 주는 그런 사람 말이다. 부부 모두 돈 같은 데 신경을 쓰지 않았다. 하지만 돈을 경멸했기 때문에 그들은 언제나 돈을 소비하는 데 신중하지 못했다. 그들의 집은 보잘것없기는 해도 아주 잘 꾸며져 있었다. 서가에는 좋은 책들이 꽂혀 있었고, 식탁 위에는 좋은 그릇들이 놓여 있었다. 셀든의 부친에게는 그림을 보는 눈이 있었고, 그의 아내는 올드 레이스에 일가견이 있었다. 그리고 둘 다 신중하게 잘 골라 가며 물건을 구매한다고 믿었기 때문에 그들은 항상 어째서 그렇게 고지서가 쌓이는지 이해할 수 없었다.

셀든의 많은 친구들에겐 그의 부모가 가난해 보였겠지만 그는 제한된 재산이 마구 낭비하는 삶을 막아 주는 장치로만 여겨지는 분위기에서 자랐다. 그런 환경에서 가지고 있던 소수의 귀한 물건들은 귀했기 때문에 더 대단했고, 그 같은 절제는 낡은 벨벳 옷도 새것처럼 입을 수 있는 셀든 부인의 솜씨로 나타나는 우아함과 결합되어 있었다. 남자에게는 가족의 관점에서 일찌감치 해방될 수 있다는 이점이 있으니, 셀든은 대학을 졸업하기 전에 돈을 사용하는 방법뿐 아니라 돈 없이 사는 방법도 아주 다양하다는 사실을 알게 되었다. 불운하게도 그는 부모가 사용하던 방법보다 더 나은 방법을 발견하지 못했으며, 특히 여성 일반에 대한 그의 견해는 그에게 '가치'에 대한 감각을 가르쳐 준 한 여성에 대한 기억의 영향을 벗어나지 못했다. 그녀, 즉 그의 어머니야말로 그가 절약으로부터 거리를 두게 만든 사람이었다. 그의 태도는 물질에 대한 금욕주의자의 무관심과 쾌락주의자의 쾌락을 결합한 것이었다. 그에게는 그 두 가지 감정이 결핍된 인생은 보잘것없는 것으로 느껴졌다. 그리고 그 두 요소의 결합이야말로 어여쁜 여자의 성격에서 가장 핵심적인 것이었다.

셀든의 견해로는 항상 인생의 다양한 경험으로부터 감정의 모험 외에 훨씬 더 많은 것을 얻는 듯싶었지만, 그럼에도 불구하고 그는 점차 넓어지고 깊어져서 인생의 중심이 되는 그런 종류의 사랑도 생생하게 상상할 수 있었다. 그가 결코 받아들일 수 없는 것은 그런 사랑 대신 적당히 편하게, 자기 성격의 어떤 부분을 만족시키지 못하며 다른 사람들에게 부당한 부담을 지우는 그런 관계를 맺는 일이었다. 다시 말해서 그는 동정심에 호소하되 상호 간의 진정한 이해를 배제하는 그런 종류의 사랑의 성장에는 굴복하지 않을 터였다. 동정심은 눈의 속임수 이상으로 그를 현혹하지 않을 것이며, 우아하고 가여운 모습은 뺨의 곡선 이상으로 그를 현혹하지 않을 터였다.

하지만 지금 그의 모든 맹세는 거의 완전히 잊혔다. 지금 이 순간엔 그의 이성적인 저항은 릴리가 자신의 편지를 언제 받을까 하는 문제보다 덜 중요한 것으로 여겨졌다! 그는 사소한 관심사의 매력에 완전히 굴복해서 그녀가 언제 답변을 보내올지, 그 답변을 어떤 말로 시작할지를 궁금해하고 있었다. 그녀의 답변 내용에 대해서는 전혀 의심하지 않았다. 그는 그녀도 자신처럼 스스로의 감정에 굴복할 것이라고 확신했다. 그래서 그는 평소에 열심히 일하는 사람이 휴일 아침 편안히 누워 빛의 기둥이 서서히 자신의 방을 가로지르는 것을 관찰하듯 한가하게 그 모든 세세한 내용을 상상해 보았다. 하지만 만일 그가 경험하고 있는 새로운 빛이 눈부셨다 해도 그의 눈이 완전히 먼 것은 아니었다. 모든 사실에 대한 그의 관계가 변화했을지라도 그는 여전히 그 사실들의 윤곽을 알아볼 수는 있었다. 그는 사람들이 릴리 바트에 대해 하는 말을 전과 마찬가지로 의식하고 있었다. 다만 속되게 그녀를 바라보는 사람들의 평가와 자신이 아는 그녀를 구별할 수 있었다. 그의 마음은 거티 패리시의 말을 향했고, 세상의 지혜는 순수한 사람의 통찰력에 대면 그저 더듬대는 그 무엇에 지나지 않는 듯 보였다. 복되도다! 마음이 깨끗한 사람들이여, 그들은 하느님을 볼 것이다.[35] 이웃의 가슴속에 숨겨져 있는 하느님까지도 말이다! 셀든은 사랑에 이제 막 굴복한 사람에게 닥치는 정열적인 자기 몰입 상

---

35) 마태복음 5장 8절.

태에 있었다. 그는 자신의 관점을 정당화해 줄 사람과 함께 있고 싶었다. 자신이 직관적으로 감지한 진실을 자세한 관찰을 통해 확인해 줄 사람이 필요했다. 그는 오후의 휴식 시간까지 기다릴 수 없었다. 그래서 법정에서 잠깐 시간이 날 때 거티 패리시에게 전보를 휘갈겨 써 보낸 것이었다.

뉴욕에 도착한 뒤 그는 바트 양의 편지가 자신을 기다리고 있기를 바라며 클럽으로 직행했다. 하지만 편지함에는 거티의 열렬한 수락을 담은 한 줄의 메모만 들어 있었고, 실망해서 몸을 돌리는 그를 반기는 목소리가 흡연실로부터 들려왔다.

"어, 로런스! 여기서 식사할 예정인가? 나하고 함께 하세. 들 오리 요리를 시켰는데."

트레너였다. 낮의 옷차림을 한 채 스포츠 잡지를 앞에 펼쳐 놓고 앉아 있었는데 곁에는 높이가 상당한 잔이 놓여 있었다.

셀든은 고맙다고, 하지만 약속이 있다고 말했다.

"제기랄, 뉴욕에 있는 남자들은 모두 오늘 저녁 약속이 있는 것 같군. 나 혼자 클럽을 다 차지하겠어. 내가 썰렁한 집을 오가면서 이번 겨울을 어떻게 나고 있는지 아나. 오늘 집사람이 오기로 했었는데, 또 미뤘거든. 거울에는 휘장이 쳐져 있고 찬장에는 하비 소스 병 하나만 달랑 있는 방에서 저녁 식사를 해야 한단 말이야? 이봐, 로런스, 불쌍한 친구 구해 주는 셈 치고 약속을 취소하고 함께 있어 주게. 혼자 저녁을 먹는 건 너무 고역이야. 지금 이 클럽엔 거드름쟁이 웨더럴밖에 없다고."

"미안해요, 거스. 안 되겠습니다."

돌아서는 셀든의 눈에는 트레너의 얼굴에 물든 짙은 홍조
와 지나치게 창백한 이마에 맺힌 불유쾌한 땀방울들, 통통한
붉은 손가락 주름 사이에 끼어 있는 보석 반지들이 들어왔다.
야수, 술잔에 담긴 야수가 지배하고 있는 게 틀림없었다. 이런
남자의 이름이 릴리의 이름과 함께 언급되는 걸 들었다니! 세
상에, 그건 생각만 해도 구역질 나는 일이었다. 자신의 아파트
로 가는 내내 트레너의 통통하고 주름 잡힌 손이 셀든의 눈앞
에 오락가락했다.

그의 탁자 위에 메모가 놓여 있었다. 릴리가 메모를 그의
아파트로 보냈던 것이다. 그는 봉인 — 날아가는 배 아래 저 너
머로! 라고 쓰인 회색빛 봉인 — 을 뜯기도 전에 그 안에 무엇
이 씌어 있을지 알 것 같았다. 아, 그는 그녀를 저 너머로, 추
잡함과 속 좁음과, 영혼의 소모와 부식 너머로 데려갈 터였다.

거티의 작은 응접실에 들어선 셀든을 맞이한 것은 반짝이
는 환영의 분위기였다. 에나멜페인트와 창의력의 합작품인 그
환영의 겸손한 '효과'는 바로 그 순간 그에게 가장 달콤한 언
어로 말하고 있었다. 영혼의 지붕이 갑자기 들어 올려졌을 때
작고 좁은 벽과 낮은 천장이 전혀 문제 될 게 없다는 사실은
놀라운 발견이었다. 거티도 반짝거리고 있었다. 아니 적어도
잔잔한 빛을 발하고 있었다. 그는 전에 한 번도 그녀에게 매
력적인 면이 있다고 생각해 본 적이 없었다. 하지만 괜찮은 친
구들이 거티보다 더 매력 없는 여자를 만날 가능성도 있겠구
나…… 하는 생각이 들었다. 그 검소한 저녁 식사(여기서도 효

과는 아주 훌륭했는데) 중에 그는 그녀에게 그녀도 결혼해야 한다고 말했다. 온 세상 사람들을 다 짝짓고 싶은 기분이었던 것이다. 직접 그 캐러멜 커스터드를 만들었다고? 그런 재주를 자신에게만 활용하다니 그건 죄악이지. 그는 릴리가 스스로 자신의 모자를 손질할 수 있다는 사실을 자부심을 느끼며 기억해 냈다. 벨로몬트에서 함께 산책할 때 그녀가 그렇게 말했던 것을 기억한 것이다.

그는 저녁 식사가 끝날 때까지는 릴리 얘기를 꺼내지 않았다. 그 조촐한 식사 중에는 화제를 거티에게 한정시켰다. 거티는 자신이 주목의 대상이 되었다는 사실에 당황해서 그날 저녁을 위해 스스로 만든 양초 갓만큼이나 장밋빛으로 빛났다. 셀든은 그녀의 집안 살림에 대해 특별한 관심을 표했고, 그녀가 그 조그마한 아파트의 구석구석을 솜씨 있게 활용하고 있다고 칭찬했으며, 그녀의 하녀가 오후 외출을 어떻게 하는지 물어 보았다. 또한 요리 보온용 기구를 사용해서 맛있는 저녁 식사를 꾸려 낼 수 있다는 사실도 배웠고, 커다란 집이 부담이 될 수도 있다는 사려 깊은 일반화를 하기도 했다.

그들이 다시 응접실에 퍼즐 조각들처럼 잘 맞게 들어앉았고 거티가 커피를 끓여 할머니한테서 물려받은 아주 얇은 자기 찻잔에 따르고 있을 때, 그는 따뜻한 커피 향을 즐기면서 뒤로 기대앉다가 바트 양의 최근 사진을 보게 되었다. 그리고 그럼으로써 자연스럽게 자신이 원하던 화제로 넘어갔다. 그 사진도 잘 나왔지만, 지난밤처럼 아름다운 모습을 보게 되다니! 거티도 그의 말에 동의했다. 그렇게 환한 모습은 정말 본 적이 없다며. 하지만 사진이 그런 빛을 포착할 수 있을지? 그녀의 얼굴에는 새로운 표정, 전과 다른 어떤 표정이 있었으니까. 셀든도 맞다고, 뭔가 다른 모습을 볼 수 있었다고 맞장구를 쳤다. 셀든은 커피 맛이 기막히다며 한 잔 더 달라고 했다. 클럽에서 마시는 맹물 같은 커피하고 너무 다르다면서! 아, 정성스러운 손길이 가지 않은 클럽의 음식과 마찬가지로 정성이 빠진 디너파티의 음식을 교대로 먹는 불쌍한 독신 남자의 신세라니! 하숙집에서 사는 남자는 인생이 줄 수 있는 최상의 것을 못 누린다고 생각하며 셀든은 트레너의 맹숭맹숭하고 고독한 식사를 떠올렸고, 잠시나마 그가 안되었다는 생각을 했다……. 하지만 다시 릴리 얘기로 돌아갔다. 그는 거티에게 묻고, 스스로 추측하고, 다시 그녀에게 말을 시키며 거듭 릴리 얘기로 돌아갔다. 거티의 친구에 대해 그들이 갖고 있던 다정한 생각의 가장 깊숙한 것까지도 끄집어냈다.

처음에는 거티도 자신들이 완벽하게 공감하고 있다는 사실에 행복해하며 아낌없이 자신을 모두 쏟아부었다. 릴리에 대한 그의 이해는 그녀에 대한 거티 자신의 믿음을 확인시키는 데 도움이 되었다. 거티는 릴리의 안절부절못하는 면과 불만에서 릴리의 너그러운 충동의 예를 보았다. 릴리가 자신의 삶에 전혀 만족하지 못하고 있다는 사실이 그녀가 현재보다 나은 삶을 살 사람임을 증명했다. 릴리는 그동안 결혼을 하려면 얼마든지 할 수 있었다. 삶의 유일한 목적이라고 배워 온, 부자와의 관습적인 결혼 말이다. 하지만 기회가 오면 릴리는 언제나 움츠러들었다. 예를 들어서 퍼시 그라이스는 그녀에게 완전히 반해 있었다. 벨로몬트에 있던 모든 사람들이 그들의 약혼을 예견했고, 그녀가 그를 붙잡지 않은 사실을 설명하기 힘들어했다. 그라이스 사건에 대한 이런 견해는 셀든의 기분과 너무 잘 맞아떨어져서 그는 즉시 그 견해를 자신의 것으로 삼았고, 전에 자신에게도 명백한 해결책으로 보였던 일을 회고하며 순간적인 경멸을 맛보았다. 만일 릴리가 거부한 것이 사실이라면 ── 그리고 이제 자신이 그 사실에 대해 회의한 적이 있다는 게 신기했다! ── 자신이 그 비밀에 대한 열쇠를 쥐고 있었다. 그러자 벨로몬트의 언덕은 석양이 아닌 여명으로 밝아 왔다. 망설이고 기회를 저버린 것은 자신이었고, 지금 자신의 가슴을 덮히고 있는 기쁨은 그것이 처음 찾아왔을 때 잡았더라면 이미 익숙한 감정이 되어 있었을 것이었다.

거티의 가슴속에서 막 날갯짓을 시작하던 기쁨이 땅바닥으로 내동댕이쳐져 죽은 듯 누워 있게 된 것은 아마도 바로 그 시점이었을 것이다. 셀든과 마주 앉아서 기계적으로, "맞아요, 사람들은 릴리를 결코 이해하지 못했어요."라고 반복하는 가운데 거티는 마침내 자신이 현 상황에 대한 이해의 휘황한 불빛 한가운데 앉아 있는 듯한 느낌이 들었다. 방금까지 그들의 생각이 그들이 앉아 있던 의자처럼 팔꿈치를 스치고 있던 그 조그맣고 은밀한 방은 이제 엄청나게 낯선 크기로 커졌고 그녀는 셀든으로부터 너무나 멀리 떨어져 있게 되었다. 그와 그녀 사이의 거리는 그녀가 이제 막 그리게 된 새로운 미래 ── 자신 앞에 영원히 펼쳐진 미래, 자신이 외롭게, 혼자서 힘겹게 외로운 점 하나로 살아가는 미래 ── 만큼이나 멀었다.

"그녀는 소수의 사람들 가운데에서만 참모습을 보이지요. 당신은 그 소수의 친구들 중 한 사람이고." 셀든이 그녀를 향해 말하는 소리가 들렸다. 그러고 나서 또 "릴리한테 잘해 줘요, 거티, 그럴 거죠?" 그리고 이어서 "릴리는 자신감을 갖고 추진한다면 본인이 원하는 어떤 사람이라도 될 수 있어요. 그녀의 가장 좋은 점을 믿어 줌으로써 그녀를 도와줄 거죠?"라는 말이 들렸다.

그의 말들은 멀리서 들을 때는 낯익은 것 같았는데, 가까이 가 보니 전혀 모를 언어처럼 거티의 두뇌를 강타했다. 그가 그녀를 찾아온 것은 릴리에 대해 그녀와 이야기하고 싶어서였다 ― 그게 다였다! 그녀가 그를 위해 차린 성찬에는 제삼자가 있었고, 그 제삼자가 그녀의 자리를 차지하고 있었다. 그녀는 그가 말하는 것에 귀 기울이려고, 대화 속에서 자신의 역할을 해 보려고 노력했다. 하지만 그건 모두 익사하고 있는 머릿속에서 울리는 파도 소리처럼 무의미했다. 그리고 그녀는 익사자와 마찬가지로 가라앉는 일의 고통은 떠 있으려고 노력하는 행위의 고통에 비하면 아무것도 아니라고 느꼈다.

셀든이 자리에서 일어났고, 그녀는 숨을 깊이 들이쉬었다. 곧 축복받은 파도에 자신을 내맡길 수 있을 것이라고 기대하면서.

"피셔 부인 댁에? 거기서 저녁 식사를 하고 있다고 했어요? 식사 후에 연주가 있을 예정이지요. 나도 피셔 부인한테서 초대장을 받았던 것 같은데." 그는 이 끔찍한 시간을 알리고 있는 우스꽝스러운 핑크색 시계를 흘낏 쳐다 보았다. "10시 15분이군요? 잠깐 거기 들를까 합니다. 피셔 댁의 이브닝 파티는 흥미로운 편이지요. 내가 너무 늦게까지 머무른 거 아니죠, 거티? 피곤해 보이네요. 혼자서 두서없이 떠들어서 지루하게 만들었군요." 그런 뒤 평소답지 않게 감정에 넘쳐서 그녀의 뺨에 사촌다운 키스를 남기고 떠났다.

피셔 부인 댁에서는 스튜디오를 채운 시가 연기를 뚫고 여남은 명의 목소리가 셸든을 맞았다. 그가 들어가는 순간 노래가 막 시작되고 있었고, 그는 여주인 부근의 자리에 털썩 앉아서 두리번거리며 바트 양을 찾았다. 하지만 그녀는 거기 없었다. 그 사실을 깨닫고 나서 그는 사태의 심각성 이상으로 과도하게 가슴에 통증을 느꼈다. 다음 날 4시에 두 사람이 만날 예정임을 확인시켜 주는 메모가 그의 안주머니에 있었으니까. 하지만 지금의 초조한 기분에는 그 시간이 기다리기엔 너무 긴 것 같았다. 그리하여 다소 창피한 기분을 느끼면서도 노래가 끝났을 때 피셔 부인 쪽으로 몸을 기울이면서 바트 양이 거기서 저녁 식사를 하지 않았는지 물어보았다.

"릴리? 방금 일어섰는데. 가야 한다고 하더라고요. 어딘지는 잊어버렸는데. 어제 저녁에 정말 멋있었지요?"

"누구 얘기야? 릴리?" 옆의 안락의자에 깊이 파묻혀 있던 잭 스테프니가 물었다. "정말이지, 아시다시피, 내가 뭐 고상한 체하는 사람은 아니지만, 처녀가 마치 스스로를 경매에 붙이기라도 하는 것처럼 그렇게 내놓다니 줄리아에게 뭐라고 말을 좀 해야 하는 거 아닌가 심각하게 고려했다고."

"잭이 그사이 우리 사교계의 검열관이 된 거 몰랐어요?" 피
셔 부인이 웃으며 셀든에게 말했다. 모두 웃음을 터뜨리자 스
테프니가 급하게 말했다. "하지만 릴리는 내 사촌이잖아. 기혼
자의 이름이 함께 언급되니까. 오늘 아침《타운 토크》가 릴리
에 관한 기사로 가득 찼더라고."

"맞아. 아주 흥미진진한 기사였지." 네드 밴 얼스타인이 콧
수염을 쓰다듬는 척 미소를 감추며 말했다. "그 황색지를 샀느
냐고? 아니, 물론, 내가 산 건 아니지. 어떤 친구가 보여 주더
라고. 하지만 그런 얘기는 늘 있는 거지. 그런 미인은 결혼을
하는 게 좋아. 그럼 아무도 뭐라고 안 하지. 우리 사교계의 불
완전한 조직에서는 결혼의 의무는 지지 않고 이득만 누리는
젊은 여자에 대한 규정은 아직 없거든."

"글쎄, 릴리가 곧 로즈데일 씨라는 형태로 그 의무를 지게
될 거라고들 하던데." 피셔 부인이 웃으며 말했다.

"로즈데일이라고, 맙소사!" 밴 얼스타인이 안경을 내려놓으
며 말했다. "스테프니, 그건 다 자네가 그 야만인을 우리에게
억지로 떠다 안겼기 때문이야."

"오, 말도 안 돼, 우리 집안 사람은 로즈데일 같은 치하고는
혼인 안 해." 스테프니가 나른한 어조로 항의했다. 하지만 신부
다운 격식을 차리느라 부담스러운 성장을 한 채 방의 반대편
에 앉아 있던 그의 아내는 심판관다운 성찰을 내놓음으로써
그의 말을 막았다. "릴리 같은 처지에서 너무 높은 기준을 내
세우는 건 실수예요."

"로즈데일마저도 사람들이 요새 수군거리는 얘기에 겁먹었

다고 그러던데요." 피셔 부인이 말을 받았다. "하지만 어젯밤 릴리의 모습을 보고 완전히 정신이 나간 것 같아요. 릴리의 활인화를 보고 그 사람이 나한테 뭐라고 했는지 알아요? '세상에, 피셔 부인, 폴 모페스한테 저 모습을 그려 달라고 해서 가지고 있으면 십 년 안에 값이 두 배로 뛸 겁니다.'"

"맙소사. 릴리가 여기 어디 있지 않았던가?" 밴 얼스타인이 불안한 표정으로 벗었던 안경을 끼며 외쳤다.

"아네요. 아래층에서 모두 펀치를 마시고 있는 동안 딴 데로 갔어요. 그런데 어디 간다고 했더라? 오늘 밤에 무슨 좋은 파티가 있었나? 그런 얘긴 못 들었는데."

"오, 파티가 아닌 것 같던데요." 늦게 도착한 풋내기 젊은이 패리시가 말했다. "제가 들어오는 길에 마차까지 안내해 드렸거든요. 트레너가의 주소를 주던데요."

"트레너가?" 잭 스테프니가 외쳤다. "왜, 그 집에 아무도 없는데. 오늘 저녁에 주디가 벨로몬트에서 나한테 전화했는데."

"그래요? 그거 이상하네요. 분명히 그렇게 들었는데. 아무튼, 트레너는 거기 있을 거 아네요. 그게, 글쎄, 제가 사실 숫자에 약하거든요." 곁에 선 사람이 그의 발을 살짝 건드렸고, 방의 사람들 사이에 의미심장한 미소가 떠오르는 것을 목격한 그가 말을 얼버무렸다.

셀든은 그렇게 불쾌한 분위기 속에서 자리에서 일어나 여주인과 악수를 나눴다. 그 장소의 공기가 그를 짓눌렀고, 그는 왜 자신이 거기 그렇게 오래 머물렀는지 의아할 지경이었다.

문지방을 넘어서며 그는 릴리가 한 말이 떠올라 멈칫 섰다.

"당신도 스스로 승인하지 않는 분위기 속에서 많은 시간을 보내시는 것 같은데요."

흠, 그가 그녀를 찾기 위해서가 아니라면 왜 거기 갔겠는가? 그 환경은 그녀의 것이지 그의 것은 아니었다. 하지만 그는 그녀를 거기서 탈출시켜 더 나은 곳으로 데려갈 작정이었다! 그녀의 편지 봉인에 있던 저 너머로! 라는 구절은 구조를 요청하는 비명이었다. 그는 페르세우스가 안드로메다의 사슬을 풀어 주었을 때 그의 과제가 다 끝난 것이 아니라는 사실을 알고 있었다. 속박되어 있는 동안 그녀의 팔다리가 마비되어서 그녀는 자리에서 일어나 걷지 못했다. 그가 그녀를 안고 다시 땅으로 내리게 하려고 애쓰고 있을 때 그녀는 팔을 질질 끌며 그에게 매달려 있었다. 어쨌든, 자신에겐 두 사람을 다 지탱할 힘이 있었다. 그녀의 무력이 그에게 힘을 주었다. 안타깝게도, 그들이 싸워 이겨야 하는 건 밀려오는 깨끗한 파도가 아니라 이미 알고 지내던 사람들과 습관들이라는 혼탁한 늪지였고, 지금 거기서 내뿜는 독한 증기가 그의 목구멍을 채우고 있었다. 하지만 자신은 그녀를 만난 뒤에 더 선명하게 보고 더 자유롭게 숨 쉴 수 있을 터였다. 그녀는 그의 가슴에 매달린 사하중(死荷重)이기도 했지만 그들이 물에 떠서 안전한 곳에 도달할 수 있게 해 주는 튼튼한 둥근 재목으로 된 마스트이기도 했다. 그는 방금 들은 이야기들의 영향력에 대항한 방어막을 치기 위해 자신이 쌓아 올리려고 안간힘을 쓰고 있는 은유의 회오리에 미소를 지었다. 자신이 어떤 사람에 대한 사교계의 평가가 복합적인 동기에서 비롯된 것임을 알고 있으면서도 그것에 그렇게 좌지우지되다니 딱한 일이었다. 만일 그녀에 대한 자신의 견해가 그녀를 반영하는 다른 사람들의 생각에 의해 영향을 받는다면 자신이 어떻게 릴리를 더 자유로운 삶의 비전으로 이끌어 올릴 수 있단 말인가?

정신적인 갑갑증은 신선한 공기를 쐬고 싶은 육체적 갈증을 낳았고, 셀든은 널리 퍼져 있는 차가운 밤공기를 향해 가슴을 활짝 펴고 걷기 시작했다. 5번가의 모퉁이에서 손을 흔들며 함께 가자고 나타난 밴 얼스타인과 마주쳤다.

"산보? 머릿속에 꽉 찬 연기를 몰아내는 데 아주 적격이지. 여자들도 담배 맛을 들이기 시작해서 우린 완전히 니코틴 목욕탕에서 살고 있어. 담배가 남녀 관계에 미치는 영향을 연구해 보는 것도 흥미로울 거야. 담배는 거의 이혼만큼 강력한 용매거든. 둘 다 도덕적인 문제를 흐리게 하니까 말야."

그 순간의 셀든의 기분에 밴 얼스타인의 식후 경구만큼 거슬리는 것도 없었으리라. 하지만 그가 단순한 일반론을 펼치는 데 머무른다면 셀든도 참을성을 잃을 정도는 아니었다. 다행히도 밴 얼스타인은 사교계의 여러 면을 요약하는 자신의 능력에 대해 자부심을 가지고 있었고, 셀든이 귀를 기울여 준다면 자신의 솜씨를 과시하고 싶은 마음이 강했다. 피셔 부인은 센트럴파크에 가까운 동쪽 지역에 살고 있었고, 그 두 사람이 5번가를 걸어 내려가는 동안 다양한 면모를 자랑하는 대로변의 새로운 건축이 밴 얼스타인의 논평을 이끌어 냈다.

"저 그라이너 하우스, 그러니까, 저 집은 사교계 사다리의 전형적인 한 계단이야! 저 집을 지은 사람은 모든 요리를 한꺼번에 식탁에 내놓는 환경에서 나왔지. 저 앞면은 완전한 건축학적 식사야. 만일 그가 스타일 하나를 누락했다면 친구들은 그에게 돈이 떨어졌었나 보다 생각해 마땅했지. 하지만 로즈데일한테는 괜찮은 구매지. 일단 구경거리로서의 가치도 있고, 서부의 관광객한테는 경외감을 불러일으킬 테니까. 시간이 지나면 그도 저 단계를 넘어서겠지. 그리고 대중은 그냥 지나치고 소수만이 앞에 서는 그런 집을 원하게 될 거야. 특히 내 똑똑한 사촌과 결혼한다면……."

셀든은 급히 질문을 끼워 넣었다. "그리고 웰링턴 브라이 부부의 집은? 그런 사람들 집치고는 나름대로 괜찮다고 생각지 않아?"

그들은 그 집의 넓은 흰색 전면 바로 아래를 지나치고 있었다. 선의 절제가 풍부하게 이루어져 과다한 몸매를 엄격히 통제하는 똑똑한 선택을 암시하고 있었다.

"그건 다음 단계야. 유럽에 가 본 적도 있고 나름대로 기준도 있는 사람이라는 것을 과시하고 싶은 거지. 브라이 부인이 자신의 집을 트리아농[36]의 복제품이라고 생각하고 있는 게 틀림없어. 하여간 저 건축가가 얼마나 똑똑한 친군지 말이야. 고객의 수준을 정확히 알아채잖아! 혼합 양식의 사용에 브라이 부인 전체를 집어넣었어. 저기 트레너가를 위해선 코린스

---

36) 베르사유 궁전 경내에 자리 잡은 별궁으로 핑크빛 대리석과 금박 장식이 유명하다. 루이 16세 시절 그의 정부였던 맹트농 부인의 거주지였고, 후에는 나폴레옹의 두 번째 황비 마리 루이즈의 처소였다. 19세기에는 영국 빅토리아 여왕을 비롯한 외국 사신들과 왕족들이 머무는 장소로 쓰였다.

식을 선택했다는 거 기억하지. 화려하더라도 그중 가장 훌륭한 선례를 따르고 있어. 트레너 저택이야말로 그의 걸작 중 하나지. 온통 연회장같이 꾸미지 않았지. 트레너 부인이 새 무도회장을 지을 계획이라고 들었어. 그 일 때문에 거스하고 다투고 벨로몬트에 머물러 있다고 하더라고. 브라이 저택의 그 엄청난 무도회장 때문에 속이 상할 거야. 트레너 부인은 마치 직접 일 미터짜리 자를 들고 그 무도회장에 있었던 사람만큼이나 그 무도회장의 크기에 대해 잘 알고 있을걸. 그녀가 뉴욕에 왔다고 누가 그랬지? 그 젊은 패리시였든가? 뉴욕에 안 왔어. 내가 알지. 스테프니 부인이 맞았어. 집에 불이 꺼져 있잖아. 거스는 집 뒤쪽에서 지내고 있겠지."

그는 트레너 저택 건너편에서 멈춰 섰다. 셀든도 따라서 발걸음을 멈췄다. 그 집은 희미하게 떠올랐고, 그 안에 아무도 없는 것처럼 보였다. 문 위의 타원형 불빛만이 누군가 잠시 머무르고 있다는 사실을 알려 주었다.

"그 사람들은 뒷집도 샀어. 골목 쪽으로 사십오 미터 정도 되지. 거기 무도회장을 만들려고 하는 거야. 회랑이 그 두 빌딩을 연결하고. 위층에는 당구실 따위를 마련해 놓을 거고. 내가 집의 입구를 옮기라고 했어. 그렇게 하면 응접실이 5번가 쪽 전부를 차지하게 되지. 저기 보면 정문이 창문들하고 맞으니까……."

밴 얼스타인이 자신이 지적하는 곳을 가리키려고 치켜든 단장이 "어, 저게 뭐야!" 하는 놀라움의 소리와 함께 내려갔고, 현관 불빛을 배경으로 두 사람의 옆모습이 보였다. 동시에 마차 하나가 집 앞 연석 가에 와서 멈추었고, 두 사람 중 하나가 희미한 드레스에 휘감겨 마차를 향해 떠 갔다. 그러는 동안 검고 뚱뚱한 다른 한 사람이 불빛을 뒤로하고 서 있었다.

측정할 수 없는 찰나 동안 그 장면의 두 목격자는 아무 말도 하지 못했다. 그런 뒤 그 집의 문이 닫히고, 마차가 굴러갔으며, 전체 장면은 입체 환등기가 돌아가듯 그렇게 지나갔다.

밴 얼스타인은 나지막한 휘파람 소리와 함께 안경을 내렸다.

"에헴, 우리 이것 못 본 걸로 하세, 셀든. 가족의 한 사람으로서 자네를 믿어도 되리라는 걸 아네. 겉모습만 봐서는 진상을 알 수 없으니까. 그리고 5번가의 가로등 빛이 완전하지도 않고……."

"잘 가게." 셀든이 상대방이 내민 손을 못 본 채 옆 거리로 급선회를 하며 말했다.

사촌의 키스와 함께 혼자 남은 거티는 골똘히 자신의 생각을 들여다보았다. 셀든은 전에도 그녀에게 키스를 해 주었다. 하지만 그의 입술에 다른 여자를 담고 해 준 것은 아니었다. 만일 그가 그녀를 그냥 가만히 놔두었더라면 그녀는 어둠의 밀물에 잠기는 것을 환영하면서 조용히 그 어둠에 침잠할 수 있었을 것이었다. 하지만 이제 그 밀물을 환한 빛이 꿰뚫은 뒤였고, 물속에 잠기는 건 어두울 때보다 새벽에 더 힘들었다. 거티는 그 빛으로부터 얼굴을 감추었지만 그것이 이미 그녀 영혼의 구석까지 꿰뚫은 뒤였다. 자신은 정말 자족하며 살고 있었다. 자신의 삶은 그렇게도 단순했고, 그것으로 충분

했다. 왜 그가 새로운 희망을 불어넣음으로써 그녀를 괴롭힌
단 말인가? 그리고 릴리, 릴리, 하필이면 그녀의 가장 친한 친
구와! 그녀도 여성답게 여성을 비난했다. 릴리만 아니었더라면
아마도 자신의 소박한 상상은 현실이 될 가능성이 있었을지
도 모른다. 셀든은 항상 그녀를 좋아했다. 그녀의 소박하게 독
립적인 삶을 이해했고, 그녀와 공감했다. 까다로운 감식안이라
는 섬세한 저울로 모든 것의 무게를 다는 것으로 잘 알려진 그
도 그녀를 평가할 때는 비판적이지 않았고 단순했다. 그의 똑
똑함은 한 번도 그녀를 위압하지 않았다. 그녀가 그의 마음에
대해 편하게 느꼈기 때문이었다. 그런데 이제 그녀는 밖으로
밀려났고, 그녀가 못 들어오게 문에 빗장을 지르는 손은 릴리
의 것이었다! 자신의 노력으로 릴리가 그 문안에 들어간 것인
데 말이다! 상황은 우울한 아이러니의 빛을 반사하며 빛났다.
그녀는 셀든을 잘 알았다. 자신의 릴리에 대한 신뢰 덕분에 그
의 주저심이 없어졌다는 사실을 알 수 있었다. 또한 릴리가 그
에 대해 얘기했던 것도 기억났다. 그들이 서로를 잘 알도록 그
들을 연결해 준 사람은 자기였다. 셀든이 자신이 거티에게 어
떤 상처를 주고 있는지 모른다는 사실에는 의심의 여지가 없
었다. 그는 그녀의 어리석은 비밀을 짐작도 하지 못했을 테니
까. 하지만, 릴리, 릴리는 알고 있었을 게 틀림없다! 그런 문제
에 관해서 언제 여자의 직관이 틀린 적이 있었단 말인가? 그
리고 만일 그녀가 알고 있었다면 그녀는 고의로, 그냥 자신의
힘을 뽐내 보려고 친구의 행복을 망치고 있는 것이었다! 갑자
기 타오르는 질투심에도 불구하고, 릴리가 셀든의 아내가 되

고 싶어 하리라고는 믿을 수 없었으니까 말이다. 릴리는 돈만을 위해서 결혼하지는 못할지 모르지만 돈 없이 사는 것도 그만큼 불가능한 사람이었다. 그리고 거티가 보기엔 작은 살림을 알뜰하게 꾸리는 방법을 열심히 알아보던 셀든은 거티 자신의 비극적인 착각이나 다름없는 착각을 하고 있는 것이었다.

그녀는 응접실에 오래오래 앉아 있었다. 그동안에 붉은 석탄이 차가운 잿빛으로 변했고, 램프는 화려한 갓 아래 창백해졌다. 바로 그 아래 릴리 바트의 사진이 세워져 있었다. 겉보기만 그럴듯한 싸구려 가구, 그 작은 방에 답답하게 놓인 가구 위에서 위엄 있는 자태를 뽐내며 내려다보고 있었다. 셀든이 그녀를 그런 실내에서 그려 볼 수 있었다니? 거티는 자기 환경의 빈곤함, 그 보잘것없음을 절실히 느꼈다. 릴리의 눈으로 자신의 삶을 보고 있었던 것이다. 그리고 릴리의 판단의 잔인성이 그녀의 기억을 아프게 했다. 그녀는 자신이 스스로 만든 좋은 성격이라는 옷을 입혀서 자신의 우상을 보았다는 사실을 깨달았다. 릴리가 도대체 언제 진정으로 느끼거나, 동정하거나, 이해한 적이 있었단 말인가? 그녀가 원한 건 새로운 경험을 맛보는 것뿐이었다. 그녀는 실험실 안에서 실험하는 잔인한 존재와 같았다.

핑크빛 바탕의 시계가 또 한 시간이 흘러갔음을 보여 주었고, 거티는 놀라서 일어섰다. 그녀는 다음 날 아침 일찍 동쪽 구역 담당자와 약속이 있었다.[37] 그녀는 램프의 불을 끄고,

---

37) 동쪽 구역 담당자란 맨해튼의 남동쪽 구역에 할당된 사회 복지사를 말

재를 덮고, 침실로 가서 옷을 갈아입었다. 화장대 위 작은 거울 속에 방의 어둠을 배경으로 자신의 얼굴이 비쳤고, 그 모습은 이내 눈물로 흐려졌다. 자신이 어떻게 미인의 꿈을 꿀 권리를 가질 수 있단 말인가? 보잘것없는 얼굴은 보잘것없는 운명을 부른다. 그녀는 옷을 벗어 평소처럼 잘 치우고, 모든 것을 다음 날 입기 알맞게 정확히 놓으며 고요히 눈물을 흘리고 있었다. 내일이면 그사이에 아무런 단절도 없었던 듯 평소 삶으로 고스란히 돌아가야 할 것이었다. 하녀는 8시에나 돌아올 예정이어서 그녀는 자신의 다반을 스스로 준비해 침대 곁에 놓았다. 그런 뒤 아파트의 문을 잠그고 불을 끈 뒤 침대에 누웠다. 하지만 잠은 그녀의 침대를 찾아오지 않았고, 그녀는 릴리 바트에 대한 자신의 증오를 대면하며 누워 있었다. 그 증오심은 어둠 속에서 맹목적으로 상대해야 하는 형체가 불분명한 악마처럼 그녀에게 덮쳐 왔다. 이성, 판단력, 단념, 모든 건전한 대낮의 세력들이 그녀의 자기 보존을 위한 맹렬한 투쟁 속에서 물리쳐졌다. 그녀는 행복을 원했다. 그녀 또한 릴리만큼이나 맹렬하고 단호하게 행복을 원했다. 하지만 그걸 쟁취할 수 있는 힘은 릴리만큼 없었다. 그리고 그런 무력감 속에 누운 채 몸서리치며 친구를 미워하고 있었다⋯⋯.

문에서 초인종 소리가 나서 그녀가 벌떡 일어났다. 놀라서

_____

한다. 19세기 말 20세기 초 이 지역은 새로 도착한 이민자들, 대부분 이탈리아계와 유태계로 구성된 이민자들로 넘치는 게토였다.

불을 켜고 선 채 귀를 기울였다. 그녀의 심장은 잠시 동안 불규칙적으로 뛰었지만, 곧이어 자신이 들은 것이 사실임을 확인하고 정신을 차렸다. 그러고 나자 자신의 자선 사업에 그런 밤늦은 방문이 없지는 않다는 사실이 기억났다. 그녀는 재빨리 실내복을 걸치고 문으로 다가갔다. 문을 여니 그녀를 바라보고 있는 것은 릴리 바트의 빛나는 자태였다.

거티의 즉각적인 반응은 거부감이었다. 릴리의 존재가 자신의 비참함에 갑자기 빛을 확 비추는 듯해서 그녀는 뒤로 한 발짝 물러섰다. 그런 뒤 릴리가 울먹이는 목소리로 자신의 이름을 부르는 소리가 들렸다. 릴리의 얼굴을 보았나 했더니 이내 릴리가 자신을 껴안고 매달리는 것이 느껴졌다.

"릴리, 왜 그래?" 그녀가 외쳤다.

바트 양은 그녀를 놓아주고 오랫동안 도망치다가 마침내 은신처를 발견한 사람처럼 가쁜 숨을 몰아쉬며 서 있었다.

"너무 추웠어. 집에 못 가겠어. 불 펴 놓았어?"

거티의 공감 본능은 습관의 재빠른 부름에 응해 자신의 모든 주저심을 단박에 내던져 버렸다. 그녀에게 릴리는 단지 도움이 필요한 사람이었다. 이유를 따져 물을 시간은 없었다. 훈련된 공감이 거티의 입술 위에 떠도는 궁금증을 억제했고, 거티는 말없이 릴리를 응접실로 데리고 가서 어두워진 난롯가에 앉혔다.

"여기 불쏘시개 나무가 있어. 곧 타오를 거야."

그녀가 무릎을 꿇고 앉았고, 불꽃은 그녀의 재빠른 손길을 따라 타올랐다. 눈물을 통해 본 불꽃은 이상한 모습으로 빛났고, 눈물 때문에 그녀 눈앞의 모든 것들이 희미해 보였다. 그리고 창백한 황무지 같은 릴리의 얼굴을 보며 눈이 따끔거렸다. 두 처녀는 말없이 서로를 바라보았고, 릴리가 다시 되풀이했다. "집에 못 가겠어."

"괜찮아, 괜찮아, 이리 왔잖아! 춥고 피곤해서. 그냥 가만히 앉아 있어. 차를 좀 타 줄게."

거티는 자신도 모르게 자신의 일 때문에 몸에 밴 달래는 듯한 목소리로 말하고 있었다. 사적인 감정은 모두 도움을 베푸는 일에 용해되어 버렸다. 그녀는 상처를 깊이 들여다보기 전에 먼저 지혈부터 해 줘야 한다는 걸 경험으로 알고 있었다.

릴리는 난로 쪽으로 몸을 숙인 채 조용히 앉아 있었다. 뒤에서 컵들이 달그락거리는 소리가 들려와서 그녀에게 위안이 되었다. 어린아이가 너무 조용하면 잠을 못 이루다가 익숙한 소음이 들려오면 잠이 드는 것처럼. 하지만 거티가 차를 들고 와서 그녀 곁에 서자 그녀는 그것을 밀어 버린 채 낯익은 방에 낯선 눈길을 돌렸다.

"혼자 있는 걸 견딜 수 없어서 왔어." 그녀가 말했다.

거티는 찻잔을 내려놓고 그녀 곁에 무릎을 낮추고 앉았다.

"릴리! 무슨 일이 있었구나. 나한테 말해 줄 수 없어?"

"내 방에서 뜬눈으로 날을 새울 생각을 하니 견딜 수가 없었어. 줄리아 고모 댁의 내 방이 정말 싫어…… 그래서 이리로 온 거야……"

그녀는 갑자기 몸을 움직이더니 무감각 상태로부터 깨어났다. 그러자 다시 겁에 질려 거티에게 매달렸다.

"오, 거티, 분노의 여신들…… 그녀들의 날개가 내는 소리들 알아? ……밤에, 어두운 데, 혼자 있을 때 나는 그 소리들 말이야. 하지만 넌 모를 거야. 넌 어두운 것을 겁낼 이유가 없으니까……"

그 말들로 인해 거티는 조금 전에 자신이 보낸 시간들이 기억나서 희미하게 자조적인 대답을 웅얼거렸다. 하지만 자신의 비참함의 불길에 사로잡힌 릴리는 그 외의 모든 것에 대해 전혀 무감각했다.

"나 여기 있어도 돼? 날이 밝아지면 괜찮을 거야. 지금 많이 늦었나? 밤이 거의 다 지나갔어? 잠을 못 이루는 건 끔찍한 일일 거야. 모든 것들이 침대 곁에 서서 빤히 쳐다보고 있어……"

패리시 양은 그녀의 방황하는 손을 잡았다. "릴리, 나 좀 봐! 무슨 일이 있었지? 사고야? 뭔가 무서운 일을 당한 게 틀림없어. 무엇 때문에 그렇게 겁이 나는 거야? 할 수 있으면 나한테 말해 봐. 한두 마디라도. 그래야 내가 돕지."

릴리가 고개를 가로저었다.

"난 겁나는 게 아니야. 그 표현은 적당치 않아. 어느 날 아침 거울 속을 들여다봤는데 흉측하게 변한 모습이 보이는 것을 상상할 수 있어? 자는 동안 끔찍한 변화가 일어난 것을? 글쎄, 내 생각에 내가 그런 거 같아. 내 생각 속에서 나를 보는 걸 참을 수 없어. 너도 알잖아, 내가 추한 거 싫어하는 걸. 난 항상 추한 걸 피해 왔어. 하지만 너한테 설명할 순 없어. 이해가 안 될 거야."

그녀가 고개를 들었고, 그녀의 눈이 시계를 포착했다.

"밤은 얼마나 긴지! 그리고 난 내일 밤도 내가 잠을 못 잘 거라는 것을 알고 있어. 누가 그러더라. 아버지가 잠을 못 이루고 끔찍한 걸 생각하면서 누워 계시곤 했다고 말이야. 아버지는 나쁜 사람은 아니었어. 그냥 운이 나빴던 거지. 이제야 아버지가 혼자 누워서 당신의 생각에 시달리며 얼마나 괴로우셨을지 알 거 같아! 하지만 난 나빠. 나쁜 여자야. 내 생각은 모두 다 나빠. 난 항상 나쁜 사람들 주변에 있었어. 그게 핑계가 될 수 있을까? 난 내 생활을 스스로 꾸려 나갈 수 있을 거라고 생각했어…… 난 자부심이 있었지…… 자부심 말이야! 이제 난 그 사람들하고 같은 수준이야……."

그녀는 엉엉 울며 몸을 떨면서 메마른 폭풍 속의 나무처럼 그 울음에 자신을 내맡겼다.

거티는 그녀 곁에 앉아서 오랜 경험에서 나온 인내심을 가지고 이 비참한 심경의 폭발이 다시 말로 이어질 때를 기다리고 있었다. 처음엔 어떤 육체적 쇼크, 군중 속에서 마주친 어떤 위험을 상상했다. 릴리가 캐리 피셔의 집에서 귀가하는 길이었을 테니 말이다. 하지만 이제 다른 신경 중추에 타격을 받았다는 사실을 알 수 있었다. 거티는 떨면서 추측을 거두었다.

릴리의 흐느낌이 그쳤고 릴리가 얼굴을 들었다.

"네가 가는 슬럼가에 나쁜 여자들이 있지. 말해 줘. 그 여자들이 자신들을 추스르고 잘 살아가기도 하는지? 잊어버리고 전처럼 느낄 수 있게 되는지?"

"릴리, 그렇게 말하면 안 돼…… 꿈을 꾸고 있는 거야."

"그 여자들 항상 점점 더 나빠지기만 하는 거 아냐? 되돌아갈 순 없는 거지. 과거의 너 자신이 너를 거부하고 너를 밀어내 버리지."

그녀는 마치 완벽하게 지친 사람처럼 팔을 뻗으며 자리에서 일어섰다. "어서 도로 가서 자! 넌 열심히 일하고 일찍 일어나니까. 여기 불 가에 그냥 있을게. 불을 켜 놓고 문도 열어 놓고 있어 줘. 내가 원하는 건 네가 내 가까이 있어 주는 것뿐이야." 그녀는 거티의 어깨에 양손을 내려놓았다. 그녀의 얼굴에 난파선의 잔해가 떠다니는 바다 위를 비추는 아침 해와 같은 미소가 떠올랐다.

"너만 놔두고 들어갈 순 없어, 릴리, 내 침대에 함께 누워. 손이 완전히 얼었구나…… 옷을 벗고 몸을 좀 덥혀야겠다." 거티는 갑작스레 양심의 가책을 느끼며 말을 멈췄다. "하지만, 페니스턴 부인은 어떡하지? 자정이 넘었는데! 뭐라고 생각하실까?"

"주무시러 가셨을 거야. 내게 열쇠가 있거든. 상관없어. 오늘 밤엔 갈 수 없으니까."

"갈 필요는 없어. 여기서 자. 하지만 어디 갔다 왔는지 내게 말해 줘야지. 릴리, 자, 말을 하면 도움이 될 거야!" 그녀는 바트 양의 손을 다시 잡고 자신의 손으로 지그시 쥐었다. "나한테 말해 봐. 그러면 그 불쌍한 머릿속이 정리가 될 거야. 캐리 피셔가에서 저녁을 먹었지." 거티가 말을 멈추고 순간적으로 영웅심을 발휘해 말했다. "로런스 셸든이 여기 있다가 너 만난다고 그리로 갔어."

그 말을 들은 릴리의 얼굴은 고통을 꾹꾹 참고 있던 표정이 풀어지면서 어린아이와 같은 노골적인 비참함의 표정을 띠었다. 입술이 떨렸고 큰 눈에 눈물이 그렁그렁해졌다.

"날 만난다고 그리로 갔어? 그런데 못 만났잖아! 오, 거티, 로런스가 날 도와주려고 애썼어. 나한테 말해 줬어. 오래전부터 경고를 했어. 내가 나를 혐오하게 될 거라고 내다보았어!"

거티가 가슴속 응어리를 움켜쥐고 바라보는 동안 로런스 셀든의 이름을 들은 릴리의 메마른 가슴속에서 자기 연민의 샘이 솟았고, 릴리는 계속 눈물을 뚝뚝 떨어뜨리며 고통을 쏟아 냈다. 거티의 커다란 안락의자에 앉아 있던 그녀가 모로 쓰러졌고, 얼마 전에 셀든이 기댔던 곳에 머리를 파묻었다. 거티는 자기를 다 내던진 릴리의 모습이 얼마나 아름다운지를 보며 자신의 패배가 불가피하다는 사실을 뼈저리게 느꼈다. 아, 릴리가 거티의 꿈을 앗아 가기 위해 고의로 애를 쓸 필요는 전혀 없었다! 그 지쳐 쓰러진 모습의 아름다움을 바라보는 것은 그 모습이 지닌 자연적인 힘을 보는 것이고, 포기와 봉사가 릴리와 같은 사람들한테 소중한 것을 빼앗긴 사람들의 운명이듯 사랑과 힘이 릴리와 같은 사람에게 속하는 것임을 깨닫는 일이었다. 하지만 그녀에 대한 셀든의 애정이 치명적인 필연처럼 느껴졌다면 그의 이름이 릴리에게 가져온 반응은 거티의 확고부동함을 흔들며 그녀의 가슴에 마지막 통증을 가져다주었다. 남자들은 그와 같은 초인적인 사랑을 통과해서 살아남는다. 그런 사랑은 그들의 가슴을 인간적인 행복에 만족하게 만드는 데 필요한 집행 유예 기간이었다. 자신이 셀든에게 치유의 도움을 주는 일을 얼마나 환영했을 것인지! 고통스러워하는 자를 얼마나 기꺼이 위로해 줌으로써 인생을 감내하도록 되돌려 보냈을 것인지! 하지만 릴리가 부지불식간에 보인 셀든에 대한 애정은 이 마지막 희망마저도 거티에게서 빼앗아 갔다. 자신의 희생물을 사랑하는 세이렌[38] 앞에서 해변에 선 인간 처녀는 무력했다. 그런 희생물들이 모험으로부터 돌아올 땐 죽어서 물에 떠밀려 오니 말이다.

릴리는 벌떡 일어서더니 거티를 강한 손길로 붙잡았다. "거티, 셀든을 잘 알지…… 셀든을 이해하고 있어…… 나한테 말해 줘. 만일 내가 셀든에게 가서, 모든 걸 다 말한다면…… 만일 내가 '난 정말 속속들이 나쁜 여자예요…… 난 남들의 감탄을 원하고, 흥분을 원하고, 돈을 원해요……'라고 말한다면…… 맞아, 돈 말이야! 그게 정말 창피한 일이야, 거티…… 다들 알고 있어. 다들 내가 돈을 좋아한다고들 했어…… 남자들도 그렇게 생각하고 있고…… 만일 내가 그걸 다 셀든에게 말한다면…… 모든 얘기를 다 한다면…… 아주 분명하게 '난 가장 저열한 사람보다도 더 밑바닥으로 떨어졌어요. 왜냐면 주는 돈을 받고, 그걸 안 갚았으니까.'라고 말한다면…… 거티, 그이를 알잖아, 그이의 생각을 짐작할 수 있지. 만일 내가 그모든 것을 다 말한다면 나를 혐오할까? 아니면 동정할까, 그리

---

38) 그리스 신화에 나오는 바다 요정. 아름다운 노랫소리로 뱃사람을 유혹해서 죽게 했다고 한다.

고 이해해 주고 내가 나 자신을 혐오하지 않도록 구해 줄까?"

거티는 추위를 느끼며 수동적으로 서 있었다. 그녀는 자신에게 유예의 시간이 마련되었다는 사실을 깨달았고, 그녀의 불쌍한 심장은 운명에 저항하며 마구 뛰고 있었다. 번개 아래서 어두운 강물이 휩쓸고 지나가듯, 그녀는 유혹의 번개 아래 자신이 행복해질 수 있는 기회가 파도처럼 부풀어 오르는 것을 보았다. "셀든도 다른 남자들과 마찬가지야."라고 그녀가 말해서는 안 되는 이유가 무엇인가? 자신도 결국 그에 대해 확신할 수는 없는 일 아닌가! 하지만 그렇게 한다면, 그것은 자신의 사랑이 지닌 신성을 모독하는 것과 마찬가지 일일 것이었다. 그녀는 그를 가장 숭고한 경지가 아닌 다른 경지에서 바라볼 수 없었다. 그녀는 자신의 열정의 높이만큼 그를 신뢰해야 했다.

"맞아. 내가 셀든을 잘 알아. 셀든이라면 너를 도와줄 거야." 그녀가 말했다. 그러자 곧이어 릴리가 감정에 북받쳐 거티의 가슴에 기댄 채 흐느껴 울었다.

그 작은 아파트에는 침대가 하나밖에 없었고, 거티가 릴리의 드레스를 벗겨 주고 그녀가 따뜻한 차를 마시도록 설득한 뒤 두 처녀는 침대에 나란히 누웠다. 그들은 불을 끄고 어둠 속에 가만히 누워 있었다. 거티는 릴리에게 몸이 닿지 않게 하느라 좁은 침대의 가장자리에 몸을 바짝 붙이고 있었다. 그녀는 릴리가 다정한 손길을 싫어한다는 걸 알았기 때문에 릴리를 향한 애정 표현의 충동을 자제하는 일을 오래전에 배웠다. 하지만 오늘 저녁은 거티 몸의 섬유질 하나하나가 다 릴리가 가까이 있는 것을 거부하고 있었다. 그녀의 숨소리에 귀를 기울이고 침대 시트가 그것에 따라 움직이는 걸 느끼는 일은 고문이었다. 릴리가 몸을 돌리고 완벽한 휴식에 들어갔을 때 릴리의 머리카락 한 가닥이 거티의 뺨을 스치며 향내를 풍겼다. 그녀의 모든 것이 따뜻하고 부드러웠으며 향기로웠다. 비탄의 흔적조차도 빗방울이 장미꽃에 어울리듯 그녀에게 잘 어울렸다. 하지만 거티가 팔을 옆구리에 꼭 붙이고 허수아비처럼 가는 몸을 꼼짝하지 않고 있는데, 곁에서 숨을 쉬던 따뜻한 몸에서 울음이 터져 나오는 것이 느껴졌다. 그리고 릴리가 친구의 손을 찾아 그 속으로 자신의 손을 내던지며 꼭 쥐었다.

"거티, 안아 줘, 응, 안아 줘. 안 그러면 끔찍한 생각을 하게 될 것 같아." 그녀가 신음 소리를 내며 말했다. 거티는 아무 말 없이 그녀의 목 아래 손을 넣어 잠자리에서 이리저리 보채는 아기에게 보금자리를 만들어 주는 어머니처럼 팔베개를 해 주었다. 릴리는 그 따뜻한 품 안에 고요히 누워 있었으며, 점차 숨소리가 낮아지고 규칙적이 되었다. 그녀의 손은 악몽을 쫓으려는 듯 여전히 거티의 손을 움켜쥐고 있었으며, 그녀의 머리는 그것이 기대고 있던 안식처로 더 깊이 파고들었고, 거티는 그녀가 잠이 든 것을 알 수 있었다.

15장

릴리는 겨울 빛이 방을 채운 아침에 홀로 침대에서 깨어났다.

주위의 모습이 낯설어서 어리둥절한 상태로 일어나 앉았는데, 이내 기억이 되돌아와서 몸서리를 치며 주변을 둘러보았다. 옆 건물의 뒷벽에 반사되어 비스듬히 들어오는 차가운 빛 속에 자신의 드레스와 오페라 관람용 외투가 번지르르한 모습으로 의자 위에 쌓여 있는 것이 보였다. 아무리 멋진 옷이라도 아무렇게나 벗어 놓으면 잔치가 끝난 뒤의 잔칫상처럼 난잡해 보이는 법이다. 릴리에게는 그때 부지런한 하녀가 있어서 집에서는 그렇게 부조화스러운 모습을 보지 않아도 되었다는 생각이 떠올랐다. 피곤으로 인해, 그리고 거티의 침대에 끼어 자서 그런지 온몸이 쑤셨다. 고통스럽게 자는 내내 그녀는 몸을 뒤칠 공간이 없다는 사실을 의식했으며, 가만히 있으려고 장시간 노력한 탓에 마치 기차에서 밤을 보낸 것 같은 느낌이 들었다.

이 육체적 불편이 처음 그녀에게 든 생각이었다. 그리고 이어서 그 아래 잠복해 있던, 육체적 불편에 상응하는 정신적인 피로감, 처음에 왈칵 몰려든 혐오감보다도 더 견딜 수 없는 공포를 동반한 피로감을 감지할 수 있었다. 매일 아침 이런 부담감을 느끼며 일어나야 한다는 사실을 생각하자 새삼스레 피곤해도 기운을 내야겠다는 생각이 들었다. 자신이 어쩌다 빠져든 이 수렁에서 빠져나올 길을 찾아야만 했다. 참회라기보다도 아침에 자신에게 찾아올 생각에 대한 두려움 때문에 뭔가 조처를 취해야 할 필요성을 강하게 느꼈다. 하지만 정말로 이루 말할 수 없을 만큼 피곤했다. 생각과 생각을 일관성 있게 이어 가는 것도 힘들었다. 그녀는 다시 침대에 누워서 그 조그맣고 보잘것없는 틈새 같은 방을 새삼스레 물리적 혐오감을 느끼며 바라보았다. 창문을 통해 스며드는 바깥 공기도 높은 빌딩들 사이에 갇혀 있었기 때문인지 신선함을 가져다주지 못했다. 증기가 음침한 파이프를 구불구불 지나가며 빽빽대는 소리를 냈고, 요리 냄새가 문틈으로 스며들었다.

문이 열리고 옷을 다 차려입고 모자까지 쓴 거티가 차 한 잔을 들고 들어왔다. 그녀의 얼굴은 음울한 빛 아래 거무튀튀하게 부어 보였고, 그녀가 쓰고 있던 밋밋한 모자가 그늘을 드리워서 그 그늘이 그녀 피부 톤 속으로 은근히 스며들었다.

그녀는 수줍게 릴리를 바라보며 당황한 목소리로 릴리에게 좀 어떠냐고 물었다. 릴리도 마찬가지로 자제하는 태도로 대답하며 차를 마시기 위해 몸을 일으켰다.

"어젯밤에 너무 피곤했었나 봐. 오던 길에 마차에서 신경 쇠약 증세를 일으켰던 것 같아." 차를 마시고 나서 생각의 불투명함이 어느 정도 정리가 되자 릴리가 대답했다.

"상태가 안 좋았어. 이리로 와서 정말 다행이야." 거티가 답했다.

"하지만 집에 어떻게 가지? 더욱이 줄리아 고모……?"

"알고 계셔. 아침 일찍 전화드렸어. 하녀가 네 물건들을 가지고 왔어. 하지만 뭘 좀 먹지 않겠어? 내가 직접 스크램블드에그를 만들었는데."

릴리는 입맛이 없다고 말했다. 하지만 차를 한잔 마시고 나니 일어나서 옷을 입을 정도는 되었다. 그녀가 옷을 입는 동안 그녀의 하녀가 탐색하는 눈으로 그녀를 바라보았다. 거티가 서둘러 나가야 하는 것이 다행이었다. 둘은 아무 말 없이 입맞춤을 했지만, 어제 저녁 감정의 흔적은 보이지 않았다.

귀가한 릴리를 맞은 페니스턴 부인은 불안해하는 기색이 역력했다. 그레이스 스테프니더러 와 달라고 전갈을 보냈고, 디기탈리스[39]를 먹고 있었다. 릴리는 페니스턴 부인이 퍼붓는 질문의 폭풍을 있는 힘을 다해 상대했다. 캐리 피셔가에서 돌아오는 길에 정신이 혼미해져 집까지 갈 힘이 없을 것 같아서 패리시 양의 집으로 갔다고 설명했다. 그리고 하루 저녁 잘

---

39) 디기탈리스 씨와 잎으로 만든 강심제를 가리킨다. 약리 작용이 우수해서 전 세계적으로 널리 쓰였다.

쉬고 나니 원기가 회복되어 의사까지 부를 필요는 없다고 말했다.

이것은 페니스턴 부인에게는 다행한 소식이어서 그녀는 자신의 증상에 전념할 수 있었다. 페니스턴 부인은 릴리에게 모든 육체적, 정신적 무질서 상태에 대한 그녀의 만병통치약, 즉 가서 누워 있으라는 충고를 주었다. 릴리가 자신의 방에 혼자 있자니 자신이 처한 현실에 대한 성찰이 예리하게 되돌아왔다. 낮에 그 현실을 보는 것은 당연히 밤에 보는 것과는 달랐다. 날개 달린 복수의 여신들은 차를 마시려고 정신없이 서로를 방문하는 수다쟁이 여자들은 아니었다. 하지만 그렇게 희미함이 제거된 그녀의 공포는 더 추했다. 더욱이 그녀는 정신을 잃고 열에 들떠 있을 게 아니라 행동을 해야 했다. 그녀는 처음으로 하기 싫은 걸 억지로 참아 가며 자신이 트레너에게 진 빚의 정확한 액수를 계산해 보았다. 그리고 이 증오스러운 계산의 결과 자신이 도합 9000달러를 그에게서 받았다는 사실을 깨달았다. 그것을 주고받는 일에 사용된 허약한 구실은 수치심의 화염 속에 사그라지고 말았다. 그녀는 그 돈 중 단한 푼도 자신의 돈이 아니었다는 사실, 자신의 자존심을 되찾으려면 즉시 그 돈 전부를 갚아야 한다는 사실을 깨달았다. 하지만 그녀에게는 자신의 분개심을 누그러뜨릴 능력이 없었다. 그리고 그 사실로 인해 릴리는 자신의 무가치를 깨닫고 무기력 상태에 빠졌다. 그녀는 난생처음으로 한 여성의 존엄을 유지하는 데 그녀의 마차를 유지하는 데 드는 것보다 훨씬 더 많은 돈이 들 수도 있다는 사실을 깨달았다. 그리고 도덕적인 태도를 유지하려면 구체적인 돈이 필요하다는 사실을 깨달으면서 세상이 자신이 생각했던 것보다 훨씬 더 추악한 곳이라는 느낌이 들었다.

점심 식사 후 그레이스 스테프니의 호기심에 찬 눈길이 제거되고 나자 릴리는 고모에게 드릴 말씀이 있다고 말했다. 두 사람은 2층의 응접실로 갔고 페니스턴 부인은 노란색 단추로 장식술을 단 검은색 새틴 안락의자에 앉았다. 그 곁에는 베아트리체 첸치[40]의 세밀화가 뚜껑에 그려진 구리 상자가 놓인 구슬 세공 탁자가 있었다. 릴리가 그런 장식품들에 대해 느끼는 혐오감은 죄수가 법정의 장식물들에 대해 느낄 만한 것이었다. 그녀의 고모가 드물게 긴한 이야기를 나누는 곳이 바로 이 방이었는데, 터번을 두른 베아트리체의 핑크빛 눈에 어린 능글맞은 미소는 릴리의 마음속에서 페니스턴 부인의 입술에서 점차 사라지던 미소와 연결되었다. 고모는 소란을 피우는 걸 극도로 두려워한 탓에 가장 강력한 의지를 가진 사람도 보이지 못할 냉혹함을 가지고 있었다. 그 냉혹함은 옳고 그름에 대한 모든 고려를 초월한 것이었다. 릴리는 그 사실을 알았기 때문에 그녀의 냉정한 성격에 공격이 되는 일을 극도로 자제해 왔다. 이번만큼 그렇게 하는 게 내키지 않은 경우도 없었

---

40) 베아트리체 첸치(1577~1599)는 자신을 강간한 아버지를 살해하고 처형된 이탈리아 여성이다. 귀도 레니가 그렸다는 초상화 때문에 19세기에 비극적 여주인공으로 널리 알려졌다. 이 초상화는 그 시대에 가장 유명하고 가장 많이 복제된 그림으로 셸리가 희곡 「첸치가」를 쓰게 되는 데에도 영향을 미쳤다.

다. 하지만 참을 수 없는 현 상황으로부터 탈출시켜 줄 다른 방법은 생각나지 않았다.

페니스턴 부인은 비판적인 눈으로 그녀를 살펴보았다. "안색이 안 좋구나, 릴리. 그렇게 마구 싸돌아다니더니 역효과가 얼굴에 나타나기 시작하는구나."

바트 양에게는 그 말이 좋은 실마리가 되었다. "줄리아 고모, 그것 때문은 아니고요. 걱정거리가 좀 있어서 그래요."라고 그녀가 대답했다.

"아." 페니스턴 부인이 거지를 향해 지갑을 단호하게 탁 닫는 사람 같은 태도로 입술을 다물었다.

"이렇게 말씀드리게 되어서 정말 죄송해요." 릴리가 말을 이었다. "하지만 어제 저녁에 제가 정신을 잃은 건 부분적으로는 걱정거리 때문이었던 것 같아요."

"캐리 피셔의 요리사라면 충분히 그런 효과를 가져올 수도 있겠다 싶구나. 1891년에 마리아 멜슨 집에 있었던 요리사를 데리고 있거든. 우리가 엑상프로방스에 갔던 그해 봄 말이다. 우리가 배를 타기 이틀 전에 그 집에서 식사를 했는데 구리를 제대로 안 닦았던 게 **틀림없다** 생각했던 게 기억난다."

"많이 먹지 않았어요. 먹지도 자지도 못하고 있어요." 릴리가 말을 멈추었다가 돌연히 말했다, "실은, 줄리아 고모, 제게 빚이 좀 있어요."

페니스턴 부인의 얼굴이 눈에 띄게 어두워졌다. 하지만 릴리가 기대한 만큼의 놀라움을 표시하지는 않았다. 페니스턴 부인이 아무 말도 하지 않았기 때문에 릴리가 말을 이어야 했다. "제가 어리석었어요……."

"물론이지, 아주 어리석었던 게 틀림없지." 페니스턴 부인이 끼어들었다. "너 정도 수입이 있고, 지출도 없는데 어떻게…… 더구나 내가 항상 선물도 너그럽게 해 주는데……."

"오, 정말 너그러우시지요, 줄리아 고모. 저한테 얼마나 잘 해 주시는지 결코 잊을 수 없을 거예요. 하지만 요새 여자들한테 요구되는 지출에 대해서 완전히 이해……."

"옷값하고 기찻삯 외에 어떤 지출을 더 해야 하는지 모르겠구나. 난 네가 옷을 잘 입어야 한다고 생각해. 하지만 셀레스트 가게의 대금은 내가 지난 10월에 다 치렀잖냐."

릴리는 망설였다. 고모의 탁월한 기억력이 지금보다 더 불편했던 적은 없었다. "고모께선 더할 나위 없이 친절하셔요. 하지만 그 이후에 몇 가지 더 사야 했고……."

"어떤 것들을 말이냐? 옷? 도대체 얼마나 쓴 거냐? 고지서를 좀 보자. 그 여자가 너한테 사기를 치고 있는 게 틀림없다."

"오, 아니에요. 그렇진 않고요. 옷이 너무 끔찍하게 비싸졌어요. 그리고 온갖 종류의 옷으로 구색을 다 갖춰야 하고요. 전원주택에도 방문하고 골프도 치고 스케이트도 타고, 그리고 에이킨에 턱시도[41]에……."

"고지서를 보자니까." 페니스턴 여사가 반복했다.

릴리는 다시 망설였다. 우선, 셀레스트 여사가 아직 고지서

---

41) 사우스캐롤라이나주의 에이킨과 뉴욕주의 턱시도는 최고 부자들의 휴양지로 그들은 유행의 첨단을 걷는 옷차림을 할 거라는 기대를 받았다. 오늘날 남성들이 입는 턱시도는 이런 관습에서 나온 이름이다.

를 보내지도 않았고, 둘째로, 그 액수는 릴리에게 필요한 총액의 극히 일부에 지나지 않았기 때문이었다.

"겨울에 구입한 것에 대한 고지서는 아직 못 받았어요. 하지만 그 액수가 아주 크다는 것을 알고 있어요. 그리고 한두 가지 다른 것들도 더 있고. 제가 너무 경솔하고 부주의했어요. 제가 진 빚을 생각만 해도 겁이 나요."

그녀는 어여쁜 얼굴에 근심을 가득 담고 페니스턴 부인을 바라보았다. 남성들에게 그렇게 호소력 있는 자신의 얼굴이 여성에게도 효력을 발휘하기를 헛되이 바라면서. 하지만 실제 효과는 페니스턴 부인이 더 겁을 먹고 물러서는 것으로 나타났다.

"정말이지, 릴리, 넌 네 일 정도는 스스로 챙길 나이가 지났어. 그리고 지난밤의 쇼로 나를 죽도록 겁준 다음에 또 그런 일로 나를 걱정시킬 거면 시간이라도 더 잘 선택했더라면 좋았을 걸 그랬구나." 페니스턴 부인은 시계를 흘낏 본 뒤 디기탈리스 정제를 하나 삼켰다. "만일 셀레스트에게 1000달러 정도 빚이 더 있다면 고지서를 나한테 보내라고 해라." 그녀가 돈이 들더라도 그런 대화는 끝내고 싶다는 듯 덧붙였다.

"정말 죄송해요, 줄리아 고모. 이런 때 괴롭혀 드리는 거 정말 해서는 안 되는 일이라는 것 잘 알고 있어요. 하지만 선택의 여지가 없어서 그래요. 더 일찍 말씀을 드렸어야 했어요. 1000달러 가지고는 어림도 없을 정도로 빚이 많아요."

"1000달러로 어림도 없을 정도라고? 2000달러나 빚을 졌단 말이냐? 그 여자가 아주 널 강탈했던 모양이로구나!"

"말씀드린 것처럼 셀레스트만이 아니라서요. 저, 그러니까, 다른 고지서도 있어요. 더 급하게 처리해야 하는 것들요."

"도대체 뭘 샀길래 그러느냐? 보석? 정신을 아주 빼 놓고 있었던 모양이구나." 페니스턴 부인이 까칠하게 말했다. "하지만 빚을 졌으면 스스로 결과를 감당해야지. 빚을 다 갚을 때까지 매달 들어오는 수입을 쓰지 말고 저축해라. 네가 봄까지 교외 여기저기로 나다니지 않고 여기 가만히 있으면 돈 쓸 일은 전혀 없을 거고, 지금 재봉사한테 지불하고 나면 네다섯 달이면 다 갚을 거 아니냐."

릴리는 다시 침묵했다. 단지 셀레스트의 고지서를 지불해야 한다는 구실로는 페니스턴 부인에게서 단돈 1000달러도 짜낼 수 없다는 것을 깨달았다. 페니스턴 부인은 셀레스트의 고지서를 직접 본 뒤, 돈을 릴리에게 주지 않고 셀레스트에게 직접 지불할 참이었다. 하지만 자신은 그 돈을 오늘이 지나기 전에 구해야 했다!

"제가 말씀드리는 빚은…… 다른 거예요…… 상인한테 줘야 하는 돈이 아니고요." 그녀가 당황해서 말했다. 하지만 페니스턴 부인의 표정을 보니 더 이상 말을 이어 가기도 겁이 났다. 고모가 이미 뭔가 의심을 하고 계신 걸까? 릴리는 그런 생각이 들자마자 다음과 같이 자백했다.

"사실은 제가 카드놀이를 많이 했거든요…… 브리지를요. 요새는 여자들도 모두 브리지를 해요, 처녀들도 마찬가지고요…… 당연히 할 거라고 기대들을 하니까요. 제가 딴 적도 있긴 한데…… 아주 많이 따기도 했어요…… 하지만 요새 들어

운이 나빴어요…… 그리고 물론 그런 빚은 조금씩 갚아 나갈 수가 없는 거라서…….”

그녀는 말을 멈췄다. 귀 기울여 듣고 있던 페니스턴 부인의 얼굴은 잿빛으로 변해서 화석 같았다.

“카드놀이를? 네가 돈내기 카드놀이를 했단 말이냐? 그럼 사실이었구나. 그런 얘기를 하길래 안 믿었더니. 내가 들은 다른 끔찍한 얘기도 사실인지는 묻지도 않겠다. 지금 들은 것만으로도 내 신경이 감당 못 할 정도니까. 네가 이 집에서 본 모범을 생각해 봐라! 하지만 외국에서 자란 탓이겠지…… 네 어머니가 어떤 친구들과 어울렸는지 누가 알겠냐. 그 여자가 일요일에 했다는 짓들은 아주 추문거리지…… 그건 나도 알고 있어.” 페니스턴 부인은 갑자기 몸을 홱 돌리더니 물었다. “일요일에도 카드놀이를 하나?”

릴리는 벨로몬트에서 보낸, 그리고 도싯 부부와 보낸 일요일들을 기억하면서 얼굴을 붉혔다.

“너무 심하셔요, 줄리아 고모. 제가 좋아서 카드놀이를 하는 게 아니거든요. 하지만 혼자만 새침을 떼면서 잘난 체하는 여자가 될 순 없으니 다른 사람들이 하는 대로 따라 한 것뿐이에요. 이번에 이렇게 혼나게 되었으니 좋은 교육이 되었어요. 만일 이번만 도와주신다면 약속드릴게요. 다시는…….”

페니스턴 부인은 쓸데없는 소리 하지 말라는 듯 손을 들었다. “약속 같은 거 필요 없다. 그럴 필요 없어. 너를 데리고 왔을 때 네 도박 빚까지 갚아 줄 생각은 아니었으니까.”

“줄리아 고모! 저를 안 도와주신다는 뜻은 아니겠지요?”

"네 행실을 묵인한다는 인상을 주는 행동은 물론 안 할 거다. 정말 양재사에게 빚을 졌다면, 그건 그 여자한테 직접 갚아 주겠다. 그 외엔 네가 진 빚에 대해 아무런 책임도 질 생각이 없다."

릴리는 자리에서 일어나 창백한 얼굴로 떨며 고모 앞에 섰다. 자존심이 그녀 내부에서 소동을 부렸지만 굴욕감 때문에 그녀의 입술로부터 다음과 같은 비명이 터져 나왔다. "줄리아고모, 저는 망신을 당할 거예요…… 전……." 그러나 그녀는 더이상 말을 잇지 못했다. 그녀의 고모가 도박 빚에 대해서도 그렇게 냉정하게 자른다면, 사실을 자백한다면 어떻게 받아들일 것인지?

"망신은 이미 당했다고 생각한다, 릴리. 네 처신의 결과보다도 처신 그 자체 때문에. 친구들 때문에 카드놀이를 했다니, 그렇다면 그 친구들도 이번에 좀 배울 필요가 있겠다. 그런 친구들이라면 아마 돈을 좀 손해 볼 여유도 있을 거다. 더구나 그런 사람들의 돈을 갚아 주기 위해서 내 돈을 낭비할 생각은 추호도 없다. 그리고 이제 나를 좀 놔주면 좋겠구나. 지금까지만으로도 충분히 고통스럽다. 내 건강도 생각해야 하니까. 블라인드를 좀 내리거라. 그리고 제닝스에게 오늘 오후엔 그레이스 스테프니 외엔 아무도 만나지 않겠다고 말해라."

릴리는 자신의 방으로 올라가서 문을 잠갔다. 그녀는 공포와 분노로 떨고 있었다. 복수의 여신의 날개가 그녀의 귓속에서 파닥대고 있었다. 그녀는 불규칙적인 발걸음으로 방을 정신없이 오락가락했다. 마지막 탈출구가 막혔다……. 그녀는 치욕과 함께 자신이 갇혀 있다고 느꼈다…….

그녀의 거친 걸음이 갑자기 벽난로 위의 시계 앞으로 그녀를 데려다주었다. 시곗바늘은 3시 30분을 가리키고 있었고, 그녀는 셀든이 4시에 자신을 만나러 올 예정이라는 사실을 기억해 냈다. 원래는 단 한마디 말로 그를 물리칠 작정이었지만, 이제는 그를 만난다는 생각에 기뻐 가슴이 뛰었다. 그의 사랑 속에 구원의 약속이 있지 않은가? 전날 밤 거티 곁에 누워서 그가 오늘 올 일을, 그의 가슴에 기대 자신의 고통을 울음으로 해소할 일의 달콤함에 대해 생각했었다. 물론 그녀는 그를 만나기 전에 문제를 다 해결해 놓을 작정이었다……. 페니스턴 부인이 자신을 도와줄 것이라는 사실을 전혀 의심하지 못했던 것이다. 또한 가장 비참한 소용돌이의 순간에도 셀든의 사랑에서 궁극적 안식처를 찾을 수는 없다고 느꼈다. 자신이 앞으로 계속 살아 나갈 힘을 얻을 수 있도록 셀든의 사랑 속에서 잠깐의 안식처를 구할 수 있다면 너무나 달콤할 거라고 생각했을 뿐이었다.

하지만 이제 셀든의 사랑은 그녀의 유일한 희망이었다. 그리고 홀로 비참하게 앉아 그에게 모든 걸 다 털어놓아 버리고 싶다는 유혹을 느꼈다. 자살을 꿈꾸는 사람이 강의 흐름을 보며 느끼는 유혹만큼 강렬했다. 처음 뛰어내리는 순간은 끔찍할 터였다. 하지만 일단 뛰어내린 다음에는 어떤 축복이 올 것인지! 그녀는 거티의 말을 기억했다. "내가 셀든을 잘 알아. 셀든이라면 너를 도와줄 거야." 그리고 그녀는 치유력이 있다는 성인의 유골에 환자가 매달리듯 전심전력으로 그 말에 매달렸다. 오, 그가 진짜로 이해해 준다면? 그녀가 자신의 부서진 삶을 다시 꾸리고 과거의 흔적이 남아 있지 않은 새로운 조합을 만들 수 있도록 도와준다면! 그는 항상 그녀가 더 나은 것을 누릴 자격이 있는 것처럼 느끼게 만들어 주었고, 그녀에게 그런 위안이 지금보다 더 필요한 순간은 없었다. 그녀는 다시 한번 자신의 고백이 그의 사랑에 위협이 될지도 모른다는 생각에 움찔했다. 그녀에게 필요한 건 사랑이었기 때문이다……. 산산조각이 난 그녀의 자존심을 다시 맞춰서 붙이려면 열정에서 나오는 빛과 열이 필요했다. 하지만 그녀는 거티의 말을 다시 기억하면서 단단히 그 말들에 매달렸다. 그녀는 거티가 자신에 대한 셀든의 감정을 안다고 확신했고, 셀든에 대한 거티의 판단력이 릴리 자신의 것보다도 훨씬 더 열렬한 감정의 영향을 받고 있을 가능성은 그녀의 멍한 정신에 전혀 떠오르지 않았다.

릴리는 4시에 응접실로 내려갔다. 셀든이 시간을 정확히 지킬 것이라고 확신했다. 하지만 4시가 왔다가 갔다……. 시곗바늘은 그녀의 성급한 심장 고동 소리에 맞춰 격렬한 속도로 움직였다. 그녀에게 그 시간은 자신의 비참함을 새롭게 살펴볼 수 있는 시간이었고, 셀든에게 모든 걸 다 말하려는 충동과 그의 환상을 파괴할지도 모른다는 공포감 사이에서 망설이던 시간이기도 했다. 하지만 일 분 일 분 흘러감에 따라 자신을 내던져 그의 이해를 구해야 할 필요성이 더 강력해졌다. 그녀는 자신의 비참함의 무게를 혼자 견딜 수 없었다. 위험한 순간이 있기야 하겠지. 하지만 자신의 미모 덕분에 그걸 넘기고 그의 헌신적인 사랑이라는 안식처에 자신이 안착할 수 있지 않을지?

하지만 시침은 빠르게 돌았고, 셀든은 오지 않았다. 물론 일 때문에 지체되고 있는 것이리라. 아니면 그녀가 글씨를 서둘러 썼기 때문에 4시를 5시로 잘못 봤을 수도 있었다. 5시가 조금 지난 후 초인종이 울려서 그녀는 이 짐작이 맞았다고 생각하며 다음부터는 글씨를 더 잘 써야겠다고 황급히 결심했다. 복도를 걸어 들어오는 소리, 그리고 그 소리에 앞선 시종의 목소리가 그녀의 혈관에 신선한 기운을 쏟아부었다. 그녀는 위기를 침착하고 능수능란하게 넘기는 평소의 자신을 되찾았고, 셀든에 대한 자신의 영향력을 기억하면서 갑작스레 자신감에 넘치며 얼굴에 화기가 돌았다. 하지만 응접실의 문이 열리고 들어선 사람은 로즈데일이었다.

그에 대한 반작용으로 그녀는 날카로운 심장의 통증을 느꼈다. 그리고 운명의 서투름과 셀든이 아닌 손님은 사절한다고 말해 놓지 않은 자신의 부주의에 잠시 짜증을 느꼈지만 이내 침착하고 예의 바르게 로즈데일을 맞았다. 셀든이 도착할 때 바로 이 손님을 마주칠 수밖에 없다는 사실은 짜증 나는 전망이었지만, 릴리는 불필요한 손님을 제거하는 기술에 능했으며 그 순간의 기분으로는 로즈데일은 명백히 무시해도 되는 사람이었다.

잠시 동안의 대화 후에 로즈데일의 상황 인식이 그녀에게 분명해졌다. 그녀는 셀든이 나타날 때까지 화제를 끌고 갈 중립적이고 손쉬운 화제로 브라이가에서의 파티를 언급했다. 하지만 손을 주머니에 찔러 넣고 다리는 좀 지나치게 멋대로 쭉 펴고 다탁 곁에 끈질기게 자리 잡고 앉은 로즈데일은 즉시 그 화제를 사적인 것으로 바꿨다.

"아주 잘 꾸민 파티였어요…… 글쎄, 그러니까, 그만하면요. 웰리 브라이가 배수진을 치고 사교계의 요령을 완전히 습득할 때까지 포기하지 않을 생각인 거죠. 물론 이것저것 좀…… 피셔 부인이 그런 것까지는 챙겨 주지 못한 게 당연하지만…… 샴페인은 좀 덜 찼고, 코트 룸의 코트가 제대로 정돈이 안 되어서 혼동이 좀 있었지요. 나라면 음악에 돈을 좀 더 썼을 겁니다. 하지만 그건 나니까 그렇다는 거지요. 난 원하는 게 있으면 거기 돈을 쓸 용의가 있는 사람입니다. 계산대에 가서야 물건 가격이 적당한가 보는 사람은 아니지요. 웰리 브라이 부부처럼 단지 오락을 베푸는 데 만족할 수는 없습니다. 아무렇지도 않은 것처럼 더 쉽고 더 자연스러운 파티를 준비할 겁니다. 그렇게 하는 데는 두 가지가 필요하지요, 바트 양. 돈하고 그걸 제대로 쓸 줄 아는 여성."

그는 말을 멈추고, 그녀가 찻잔을 다시 정리하는 체하는 모습을 유심히 바라보았다.

"돈은 있습니다." 그가 목청을 가다듬으며 말을 이었다. "그러니 제게 필요한 건 여성입니다. 그리고 여성도 소유할 작정입니다."

그는 손을 단장 위에 올려놓은 채 몸을 조금 앞으로 기울였다. 그는 네드 밴 얼스타인 같은 치들이 모자와 단장을 응접실까지 가지고 들어가는 것을 주목했고, 그게 그들의 외모에 우아하고 친근한 느낌을 살짝 더해 준다고 판단했다.

릴리는 희미한 미소를 띠고 표정 없는 눈으로 그의 얼굴을 바라보면서 침묵을 지켰다. 속으로는 청혼을 하기까지는 좀 시간이 걸릴 테고 거절을 해야만 하는 순간이 오기 전에 셀든이 나타날 것이 틀림없다고 생각하고 있었다. 다소 움츠리고 있긴 해도 아직 피하지는 않고 생각에 잠긴 듯한 그녀의 표정을 보고 로즈데일 씨는 그녀가 은근히 자신을 격려하는 것으로 판단했다. 그로서도 상대방이 너무 열렬하게 자신의 청혼을 받아들인다면 별로 만족스럽지 않았을 터였다.

"여성도 소유할 작정입니다." 그가 자신감을 강화하기 위해 웃음을 지으며 반복했다. "그동안 제가 원하는 건 대체로 모두 손에 넣어 왔습니다, 바트 양. 돈을 원했고 어떻게 투자해야 좋을지 모를 만큼 벌었습니다. 이제 제가 그 돈을 적당한 여자에게 사용하지 않는다면 그 돈은 아무 의미도 없는 단계에 온 것 같습니다. 돈을 그렇게 쓸 작정입니다. 저는 제 아내가 다른 모든 여성들을 압도하기를 원합니다. 그렇게 하는 데 쓰는 돈은 한 푼도 아까워하지 않을 겁니다. 하지만 돈을 아무리 많이 퍼부어도 모든 여자가 그렇게 될 수 있는 건 아닙니다. 역사서에 보면 어떤 여자가 황금 방패를 원해서 남자들이 그걸 던져 주었더니 그녀가 그 방패들 아래 깔려 죽었다는 얘기가 있습니다. 그러니까 그게 사실이거든요. 어떤 여자들은 보석 속에 파묻혀 버립니다. 제가 원하는 여자는 제가 다이아몬드를 더 많이 걸어 줄수록 고개를 더 높이 치켜들 수 있는 그런 여자입니다. 그리고 그날 저녁 브라이가에서 그 평범한 흰 드레스를 입고 마치 왕관이라도 쓴 것처럼 보이던 당신의 모습을 보았을 때 제가 혼잣말을 했습니다, '맙소사, 왕관을 쓰고 있었더라면 마치 그게 몸에서 솟아난 것처럼 보일 뻔했군.'"

릴리는 여전히 침묵을 지키고 있었고 그는 더욱 열을 내며 얘기를 계속했다. "하지만 말씀드리지요, 그런 여성에게는 다른 여성들 모두를 합한 것보다도 돈이 더 많이 들어요. 만일 진주를 무시하려면 다른 여자들 그 누구보다도 더 좋은 걸 원해야 하니까요. 진주만이 아니고 모든 게 다 그렇습니다. 제가 무슨 말을 하는지 아시지요. 화려한 것들은 싸구려예요. 그러니까, 전 제 아내가 원한다면 지구 전체라도 당연히 자기 것으로 여길 수 있기를 원합니다. 돈에 관해 저속한 사실이 딱 하나 있는데, 그건 돈을 생각하는 일입니다. 제 아내는 그런 생각을 해야 할 정도로 자신을 낮춰야 하는 일은 절대 없을 겁니다." 그가 말을 멈추고, 불행히도 전의 태도로 돌아가서 덧붙였다. "제가 어떤 숙녀를 염두에 두고 말씀드린 것인지 아시리라고 믿습니다, 바트 양."

릴리는 그 도전 아래 얼굴이 약간 불그레해지면서 고개를 들었다. 그녀가 갇혀 있던 어두운 소용돌이 속에서도 로즈데일 씨가 수백만 달러를 쩔렁대는 소리는 희미하게나마 유혹적인 데가 있었다. 오, 그녀의 비참한 빚을 갚아 버릴 수 있을 만큼 많은 돈을 갖는다! 하지만 그 돈에 따라오는 남자는 셀든이 온다고 생각하면 더욱더 혐오스러웠다. 그 대조는 너무나 기괴했다. 그 생각이 자아낸 미소를 억제할 수 없을 정도였다.

그녀는 직설적인 답변이 최상이라고 판단했다.

"저를 말씀하시는 것이라면, 로즈데일 씨, 감사드립니다. 정말 너그러운 말씀이네요. 하지만 제가 로즈데일 씨께서 그런 생각을 하시게 할 만한 행동을 한 적이 있는지 모르겠군요……."

"오, 저한테 완전히 반하지 않았다, 뭐, 그런 문제라면, 저도 그걸 알아볼 정신은 물론 있지요. 그리고 그런 걸 가정하고 드리는 말씀은 아닙니다…… 그런 상황에서 할 말은 따로 있다고 생각합니다. 제가 당신에게 끔찍하게 반한 겁니다. 그게 이 제안의 크기입니다. 제가 말씀드리는 것은 당신에게 이 사업을 하면 결과가 어떻게 된다, 이런 겁니다. 저를 별로 좋아하시지는 않지요…… 아직은요…… 하지만 사치와 멋과 오락과 돈 때문에 걱정을 안 해도 되는 건 좋아하십니다. 즐거운 시간을 보내는 걸 좋아하고, 그리고 스스로 그에 따른 계산을 하는 것은 좋아하시지 않습니다. 그러니 제가 제안하는 건 당신이 좋은 시간을 보내시게 해 드리고 계산은 제가 하겠다는 겁니다."

그가 말을 멈췄고, 그녀는 싸늘한 미소로 대꾸했다, "한 가지 오해를 하셨군요, 로즈데일 씨. 저는 제가 즐기는 건 스스로 계산할 준비가 되어 있는 사람입니다."

그녀는 만일 그가 자신의 개인적인 문제를 살짝 암시하는 것이라면 자신이 바로 그 점에 대해서 반박하고자 한다는 것을 그가 알아차리게 하려는 의도로 그렇게 말했다. 하지만 그가 그녀의 의도를 알아차렸더라도 그는 그것 때문에 당황하는 기색을 내보이진 않았다. 그리고 말을 이었다, "기분을 상하게 해 드리려는 의도는 아니었습니다. 너무 솔직하게 말씀드렸다면 용서하십시오. 하지만 왜 솔직하게 말씀을 해 주시지 않죠? 왜 그런 식으로 허풍을 치십니까? 이제 나이는 들어 가고 기회는 지나쳐 가고, 그러니까, 당신도 모르게 원하는 것들이 떠나가 버리고 다시는 돌아오지 않는 그런 처지가 되고 있는 것 같아서 아주 걱정이 되던…… 아주 많이 걱정이 되던…… 그런 때가 있었잖습니까? 거의 그런 지경까지 가셨다는 뜻은 아니지만. 하지만 당신 같은 아가씨한테는 너무나 부당한 그런 걱정의 맛을 좀 보셨고, 제 제안은 당신이 그런 걱정으로부터 완전히 등을 돌리게 해 드리겠다는 겁니다."

그가 말을 마쳤을 때 릴리의 얼굴은 달아오르고 있었다. 그가 말하려는 요점을 오해할 여지는 전혀 없었다. 그런 말을 그냥 받아들인다면 자신의 약점을 인정하는 치명적인 행위가 될 것이었지만, 그것에 대해 너무 노골적으로 불쾌해하는 태도를 표현한다면 그건 그러잖아도 불안정한 상태에 있던 자신의 처지에서 그의 기분을 상하게 하는 일이 될 터였다. 그녀의 입술이 분개로 떨렸지만, 은근한 목소리가 그와 다퉈서는 안 된다고 경고해 주었다. 그는 그녀에 대해서 너무 많이 알고 있었고, 그녀 앞에 최선의 모습으로 자신을 제시하는 것이 핵심적인 순간에도 자신이 그녀에 대해 얼마나 많이 아는지 과시하기를 주저하지 않았다. 그녀가 경멸을 표현함으로써 그의 자제를 유도하고 있는 유일한 동기를 아예 앗아 가 버린다면 그는 어떻게 자신이 소유한 힘을 사용할 것인지? 그녀의 미래 전체가 지금 그에게 대답하는 태도에 달려 있다고 할 수도 있었다. 그녀는 걱정으로 고통을 받고 있는 이 순간에도 잠시 여유를 갖고 그 점을 생각해야 했다. 갈림길에 당도한 숨 가쁜 도망자가 어느 길로 갈지 냉정하게 결정하기 위해 멈춰 서야 하는 것과도 같았다.

"당신의 말씀이 맞습니다, 로즈데일 씨. 걱정거리가 좀 있었지요. 그 문제를 해결하는 걸 도와주고 싶다 하시니 감사드립니다. 돈 없이 부자들 사이에서 지내려면 독립적이고 자존심을 지키는 생활을 하는 게 늘 쉽지는 않지요. 돈 문제에 대해서 제가 너무 부주의했고, 장사꾼들한테 지불해야 할 일을 걱정하기도 했습니다. 하지만 제 걱정거리를 던다는 것 외에 더 나은 보상 없이 당신이 제공하는 모든 걸 받아들인다면 이기적이고 배은망덕한 일일 것 같습니다. 시간…… 당신의 친절함에 대해 생각할 시간…… 그 보답으로 제가 무엇을 드릴 수 있을지 생각할 시간을 좀 주시면 좋을 것 같습니다……"

그녀는 이제 그만 가 달라는 뜻을 너무 단호하게 나타내지 않기 위해 매력적인 자태로 손을 내밀었다. 장차 그의 제안을 받아들일 수도 있다는 암시를 준 셈이기 때문에 로즈데일은 아무 말도 않고 일어섰다. 희망조차 못 하던 자신의 성공에 얼굴이 다소 상기되었지만, 주어진 것 이상을 달라고 지나치게 서둘러 요구하지 않고 주어진 걸 묵묵히 받아들이는 그의 종족 특유의 전통에 훈련이 잘된 사람다운 태도였다. 그가 자신의 암시를 즉각적으로 받아들이는 것을 보고 그녀는 약간 겁이 났다. 그녀는 그 태도의 뒤에서 가장 강한 의지라도 누를 수 있는 훈련된 참을성에서 나오는 힘을 느꼈다. 하지만 그들은 좋은 감정으로 헤어졌고, 그는 셀든과 마주치지 않고 떠났다. 하지만 릴리는 셀든이 그때까지도 안 나타나고 있다는 사실을 깨닫고 새삼 놀랐고 가슴이 따끔거렸다. 로즈데일이 한 시간 이상 머물렀지만, 아직 셀든이 나타나기에 너무 늦은 시간은 아니었다. 물론 그는 자신이 왜 안 오는지 메모를 보낼 사람이었다. 그에게서 늦은 우편으로 메모가 도착할 거라고 생각했다. 하지만 그녀의 고백은 미뤄져야 할 터였다. 어쨌든 이 지연으로 인해 오한을 느꼈고, 그 한기는 그녀의 지친 기운에 무거운 그림자를 드리웠다.

우편배달부의 마지막 종소리도 그녀에게 메모를 전달하지 않았을 때 그 그림자는 더 무거워졌다. 그녀는 외로운 밤, 자신의 고통스러운 상상력이 거티에게 그려 보여 준 것과 같은 음울하고 잠 못 이루는 밤을 향해 자기 방으로 올라갔다. 그녀는 스스로 자신의 생각을 다스리는 방법을 배우지 못했다. 따라서 그렇게 생생하게 비참한 시간 동안 자신의 생각을 마주치는 일과 비교한다면 전날 밤의 혼란스러운 비참함은 훨씬 견디기 쉬운 것이었다고 여겨졌다.

아침 햇살이 유령을 몰아냈고, 그녀는 정오가 되기 전에 틀림없이 셀든에게서 소식이 올 것이라고 기대했다. 하지만 그한테서 소식이 오지도, 그가 직접 나타나지도 않은 채 낮 시간이 흘러갔다. 릴리는 집에 있으면서 고모와 단둘이 점심과 저녁을 먹었다. 고모는 심장이 떨린다고 불평을 하며 일반적인 주제에 대해 얼음장처럼 싸늘한 어조로 이야기했다. 페니스턴 부인은 일찍 자러 방으로 들어갔고, 그녀가 가고 나서 릴리는 자리에 앉아 셀든에게 보내는 메모를 썼다. 그녀가 하인을 불러 그 메모를 셀든에게 보내기 위해 초인종을 누르려는 찰나 그녀의 팔꿈치께에 놓여 있던 석간 신문의 한 단락에 눈길이 끌렸다. 거기엔 "로런스 셀든 씨는 오늘 오후 아바나와 서인도 제도를 향해 돛을 세운 윈드워드 라이너 안틸레스 호에 타고 있던 승객들 틈에 있었다."라고 씌어 있었다.

그녀는 신문을 내려놓고 자신이 쓴 메모지를 내려다보며 꼼짝하지 않고 앉아 있었다. 이제 그녀는 그가 자신을 찾아올 생각이 없음을, 자신을 찾아오고 싶은 마음이 들까 봐 떠났음을 깨달았다. 그녀는 자리에서 일어나 마루를 가로질러 벽난로 곁 휘황찬란하게 빛나는 거울 앞으로 갔다. 그리고 거울 속에 비친 자신의 모습을 오래오래 바라보며 서 있었다. 얼굴의 선이 끔찍하게 보였다. 나이가 들어 보였다. 자신에게 이렇게 보일진대 다른 사람들 눈엔 어떻게 비칠 것인지? 그녀는 거울에서 물러나 페니스턴 부인의 액스민스터 양탄자[42] 위의 괴물 같은 장미 사이를 기계적인 정확성을 가지고 걸으며 방을 서성댔다. 갑자기 그녀는 자신이 셀든에게 편지를 쓰느라 쓴 펜이 아직 뚜껑이 열린 잉크대 위에 걸쳐져 있는 것을 발견했다. 그녀는 다시 자리에 앉아 봉투를 꺼내 거기다 급히 로즈데일 씨 앞이라고 썼다. 그런 뒤 종이를 한 장 꺼내 펜을 들

---

42) 영국 액스민스터에서 기계로 짠 양탄자다. 19세기에 이처럼 대량으로 생산된 양탄자가 전에는 양탄자를 살 능력이 없던 미국 중산층에 구매 가능한 가격으로 공급되었다. 이 양탄자는 페니스턴 부인의 관습적인 취향을 보여 주는 예 중 하나다.

고 앉았다. 날짜를 쓰고, "친애하는 로즈데일 씨"라고 쓰기까
지는 쉬웠다. 하지만 그다음을 쓰려니 기운이 빠졌다. 그에게
자신을 방문해 달라고 쓸 계획이었지만, 그것이 언어로 되어
나오지 않았다. 마침내 그녀가 쓰기 시작했다. "말씀하신 제안
을 생각해 보았습니다……." 거기까지 쓰고 나서 다시 펜을 내
려놓았다. 그리고 탁자 위에 팔꿈치를 대고 얼굴을 손에 파묻
고 앉아 있었다.

갑자기 초인종 소리가 들려서 그녀가 놀라 일어섰다. 늦은
시간은 아니었다…… 10시가 채 안 되었으니까…… 셀든한테
서 메모가, 아니면 메시지가 왔을 수도 있었다…… 아니 셀든
자신이 문 너머에 와 있을 수도 있었다! 그가 항해를 떠났다
는 것은 오보일 수도 있었다…… 아바나로 간 것은 다른 로런
스 셀든일지도 모른다…… 이 모든 가능성이 그녀의 머릿속을
순식간에 꿰뚫고 지나갔고, 결국은 그를 만나거나 그로부터
소식을 들을 거라는 확신을 주었다. 이윽고 문이 열리고 하인
이 들어와서 전보를 건넸다.

릴리는 떨리는 손으로 그 전보를 와락 찢어 펼쳤는데, 메시
지 아래 버사 도싯의 이름이 보였다. 그리고 메시지의 내용이
보였다. "내일 갑자기 배를 타고 떠나게 됐음. 지중해행 유람선
에 합류하지 않겠어?"

(2권에 계속)

세계문학전집 **401**

환락의 집 1

1판 1쇄 펴냄 2022년 4월 8일
1판 2쇄 펴냄 2023년 12월 12일

지은이   이디스 워튼
엮은이   전승희
발행인   박근섭, 박상준
펴낸곳   ㈜민음사

출판등록   1966. 5. 19. (제 16-490호)
서울특별시 강남구 도산대로1길 62(신사동) 강남출판문화센터 5층 (우편번호 06027)
대표전화 02-515-2000   팩시밀리 02-515-2007
www.minumsa.com

ISBN 978-89-374-6401-0 04800
ISBN 978-89-374-6000-5 (세트)

* 잘못 만들어진 책은 구입처에서 교환해 드립니다.

세계문학전집 목록

세계문학전집은 계속 간행됩니다.